Ein Wiedersehen im Cottage am Meer

WEITERE TITEL VON LIZ EELES

HEAVEN'S-COVE-SERIE

Das Geheimnis vom Cottage am Meer
Sehnsucht nach dem Cottage am Meer
Ein Wiedersehen im Cottage am Meer
Der Schlüssel zum Cottage am Meer

IN ENGLISCHER SPRACHE
HEAVEN'S-COVE-SERIE

Secrets at the Last House Before the Sea
A Letter to the Last House Before the Sea
The Girl at the Last House Before the Sea
The Key to the Last House Before the Sea

THE-COSY-KETTLE-SERIE

New Starts and Cherry Tarts at the Cosy Kettle
A Summer Escape and Strawberry Cake at the Cosy Kettle
A Christmas Wish and a Cranberry Kiss at the Cosy Kettle

SALT-BAY-SERIE

Annie's Holiday by the Sea
Annie's Christmas by the Sea
Annie's Summer by the Sea

LIZ EELES
Ein Wiedersehen im Cottage am Meer

Übersetzt von Michaela Link

bookouture

Die Originalausgabe erschien 2021 unter dem Titel
„The Girl at the Last House Before the Sea"
bei Storyfire Ltd. trading as Bookouture.

Deutsche Erstausgabe herausgegeben von Bookouture, 2023
1. Auflage Mai 2023

Ein Imprint von Storyfire Ltd.
Carmelite House
50 Victoria Embankment
London EC4Y 0DZ

deutschland.bookouture.com

Copyright © Liz Eeles, 2021
Copyright der deutschsprachigen Ausgabe © Michaela Link, 2023

Liz Eeles hat ihr Recht geltend gemacht,
als Autorin dieses Buches genannt zu werden.

Alle Rechte vorbehalten.
Diese Veröffentlichung darf ohne vorherige schriftliche
Genehmigung der Herausgeber weder ganz noch auszugsweise in irgendeiner
Form oder mit irgendwelchen Mitteln (elektronisch, mechanisch, durch
Fotokopie oder Aufzeichnung oder auf andere Weise) reproduziert, in einem
Datenabrufsystem gespeichert oder weitergegeben werden.

ISBN: 978-1-83790-202-6
eBook ISBN: 978-1-83790-201-9

Dieses Buch ist ein belletristisches Werk. Namen, Charaktere, Unternehmen,
Organisationen, Orte und Ereignisse, die nicht eindeutig zum Gemeingut
gehören, sind entweder frei von der Autorin erfunden oder werden fiktiv
verwendet. Jede Ähnlichkeit mit tatsächlichen lebenden oder toten Personen
oder mit tatsächlichen Ereignissen oder Orten ist völlig zufällig.

In Liebe für Tim

PROLOG

Es war das einzige Foto von früher, das sie noch hatte. Das einzige Bild, das nicht zerstört worden war. Es sagte so viel und doch auch nichts.

Kathleen strich sachte über die Fotografie, die im Laufe der Jahre verblasst war. Das Meer war blauer gewesen an dem Tag, der Himmel strahlender, und die weiß getünchten Mauern des Hauses hatten sich leuchtender von dem Smaragdgrün des Kliffs dahinter abgehoben.

Auch ihre Gefühle waren intensiver gewesen. Sie schmeckte noch immer den bitteren Geschmack des Verrats und spürte den sengenden Schmerz eines gebrochenen Herzens in dem Moment, als sie den Ort verließ – wenngleich sie sich fragte, für wie lange noch. Ihr Gedächtnis war nicht mehr das, was es einmal gewesen war. Vielleicht würde sie bald sogar alles vergessen – Freude, Leid, Bedauern. Die Vorstellung erfüllte sie im gleichen Maße mit Grauen und Erleichterung.

Doch es würde kommen, wie es eben kommen würde. War das bei Herzensangelegenheiten nicht schon immer so gewesen? Sie war am Boden zerstört gewesen, als er nichts mehr mit ihr zu tun haben wollte und sie die Folgen seines Verrats zu tragen hatte, aber sie hatte überlebt.

Kathleen schob das Foto ganz nach hinten in die Schublade ihres Nachttisches und machte sie fest zu. Dies war ihr Geheimnis, und sie würde es mit ins Grab nehmen.

EINS

FREYA

»*Happy Birthday to me*«, sang Freya leise vor sich hin. Sie stellte den Koffer ab und strich sich das Haar aus den Augen. Ein schneller Blick bestätigte, dass zum Glück niemand sie gehört hatte.

Es war nicht nötig, an die große Glocke zu hängen, dass sie ihren neununddreißigsten Geburtstag in Heaven's Cove verbrachte, ohne dass ihr jemand gratulierte – bis auf eine Halbschwester, die sie seit drei Jahren nicht gesehen hatte und die wahrscheinlich ohnehin vergessen hatte, dass heute ihr Geburtstag war.

Freya nahm den Koffer wieder auf und ging weiter. Sie verfluchte die Pflastersteine, zwischen denen sie mit den Absätzen ihrer schwarzen Stiefel hängen blieb und auf denen sich ihr tonnenschwerer Rollkoffer nicht ziehen ließ.

Heaven's Cove war ein hübscher Ort, aber ziemlich unpraktisch, fand sie, während sie noch einmal den Stadtplan auf ihrem Handy zu Rate zog. Wenigstens war der Empfang nicht allzu schlecht hier unten am Meer, das gegen die steinerne Kaimauer schwappte. Ein beißender Fischgeruch hing in der

Luft, und am Himmel drehten kreischende Möwen ihre Runden.

Nachdem sie das Handy zurück in die Tasche geschoben hatte, blieb sie kurz stehen, um die Aussicht zu betrachten. Rechts von ihr ragte eine sanft geschwungene Landzunge in das blaue Wasser hinein, und zu ihrer Linken markierte ein hoher Steilfelsen den Rand des Dorfes. Oben auf dem Felsen bemerkte Freya ein einsames Haus. Seine Fenster funkelten in der Märzsonne wie Sterne.

Welcher glückliche Mensch dort wohl wohnen mochte, mit dem Dorf zu seinen Füßen? Sie ging weiter, bis sie eine Reihe hübscher, weiß getünchter Cottages an der Strandpromenade erreichte. Vor einem davon stand ein Schaukasten im Blumenbeet, der von Passanten bequem eingesehen werden konnte. Hinter der Glasscheibe hingen die Daten der Gemeinderatssitzungen, Einzelheiten zu einem Whist-Turnier im Gemeindesaal sowie ein Flugblatt, auf dem um die Rückgabe einer roten Katze namens Claws gebeten wurde.

Das sah ganz nach dem Haus aus, in dem die Säule der Gemeinschaft lebte, dachte Freya und vergewisserte sich mit einem Blick zur Tür des Cottages, dass es sich tatsächlich um Nummer fünf handelte. Ja, dies war eindeutig Belindas Adresse.

Die beiden hatten sich das letzte Mal auf der Hochzeit einer Cousine gesehen, und bei dieser Gelegenheit hatte Belinda pausenlos über ihr Engagement im Dorfleben gesprochen. Freya war kaum zu Wort gekommen und hatte ihre Schwester wie immer ziemlich anstrengend gefunden. Doch nun bot sie Freya einen Ausweg aus dem Schlamassel an, in dem diese sich gerade befand, und dafür würde Freya ihr ewig dankbar sein.

Sie holte tief Luft, um ihre Nerven zu beruhigen, schleppte den Koffer den Weg entlang, der sich durch den gepflegten Garten wand, und klopfte an die Tür. Begegnungen mit ihrer

Schwester machten Freya immer nervös, aber die Tür wurde sofort geöffnet – noch bevor sie Zeit hatte, sich zu sammeln und ein Lächeln aufzusetzen.

»Freya! Wie schön, dich nach so langer Zeit zu sehen.«

»Hallo, Belinda. Ich freue mich auch, dich zu sehen.«

»Es ist eine absolute Ewigkeit her.«

»Stimmt. Ungefähr drei Jahre, denke ich.«

»Etwas in der Art.« Sie zog die Tür weiter auf. »Komm herein und steh nicht vor der Tür herum.«

Freya trat in das Cottage und stellte den Koffer auf den Boden. Belinda hatte sich seit ihrer letzten Begegnung kaum verändert. Sie war etwas grauer und runder geworden, aber ihre braunen Augen leuchteten so neugierig wie immer, als sie Freyas verwaschene Jeansjacke und ihren Pferdeschwanz sah, der sich zum Teil aus der Spange gelöst hatte. Mit ein bisschen Glück würde sie den Fleck an Freyas Hosenbein nicht bemerken, wo sie im Zug das Sandwich fallen gelassen hatte.

Greg würde ihr gegenwärtiges Aussehen ganz sicher nicht gutheißen. Ihm war es lieber, wenn Freyas Erscheinungsbild ›makellos‹ war, wie eins der Schmuckstücke in dem hochkarätigen Juwelierladen, den er besaß. Er hatte sie entsetzt angesehen, als sie vor einigen Monaten in Tränen ausgebrochen war und ihr Make-up sich aufgelöst hatte. Andererseits – was hatte er erwartet, wo doch ihre Ehe in die Brüche ging?

Wenn er sie jetzt sehen könnte, würde er ihr sagen, dass sie absolut furchtbar aussah. Vielleicht wäre sie ihm auch so gleichgültig, dass er gar nichts zu ihr sagen würde.

Freya schob jeden Gedanken an ihren künftigen Ex-Mann beiseite und schenkte ihrer Schwester das strahlendste und breiteste Lächeln, zu dem sie fähig war.

»Du hast ein wunderbares Haus, Belinda, an einem schönen Fleckchen Erde.«

»Danke. Heaven's Cove trägt seinen Namen zu Recht.« Sie runzelte die Stirn, sodass tiefe Falten zwischen ihren Brauen erschienen. »Zumindest täte es das, wenn uns nicht täglich Touristenhorden heimsuchen würden, die überall ihren Müll hinterlassen. Einige von ihnen begehen Ladendiebstahl und Schlimmeres. Als Vorsitzende des Gemeinderates hielt ich es für meine Pflicht, im vergangenen Sommer zwei Frauen anzusprechen, die sich oben ohne am Strand gesonnt haben – ein völliges Unding. Sie waren ziemlich unhöflich zu mir.«

»Meine Güte«, brachte Freya heraus, als Belinda schwieg und auf ihre Reaktion wartete. Es war ein langer, anstrengender Tag gewesen, und bei den vielen Klagen ihrer Schwester schwirrte Freya der Kopf.

»Allerdings. Von halbnackten Frauen beschimpft zu werden, ist kein Vergnügen, das kann ich dir sagen. Aber man verlässt sich hier auf mich, dass ich für die Einhaltung der Verhaltensstandards im Dorf sorge, also blieb mir gar nichts anderes übrig.«

Sie schnalzte missbilligend mit der Zunge und schob Freyas Koffer hinter den Garderobenständer. Dann führte sie ihren Gast ins Wohnzimmer, in dem helles Sonnenlicht durch die Sprossenfenster und auf einen cremefarbenen Läufer fiel.

»Entschuldige bitte den Gestank, Freya. Jim hat sich ein frühes Abendessen gemacht, obwohl ich gesagt habe, dass du jeden Moment eintreffen würdest.«

Belinda schürzte die Lippen, aber Jim, der auf dem beigen Sofa saß und sich über einen Hotdog hermachte, lächelte nur und winkte. Er lächelte auch dann noch, als seine Frau ihm den Teller wegnahm und energisch auf den Esstisch im hinteren Teil des Raums stellte.

»Wie geht es dir, Freya?«, fragte er und ging zum Tisch hinüber, um seine Mahlzeit zu beenden. »Ich glaube, wir haben dich seit Kerrys Hochzeit nicht mehr gesehen.«

»Ja, es ist eine ganze Weile her.« Freya lächelte. »Aber danke, es geht mir gut. Und euch?«

»Wir können nicht klagen und haben immer viel zu tun.

Das heißt, Belinda hat viel zu tun, und ich tue, was man mir sagt.«

Er zwinkerte Freya zu und wischte sich Krümel von den Lippen. Seit ihrer letzten Begegnung hatte er noch mehr Haare verloren, und sein Gesicht war faltiger geworden, doch seine dunklen Augen funkelten noch so warm, wie sie es in Erinnerung hatte.

»Es ist sehr nett von euch, mich hier aufzunehmen«, sagte sie ihm. Ihre Nase kribbelte. Belinda hatte recht; es hing ein starker Geruch von karamellisierten Zwiebeln in der Luft.

»Das tun wir gern. Schließlich gehörst du zur Familie und ...«

»Wie hätten wir nicht eingreifen können, als wir gehört haben, was passiert ist?«, schaltete Belinda sich in das Gespräch ein und legte den Kopf schräg. »Du Arme! Ich will ja nicht schlecht über deinen Mann reden, aber es muss schrecklich sein, so fallen gelassen zu werden. Es ist ein unsägliches Benehmen.«

Freya zwang sich, weiter zu lächeln. Belinda war im Laufe der Jahre nicht taktvoller geworden.

»Es war eine gemeinsame Entscheidung«, sagte sie leise. »Es ist sehr traurig und bedauerlich, aber es ist nicht zu ändern.«

Eines dieser sehr traurigen und bedauerlichen Ereignisse, die dem Leben eine ganz neue Richtung geben, dachte Freya, das Gesicht noch immer zu einem lächerlichen Grinsen verzogen.

»Ich verstehe. Nun, du scheinst gut damit fertigzuwerden«, murmelte Belinda und klang ziemlich enttäuscht. »Und was deinen Aufenthalt hier betrifft, wir freuen uns, dich dazuhaben. Es ist ja nur für eine Nacht.« Sie schnalzte erneut mit der Zunge und bückte sich, um ein Stück Zwiebel vom Teppich aufzulesen. »Danach werden wir dich bei Kathleen unterbringen.«

»Das heißt, falls ich die Stelle bekomme«, sagte Freya schnell.

Belinda hob eine Braue. »Falls? Du meinst wohl, *sobald*. Kathleen, die arme Frau, braucht dringend Unterstützung zu Hause, und du bist dafür hervorragend qualifiziert. Ich bin daher felsenfest davon überzeugt, dass du den Job bekommst und dass dein neues Leben beginnen kann.«

Ihr neues Leben. Freya spürte, wie ihr Lächeln erstarb. Sie war nicht besonders scharf auf ein neues Leben, vielen herzlichen Dank. Ihr altes Leben hatte sie eigentlich glücklich gemacht, jedenfalls bis vor einem Jahr. Bis sich alles verändert hatte.

Als aus dem unbefangenen Geplänkel zwischen ihr und Greg Streit wurde, ihr Liebesleben sich in Luft aufgelöst hatte und einst vertrautes Schweigen plötzlich aufgeladen und unangenehm geworden war. Trotzdem war Freya bereit gewesen, durchzuhalten und für eine bessere Beziehung zu kämpfen. Es hatte ihr das Herz gebrochen, dass Greg nicht dazu bereit war. Er wollte lieber etwas Neues. Oder vielleicht eine Neue? Als ihre Ehe implodiert war, hatte er einen Haufen Anrufe von Erica bekommen, der tadellos gekleideten Blondine, die sein Verkaufsteam im Laden leitete.

Freya schüttelte den Kopf und versuchte, ihren Verdacht zu vertreiben. Wozu sich selbst quälen und eine schlimme Situation noch schlimmer machen? Ihre Ehe war vorbei, und es wurde Zeit für einen Neuanfang.

»Du bist wirklich sehr tapfer«, versicherte Belinda ihr und fügte dem mitfühlend geneigten Kopf teilnahmsvoll gespitzte Lippen hinzu. »Du musst nicht nur das Trauma einer zerstörten Ehe bewältigen, sondern ich habe selbstverständlich gehört, dass dein Pflegeheim kürzlich geschlossen wurde und du zu allem Überfluss auch noch die Arbeit verloren hast.«

»Mhm«, bestätigte Freya, die nicht zu sprechen wagte. Sie und Belinda sahen einander zwar kaum, aber ihre Schwester schien über Freyas in Trümmern liegendes Leben sehr gut informiert zu sein – und keinerlei Bedenken zu haben, es zur Sprache zu bringen.

»Wie lange hast du dort noch mal gearbeitet?«

»Fast fünf Jahre.«

»Wirklich? So lange? Dann hast du ja praktisch zum Inventar gehört. Wie schade für das Personal.«

»Es war sehr schlimm für die Mitarbeiter, aber für unsere Bewohner war es noch viel schwerer.«

Die alten Leute, von denen einige an Demenz litten, waren auf andere Heime im ganzen Land verteilt worden. Freya blinzelte Tränen weg, als sie an die erschrockene Verständnislosigkeit auf den Gesichtern der Bewohner dachte, denen alles Vertraute genommen worden war.

Während sie nun durch Belindas blitzsaubere Fenster auf das aufgewühlte Meer und die ihr unbekannte Landzunge in der Ferne schaute, verstand sie noch besser, welche Angst die Heimbewohner gehabt haben mussten.

Es wird alles gut, wiederholte sie im Stillen, wie ein Mantra, und hoffte, dass es wahr werden würde, wenn sie es sich nur oft genug vorbetete.

Zuerst war ihr der Verlust ihres Jobs beinahe wie ein Glücksfall vorgekommen, nachdem die erste schreckliche Aufregung sich gelegt hatte. Es schien eine gute Idee zu sein, die kleine Industriestadt zu verlassen, in der sie und Greg wohnten. Sie würde nicht mit der Angst leben müssen, ihm zu begegnen, und vielleicht würde sie nachts sogar wieder durchschlafen können. Es war sinnlos und anstrengend, um drei Uhr morgens wach zu liegen und wieder und wieder darüber nachzugrübeln, was in ihrer Beziehung schiefgegangen war. Ein neuer Job und ein neues Zuhause irgendwo anders im Land würden einen Wiederanfang bedeuten. Sie konnte sich ein funkelnagelneues Leben aufbauen.

Doch jetzt, wo sie hier war, an einem fremden Ort mit einer

viel älteren Schwester, die sie kaum kannte, und einem Vorstellungsgespräch für einen Pflegejob am nächsten Tag, von dem sie sich nicht sicher war, ob sie ihn überhaupt wollte, kam ihr alles viel schlimmer vor statt besser. Und das Mantra, das ihr immer noch im Kopf umging, war machtlos gegen die Panik, die tief in ihr brodelte.

Die Wahrheit war, sie vermisste Greg, und sie vermisste die Bewohner des Pflegeheims, die wie eine große Familie gewesen waren. Die Arbeit im Heim war viel mehr für sie gewesen als nur ein Job. Sie hatte den Bewohnern gern zugehört, wenn sie Geschichten von früher erzählt hatten, und sie hatte sich geehrt gefühlt, dass sie ihr ihre kostbaren Erinnerungen anvertraut hatten, während ihr Leben zu Ende ging.

Jim sah Freya an, als könne er ihre Gedanken lesen, und schenkte ihr ein mitfühlendes Lächeln. Er hatte sich den Pullover mit Ketchup bekleckert, bemerkte sie.

»Wie wär's, wenn du Freya ihr Zimmer zeigen würdest, Belle? Sie muss von der langen Reise müde sein.«

»Natürlich. Wo sind meine Manieren?«, sagte Belinda und führte Freya zurück in den Flur, um ihren Koffer zu holen. »Du siehst wirklich müde aus, fast ein bisschen blass um die Nase. Aber sei unbesorgt«, erklärte sie fröhlich, als sie die Treppe hinaufging. »Ich bin in Heaven's Cove als hervorragende Problemlöserin bekannt und geachtet, wie ich wohl sagen darf. Wenn etwas in Ordnung gebracht werden muss, wendet man sich an mich. Du bist also an den richtigen Ort zu der richtigen Person gekommen, um dein Leben wieder hinzubiegen. Du brauchst es übrigens nur zu sagen, wenn Jim den Koffer tragen soll.«

Freya seufzte leise und folgte ihrer Schwester, während sie den Koffer Stufe für Stufe nach oben zerrte. Sie war sich nicht sicher, ob sie von Belinda hingebogen werden wollte.

Das Gästezimmer war klein und wurde fast vollständig von dem Bett eingenommen, aber es war schön eingerichtet. Eine geblümte Bettdecke und cremefarbene Vorhänge bildeten einen Kontrast zu den dunklen Deckenbalken. Auf einem Stuhl neben dem Kiefernschrank lag ein Handtuch, und auf dem Nachttisch stand eine Vase mit rosafarbenen Chrysanthemen.

Belinda hatte sich große Mühe gegeben, damit ihre Schwester sich willkommen fühlte, und Freya war ihr dafür sehr dankbar. Belinda schien sie wirklich gern zu haben. Vielleicht bildete sie sich die unterschwellige Feindseligkeit, die manchmal von ihrer Schwester auszugehen schien, nur ein, und sie war einfach überempfindlich.

Greg zufolge war Freya sensibler, als ihr guttat, und sie musste zugeben, dass dies manchmal der Wahrheit entsprach. Sensibilität hatte auch etwas Positives, denn es machte sie zu einer guten Zuhörerin und zu einer ausgezeichneten Hüterin von Geheimnissen. Seit Freya denken konnte, hatten die Menschen sich ihr anvertraut und schienen instinktiv zu wissen, dass sie ihre Herzensergießungen für sich behalten würde. Doch ihre Hochsensibilität ließ sie manchmal an Menschen zweifeln, wenn diese einfach nur nett waren.

Freya sah sich noch einmal in dem Gästezimmer um, das so einladend hergerichtet worden war, und schenkte ihrer Schwester ein herzliches Lächeln.

»Ich bin dir wirklich dankbar für deine Hilfe und dass ich hier übernachten darf«, sagte sie und verzieh Belinda die unaufhörlichen Fragen, als sie die Treppe hinaufgestiegen waren. *Was macht Greg jetzt? Wie sehen deine langfristigen Pläne aus?*

Es waren Fragen, die Freya sich noch nicht einmal selbst stellen wollte, und sie hatte sie so höflich abgewehrt, wie sie konnte.

»Ist schon gut. Wie Jim gesagt hat, du gehörst zur Familie«, antwortete Belinda schroff. »Ach übrigens, ich habe etwas von dem Coq au Vin vom Mittagessen für dich aufgehoben, es ist also reichlich zu essen da, falls du Hunger hast. Es ist mein

Spezialrezept und schmeckt hervorragend, wenn ich so sagen darf, jedenfalls besser als Jims Hotdogs.« Sie strich über die Bettdecke, um eine Falte zu glätten. »Wie wär's, wenn du auspackst und dann wieder herunterkommst? Ich kann dir mehr über das Dorf und die Einheimischen erzählen, wie zum Beispiel über die Frau, die zwei Häuser weiter wohnt und gerade angeklagt wurde, Geld aus dem Souvenirladen gestohlen zu haben, in dem sie angestellt war. Ich wusste gleich, dass an ihr etwas faul war, aber Jim wollte nichts davon hören.«

Sie verschränkte mit einem selbstgerechten Nicken die Arme vor ihrem üppigen Busen.

»Etwas zu essen klingt wunderbar. Danke.« Freya zögerte, bevor sie fragte: »Wie geht es deiner Mum?«

Belinda verspannte sich, und die Falten um ihren Mund traten deutlicher hervor.

»Sie lebt immer noch allein in ihrem Bungalow in Birmingham, obwohl wir ihr vorgeschlagen haben, hier in unsere Nähe zu ziehen, nach Devon. Sie ist inzwischen über achtzig und immer noch nicht glücklicher. Wahrscheinlich wird sie es auch nie werden.«

»Wie schade«, erwiderte Freya und empfand eine vertraute Welle der Scham über das, was damals geschehen war – und alles wegen ihr.

»Aber so ist es nun mal.« Belinda beugte sich über das Bett und rückte das Kissen gerade, dann ging sie zur Tür. »Pack deine Sachen aus, wir sehen uns gleich unten.«

Sobald Belinda das Zimmer verlassen hatte, trat Freya ans Fenster. Sie beugte sich hinaus, sog tief die salzige Luft ein und betrachtete das Meer. Eine frische Brise strich übers Wasser, und die Wellen trugen weiße Kronen. Jenseits der Landzunge erstreckten sich grüne und graue Streifen in Richtung Horizont.

Es war eine ganz andere Aussicht als die, die Greg und sie während der letzten Jahre gehabt hatten, nachdem sie in eine

Wohnung in der Stadt gezogen waren. Er liebte das urbane Flair und das Gefühl, mittendrin zu sein, und sie hatte das ständige Brummen des Verkehrs und die Geschäftigkeit der Menschen belebend gefunden.

Doch heute war ein Blick aufs Meer genau das, was sie brauchte, denn die endlose Bewegung des Wassers übte eine beruhigende Wirkung aus. Mochte das Leben auch in einem schrecklichen Chaos versinken – die Wellen würden weiter rollen.

Freya blieb noch einige Augenblicke am Fenster stehen und entspannte die verkrampften Schultern, dann zog sie den Reißverschluss ihres Koffers auf und nahm die Sachen heraus, die nicht knitterfrei waren. Als sie die Kleidungsstücke nebeneinander auf dem Bett ausbreitete, wurde ihr bewusst, dass die Geschichte ihrer gescheiterten Beziehung mit ihrem Ehemann vor ihr lag. Die praktischen Hosen, die sie bei der Arbeit getragen hatte, lagen noch zusammengelegt im Koffer, während figurbetonte Kleider und schicke Röcke auf der Decke lagen.

Freya war mehr der Jeanstyp und hatte sich in feinen Sachen noch nie wohlgefühlt. Greg war früher genauso gewesen und hatte praktisch in Sweatshirts und Cargohosen gelebt. Vor einer Weile hatte er sie jedoch gegen Kaschmirpullover und Chinos eingetauscht, als sein Juwelierladen begonnen hatte, zahlungskräftige Kunden anzulocken. Er hatte auch angefangen, den Leuten zu sagen, sein Name sei Gregory, und Freya einen bösen Blick zugeworfen, wenn sie es vergaß und ihn vor anderen Greg nannte.

Freya hatte versucht, sich ihrem Mann anzupassen, als er Networking-Gruppen beigetreten war und sich unter die lokalen VIPs gemischt hatte, die vielleicht »gut fürs Geschäft« sein würden. Sie hatte ihre Garderobe auf den neuesten Stand gebracht und edle Kleider getragen, wenn es sein musste. Aber sie hatte immer das Gefühl gehabt, eine Rolle zu spielen und Gregs Erwartungen nicht gerecht zu werden.

Im großen Ganzen schien der Unterschied in ihrem Kleidergeschmack unerheblich zu sein, aber er warf ein bezeichnendes Licht auf eine schmerzhafte Wahrheit: Dass sie und Greg sich auseinandergelebt hatten und unterschiedliche Erwartungen an das Leben hatten.

Freya griff nach dem hautengen Kleid aus minzgrüner Seide, das ihr Mann vor zwei Jahren für sie ausgesucht hatte. Es war wunderschön, aber unpraktisch, weil es nur in der Reinigung gewaschen werden durfte und nicht oft getragen werden konnte. Und außerdem – wo sollte sie es schon tragen? Nach einer Weile wurde sie kaum noch zu den endlosen Networking-Events eingeladen, die Greg – Gregory – besuchte.

Vielleicht hätte sie darauf bestehen sollen, dass er sie mitnahm. Sie hätte sich mehr Mühe geben sollen, die elegante, glamouröse Frau zu sein, die er an seiner Seite haben wollte. Eine Frau wie Erica aus seinem Verkaufsteam, mit ihrem blonden Haar, dem makellosen Make-up und der Designergarderobe. Eine Frau, die Freya immer ziemlich unfreundlich und etwas einschüchternd gefunden hatte.

Freya nahm den Schminkspiegel aus dem Koffer und blickte hinein. Ihr Haar, das zwar dicht und glänzend war, ließ sich bestenfalls als blassbraun und widerspenstig beschreiben, ihr Gesicht war nahezu ungeschminkt, und ihr einziges Zugeständnis an Mode waren die Stiefeletten, die sie auf dem Kopfsteinpflaster fast umgebracht hatten. Die Turnschuhe in ihrem Koffer wären eine weitaus vernünftigere Wahl gewesen.

Für Greg kamen Turnschuhe überhaupt nicht infrage. Als sie vor zwölf Jahren ein Paar wurden, hatte er praktisch gar nichts anderes getragen, doch inzwischen bestand seine bevorzugte Fußbekleidung aus Mokassins mit Quasten aus weichem italienischem Leder, handgefertigt in Siena. Er hatte seinen gemütlichen Renault gegen einen Sportwagen eingetauscht und rümpfte die Nase über jeden Wein, der kein Jahrgangswein und nicht sündhaft teuer war. In jüngster Zeit hatte Freya ihn oft angesehen und sich gefragt, ob sie ihn überhaupt kannte.

Sie wandte sich mit einem Seufzen vom Fenster ab. Unten hörte sie Belinda in der Küche rumoren. Sie wärmte vermutlich das Coq au Vin auf und bereitete sich darauf vor, ihre Schwester mit Geschichten über fehlgeleitete Einheimische zu unterhalten.

Das war das Letzte, was Freya im Moment wollte. Am liebsten wäre sie unter die Decke gekrochen und hätte geschlafen – Schlaf vertrieb die Panik über ihre Zukunft und die quälenden Erinnerungen an ihre Ehe, zumindest für eine Weile.

Doch Belinda war so nett gewesen, sie hier übernachten zu lassen und das Vorstellungsgespräch zu arrangieren, das ihr vielleicht helfen würde, ihr Leben wieder ins Lot zu bringen. Außerdem musste Freya zugeben, dass sie seit den Ereignissen damals tief in der Schuld ihrer Schwester stand und immer stehen würde. Es war daher das Mindeste, was sie tun konnte, Belindas Coq au Vin zu essen und eine Stunde lang Klatsch über sich ergehen zu lassen.

Freya band sich den Pferdeschwanz neu, setzte ein Lächeln auf und ging nach unten in die Küche.

»Da bist du ja.« Belinda schaute von dem dampfenden Hühnchen und dem Gemüse auf, das sie auf einen Teller lud. »Setz dich an den Tisch zu Jim, ich bringe dir gleich dein Essen, und dann können wir uns unterhalten.«

Freya gab sich größte Mühe, Belindas »speziellen« Coq au Vin angemessen zu würdigen. Es war köstlich, und sie hätte Hunger haben sollen, denn außer einem durchweichten Sandwich hatte sie den ganzen Tag noch nichts gegessen. Doch sie hatte Schwierigkeiten, die Bissen herunterzuschlucken.

»Du machst doch keine Diät, oder?«, fragte Belinda missbilligend, nachdem sie ihr ausführlich von dem Spendenkomitee für den Gemeindesaal erzählt hatte, dessen Vorsitzende sie war.

»Du bist zwar hier und da etwas stämmig, aber gar nicht schlecht für dein Alter.«

Stämmig? Freya hob bei Belindas unverblümter Einschätzung überrascht die Brauen. »Nein, ich bin nicht auf Diät, und es schmeckt wirklich ausgezeichnet, aber ich fürchte, die lange Reise hat mir den Appetit verdorben.«

»Das wird es sein«, pflichtete Belinda ihr bei und musterte Freya forschend. Dann rümpfte sie die Nase. »Eine emotionale Belastung kann auch der Verdauung böse Streiche spielen. Es könnte helfen, wenn du mir erzählst, was zwischen dir und deinem Mann vorgefallen ist. Ich verspreche auch, es keiner Menschenseele zu verraten.«

Jim riss die Augen auf und schüttelte fast unmerklich den Kopf, aber Freya war mit Belindas Auffassung von Diskretion bereits bestens vertraut.

Freya war es wichtig, Geheimnisse zu wahren. Es wurde manchmal ein wenig haarig, sich zu erinnern, welche Freundin ihr was erzählt hatte, und welche Informationen sie weitergeben konnte und welche nicht. Doch sie bekam es gut hin, im Gegensatz zu Belinda, die darauf versessen zu sein schien, anderer Leute Geheimnisse zu erfahren, damit sie sie später weitererzählen konnte.

»Ehrlich«, sagte Belinda und beugte sich über den Tisch. »Reden hilft immer, und du kannst mir absolut alles sagen.«

»Wenn es dir nichts ausmacht, würde ich im Moment lieber nicht darüber reden.«

»Bist du dir sicher?« Belinda machte ein langes Gesicht. »Ich bin eine sehr gute Zuhörerin, du kannst es mir also jederzeit erzählen.«

»Danke. Das mache ich. Aber es geht mir wirklich gut.«

Freya lächelte nachdrücklich und schob das Essen auf ihrem Teller herum.

»Hm. Wenn du es sagst ... Aber dein Leben ist im

Umbruch. Es ist für dich im Moment eine echte Herausforderung.«

Herausforderung war ein treffender Ausdruck dafür. Ihre Vergangenheit war erschütternd, ihre Gegenwart war beunruhigend, und ihre Zukunft ... nun, das wusste Gott allein. Freya spießte einen bleichen Pilz auf und schob ihn sich in den Mund, während Belinda sie beobachtete.

Sobald sie konnte, flüchtete sie in den ersten Stock, mit der Ausrede, weiter auspacken zu müssen, obwohl sie das gar nicht vorhatte. Welchen Sinn hätte das gehabt, wenn sie morgen, falls alles nach Plan lief, schon in einem anderen Haus bei einer Frau leben würde, die sie noch nie gesehen hatte?

Sie legte die auf dem Bett ausgebreiteten Kleider auf den Stuhl und ließ sich in die Kissen sinken. Dann atmete sie tief durch, um die Panik zu verscheuchen, die ihr Übelkeit bereitete. Was hatte sie getan? Sie hatte alles Vertraute hinter sich gelassen, um in ein kleines Dorf in Devon zu kommen, weil ihre Schwester, die sie nicht immer besonders zu mögen schien, ihr dazu geraten hatte.

Es wird schon gut gehen, sagte sie sich im Geiste wieder und wieder. *Lächle, sei tapfer und fang einfach an.*

Ein plötzliches Klopfen an der Zimmertür unterbrach ihre Gedanken, und Belinda steckte den Kopf herein.

»Du bist so schnell verschwunden, dass ich ganz vergessen habe, dir das hier zu geben.«

Als sie die Tür ganz aufgedrückt hatte, sah Freya, dass sie einen kleinen Biskuitkuchen auf einem Teller trug. »Nicht dass du denkst, ich hätte deinen Geburtstag vergessen oder ignoriert.«

»Vielen Dank.« Freya schwang die Beine aus dem Bett und setzte sich auf. »Das ist wirklich lieb von dir.«

»Nun«, sagte Belinda errötend, als sie den Kuchen auf den Nachttisch stellte. »Wir sind schließlich eine Familie.«

Als ihre Schwester wieder nach unten gegangen war,

steckte Freya den Finger in die Kuchenfüllung und leckte die unangenehm süße Sahne ab. Dann begann sie zu weinen.

Was ihr an einem so schweren Tag schließlich den Rest gab, war nicht der Abschied von ihrem Zuhause, der Schmerz eines gebrochenen Herzens oder ein Gefühl von Trauer. Was sie zum Weinen brachte, war ein selbstgemachter Victoria Sponge Cake, in dem eine tropfende rosafarbene Kerze steckte.

ZWEI

FREYA

Als Freya am nächsten Morgen erwachte, blieb sie für einen Moment still liegen und fragte sich, wo sie war. Sie und Greg wachten jeden Morgen vom Lärm der Lastwagen auf, die an dem Lagerhaus gegenüber beladen wurden, und von den Zügen, die in den nahen Bahnhof einfuhren.

Hier war sie von dem klagenden Ruf der Möwen aus dem Schlaf geweckt worden, begleitet von dem schwachen Dröhnen der Wellen, die gegen die Felsen am Rand des Dorfes schlugen.

Bei der schlagartigen Erkenntnis, wo sie war und warum, wurde ihr flau im Magen. Durch die Trennung von Greg und die Schließung des Pflegeheims waren ihr die letzten Monate wie ein Albtraum vorgekommen, der auch dann noch andauerte, wenn sie die Augen öffnete. Und nun war sie meilenweit von zu Hause entfernt und stand im Begriff, ein neues Leben zu beginnen – sofern Kathleen, Belindas Freundin, Gefallen an ihr fand.

Alles kam ihr fremd vor. Selbst die Halbschwester, die eingeschritten war, um ihr Leben wieder »hinzubiegen«, war fast eine Fremde. Doch jetzt war es zu spät für einen Rückzieher.

Freya zwang sich, die Beine aus dem Bett zu schwingen und zum Fenster zu gehen.

Unten in der Bucht erwachte Heaven's Cove zum Leben. Boote dümpelten auf dem Wasser, und an der Uferpromenade stand ein bunt bemalter Wohnwagen aus Holz. Eine Frau in einer gestreiften Schürze stellte eine Kreidetafel nach draußen, auf der stand:

HIMMLISCHER KAFFEE. FRÜHSTÜCKSBRÖTCHEN MIT SPECK. SAHNEPORRIDGE.

Dahinter ragte die Landzunge ins Meer, und Freya nahm sich vor, bei nächster Gelegenheit einen Spaziergang dorthin zu unternehmen. Bewegung und frische Luft taten ihr immer gut.

Trotz ihrer Nervosität knurrte ihr der Magen, und sie brach sich ein Stück von ihrem gestrigen Geburtstagskuchen ab und aß es. Es war trocken und blieb am Gaumen kleben, aber der Zuckerschub half. Dann nahm sie im Bad eine schnelle Dusche, bevor sie nach unten in die Küche ging.

Belinda trug einen rosafarbenen Morgenmantel aus Velours und wischte gerade die Arbeitsplatten ab.

»Na, du bist aber eine Frühaufsteherin«, bemerkte sie mit einem anerkennenden Nicken. »Ich habe gerade eine Kanne Tee gekocht, wenn du welchen haben möchtest. Bedien dich.«

Freya schenkte sich eine Tasse ein und setzte sich an den kleinen Tisch in der Ecke. Belinda legte den Lappen weg, nahm ihren eigenen Tee und gesellte sich zu ihr.

»Ich hoffe, du hast gut geschlafen in deiner ersten Nacht in Heaven's Cove.«

»Ja, danke«, log Freya. »Es ist ein sehr bequemes Bett.«

»Wir haben das Beste gekauft, obwohl es nicht oft benutzt wird.« Belinda rümpfte die Nase, bevor sie einen Schluck Tee nahm. »Ich habe Kathleen gesagt, dass wir kurz nach neun bei ihr sind. Sie ist schon sehr gespannt, dich kennenzulernen.«

Nicht so gespannt wie ich, dachte Freya und strich sich das Haar hinter die Ohren. »Was ist, wenn sie mich nicht mag?«

»Natürlich wird sie dich mögen«, meinte Belinda und schnalzte missbilligend mit der Zunge, als würde allein schon die Frage eine Enttäuschung darstellen. »Ich habe mich für dich verbürgt, und mein Wort hat hier Gewicht. Es wird euch beiden guttun. Du brauchst Arbeit, und Kathleen braucht jemanden, der sich um sie kümmert. Es ist eine perfekte Kombination, und Kathleen wird dich gernhaben.«

Würde sie das wirklich? Es brauchte Zeit, eine Beziehung zu einem anderen Menschen aufzubauen, vor allem, wenn man bei ihm wohnte. Freya trank den Tee aus und aß pflichtschuldig die dick mit Butter bestrichene Scheibe Toast, die Belinda vor sie hinstellte.

»Willst du das anbehalten?« Belinda beäugte stirnrunzelnd Freyas saubere Jeans und den schönen blauen Pullover.

»Ähm ...«

»Kathleen ist eine eingefleischte Traditionalistin, eine altmodische Frau mit hohen Ansprüchen. Es handelt sich schließlich um ein Vorstellungsgespräch, wenn auch ein ziemlich informelles.«

»Die Jeans ist neu, aber es ist kein Problem. Ich kann mich umziehen, wenn du das für angebracht hältst.«

»Das tue ich. Schließlich gehören wir zur gleichen Familie, und du willst mich doch nicht blamieren. Ich habe in diesem Dorf einen Ruf zu wahren, daher musst du gut aussehen.«

Sie lachte, um ihre Worte abzumildern, aber Freya fühlte sich entsprechend zurechtgewiesen und schlüpfte wieder nach oben, um das minzgrüne Seidenkleid anzuziehen und sich zu schminken.

Sie tupfte Concealer auf die dunklen Ringe unter den großen grauen Augen und wünschte, sie hätte sich die goldenen Strähnchen machen lassen, für die Greg ihr vor einiger Zeit einen Gutschein bei einem teuren Friseur geschenkt hatte, weil er eine blonde Frau haben wollte. Aber dazu war es nicht mehr gekommen, als ihr Leben sich verändert hatte, daher hatte sie ihr natürliches Hellbraun behalten. Greg hatte gesagt, eine Angestellte habe diesen speziellen Friseursalon empfohlen. Vielleicht Erica?

Freyas Finger wanderten automatisch zu ihrem Ringfinger, wo früher ihr Ehering gewesen war. Sie warf einen Blick aufs Handy, aber es war keine Nachricht von Greg gekommen. Kein »Hoffe, es geht dir gut« oder »Viel Glück in deinem neuen Leben«.

Bei der Erkenntnis, dass es ihn nicht interessierte, zog sich ihr das Herz zusammen, und ihre Unsicherheit wuchs. Die Sache mit Greg und ihr war eindeutig vorbei. Und obwohl sie diese traurige Tatsache schon vor einer Weile akzeptiert hatte, machte die Akzeptanz seine Gleichgültigkeit ihr gegenüber nicht weniger schmerzhaft.

Sie setzte sich aufs Bett und atmete tief durch, als Belinda an die Tür klopfte und rief: »Bist du so weit, Freya? Du willst doch keinen schlechten Eindruck machen, indem du gleich am ersten Tag zu spät kommst, falls Kathleen möchte, dass du sofort mit der Arbeit anfängst.«

Ihr erster Tag. Es war wie der erste Tag an der neuen Schule, wo man niemanden kannte. Es wird schon gut gehen, wiederholte sie eins ums andere Mal im Geiste, während sie rosafarbenen Lippenstift auftrug und dann die Treppe hinunterstieg.

DREI

FREYA

Kathleens Cottage war etwas größer als das von Belinda, aber nicht so gut in Schuss. Die Fensterrahmen waren verwittert, und die dunkelblaue Haustür brauchte einen neuen Anstrich.

Das Haus selbst bestand ebenfalls aus weiß getünchtem Stein, lag jedoch mehrere Straßen vom Hafen entfernt am Dorfanger, einem wettergegerbten Kriegerdenkmal und einer alten Kirche mit gedrungenem Turm. Die Sonne spiegelte sich funkelnd in den Kirchenfenstern und verlieh dem Stein einen rötlichen Schimmer.

Belinda strich über die abblätternde Farbe der Haustür und flüsterte laut: »Ich bin mir sicher, dass Kathleen einiges auf der hohen Kante hat, aber sie scheint nicht gewillt zu sein, es auszugeben. Wie dem auch sei, bist du bereit?« Sie hatte die Finger bereits um den Türklopfer aus Messing geschlossen.

Als Freya nervös nickte, klopfte Belinda laut an.

»Hüte dich vor ihrer grässlichen Katze. Sie kratzt, sobald sie einen sieht. Und denk daran, dass Kathleen manchmal ein bisschen taub ist und du laut sprechen musst. Obwohl ihre Taubheit ziemlich selektiv sein kann. Sie scheint mich nie zu hören, wenn ich auf der Suche nach freiwilligen Helfern für den

Gemeindesaal bin. Habe ich dir erzählt, dass ich auch den Vorsitz über das Spendenkomitee führe?«

»Du hast es erwähnt, ja.«

Freya hatte alles über Belindas Arbeit als Vorsitzende des Komitees und Leiterin der Gruppe, die den monatlichen Dorfmarkt organisierte, erfahren. Sie hatte auch von mehreren Einheimischen gehört, deren Angelegenheiten, Kaufgewohnheiten oder sogar Inneneinrichtung nicht die Billigung ihrer Schwester fanden. Belinda war sehr voreingenommen und eine noch unverbesserlichere Klatschtante, als Freya gedacht hatte.

Belinda klopfte noch einmal an die Tür, lauter diesmal. »Ich hoffe, dass Kathleen nicht ausgegangen ist, nur um mir eins auszuwischen. Sie kann eine sture alte Schachtel sein.«

»Warum sollte sie dir eins auswischen wollen?« Freya runzelte die Stirn. »Sie freut sich doch, dass du mich ihr vorstellst und wir über die Stelle reden können, oder? Du bist manchmal ein bisschen ... äh ...«

»Ein bisschen was?«, fragte Belinda und riss den Kopf zu ihrer Schwester herum. In ihren braunen Augen lag ein Anflug von Feindseligkeit.

»Ein bisschen ... resolut.«

»Na, einer hier muss resolut sein, sonst würde alles liegen bleiben«, murrte Belinda und rieb die Finger, bis die Lackflöckchen von der Tür, die daran klebten, zu Boden rieselten.

»Bist du dir sicher, dass Kathleen mit deiner Idee wirklich einverstanden ist?«, wiederholte Freya ängstlicher denn je. Ihre Schwester besaß die Überzeugungskraft einer Dampfwalze.

»Natürlich bin ich das«, bekräftigte Belinda und bückte sich, um durch den Briefkasten zu spähen. »Sie kann es gar nicht erwarten, dich kennenzulernen.« Sie richtete sich auf. »Sie kommt. Ehrlich gesagt überrascht es mich, dass Kathleens Sohn sich nicht um die Reparaturen kümmert. Wohlgemerkt, zu dem kann ich dir eine Geschichte erzählen. Seine Frau ist bei einem schrecklichen Verkehrsunfall ums Leben gekommen, daher ist er jetzt mit seiner Tochter allein.«

Typisch Belinda, eine traurige Geschichte über einen Witwer in Klatsch zu verwandeln. Glücklicherweise fand ihre Erzählung ein jähes Ende, als die Tür geöffnet wurde und eine Frau vor ihnen erschien, deren schneeweißes Haar im Nacken zu einem Dutt geschlungen war.

»Kommen Sie herein«, drängte sie und führte Freya und Belinda in den Flur. »Hat man Sie gesehen?« Sie warf einen Blick in die schmale Gasse und schloss dann die Tür hinter ihnen. Die einzigen Geräusche im Cottage waren das ferne Rumoren einer Waschmaschine und das klagende Miauen einer schwarzen Katze, die auf der untersten Treppenstufe saß.

Freya verließ der Mut, denn Kathleen schien überhaupt nicht daran interessiert zu sein, sie kennenzulernen. Die alte Frau stieß langsam den Atem aus und musterte Freya von Kopf bis Fuß.

»Das ist also Ihre Schwester, Belinda.«

»Halbschwester«, sagten Belinda und Freya wie aus einem Mund.

»Schwester, Halbschwester.« Kathleen zuckte die Achseln. »Sie sind verwandt, was spielt es da für eine Rolle?«

Sie sprach mit einem anderen Akzent als dem der Dorfbewohner, die Freya auf dem Weg zu ihr gehört hatte. In Kathleens Stimme schwang ein leichter irischer Einschlag mit, der sie warmherzig klingen ließ, obwohl ihr Gesichtsausdruck alles andere als freundlich war.

Sie führte sie in das Wohnzimmer, von dem man auf die Kirche blickte, und deutete auf eine dreiteilige Ledergarnitur, die vor Alter glänzte.

»Nehmen Sie Platz.«

Als Freya und Belinda sich auf das Sofa setzten und Kathleen zu dem Sessel ihnen gegenüber ging, hatte sie Gelegenheit, die alte Frau zu betrachten. In ihrer dunkelblauen Hose und dem cremefarbenen Pullover bot sie eine elegante Erscheinung. Allem Anschein nach war sie eine stolze Frau, die noch gut allein zurechtkam.

Dann entdeckte Freya Anzeichen, dass vielleicht doch nicht alles so war, wie es schien. Kathleen schwankte leicht, als sie zu ihrem Sessel ging, und packte die Armlehnen mit festem Griff, bevor sie sich niederließ. Und als sie an dem hohen Halsausschnitt ihres Pullovers zog, der aussah, als hätte sie ihn verkehrt herum angezogen, bemerkte Freya auf ihrem Handrücken eine große rote Brandwunde.

Kathleen begegnete Freyas Blick und hielt ihm kurz stand, dann sah sie weg. Auf der rechten Wange hatte sie ein portweinfarbenes Muttermal, das ihre grünen Augen betonte.

»Wie geht es Ihnen, Kathleen?«, fragte Belinda, während ihre Blicke durch den Raum huschten. Er war mit Möbeln vollgestellt, aber gemütlich. Bilder hingen an den Wänden und fröhliche gelbe Ofenkacheln fassten den Kamin ein.

»Ach, Sie wissen schon. Ich komme zurecht. Und selbst?«

Sie beugte sich vor und streichelte die Katze, die ins Wohnzimmer gekommen war, sich zu ihren Füßen niedergelassen hatte und die Eindringlinge anstarrte.

»Ich stecke wie immer bis über beide Ohren in Arbeit, Kathleen, denn jeder scheint etwas von mir zu wollen. Ehrlich, ich weiß nicht, wie ich es schaffe, das alles in meinem Tag unterzubringen.«

Die beiden Frauen hielten Small Talk, während Freya zwei silbergerahmte Fotos auf dem Tisch am Fenster betrachtete. Auf dem einen waren ein Mann und eine Frau zu sehen, und der Mann hielt ein Baby im Arm. Das andere war eine Porträtaufnahme der Frau.

Sie war wunderschön, dachte Freya und fragte sich, ob das Kathleens Schwiegertochter war, die bei dem Unfall gestorben war. Sie wirkte so voller Leben, wie sie in die Kamera lächelte, mit strahlender Haut, perlweißen Zähnen und glänzendem kastanienbraunem Haar. Eine selbstbewusste, elegante Frau, die vor Gregs Augen Gnade gefunden hätte.

»Hat Belinda Ihnen gesagt, was ich angeblich dringend brauche, Freya?«, unterbrach Kathleen Freyas Gedanken.

Angeblich? Freya verlor noch mehr den Mut. Kathleen war eindeutig dazu genötigt worden, sie zu empfangen, und das bedeutete, dass sie die ganze weite Reise umsonst auf sich genommen hatte – und sie brauchte wirklich dringend einen Job.

»Belinda hat erwähnt, dass Sie etwas Gesellschaft und Unterstützung im Haus gebrauchen könnten«, antwortete Freya und versuchte, munter zu klingen.

»Ganz recht. Ihre Schwester hält es für das Beste.«

In Kathleens Stimme lag ein ärgerlicher Unterton, den Freya von den Heimbewohnern kannte, die von ihren wohlmeinenden Verwandten wie Kinder behandelt wurden.

Freya beugte sich vor. »Und was halten Sie für das Beste? Denn darauf kommt es an.«

Kathleen legte den Kopf schräg. »Danke, dass Sie mich fragen.« Mit Blick zu Belinda, die mit den Fingerspitzen auf die Sofalehne trommelte, sagte sie: »Ich denke, dass ich trotz allem, was andere sagen, noch nicht zum alten Eisen gehöre.«

Freya lächelte. Einige der alten Leute, die sie im Heim betreut hatte, waren ebenso stolz wie Kathleen gewesen und hatten große Angst davor gehabt, dass man ihnen die Unabhängigkeit nahm. »Das sehe ich, und dies ist Ihr Haus, daher treffen Sie die Entscheidungen.«

»Allerdings. Das tue ich.«

»Haben Sie das Gefühl, dass Gesellschaft und Unterstützung im Haus eine Hilfe sein könnten?«

»Ich muss zugeben ...« Kathleen warf Belinda einen weiteren Blick zu. »Ich muss zugeben, dass mir der Gedanke gekommen ist, aber ich halte es noch nicht für nötig. Belinda hat mir jedoch ziemlich energisch nahegelegt, mit Ihnen zu sprechen, und mir alles über Ihre Lebensumstände erzählt.«

Ach ja? Das war keine Überraschung. Sie und Belinda waren sich zweifellos in mancher Hinsicht ähnlich – dafür sorgte schon ihr gemeinsames genetisches Erbe. Doch ihr Umgang mit privaten Informationen anderer Leute könnte nicht unterschiedlicher sein.

Belinda setzte sich anders hin und stieß ein klirrendes Lachen aus.

»Das ist wahr, Kathleen, aber ich habe es Ihnen im engsten Vertrauen gesagt. Sie kennen mich doch, ich tratsche niemals um des Tratsches willen.«

Freya klappte der Unterkiefer herunter, und sie hatte Mühe, den Mund zu schließen.

»Wohl wahr, und Sie können unbesorgt sein, dass ich es für mich behalte. Ich kann ein Geheimnis bewahren.« Kathleen schaute aus dem Fenster, als hätte sie vergessen, dass sie Gäste hatte. Die Zeit verstrich, unterbrochen nur von dem Ticken der Uhr auf dem Kaminsims.

Belinda sah Freya mit hochgezogenen Augenbrauen an und fragte dann laut: »Kathleen? Sind Sie noch bei uns?«

Die alte Frau riss ihre Aufmerksamkeit vom Fenster los. Ein Sonnenstrahl glitt über ihre runzlige Haut, und sie wirkte plötzlich erschöpft.

»Es tut mir leid, dass Sie Probleme haben, Freya. Das Leben kann manchmal unfreundlich sein.« Sie stieß langsam den Atem aus. »Belinda sagte, dass Sie in einem Pflegeheim gearbeitet haben.«

»Das ist richtig. Fünf Jahre lang.«

»Hat man Sie hinausgeworfen?«

Freya grinste über die Unverblümtheit, die nur vom sanften Akzent der Frau gemildert wurde.

»Nein, das Heim ist geschlossen worden, das Personal hatte nichts damit zu tun. Das Gebäude wurde für unbewohnbar erklärt, und ich habe von einem Tag auf den anderen die Arbeit verloren. Ich habe sehr gute Referenzen von der Heimleitung. Ich bin vertrauenswürdig und fleißig und ... freundlich«, beendete sie den Satz lahm.

Kathleen lächelte zum ersten Mal. »Freundlichkeit ist alles im Leben, finden Sie nicht? Haben Sie den Menschen nahegestanden, die Sie betreut haben?«

»Ja. Sie sind meine Freunde geworden, und sie fehlen mir. Ich habe sie gepflegt und versorgt, aber am meisten vermisse ich die Gespräche mit ihnen.« Sie schluckte und zwang sich, nicht in Tränen auszubrechen.

»Worüber haben Sie mit Ihnen gesprochen?«, erkundigte Kathleen sich sanft.

»Über ihre Familien, ihr Leben, ihre Hoffnungen und Ängste. Alles, was sie mir erzählen wollten. Einige von ihnen waren ziemlich einsam. Ihre Angehörigen haben sie selten besucht, und ihre Freunde waren entweder verstorben oder zu weit weg, um vorbeizuschauen.«

»Meine Güte, dann musst du ja alles Mögliche gehört haben«, warf Belinda ein und setzte sich aufrecht auf dem Sofa hin. »Was haben die Leute denn so erzählt?«

Freya dachte an die vielen Vertraulichkeiten, die man mit ihr geteilt hatte. Sie hatte das Privileg gehabt, mit Menschen am Ende ihres Lebens zusammen zu sein, die manchmal ihre Geheimnisse und ihr Bedauern loswerden wollten, solang noch Zeit dafür war.

Belinda hätte ihre Geschichten über verlorene Liebe und verpasste Chancen begierig aufgesogen, aber Freya hatte kein Recht, sie weiterzugeben. Sie schüttelte den Kopf. »Ich halte es für unpassend, darüber zu sprechen.«

»Ach, komm schon. Wir sind unter uns, und sie würden nie erfahren, dass du es uns verraten hast.«

»Sie vielleicht nicht, aber ich wüsste es.«

Belinda sah Freya mit schmalen Augen an, und sie hielt

ihrem Blick stand. Für den unwahrscheinlichen Fall, dass sie jemals Geheimnisse preisgab, die man ihr auf dem Totenbett anvertraut hatte, wäre ihre schwatzhafte Schwester der letzte Mensch auf der Welt, mit dem sie darüber sprechen würde.

Glücklicherweise wurde jede weitere Absicht Belindas, Freya Geheimnisse zu entlocken, vereitelt, als der Kater aufs Sofa sprang und sich auf Freyas Schoß zusammenrollte.

»Gütiger Himmel!« Belinda rutschte zur Seite und vergrößerte den Abstand zwischen sich und ihrer Schwester. »Was für eine Ehre. Kathleens Kater mag mich nicht besonders.«

»Rocky mag niemanden besonders, aber ihr scheint Freunde zu sein«, bemerkte Kathleen. »Sind Sie Katzenliebhaberin, Freya?«

»Eigentlich nicht«, gestand Freya, während sie das seidige Fell auf dem Kopf des Katers streichelte. »Ich mag Tiere, aber ich hatte noch nie ein Haustier. Rocky ist ein ungewöhnlicher Name für eine Katze.«

»Sein richtiger Name ist Shamrock, aber meine Enkelin hat ihn Rocky getauft, und dabei ist es geblieben.« Kathleen lächelte und lehnte sich auf dem Sessel zurück. »Sie haben einen guten Eindruck auf Rocky gemacht, und auch auf mich. Sie scheinen eine liebenswerte junge Frau zu sein, Freya, und ich muss zugeben, dass ich mich hier manchmal einsam fühle.« Sie schüttelte den Kopf. »Aber ich bin mir trotzdem nicht sicher. Eine Fremde in meinem Haus zu haben, ist ... es ist zu viel.«

»Aber Freya hat extra die weite Reise auf sich genommen«, sagte Belinda und trommelte noch lauter mit den Fingern auf das Polster.

Freya versuchte, nicht zusammenzuzucken. Bei diesem Treffen ging es nicht darum, wie weit sie gereist war. Es ging um Kathleen und um ihre Wünsche.

»Das ist mir bewusst«, entgegnete Kathleen steif, »und es tut mir leid. Sie waren sehr überzeugend, Belinda, und es schien mir eine gute Idee zu sein. Die Lösung eines Problems. Aber ich habe seitdem noch einmal nachgedacht, und jetzt, da es so weit ist – viel schneller, als ich erwartet hatte –, fürchte ich, dass ich mich dagegen entschieden habe. Es geht nicht gegen Sie, Freya. Ich bin mir einfach nicht sicher, ob ich bereit bin, jemand anderen im Haus zu haben.«

Belinda wollte wieder protestieren, aber Freya fiel ihr ins Wort.

»Das ist in Ordnung, Kathleen. Ich verstehe Sie vollkommen.«

Sie verstand sie wirklich, aber sie war machtlos gegen die Enttäuschung, die sie überkam. Sie wollte nicht in diesem fremden Cottage wohnen, wenn Kathleen sie hier nicht haben wollte. Doch die Wahrheit war, dass sie nirgendwo anders hingehen konnte und keine Arbeit hatte. Sie würde wieder nach Hause in die Wohnung zurückkehren müssen, die voller Erinnerungen war und die gerade zum Verkauf stand.

»Ich bin mir sicher, dass wir gut miteinander auskommen würden, aber ich brauche im Moment keine Hilfe. Es geht nicht gegen Sie«, beteuerte Kathleen noch einmal.

»Ich weiß.«

Obwohl es Freya gegen jede Vernunft doch wie eine kleine Zurückweisung vorkam. Sie hatte den Anforderungen nicht genügt. Zuerst denen ihres Mannes und jetzt denen einer wildfremden Frau.

»Ich denke immer noch, dass Sie einen Fehler machen, Kathleen«, sagte Belinda. »Sie brauchen Unterstützung, und meine Schwester ist genau die Richtige dafür. Ich kann mich für sie verbürgen.«

»Vielen Dank für Ihre Sorge, Belinda. Ich weiß, Sie meinen es nur gut, aber ich kann auf mich selbst aufpassen. Ich bin hier vollkommen sicher.«

»Da habe ich aber etwas anderes gehört. Sie sind gerade Dorfgespräch.«

»Wirklich? Was haben Sie denn gehört?«

»Die Leute sind besorgt, weil Sie hier allein leben, und wer weiß, wie Ihr Sohn damit zurechtkommen wird. Obwohl es mich überrascht, dass er nicht längst eingeschritten ist.«

»Bitte, Belinda, lass es gut sein«, murmelte Freya, als sie sah, dass Kathleens Gesichtsausdruck sich verhärtete.

Es gefiel ihr gar nicht, dass ihre Schwester so aufdringlich war. Sie wollte gerade darauf bestehen, dass sie sich verabschiedeten, als sie etwas Merkwürdiges bemerkte. Der beißende Geruch von angebranntem Essen war in den Raum gezogen und wurde immer stärker.

Bevor sie etwas sagen konnte, durchschnitt das durchdringende Piepen eines Rauchmelders den Raum.

»Ach herrje!«, rief Kathleen und stemmte sich aus dem Sessel. »Nicht schon wieder.« Sie eilte zur Tür, öffnete sie und blieb wie angewurzelt stehen. »Oje«, sagte sie kaum hörbar.

Belinda sprang auf und lief zu Kathleen. Die beiden standen erstarrt wie Statuen in der Tür. Was um alles in der Welt war da los?

Freya schob Rocky sanft aufs Sofa und ging selbst nachsehen. Zuerst konnte sie nur die Diele ausmachen – einen kleinen viereckigen Raum, der weiß gestrichen war, um für Helligkeit zu sorgen. An der Wand neben der Treppe stand ein Telefontisch. Doch dann sah sie den Qualm. Dunkle Schwaden drangen durch die Ritzen einer geschlossenen Tür und stiegen zur Decke empor.

»Es brennt«, rief Freya über den Lärm des Rauchmelders.

Sie schob sich an den Frauen vorbei und lief zu der geschlossenen Tür. Die Türklinke war kalt, als sie die Finger darum schloss. Das war ein gutes Zeichen, oder? Vielleicht war das Feuer noch klein, aber es konnte sich ausbreiten, bevor die Feuerwehr eintraf, und das Cottage hatte ein Reetdach. Das ganze Gebäude würde in Flammen aufgehen, und Kathleen würde alles verlieren.

Mit einem letzten Blick auf die beiden bewegungslosen Frauen, die sie beobachteten, holte Freya tief Luft und stieß die Tür auf.

Im Raum war der Qualm dichter und brannte ihr in den Augen, aber sie konnte Flammen vom Herd kommen sehen.

Hustend lief sie durch die Küche, prallte schmerzhaft gegen einen Tisch und zog die Grillpfanne von der Kochplatte. Zwei schwarze Brotscheiben qualmten, und die Fettschicht, auf der sie lagen, brannte lichterloh.

Flammen züngelten empor, als Freya die Grillpfanne auf dem Herd abstellte und sich ein Geschirrtuch von der Arbeitsplatte schnappte. Sie tauchte es in das Spülwasser in der Spüle, wrang es aus und warf es über die Flammen. Glücklicherweise erstarben sie mit einem Zischen, und Freya stieß die Hintertür und die Küchenfenster weit auf, um den Rauch hinauszulassen.

Nachdem sie die Lunge mit frischer Luft gefüllt hatte, eilte sie zurück in das Cottage und schob sich an Kathleen und Belinda vorbei, die inzwischen vor der Küchentür standen. Beide Frauen wirkten blass und entsetzt.

»Belinda, bring Kathleen in den Garten«, rief Freya, dann nahm sie sich einen Mantel, der über dem Treppengeländer hing, und wedelte damit unter dem kreischenden Rauchmelder hin und her. Endlich hörte das grauenhafte Heulen auf, und sie sackte vor Erleichterung gegen die Wand. Dieses Vorstellungsgespräch würde sie so bald nicht vergessen.

Während sie noch um Atem rang, kam der Kater aus dem Wohnzimmer geschlüpft und warf ihr einen geringschätzigen Blick zu, als er vorbeimarschierte.

»Es war nicht meine Schuld«, murmelte Freya und sah dem Kater nach, wie er mit hocherhobenem Schwanz davonstolzierte. Es schien, dass sie keine Freunde mehr waren.

»Freya!«, rief Belinda aus dem Garten. »Ist alles in Ordnung?«

»Alles gut«, rief Freya zur Antwort, obwohl überhaupt

nichts gut war. Ihre Ehe war implodiert, ihre herrische Schwester versuchte, sie »hinzubiegen«, ein potentieller neuer Job hatte sich zerschlagen, und selbst Kathleens Katze zeigte ihr die kalte Schulter.

Aber wenn man die Dinge von der positiven Seite aus betrachtete – wie sie es in letzter Zeit versuchte –, würde dieses alte Cottage zumindest noch einen weiteren Tag überstehen, und es war niemand zu Schaden gekommen. Das würde vorerst genügen müssen.

Kathleen und Belinda sahen Freya ängstlich entgegen, als sie über den Rasen auf sie zu ging. Sie hatten sich in Korbsessel gesetzt, so weit wie möglich vom Cottage entfernt.

»Ist das Feuer aus?«, fragte Belinda. Sie tätschelte Kathleen die Hand, als Freya die Frage bejahte, und sprach langsam und deutlich zu der alten Dame, als würde sie sie nicht verstehen. »Jetzt ist alles wieder gut. Sie brauchen sich keine Sorgen zu machen. Na, das war eine ganz schöne Aufregung.«

Kathleen nickte, das Gesicht blass im Sonnenlicht.

Freya setzte sich auf eine niedrige gemauerte Beeteinfassung neben sie und sah sich in dem kleinen Garten um. Er barg eine herrliche Fülle von Kletterpflanzen und Frühlingsblumen, die sich in der Brise wiegten, und wirkte nach dem Chaos im Haus wunderbar beruhigend.

»Ehrlich, ganz Heaven's Cove muss den Rauchmelder gehört und sich gefragt haben, was los ist«, bemerkte Belinda.

Sie lächelte schwach, und Freya wurde klar, dass sie es genießen würde, jedem haarklein zu erzählen, was vorgefallen war. Arme Kathleen.

»Sie haben zwei Scheiben Toast in der Pfanne vergessen. Das ist alles. Das passiert schon mal«, sagte Freya.

»Aber da war so viel Rauch. Ich dachte, das ganze Haus würde in Flammen stehen.«

»Ich glaube, durch den Hitzestau hat sich die Gummidichtung um den Herd entzündet. Aber es ist kein dauerhafter

Schaden entstanden«, fügte Freya hinzu und bemerkte erneut, wie blass Kathleen aussah.

Plötzlich tauchte über der Gartenmauer ein Männerkopf auf, dessen silbernes Haar in der Sonne schimmerte. »Ist alles in Ordnung?«, fragte er.

»Jetzt ja, Gott sei Dank.« Belinda lachte. »Unsere Kathleen hat sich große Mühe gegeben, ihr Cottage in Brand zu stecken, aber dank meiner Schwester ist alles wieder gut.«

Sie legte Freya kurz den Arm um die Schultern, während Freya bewusst wurde, dass das Löschen eines Feuers sie in Belindas Augen in den Rang einer vollwertigen Schwester befördert hatte.

»Was für ein Glück, dass Sie da waren«, sagte der Mann. »Der Rauchmelder geht ziemlich regelmäßig los. Wir machen uns wirklich Sorgen deswegen, vor allem, da unsere Cottages miteinander verbunden sind. Das Reet würde brennen wie Zunder. Wie dem auch sei, ich bin froh, dass alles gut ist.«

Er runzelte die Stirn, dann verschwand er wieder in seinem eigenen Garten.

Kathleen hatte immer noch kein Wort gesprochen. Freya setzte sich neben sie. Die Bewohner des Pflegeheims hatten genauso verzweifelt ausgesehen, als bekannt geworden war, dass das Heim schließen würde.

»Vielleicht könntest du Kathleen ein Glas Wasser holen«, sagte sie zu Belinda.

»Ich glaube nicht, dass sie eins braucht, und ...«

»Bitte, Belinda. Der Rauch müsste sich inzwischen verzogen haben.«

Widerstrebend ging Belinda in die Küche.

»Jetzt ist alles wieder gut«, tröstete Freya die betagte Frau und klopfte ihr den Arm. »Die Flammen sind gelöscht, und der Rauch ist durch den Wind fast abgezogen. Nichts passiert.«

»Nur weil Sie da waren«, entgegnete Kathleen und biss sich

auf die Unterlippe. »Als Sie geklopft haben, habe ich den Toast vergessen.«

»Das ist uns doch allen schon mal passiert.«

»Und ich schäme mich zu sagen, dass ich vollkommen erstarrt bin, als ich so viel Rauch im Flur gesehen habe.« Sie schwieg. »Es ist nicht das erste Mal, dass ich um ein Haar das Haus in Brand gesteckt hätte, wie Ted von nebenan gesagt hat. Ich werde zu einer ziemlichen Belastung.« Kathleen schaute in Richtung Küche, wo sie Belinda auf der Suche nach einem Glas Schränke durchstöbern hörten. »Sagen Sie Ihrer Schwester nicht, dass sie recht hat, aber ich fürchte, dass ich nicht mehr lange allein zurechtkommen werde. Nicht, ohne das Cottage dem Erdboden gleichzumachen.« Ihr Gesicht verzerrte sich, aber sie nahm die Schultern zurück und sprach weiter. »Ich kann den Gedanken wirklich nicht ertragen, ins Heim zu gehen, Freya. Ich kann nicht aus Heaven's Cove fortziehen.«

Sie schaute zu dem steilen Felsen hinauf, der das Dorf überragte. Möwen kreisten wie weiße Punkte über dem Kliff, auf dem ein einsames Haus stand. Es war das beeindruckende Haus, das Freya gleich bei ihrer Ankunft in Heaven's Cove aufgefallen war.

»Natürlich nicht, denn Heaven's Cove ist Ihr Zuhause. Denken Sie, dass Ihr Sohn vielleicht helfen könnte?«

»Ryan wird mir helfen, so gut er kann, aber er hat eine Tochter und ... es ist kompliziert. Er hat schon genug Probleme, da darf ich es für ihn nicht noch schwieriger machen.« Kathleen setzte sich so, dass sie Freya mit ihren leuchtend grünen Augen ansehen konnte. »Mir scheint, dass ich doch nicht mehr so kann, wie ich dachte.« Sie holte tief Luft. »Also, werden Sie bei mir einziehen?«

»Ich ... ich weiß nicht recht.« Freya schluckte. »Es ist ein etwas seltsames Arrangement, um ehrlich zu sein. Sie möchten mich eigentlich gar nicht hier haben, und Sie wissen nichts über mich.«

»Das ist alles richtig, aber Belinda hat sich für Sie verbürgt, Sie wirken freundlich und sehr erfahren, und ... und ich weiß nicht so recht, was ich sonst tun soll. Ich habe große Angst, dass ich das Cottage beim nächsten Mal tatsächlich niederbrennen werde, und dann wäre Ted ziemlich böse auf mich.« Sie lächelte unsicher. »Und nach dem, was Belinda erzählt hat, befinden Sie sich im Moment selbst in einer unangenehmen Lage. Ich habe bei Ihnen ein gutes Gefühl. Sie scheinen ein anständiger Mensch zu sein, und Rocky irrt sich selten, wenn es um den ersten Eindruck geht. Haben Sie denn noch andere Optionen?«

Freya schüttelte den Kopf. »Nein. Ich könnte wieder nach Hause fahren, aber ...« Als ihre Stimme sich verlor, schenkte Kathleen ihr ein mitfühlendes Lächeln.

»Sie würden es lieber nicht tun?«

»Mhm, so ungefähr.«

»Warum helfen wir uns dann nicht gegenseitig? Wie wäre es, wenn Sie für einen Monat hierbleiben und wir sehen, wie es läuft?« Sie warf einen Blick zu Belinda, die mit einem Glas Wasser in der Hand durch den Garten geeilt kam. »Die Einzelheiten können wir später klären. Bitte«, drängte sie leise. »Ich kann hier nicht weg.«

»Was tuschelt ihr zwei da?«, fragte Belinda und drückte Kathleen das Wasserglas in die Hand. »Was habe ich verpasst?«

Mit Blick auf Kathleen sagte Freya: »Eigentlich nichts. Wir haben uns nur unterhalten und ...« Sie hielt für einen Moment inne, dann traf sie eine Entscheidung. »... und wir haben ausgemacht, dass ich für Kathleen arbeiten und für eine Weile bei ihr einziehen werde.«

»Oh, aber das ist ja wunderbar!« Belinda ließ sich auf die Mauer plumpsen. »Ich bin so froh, dass ihr auf mich gehört und Vernunft angenommen habt. Das wird sicher fantastisch für euch beide werden.«

Würde es das? Kathleen hatte sie förmlich angefleht zu bleiben, aber nur, weil sie gerade ihre Küche verräuchert und panische Angst vor der Zukunft hatte. Morgen würde sie die Sache vielleicht ganz anders sehen.

Freya atmete den Duft der Blumen ein und fragte sich, worauf sie sich da eingelassen hatte, während Kathleen an ihrem Wasser nippte und wieder zu dem hohen Kliff in der Ferne schaute.

VIER

RYAN

Der beißende Rauchgeruch war unverkennbar, als Ryan die Haustür des Cottages öffnete, und sein Herz schlug schneller.

Vergangenen Monat hatte seine Mum vergessen, den Wasserhahn abzudrehen, und die Küche überflutet. Sie hatte knöcheltief im Wasser gestanden. Davor war sie auf der untersten Treppenstufe ausgerutscht und hatte in der Diele auf dem Boden gelegen, als er sie fand. Zum Glück hatte sie nur ein paar Prellungen und Schrammen davongetragen, aber eines Tages ... Er war jedes Mal nervös, wenn er den Schlüssel ins Schloss schob.

»Mum? Bist du da? Geht es dir gut?«

Er wusste, dass er panisch klang, aber er war so müde, dass es ihm egal war. Die Arbeit nervte – er war deutlich in Verzug und hatte den Vormittag mit dem Versuch verbracht, Liegengebliebenes aufzuholen, mit Chloe gab es Streit wegen der Hausaufgaben, und jetzt versuchte seine Mutter anscheinend, das Haus niederzubrennen. Noch mehr konnte er wirklich nicht verkraften.

»Es geht mir gut, Ryan.«

Als die Stimme seiner Mum die Treppe herunterdrang,

seufzte er vor Erleichterung und ließ die Schultern sinken. Es waren weder Rauch noch Anzeichen eines Feuers zu sehen, und seine Mutter lebte. Vielleicht war der Tag ja doch nicht so schlecht.

»Warte bitte kurz im Flur«, rief seine Mum. »Ich bin gleich unten.«

Ryan zog die Jacke aus und hängte sie über das Treppengeländer. Dann warf er einen Blick in den Flurspiegel und runzelte die Stirn. Sein Haar war neuerdings mehr grau als braun, er hätte eine Rasur vertragen können, und sein Pullover hatte auch schon bessere Tage gesehen. Was würde Natalie von ihm denken, wenn sie noch da wäre?

Früher hatte er sich große Mühe mit dem Aussehen gegeben und Erfolg bei den Damen gehabt. Das würde er seiner Tochter gegenüber jedoch nicht erwähnen, weil sie ihm sonst Treulosigkeit vorwerfen würde, obwohl seine Tage als Schürzenjäger schon lange vor Natalie vorbei gewesen waren, und seither hatte es keine andere gegeben. Mit Ausnahme von Isobel aus dem Dorf natürlich, die es aus irgendeinem Grund auf ihn abgesehen zu haben schien – trotz seiner besten Bemühungen, ihr aus dem Weg zu gehen.

Er dachte an Isobel, als er in die Küche trat. Er sollte wirklich ein offenes Wort mit ihr reden, statt seine ziemlich erbärmlichen Ausweichmanöver fortzusetzen. Doch jetzt brauchte er erst einmal einen starken Kaffee, um wach zu werden und den Nachmittag zu überstehen.

Er hielt abrupt inne, als er eine Fremde an der Spüle sah, die bis zu den Handgelenken in Seifenschaum steckte.

Sie drehte sich um und verspritzte dabei Wasser auf die Küchenfliesen und ihr völlig unpraktisches grünes Kleid, das nach Seide aussah – Seide, die nun von dunklen Wasserflecken übersät war.

»Wer sind Sie?«, fragte er.

»Ich bin Freya.«

Sollte ihm das etwas sagen? Er kramte in seinem Gedächtnis. War sie eine Freundin seiner Mutter? Nein, dafür war sie viel zu jung. Er würde sich bestimmt daran erinnern, wenn er ihr schon einmal begegnet wäre, mit ihren großen grauen Augen, den vollen Lippen und dem hellen, zu einem Pferdeschwanz frisierten Haar.

»Freya«, wiederholte sie, um ihm auf die Sprünge zu helfen. Sie trocknete sich die Hände an dem Geschirrtuch neben der Spüle ab. »Sie müssen Ryan sein.«

»Stimmt. Aber ich weiß leider immer noch nicht, wer Sie sind.«

»Wirklich nicht? O nein, dann hat Ihre Mum also nicht mit Ihnen über mich gesprochen.« Röte schoss ihr in die bleichen Wangen, und sie strich sich eine Haarsträhne aus dem Gesicht.

»Worüber soll sie mit mir gesprochen haben?« Ryan schwante nichts Gutes. Das Verhalten seiner Mutter wurde in letzter Zeit immer unberechenbarer. Er ließ sich schwer am Küchentisch nieder. Sein Rücken schmerzte nach langen Stunden am Computer. »Ich habe leider keine Ahnung, wovon Sie reden.«

»Gut. Nun, dann ist das ein bisschen peinlich.«

»Inwiefern?«

Plötzlich knallte die Küchentür gegen die Wand, und seine Mum kam in den Raum geeilt. Sie wirkte nervös, als sie zwischen ihm und der Frau an der Spüle – Freya – hin und her schaute.

»Ryan, ich habe dich doch gebeten, im Flur auf mich zu warten.«

»Warum? Was ist hier los? Und warum ist es hier so kalt?«

Die Fenster und die Hintertür standen weit offen, obwohl es trotz der fahlen Frühlingssonne durch die steife Brise, die vom Meer her wehte, frisch war.

»Ich habe heute Morgen den Toast in der Pfanne liegen

lassen, und es riecht noch ziemlich ...« Sie zögerte. »... verbrannt, deshalb lüften wir die Küche.«

»Dachte ich mir doch, dass es angebrannt roch, als ich hereingekommen bin. Du musst beim Kochen besser aufpassen, Mum.«

»Das tue ich ja. Ich bin nur manchmal ein bisschen abgelenkt. Aber es besteht kein Grund zur Aufregung, denn Freya hat die Flammen gelöscht, und nun ist alles in bester Ordnung.«

»Flammen?« Ryan gefror das Blut in den Adern. Er nickte der Frau, die noch immer tropfend an der Spüle stand, anerkennend zu.

»Ich danke Ihnen dafür. Ähm, wer genau sind Sie denn nun?«

»Ich bin Freya.«

»Ja, das weiß ich bereits.«

Es kam schärfer heraus als beabsichtigt, doch in letzter Zeit war ihm alles zu viel, und er war wirklich erschöpft. Als die Wangen der Frau wieder rot wurden, kam er sich gemein vor. Sie wirkte verlegen und fehl am Platz in ihrem eleganten Kleid, die Hände in den rosafarbenen Gummihandschuhen seiner Mutter.

»Ich glaube, Ihre Mum sollte es Ihnen besser erklären, und ...« Sie zögerte und biss sich auf die Unterlippe.

»Es war eine etwas spontane Entscheidung«, begann seine Mum, und Ryans Herz wurde schwer.

Die letzte spontane Entscheidung seiner Mutter war der Kauf von kiloweise Zutaten gewesen, um einen Eintopf mit Rindfleisch und Guinness zu kochen. Sie hatte Unmengen davon gemacht, und das meiste davon lag immer noch in seiner Tiefkühltruhe. Chloe weigerte sich, den Eintopf anzurühren, weil Zwiebeln drin waren, und er war kein großer Fleischesser. Aus dem Grund würde der Eintopf wahrscheinlich bis ans Ende aller Tage gefroren auf dem Boden seiner Tiefkühltruhe ruhen.

»Was für eine Entscheidung?«, fragte er vorsichtig.

»Freya ist eingezogen.«

»Freya ist ... was?«

Damit hatte er nicht gerechnet.

»Sie ist eingezogen«, wiederholte seine Mum.

»Wo eingezogen?«

»Hier natürlich.« Sie reckte das Kinn, wie immer, wenn sie sich in die Enge getrieben fühlte.

»Warum?«

»Es ist nur für eine Weile, um mir im Haushalt zu helfen.«

»Aber ich helfe dir doch«, entgegnete Ryan und dachte an die Zeit, die er damit verbrachte, sich um seine Tochter, seinen Job und seine Mutter zu kümmern.

»Ich weiß, und ich bin dir dankbar für das, was du für mich tust. Aber du hast mit deiner Arbeit und Chloe sehr viel zu tun, daher ist es für alle eine bessere Lösung, jemanden einzustellen, der mir hilft.« Seine Mutter klang selbst nicht völlig überzeugt, aber als sie seinen Gesichtsausdruck sah, runzelte sie die Stirn. »Es ist nur für eine Probezeit. Freya und ich haben uns auf einen Monat geeinigt, um zu sehen, wie es läuft. Vorausgesetzt natürlich, dass ich in der Zwischenzeit nicht das Cottage niederbrenne.«

Ryan ging nicht auf den Versuch seiner Mutter ein, schwarzen Humor zu zeigen.

»Warum wusste ich nichts davon?«

»Man hat es mir erst vor ein oder zwei Tagen vorgeschlagen, und ich wollte ursprünglich nichts davon wissen. Belinda ist heute Morgen mit Freya vorbeigekommen.«

»Belinda? Was hat Belinda damit zu tun?«

Die Frau an der Spüle – die Fremde, die jetzt anscheinend bei seiner Mutter wohnte – zog die Gummihandschuhe aus.

»Ich lasse Sie besser allein, damit Sie ungestört darüber reden können. Ich werde im Garten sein.«

Sie eilte durch die offene Hintertür hinaus, und Ryan sah

ihr nach, als sie sich so weit vom Haus entfernte wie es ging. Sehr weit war das nicht, denn wie die meisten Gärten in Heaven's Cove war der Garten »klein, aber fein«, wie die Grundstücksmakler im Dorf es beschrieben. Die Cottages standen so dicht aneinander, dass draußen nicht mehr viel Platz blieb.

»Wer um alles in der Welt ist das?«, fragte Ryan, sobald sie außer Hörweite war. »Und was hat Belinda damit zu tun?«

»Freya kommt irgendwo aus den Midlands. Sie hat in einem Pflegeheim gearbeitet und braucht einen Job, daher habe ich gesagt, dass sie stattdessen hier arbeiten kann. Sie wird bei mir wohnen und mir beim Kochen und Putzen helfen, und sie wird mir Gesellschaft leisten. Es ist eine gute Idee.«

»Aber ich habe dir doch gesagt, dass Chloe und ich das tun können. Wir haben darüber gesprochen, dass wir bei dir einziehen.«

»Ich weiß, und das ist lieb von euch, aber ich will nicht, dass du dein Privatleben aufgibst, um bei mir einzuziehen.«

»Wir haben nichts dagegen, bei dir einzuziehen«, protestierte Ryan und verdrängt die Zweifel, die ihm jedes Mal kamen, wenn er darüber nachdachte. »Und um ehrlich zu sein, habe ich ohnehin kein Privatleben, das ich aufgeben könnte.«

Er hatte es als Scherz gemeint, um die angespannte Atmosphäre aufzulockern, aber seine Mum sah ihn nur traurig an. Sie dachte offenbar auch, dass er kein nennenswertes Privatleben besaß.

»Was ist mit Chloe?«, fragte sie. »Was hält sie von der Idee?«

»Sie ist absolut einverstanden damit.«

Als seine Mum eine Braue hochzog, fiel es ihm schwer, ihr in die Augen zu sehen. Die zwölfjährige Chloe hatte ihm klipp und klar gesagt, was sie davon hielt, zu ihrer »uralten« Großmutter zu ziehen.

Auf gar keinen Fall! Meine Freundinnen werden mich für einen Loser halten.

»Also, was für eine Rolle spielt Belinda bei der ganzen Sache?«, fragte er, um das Gespräch voranzutreiben.

»Freya ist Belindas Schwester.«

»Du machst wohl Witze!« Ryan sprang auf und ging in der kleinen Küche auf und ab. »Das ist unglaublich, Mum. Du lässt nicht nur spontan und unerwartet eine Frau bei dir einziehen, der du noch nie begegnet bist, sie ist auch noch zufällig mit dem größten Klatschmaul im Dorf verwandt.«

»Übertreib nicht, Ryan. So schlimm ist Belinda auch wieder nicht.«

»Ach nein? Sie ist grauenvoll. Und wenn ihre Schwester hier in diesem Haus lebt, werden sämtliche Familienangelegenheiten in Heaven's Cove Dorfgespräch sein, und davon habe ich ehrlich gesagt die Nase voll.«

Er setzte sich an den Küchentisch und stützte den Kopf in die Hände.

Heaven's Cove war ein schönes Dorf mit einem großartigen Gemeinschaftssinn, und es war ihm ursprünglich wie ein Paradies erschienen, als er und Chloe vor zwei Jahren hergezogen waren – zwei Jahre, nachdem sie Natalie verloren hatten. Die Gezeiten des Meeres übten eine beruhigende Wirkung auf ihn aus. Es war friedlich hier, vor allem in den Wintermonaten, wenn Stürme vom Meer heranbrausten und die Touristen verschwanden. Er und Chloe hatten es geschafft, wieder auf die Beine zu kommen und sich der Zukunft zu stellen.

Doch in letzter Zeit war ihm das Dorf erdrückend vorgekommen, vor allem jetzt, da mit dem Frühling die Touristen zurückkehrten.

Manchmal überlegte er, irgendwo anders hinzuziehen, aber es war sinnlos, auch nur daran zu denken. Es war ihm ein Rätsel, warum seine Mutter nach dem Tod seines Dads in dieses Dorf gezogen war oder warum sie so an dem Ort und vor allem an dem Cottage hing. Es war ausgeschlossen, dass sie jetzt irgendwo anders hinziehen würde, und das bedeutete, dass er es auch nicht konnte.

Sie wurde alt und brauchte ihn in ihrer Nähe. Und dann war da Chloe, die sich in der Dorfschule eingelebt hatte und in ihrem jungen Leben bereits genug Veränderungen zu verkraften gehabt hatte. Also saß er hier im Paradies fest, ob es ihm gefiel oder nicht.

»Ich weiß, dass du nicht begeistert davon bist, Ryan«, ergriff seine Mutter erneut das Wort und legte die geäderte Hand auf seine. Ihre Haut fühlte sich papierdünn an. »Aber jetzt ist alles geregelt, also sollten wir es versuchen. Freya bedeutet eine Entlastung für dich, weil du dir um deine arme alte Mammy keine Sorgen mehr zu machen brauchst. Das ist bestimmt eine Erleichterung.«

Ryan sah sich in der Küche um und bemerkte braune Brandflecke an dem Schrank neben dem Herd. Die Flammen, die seine Mum erwähnt hatte, hatten Spuren hinterlassen und hätten weitaus größeren Schaden anrichten können, wenn sie allein im Haus gewesen wäre.

Doch er konnte nicht gleichzeitig hier sein, arbeiten und sich um Chloe kümmern. Es war physisch unmöglich. Die andere Möglichkeit, wenn seine Mum noch zerstreuter wurde, wäre ein Pflegeheim, und das kam weder für sie noch für ihn infrage. Sie liebte dieses dunkle, zugige Cottage, und es würde ihr das Herz brechen, es zu verlassen.

»Ich bin mir sicher, dass mein Plan aufgehen wird«, beteuerte seine Mum und drückte ihm die Hand.

»Dein Plan oder der von Belinda?«

»Anfangs mag es ihr Plan gewesen sein, aber die letzte Entscheidung lag bei mir. Also, was sagst du?«

»Ich weiß nicht. Ich ... ich muss mit dieser Frau sprechen. Mit Freya.«

»Natürlich, nur zu. Aber verschreck sie bitte nicht. Das

Leben scheint ihr übel mitgespielt zu haben, und sie wirkt etwas ängstlich.«

Ryan ging in den Garten. Ihm schwirrte der Kopf von der letzten spontanen Entscheidung seiner Mutter.

Narzissen und Krokusse wiegten sich in den Beeten im Wind, doch Freya stand noch immer ganz hinten im Garten und betrachtete angestrengt den Efeu, der die rückwärtige Mauer bedeckte.

Sie hörte ihn nicht, als er über das Gras auf sie zuging, daher hatte er Gelegenheit, sie sich genauer anzusehen. Es fiel ihm schwer zu glauben, dass sie und Belinda miteinander verwandt waren. Belinda war klein und rundlich, mit grauem Haar und einem Modegeschmack, den Chloe einmal als »tragisch« beschrieben hatte. Freya hingegen war jünger und hübscher und hatte feinere Züge. Unter ihren grauen Augen lagen dunkle Schatten, die sie erfolglos mit Make-up zu verdecken versucht hatte.

Als sie ihn bemerkte, fuhr sie erschreckt zusammen.

»Haben Sie mit Ihrer Mum gesprochen?«, fragte sie mit einem nervösen Lächeln. »Ich wusste nicht, dass Sie Ihnen nichts von meinem Vorstellungsgespräch erzählt hat.«

»Sind Sie allein gekommen, oder hat Belinda Sie begleitet?«

»Belinda war dabei, weil sie mich Ihrer Mutter empfohlen hat, aber sie hat sie nicht dazu überredet, mich einzustellen.« Freya verzog das Gesicht. »Das heißt, nur ein bisschen. Ich glaube, niemand könnte Ihre Mutter zu etwas zwingen, was sie nicht will.«

»Ach, nach zwei Stunden kennen Sie sie schon so gut?«

Er wusste, dass er unhöflich war und hasste sich dafür, aber er war fix und fertig, und das hier brachte das Fass zum Überlaufen. Er wollte nicht bei seiner Mutter einziehen. Er wollte schon mit Mitte vierzig bei seiner Mutter wohnen? Aber er hatte sich damit abgefunden, und Chloe freundete sich auch langsam mit der Idee an – halbwegs. Und es war schließlich seine Aufgabe. Er war ein Einzelkind, und sein Dad hätte es gewollt. Doch jetzt sah es so aus, als würde stattdessen eine wildfremde Frau einziehen, sodass er wie ein schlechter Sohn dastand.

»Haben Sie Referenzen?«, fragte er kalt.

Freya nickte. »Ich habe ein Zeugnis von meinem letzten Arbeitgeber, und ich kann Ihnen meinen Lebenslauf geben, aus dem hervorgeht, dass ich langjährige Erfahrung in der Altenpflege habe. Ihre Mutter und Sie werden natürlich auch meine Ausbildungsnachweise erhalten, darunter mein Zeugnis als Pflegefachfrau.«

»Und was genau werden Sie für meine Mutter tun?«

Freya zuckte die Achseln. »Alles, was sie möchte. Ihre Mum entscheidet. Ich kann ihr helfen, so selbstständig wie möglich zu leben, während ich gleichzeitig darauf achte, dass ihr nichts passiert. Ich kann für sie kochen, putzen und einkaufen, ich kann die Körperpflege übernehmen, und kann ich ihr auch Gesellschaft leisten, wenn sie möchte.«

»Das meiste davon erledigen wir bereits.«

»Davon bin ich überzeugt, aber es ist sicher nicht leicht.«

»Was ist nicht leicht?«

Freyas Augen leuchteten erschrocken auf. »Belinda hat erwähnt, dass ... dass Sie Ihre Tochter allein erziehen. Sie müssen alle Hände voll zu tun haben.«

Also hatte Belinda schon über ihn getratscht, und Freya wusste über Natalie Bescheid. Ryan schluckte seinen Ärger hinunter, denn Freya versuchte nur, nett zu sein. Das erkannte er an ihrem mitfühlenden Lächeln, aber sie hatte wirklich keine Ahnung, wie schwer es war, ein Kind allein aufzuziehen, während man mit den schrecklichen Schuldgefühlen leben musste, die zu seinen ständigen Begleitern geworden waren. Er holte tief Luft und wechselte das Thema.

»Also, was führt Sie nach Heaven's Cove?«

Sie zögerte, und ihr Lächeln verschwand. »Das Leben«, antwortete sie leise. »Vor allem die heiklen Seiten.«

Auch ihn hatten die heiklen Seiten des Lebens in dieses Dorf geführt. Chloe hatte vor zwei Jahren den Verlust ihrer Mum betrauert, und seine Mum hatte die Lücke gefüllt, die Natalie hinterlassen hatte. Ursprünglich war der Umzug nach Heaven's Cove eine gute Entscheidung gewesen. Alle beide – Enkelkind und Großmutter – hatten eine tiefe Verbindung entwickelt, aber in letzter Zeit schien Chloe sich zurückzuziehen.

Lag es an ihrem Alter? Ryan wusste, dass etwas in Chloes Leben nicht stimmte, aber er war sich nicht sicher, was. Sie hatte jeden Versuch, darüber zu reden, abgeblockt, und als er »alleinerziehender Vater mit Tochter« gegoogelt hatte, war ihm erst richtig klar geworden, wie ahnungslos er war. Zumindest hatte sie in Paige, Isobels Tochter, eine Freundin, obwohl er den Eindruck gewonnen hatte, dass Page den Ton angab.

»Hören Sie«, unterbrach Freya seine Gedanken. »Mir ist klar, dass das für Sie überraschend gekommen ist, und es tut mir leid, dass Sie nichts davon wussten. Brauchen Sie etwas Zeit, um darüber nachzudenken?«

Ryan warf einen Blick zu seiner Mutter, die in der offenen Tür stand und sie beobachtete.

Er konnte diese Frau zum Teufel jagen, aber er war noch nicht bereit, bei seiner Mutter einzuziehen. Und was, wenn seine Mum beim nächsten Mal mehr Erfolg dabei hatte, das Haus niederzubrennen? Sie würde wahrscheinlich die ganze Reihe strohgedeckter Cottages in Brand setzen und sich selbst und ihre Nachbarn in Gefahr bringen. Wenn das geschah, würde er sich das nie verzeihen – und noch mehr Schuldgefühle verkraftete er einfach nicht.

Ryan seufzte. »Mum hat etwas von einer Probezeit gesagt.«

»Das ist richtig. Wir sind uns einig, dass ein Monat eine

gute Idee wäre – um zu sehen, ob sie mich mag, und ob es mir hier gefällt.«

Ryan dachte schnell nach. Ein Monat würde ihm Zeit geben, seine eigenen Pläne zu konkretisieren, mit Chloe ins Cottage zu ziehen, wenn er sich dafür entschied. Doch vorher würde er einige Grundregeln aufstellen müssen.

»Ich brauche Ihre Referenzen und Ihren Lebenslauf und muss die Vereinbarungen über Bezahlung und Kost und Logis überprüfen, die Sie mit meiner Mutter treffen.«

Freya nickte. »Natürlich. Ich kann sie Ihnen nachher zukommen lassen.«

»Ich gebe Ihnen besser meine E-Mail-Adresse.« Ryan fischte eine eselsohrige Visitenkarte aus der Hosentasche, die Freya wortlos entgegennahm. »Alle finanziellen Angelegenheiten, die meine Mutter betreffen, müssen von ihr selbst oder von mir geregelt werden, falls ihr das lieber ist.«

»Selbstverständlich. Was immer Ihre Mutter wünscht«, antwortete Freya mit offenem Blick.

»Und respektieren Sie bitte die Tatsache, dass meine Mutter ihre Privatsphäre schätzt und es nicht mag, wenn man über sie spricht.«

Freya runzelte die Stirn. »Persönliche Informationen werden von mir grundsätzlich vertraulich behandelt, und ich habe nicht die Absicht, mit irgendjemandem über Ihre Mutter zu sprechen.«

»Nicht einmal mit Ihrer Schwester?«

»Erst recht nicht mit meiner Halbschwester.«

Als sie eine Braue hochzog, sah Ryan die gleiche Geringschätzung, die er neuerdings oft bei Chloe wahrnahm, wenn er fragte, wann sie nach Hause kommen würde, oder wenn er sie drängte, die Musik leiser zu stellen.

Er dachte einen Augenblick lang nach. Die Sache mit der Halbschwester erklärte den Altersunterschied zwischen Freya und Belinda und ihr unterschiedliches Aussehen. Es bedeutete allerdings nicht, dass sie nicht beide von Natur aus schwatzhaft waren.

Doch ein schwacher Brandgeruch wehte vom Cottage zu ihm herüber, und seine Mutter beobachtete ihn und Freya immer noch mit verschränkten Armen. Er hatte keine große Wahl.

Er nickte. »In Ordnung. Ein Monat Probezeit.«

FÜNF

FREYA

Freya sah Ryan mit einem Gefühl von Erleichterung nach, in die sich Neugier mischte. Sie war froh, dass er ging – ihr Gespräch war angespannt gewesen, und nachdem sie Kathleen kennengelernt und ein Feuer gelöscht hatte, war es ihr fast zu viel geworden.

Der Mann jedoch hatte ihr Interesse geweckt. Er wirkte verstört und traurig, kein Wunder, da seine Frau gestorben war und er das gemeinsame Kind allein erzog. Freya glaubte allerdings nicht, dass er lange allein bleiben würde, wenn er Gesellschaft wollte. Er war ein gut aussehender Mann mit dunklem, an den Schläfen ergrauendem Haar und leuchtend grünen Augen wie seine Mutter.

Sie beobachtete ihn, als er an der Hintertür kurz mit seiner Mum sprach, ihr einen Kuss auf die Wange gab und ging.

Es war schade, dass Kathleen ihm nichts von dem Vorstellungsgespräch am Morgen und ihrer Absicht, Freya einzustellen, gesagt hatte, denn das bedeutete, dass die ganze Sache eine unliebsame Überraschung für ihn gewesen war. Belinda schien jedem absolut alles zu erzählen, aber Kathleen war offenbar das genaue Gegenteil – eine Frau, die sich nicht in die Karten schauen ließ.

Im Heim war es genauso. Die meisten Bewohner waren ein offenes Buch, und Freya wusste bald alles über sie und ihre Familien – manchmal viel mehr, als sie wissen wollte. Es war schwer, sich den Angehörigen gegenüber normal zu verhalten, nachdem sie peinliche Geschichten über sie gehört hatte.

Manche Bewohner blieben jedoch lieber für sich. Sie waren höflich, erzählten aber nur wenig. Obwohl Freya sie wusch und pflegte, wusste sie kaum etwas über ihr Leben.

»War mein Sohn unhöflich zu Ihnen?«, fragte Kathleen und kam durch den Garten auf Freya zu. »Er passt nur auf mich auf, und seit Natalies tragischem Tod hat er es nicht leicht gehabt.«

Freya schüttelte den Kopf. »Das verstehe ich natürlich. Ist das auf dem Foto im Wohnzimmer seine Frau?«

»Ja. Sie war ein wunderbarer Mensch und in jeder Hinsicht perfekt für Ryan. Er hat sie vergöttert und ist über ihren Verlust nie hinweggekommen. Ich bin mir nicht sicher, ob eine andere ihr jemals das Wasser reichen könnte.«

»Wie ist sie gestorben?«, erkundigte Freya sich behutsam. Normalerweise würde sie nicht neugierig sein, aber Kathleen hatte Natalies Tod als Erste erwähnt.

Kathleen bückte sich und zog Unkraut aus dem Blumenbeet, bevor sie antwortete. »Sie ist vor etwa vier Jahren bei einem Autounfall ums Leben gekommen. Es war ein tragischer Fall von falscher Zeit und falschem Ort.«

Freya blinzelte heftig, um Tränen abzuwehren. Seit ihrer Ankunft in Heaven's Cove hatte sie das Gefühl, gleich weinen zu müssen, und der Gedanke, dass Ryan und seine Tochter mit einem so großen Verlust fertig werden mussten, machte sie unglaublich traurig. Kein Wunder, dass er ihr gegenüber schroff gewesen war. Es war verständlich, dass ein Mann, dem plötzlich und unerwartet die geliebte Frau entrissen worden war, auf Überraschungen nicht gut reagieren würde.

»Ist alles in Ordnung mit Ihnen, meine Liebe?«

Freya lächelte, als Kathleen sie sanft am Arm berührte. »Alles gut, danke. Ich bin wahrscheinlich noch etwas müde von der Reise gestern.«

»Dann packen Sie jetzt am besten aus und richten sich ein. Jim hat Ihren Koffer gebracht, während Sie freundlicherweise den Abwasch für mich übernommen haben, und ich habe ihn gebeten, ihn in Ihr Zimmer zu stellen. Ich werde mich solange ein bisschen hinsetzen. Es war ein sehr anstrengender Vormittag.« Sie hielt inne. »Danke, dass Sie das Feuer gelöscht haben und sich bereit erklärt haben, zu bleiben. Ehrlich gesagt bin ich mir nicht sicher, wie es werden wird.«

Freya legte ihre Hand auf die von Kathleen, die noch auf ihrem Arm ruhte. »Es ist alles etwas seltsam, nicht wahr? Wir sollten es langsam angehen lassen, einen Tag nach dem anderen, und schauen, ob wir uns in einem Monat noch leiden können.«

Kathleen warf den Kopf in den Nacken und lachte. »Oh, Sie gefallen mir. Wir werden es miteinander versuchen – zwei verwundete Seelen.«

Welche Wunden hatte Kathleen erlitten?, fragte Freya sich, als sie der alten Dame nachsah, wie sie in die Küche zurückging. Sie hatte ihre Schwiegertochter verloren und vermutlich auch ihren Mann, und wer wusste, welche anderen Herzensangelegenheiten ihr im Laufe der Jahre Schmerz bereitet hatten?

Freya kochte Kathleen – ihrer neuen Arbeitgeberin – eine Tasse Tee und stellte sie ihr mit einem Lächeln an den Sessel, dann ging sie die schmale Treppe hinauf. Der Flur war heller, als sie in einem so alten Cottage gedacht hätte. Licht fiel durch ein Sprossenfenster auf den Seegrasteppich und die knorrigen Deckenbalken. Es gab vier Türen, und alle waren geschlossen.

Vorsichtig öffnete Freya die erste Tür, die in ein kleines Badezimmer führte. Es bot gerade genug Platz für eine Toilette, ein kleines Waschbecken und eine begehbare Dusche. An einem Haken an der Wand hing ein langer geblümter Morgenmantel, und auf dem Rand des Waschbeckens lag eine altmodische Duschhaube.

Die zweite Tür führte in einen kleinen Abstellraum, in dem sich fast bis zur Decke Bücher und allerlei Krimskrams stapelten, und durch die dritte Tür gelangte man in ein kleines dunkles Zimmer mit Blick auf den Garten. Dieser Raum wurde fast zur Gänze von einem Doppelbett, einem Nachttisch und einer Kommode ausgefüllt. In der Annahme, dass dies ihr Zimmer sein müsse, trat Freya ein, aber ihr Koffer war nirgendwo zu sehen.

Also ging sie zurück in den Flur und steckte den Kopf durch die vierte Tür. Dieses Zimmer war viel schöner – es war erheblich größer, und helles Sonnenlicht fiel durch das Fenster. Sie schlenderte über den abgeschliffenen Dielenboden und schaute hinaus auf das Dorf, das ihr neues Zuhause war. Sie hatte eine wunderbare Aussicht auf den Dorfanger und die Kirche, und in der Ferne erhaschte sie einen Blick auf das blaue Meer.

Auf dem Doppelbett lag eine bunte Patchworkdecke, und dort war auch ihr Koffer.

Freya hörte im Flur Dielen knarren, und als sie nachsehen ging, stand Kathleen dort. Sie war leicht außer Atem von der Anstrengung des Treppensteigens.

»Achten Sie nicht auf mich, während Sie sich einrichten«, sagte sie mit ihrem weichen irischen Akzent. »Ich habe mein Buch vergessen und musste hochkommen, um es zu holen. Denken Sie, dass Sie sich gut hier einleben werden?«

»Bestimmt. Es war sehr nett von Jim, meinen Koffer herzubringen, aber ich fürchte, er hat ihn ins falsche Zimmer gestellt.«

»Wirklich?« Kathleen trat in das kleinere, düstere Schlafzimmer, und Freya folgte ihr. »Nein, hier ist er nicht.«

»Jim hat ihn in das größere Zimmer gebracht, an der Vorderseite des Cottages.«

»Dann hat er alles richtig gemacht.«

»Oh, ich dachte, das sei Ihr Zimmer.«

»Nein, das hier ist meins. Sie sind mit Ihrem Zimmer doch einverstanden, oder?«

»Ja, auf jeden Fall. Es ist ein schöner Raum. Ich dachte nur, dass Sie das größere Schlafzimmer mit der besseren Aussicht genommen hätten.«

»Dieses Zimmer hat genau die Aussicht, die ich haben möchte«, versetzte Kathleen und trat ans Fenster. »Dann wäre das also geklärt.«

Freya schaute an ihr vorbei nach draußen. Von diesem hinteren Schlafzimmer blickte man auf das Dachgewirr der Cottages, und über ihnen ragte das Kliff am Rande des Dorfes auf. Es war eine angenehme Aussicht, aber nicht so beeindruckend wie der baumbestandene Dorfanger und der alte Kirchhof.

»Was ist das für ein Haus dort oben?« Freya zeigte auf das einsame weiße Gebäude auf dem Kliff. Es sah aus wie ein Wächter, der das Dorf und seine Bewohner hütete, und es fing an, sie zu interessieren.

»Das ist Driftwood House.«

»Was für eine unglaubliche Lage! Der Besitzer muss eine fantastische Aussicht haben.«

»Ja ... vermutlich«, pflichtete Kathleen ihr mit leiser Stimme bei. Dann wandte sie sich so schnell vom Fenster ab, dass sie das Gleichgewicht verlor, und Freya streckte den Arm aus, um sie zu halten. Das Gesicht der alten Frau war geisterhaft weiß.

»Geht es Ihnen gut?«, fragte Freya besorgt. »Möchten Sie sich kurz aufs Bett setzen?«

Kathleen schüttelte Freyas hilfreiche Hand ab. »Nein, danke. Es geht mir ausgezeichnet, und es besteht kein Grund, so ein Aufhebens zu machen. Sie sollten wirklich auspacken, und ich werde nach unten gehen und mich hinsetzen.«

Schnell verließ sie den Raum, ohne ihr Buch mitzunehmen, das auf dem Nachttisch lag.

Freya brachte Kathleen den Roman nach unten, dann kehrte sie in ihr neues Zimmer zurück und packte aus. Die wenigen Kleider und Röcke, die sie wahrscheinlich gar nicht tragen würde, passten mühelos in den geräumigen Schrank.

Dann zog sie ihre Jeans an und nahm die Visitenkarte in die Hand, die Ryan ihr im Garten gegeben hatte. Er war als freiberuflicher Werbetexter tätig, wie sie bemerkte, als sie ihm ihren Lebenslauf, ihre Referenzen und Qualifikationsnachweise mailte. Seine E-Mail-Adresse lautete vier Jahre nach dem Tod seiner Frau immer noch ryanandnat@... Wie würde sie sich vier Jahre nach der Trennung von Greg fühlen, überlegte sie, wenn der Schmerz nicht mehr so groß war? Was würde Greg empfinden? Wahrscheinlich würde er nichts mehr haben, das ihn an sie erinnerte.

Ryan hatte seine Frau offenbar verehrt und liebte sie immer noch. Freya fragte sich in letzter Zeit manchmal, ob Greg sie überhaupt wirklich geliebt hatte. Es war schwer, sich an die guten Jahre zu erinnern, die sie miteinander verbracht hatten. Die einzigen Bilder, die ihr nun in den Sinn kamen, stammten aus den letzten Monaten, in denen sie sich nur gestritten und dann angeschwiegen hatten.

Freya legte sich auf die Patchworkdecke auf dem Bett, die nach Waschpulver roch. Sie gab sich einige Minuten der Traurigkeit über Greg hin und der Sorge um ihr neues Leben mit Kathleen. Dann ermahnte sie sich, nicht in Selbstmitleid zu versinken, das sie zu überwältigen drohte. Dies war ein neuer Anfang, und sie musste das Beste daraus machen. Sie hatte wieder einen Job, und es war Zeit, Greg und ihr altes Leben hinter sich zu lassen, wie beängstigend das auch sein mochte.

»Also Augen zu und durch«, sagte Freya laut und schwang

die Beine aus dem Bett. Sie hatte mit Kathleen noch nicht darüber gesprochen, wie die Hilfe, die sie leistete, im Einzelnen aussehen sollte, daher wäre jetzt ein guter Zeitpunkt, um mit ihr darüber zu reden – und sich bei der Gelegenheit zu erkundigen, wie es ihr nach dem Beinahesturz ging.

Freya trat hinaus in den Flur, blieb aber noch einmal stehen, als sie die offene Tür zu Kathleens Schlafzimmer erreichte. Auf Zehenspitzen, damit die Bodendielen nicht so laut knarrten, schlich sie zum Fenster und schaute einen Augenblick zu dem Haus auf dem Kliff. Es wirkte harmlos, wie es dort oben unter einem hellblauen Himmel stand, über den die Wolken huschten. Doch Kathleen hatte erschrocken gewirkt, als Freya das Gespräch auf Driftwood House gebracht hatte, fast so, als mache es ihr Angst.

Während Möwen am Himmel kreisten und Ted nebenan anfing, den Rasen zu mähen, schüttelte Freya den Kopf. Greg hatte ihr nicht nur vorgeworfen, sie sei überempfindlich, er fand auch, dass sie eine zu lebhafte Fantasie habe, und da hatte er recht. Manchmal interpretierte sie zu viel in eine Situation hinein und verstand sie falsch.

Vielleicht war seine Beziehung zu Erica immer unschuldig gewesen, Driftwood House beeindruckte nur durch die Lage hoch oben auf dem Kliff, und Kathleens plötzlicher Schwächeanfall hatte keinen anderen Grund als den, eine Fremde im Haus zu haben.

SECHS

FREYA

Freya schloss leise die Haustür, dann stand sie kurz da und atmete den salzigen Duft des Meeres ein. Eine steife Brise wehte, und in der Ferne war ein schwaches Dröhnen zu hören, als vom Wind aufgepeitschte Wellen gegen den Kai schlugen.

Sie zog die Jacke enger um sich und machte sich auf ins Dorf, um eine Stunde mit der Erkundung ihre neuen Heimat zu verbringen.

Kathleen, die gerade einen Mittagsschlaf hielt, hatte Freya gedrängt, sich freizunehmen, da sie den ganzen Tag durchgearbeitet hatte. Statt einer Mittagspause hatte sie die Wäsche sortiert und für Kathleen wegen ihrer arthritischen Knie einen Termin beim Hausarzt gemacht.

Freya hatte alle Hände voll zu tun gehabt, seit sie am vergangenen Vormittag eingezogen war und die Arbeit aufgenommen hatte. Es vermittelte ihr ein schönes Gefühl, Kathleen gleich von Nutzen sein zu können. Sie mussten sich zwar erst noch an das neue Arrangement herantasten, aber bisher war alles gut.

Freya gähnte, als sie über den Dorfanger ging, vorbei an der Kirche und in eine gepflasterte Gasse hinein. Sie hatte in dem neuen Bett schlecht geschlafen. Das Haus war voller fremder Geräusche, die sie bis in die frühen Morgenstunden hinein wach gehalten hatten.

Freya vermied es wegen ihrer überbordenden Fantasie, Geistergeschichten zu lesen oder im Fernsehen anzuschauen, denn sie machten ihr Angst. Dennoch lebte sie jetzt in einem jahrhundertealten Cottage, das mit seinen Balken, Kaminecken und finsteren Winkeln wie ein Spukhaus wirkte. Greg hätte sie ausgelacht.

Sie schüttelte den Kopf, um die Gedanken an ihn zu verbannen, und versuchte, sich auf das Dorf zu konzentrieren, in dem es heute von Touristen nur so wimmelte. Mehrere von ihnen trugen Shorts, obwohl es den ganzen Vormittag immer wieder geregnet hatte und eine graue Wolkendecke am Himmel hing.

Freya ging an der Eisdiele, am Gemeindesaal und an der Touristeninformation vorbei bis zum Dorfrand, wo das Land steil anstieg. Sie schaute auf die Armbanduhr. Kathleen erwartete sie in fünfundvierzig Minuten zurück. Sie war neugierig auf die Aussicht vom Kliff und wollte sich Driftwood House aus der Nähe anschauen.

Das weiße Haus, das von vielen Stellen in Heaven's Cove aus zu sehen war, faszinierte sie, vielleicht weil es ihre Situation hier widerspiegelte – es war Teil des Dorfes und gehörte dennoch nicht dazu.

Doch es war zu früh, um die Sache verloren zu geben, sagte sie sich, während sie den steilen Pfad das Kliff hinauf ging. Sie fühlte sich im Moment wie ein Eindringling, wie ein Gast in Kathleens Cottage. Sie hoffte, dass sie sich bald einleben und dass Kathleen sich mit ihrem Arrangement anfreunden würde. Das galt auch für Ryan, denn sonst wären ihre Tage in Heaven's Cove gezählt.

Zumindest war bisher alles gut gegangen. Am vergangenen Abend hatte Kathleen darauf bestanden, selbst zu kochen, aber

Freya hatte ihr geholfen und unauffällig die Gasflammen ausgeschaltet, die die alte Frau angelassen hatte. Außerdem hatte sie abgelaufene Konserven aus dem Vorratsschrank entsorgt und eine Liste erstellt, welche Lebensmittel sie nachkaufen musste. Als Nächstes würde sie den Wäscheschrank in Angriff nehmen, der ein einziges Durcheinander von Laken und Handtüchern war.

Gedanklich in Arbeitsplanung vertieft, stolperte Freya über lose Steine, und ihr wurde heiß und kalt bei der Vorstellung, ins Meer zu stürzen, das unten gegen die Felsen krachte. Würde Greg zu ihrer Beerdigung kommen? Das Bild von Greg in einem dunklen Designeranzug mit Erica am Arm ging ihr durch den Kopf.

»Schluss damit«, sagte Freya laut. Sie drehte sich um und betrachtete das Dorf unten in der Bucht. Die Menschen in den schmalen Gassen sahen wie Ameisen aus, und sie entdeckte Kathleens Cottage, dessen dunkles Strohdach sich von dem weißen Stein abhob. Das war ihr neues Zuhause, zumindest für den nächsten Monat, und die Gedanken an die Vergangenheit würden es ihr nicht leichter machen, sich einzuleben.

Schließlich kam Freya oben an. Es war schön hier. Wiesenblumen wuchsen in dem kurzen Gras und wiegten sich in der Brise, und Möwen schrien, während sie sich von den Luftströmungen tragen ließen. Die Sonne lugte hinter grauen Wolken hervor und warf Lichtstrahlen auf das aufgewühlte graugrüne Meer und die weißen Wellenkämme. Und dort stand das Haus, das Kathleen von ihrem Schlafzimmerfenster aus sah.

Aus der Nähe war es noch beeindruckender, als Freya es sich vorgestellt hatte. Der Eingang des imposanten Gebäudes wurde von Steinkübeln mit leuchtend bunten Blumen flankiert, und auf einem Schild stand:

Pension Driftwood

Im Frühling und im Sommer musste es hier wunderbar sein, wenn die Feldblumen blühten und das Haus in der Hitze sengte. Im Herbst und Winter jedoch würde es von heftigen Stürmen geschüttelt werden, die vom Meer heranwehten. Freya schauderte und stellte sich plötzlich vor, mitten in einem Sturm oder des Nachts in pechschwarzer Finsternis allein hier oben zu sein.

Die Sonne verschwand hinter einer Wolke. Driftwood House war schlagartig in Dunkel gehüllt und sah weniger aus wie eine Pension und mehr wie ein altes Gemäuer voller Geheimnisse.

Wieder überlief Freya ein Schauer. Der Wind flaute ab, doch die Wärme war verschwunden. Freya machte sich auf den Rückweg über die Kliffstiege und bemerkte auf halber Strecke eine kleine Gruppe von Mädchen. Ein großer Felsen ragte vom Weg aus übers Meer, und darauf stand ein Mädchen.

Es war sehr nah am Rand, und als Freya näherkam, sah sie, dass das Mädchen, das sie auf vielleicht zwölf oder dreizehn schätzte, einen Badeanzug trug. Es wollte doch wohl nicht springen? Als Freya in Hörweite war, klang es, als würden die drei Mädchen in Schuluniform sie anstacheln.

»Hey«, rief Freya. »Ist das nicht zu gefährlich?«

»Was denken Sie denn?«, fragte ein hochgewachsenes Mädchen und strich sich das Haar hinter die Schultern. Die beiden anderen Mädchen kicherten und sahen Freya trotzig an.

»Ich finde, das sieht ziemlich gefährlich aus.«

»Woher wollen Sie das wissen? Wohnen Sie hier?«

Freya warf einen Blick zu dem kleineren Mädchen, das immer noch bedenklich nah am Rand stand. Es hatte eine Gänsehaut auf den bleichen Armen.

»Ich bin gerade ins Dorf gezogen.«

»Dann wissen Sie doch gar nichts über die Stelle oder ob es sicher ist oder nicht«, sagte das größere Mädchen und grinste seine Kameradinnen an. »Alle springen vom Clair Point. Alle mit ein bisschen Mut.« Sie wandte sich wieder dem Mädchen am Rand des Felsens zu. »Also, springst du jetzt oder nicht?«

Das Mädchen blickte nervös auf das Meer, das sieben Meter unter ihr schäumte und brodelte. Wenn es den falschen Moment abpasste und sprang, wenn die Wellen sich zurückzogen, würde das Wasser möglicherweise zu flach sein, um den Sturz abzufangen.

»Ich finde, ihr solltet zumindest auf ruhigeres Wetter warten«, sagte Freya. Als das große Mädchen kicherte, wandte Freya sich direkt an das Mädchen am Rand des Felsens. »Willst du wirklich springen?«

Hinter ihr lachten die anderen Mädchen.

»Bist du ein langweiliger Angsthase?«, rief eins von ihnen.

Das Mädchen auf dem Felsblock schaute die drei über Freyas Schulter hinweg an und verzog den Mund zu einem schmalen Strich.

»Das geht Sie nichts an.«

»Du brauchst nicht zu springen, wenn du nicht willst«, sagte Freya leise und ging näher heran. Als das Mädchen sie mit seinen braunen Augen ansah, erkannte Freya ein Aufblitzen von Furcht. Es hatte Angst davor, sich ins Leere zu stürzen und in das aufgewühlte Wasser unten zu springen.

»Komm schon«, rief das größere Mädchen. »Hast du nun den Mumm dazu oder nicht? Wir können hier nicht den ganzen Tag rumstehen.«

Das Mädchen wandte sich von Freya ab und blickte zum Horizont.

»Ich möchte nur nicht, dass du verletzt wirst«, erklärte Freya sanft und ging vorsichtig näher an sie heran.

»Ich bin Ihnen doch egal«, entgegnete das Mädchen, und der Wind trug seine Worte zu Freya.

»Nein, bist du nicht, und ich finde, du solltest nicht springen.«

Jetzt wandte das Mädchen den Blick zu ihr. »Sie sind nicht

meine Mum, daher geht es Sie nichts an.« Es holte tief Luft und warf sich in die Tiefe.

Freya spürte, wie ihr das Herz stehen blieb – es war zu spät, um etwas zu unternehmen.

Hinter ihr johlten die Mädchen und klatschten ab, als das Kind mit wehenden roten Haaren auf die Wellen zustürzte.

SIEBEN

CHLOE

Bis zu dem Moment, in dem ihre Füße den festen Boden verließen, war Chloe sich nicht sicher gewesen, ob sie springen würde.

Es ist gefährlich, sagte eine Stimme in ihrem Kopf, die sehr nach ihrem Dad klang. *Du wirst sterben.*

Bei den Rufen der anderen Mädchen konnte sie nicht klar denken. Sie wollte doch von ihnen akzeptiert werden, nicht wahr? Vor allem von Paige, so hübsch mit ihrem langen blonden Haar. Paige, deren Mum auf ihren Dad scharf zu sein schien.

Was, wenn sie eines Tages alle im selben Haus lebten? Sie brauchte Paiges Respekt, sonst würde das Leben unerträglich werden. Noch unerträglicher als jetzt.

Chloe warf einen Blick zu der Frau, die plötzlich aufgetaucht war und ihre Nase in ihre Angelegenheiten steckte. Sie konnte ihr den perfekten Ausweg liefern. Chloe konnte vom Rand zurücktreten und behaupten, die Frau hätte es ihr ausgeredet. Aber tief in Innern wusste sie, dass es zu spät war. Paige und ihre Freundinnen würden ihr noch ewig damit in den Ohren liegen, wenn sie jetzt kniff.

»Sie sind nicht meine Mum, daher geht es Sie nichts an«,

sagte Chloe zu der Frau, dann drehte sie sich um und trat ins Leere.

Der Wind pfiff ihr in den Ohren, als sie aufs Meer zuraste, und Panik stieg in ihr auf. Hatte ihre Mum sich so gefühlt, bevor sie gestorben war? Bevor der Laster mit ihrem Auto zusammengestoßen war und sie zu Tode gequetscht hatte?

Sie wünschte, sie könnte sich besser an ihre Mum erinnern. Sie wünschte, sie wäre nicht gesprungen.

Sie tauchte ins Meer. Die plötzliche Kälte traf sie wie ein Hammerschlag, als sie in den Wellen unterging. Sie hatte Salzwasser in den Augen und in der Nase und bekam keine Luft. Würde es so enden?

Sie stellte sich das Gesicht ihres Dads vor, wenn man ihm die Nachricht überbrachte und er ihren Leichnam identifizieren musste. Ein weiterer Leichnam, über dem er weinen würde. Das war nicht fair. Sie konnte ihm das nicht antun. Sie hob die Arme über den Kopf und kämpfte sich in Richtung Himmel, bis ihr Kopf die Wellen durchbrach und sie wieder atmen konnte.

Der Jubel ihrer Freundinnen drang vom Kliff zu ihr herunter, während sie das Meerwasser aus den Augen blinzelte und nach oben schaute. Die Frau, die ihr den Sprung ausreden wollte, war noch da und schaute mit entsetztem Gesicht zu ihr herab.

Zumindest war sie ihr wichtig genug gewesen, um sie davon abbringen zu wollen, dachte Chloe, während sie zum Fuß des Felsens schwamm. Scham durchzuckte sie, weil sie so unhöflich zu ihr gewesen war. Nur gut, dass die Frau eine Fremde war, denn das Letzte, was sie brauchte, war, dass ihr Dad davon erfuhr und Stress machte. Sie würde für den Rest ihres Lebens Hausarrest bekommen.

Als sie sich auf die Felsen zog, winkte sie Paige zu, die zurückwinkte, als gehöre sie dazu. Paige hatte ein Handtuch aus dem Rucksack geholt und wedelte damit.

Vorsichtig suchte sie sich einen Weg über die Felsen, bis sie einen schmalen Pfad erreichte, der zurück nach oben führte. Der Weg war schlüpfrig und gefährlich, aber Chloe straffte die Schultern. Wie konnte sie Angst davor haben, einen Pfad entlangzugehen, nachdem sie gerade von Clair Point ins Meer gesprungen war? Sie eilte so schnell wie möglich zurück und achtete nicht auf die Steine, die ihr die nackten Füße zerkratzten.

Sie zitterte in der Brise, als sie oben ankam. Die aufdringliche Frau, die versucht hatte, sie am Springen zu hindern, war immer noch da, obwohl sie sich von Paige und ihren jubelnden Freundinnen entfernt hatte.

»Geht es dir gut?«, formten die Lippen der Frau im Gejohle der Mädchen. Als Chloe ihr steif zunickte, drehte sie sich um und ging.

»Ich muss zugeben, ich hätte nicht gedacht, dass du es tust«, erklärte Paige und legte ihr das Handtuch um die Schultern. Dann trat sie zurück und stemmte die Hände in die Hüften. »Du bist schon immer seltsam gewesen, und wir haben dich alle für einen Feigling gehalten.«

Als die anderen Mädchen lachten, überspielte Chloe ihr Unbehagen mit einem Lächeln. Paige konnte manchmal sehr unfreundlich sein, aber wenn sie erst einmal richtige Freundinnen waren, würde sich das ändern.

»Was würde dein Dad sagen, wenn er wüsste, was du gerade getan hast?«, fragte Paige und zog die Augen zusammen.

»Ich hoffe, dass er es nie erfährt«, antwortete Chloe und versuchte, ihre Zähne am Klappern zu hindern. »Aber wenn er es doch herausfindet«, fügte sie schnell großspurig hinzu, »wird er sich einfach damit abfinden müssen.«

»Genau.« Paige grinste. »Aber du solltest es ihm besser nicht sagen, und wir werden auch den Mund halten. Es ist unser Geheimnis. Bis später, und du kannst in der Disco bei uns sitzen, wenn du möchtest.«

Mit diesen Worten schlenderten Paige und die anderen Mädchen den Hügel hinunter in Richtung Dorf, aber Chloe blieb, wo sie war. Sie sollte sich richtig abtrocknen, bevor sie sich nach Heaven's Cove wagte, damit ihr Dad keinen Verdacht schöpfte.

Chloe zitterte, während sie Haar und Körper trocken rubbelte. Über ihr kreischten Möwen, und unter ihr schlug das Meer gegen die Felsen, die sie bei ihrem Sprung nur knapp verfehlt hatte.

Tief im Herzen wusste Chloe, dass sie gerade etwas wirklich, wirklich Dummes getan hatte. Ihr war eiskalt, und ihre Haut war rot und von einer Gänsehaut überzogen, aber innerlich war ihr warm, weil sie und Paige ein Geheimnis teilten.

Das Beste daran war, dass Paige gesagt hatte, Chloe dürfe bei der Schuldisco neben ihr sitzen. Chloe wollte unbedingt zu der Disco gehen, aber gleichzeitig graute ihr davor. Paige hätte das sicher nicht gesagt, wenn sie nicht mit ihr befreundet sein wollte und ihr nicht egal gewesen wäre, wer es wusste.

Chloe stieß langsam den Atem aus, während sie vor Kälte am ganzen Leib zitterte. Vielleicht würde ja alles doch nicht so schlimm werden.

ACHT

FREYA

Freya stellte ein Schälchen mit heißem Biskuitpudding vor Kathleen auf den Tisch und schloss das Küchenfenster. Es war zwar erst früher Abend und die Tage wurden jetzt, Mitte März, wieder länger, aber graue Wolken bedeckten den Himmel, und die Abenddämmerung senkte sich schnell über den Garten herab.

»Sie verwöhnen mich! Das ist ein echter Genuss«, freute sich Kathleen und vergrub den Löffel in dem Dessert, das Freya vor ihrem Spaziergang zu Driftwood House zubereitet hatte. »Ich denke nicht, dass ich selbstgemachten Biskuitpudding gegessen habe, seit ich aus Irland fortgegangen bin, und das ist sehr lange her.«

Für einen Augenblick starrte sie ins Leere, als sei sie in Gedanken wieder im Haus ihrer Kindheit. Freya kannte den Gesichtsausdruck – manche der Heimbewohner, die ihr so fehlten, hatten oft stundenlang schweigend dagesessen, verloren in der Vergangenheit.

»Biskuitpudding war im Pflegeheim sehr beliebt. Viele Bewohner haben gesagt, dass er sie an ihre Kindheit erinnert.«

»Mich auch, weil meine Mam ihn immer gemacht hat. Haben Sie das Rezept von Ihrer Mutter gelernt?«

Freya schüttelte den Kopf. »Nein, meine Mum war keine große Köchin.«

Und auch keine gute Mutter, dachte Freya und schaute durch die Fensterscheibe zu der bleichen Mondsichel.

Die hereinbrechende Finsternis spiegelte ihre Stimmung wider. In den letzten paar Tagen hatte sie ihre Sorgen beinahe vergessen, während sie sich in dem neuen Haus in dem schönen Dorf eingelebt hatte. Doch an diesem Abend fühlte sie sich plötzlich unglücklich. Ihr war schlagartig klar geworden, dass sie in einem fremden Haus bei einer Frau lebte, die sie kaum kannte, und keine festen Pläne für die Zukunft hatte.

Außerdem war sie immer noch erschüttert über den Sprung des Mädchens von dem Felsen, den sie am Nachmittag mitangesehen hatte. Es war sehr gefährlich gewesen, und sie war überzeugt, dass das Mädchen eigentlich gar nicht hatte springen wollen. Seine Freundinnen hatten es dazu angestachelt.

Kathleen beugte sich vor und sah Freya forschend in die Augen. »Lebt Ihre Mammy noch, wenn ich fragen darf? Es wäre schön, Sie ein wenig besser kennenzulernen, da wir doch jetzt zusammenleben.«

»Natürlich dürfen Sie fragen.« Freya lächelte bemüht. »Meine Mum lebt noch, aber sie ist in Griechenland.«

»In Urlaub?« Kathleen schob sich den Löffel in den Mund und schloss genussvoll die Augen.

»Nein, sie lebt dort, nicht weit von Athen. Sie ist ins Ausland gezogen, als ich zehn war.« Freya zögerte, als zahllose Erinnerungen auf sie einstürmten. »Ich ... ich habe mich dafür entschieden, bei meinem Dad zu bleiben.«

»Ich verstehe.« Kathleen sah sie mit ihren freundlichen grünen Augen an. »Das war sicher eine schwere Entscheidung.«

Eine Entscheidung, die Zehnjährige nicht sollten treffen müssen, dachte Freya und verspürte selbst nach all den Jahren ein Gefühl von Trauer und des Verlassenseins. Sie schluckte, damit ihre Stimme nicht brach.

»Damals war es schwer, aber Dad und ich sind gut miteinander ausgekommen. Er war ein guter Vater.«

Ein Vater, der ohne sie zusammengebrochen wäre. Selbst als Zehnjährige hatte sie gewusst, dass sie ihn nicht verlassen konnte, obwohl ihre Mutter es getan hatte.

»Wo ist er jetzt?«, fragte Kathleen und leckte Vanillesauce vom Löffel.

»Er ist vor fast zehn Jahren gestorben. Er war viel älter als meine Mum und hatte vor meiner Geburt bereits eine andere Familie gehabt.«

»Ah, hier kommt vermutlich Belinda ins Spiel.«

»Das ist richtig. Nur Belinda. Er hatte keine anderen Kinder aus erster Ehe und auch keine anderen aus der Ehe mit meiner Mum.«

Kathleen schwieg für einen Moment. »Zehn ist ein zartes Alter. Haben Sie es Ihrer Mutter übel genommen, dass sie Sie verlassen hat?«

Wow, das war unverblümt. Freya sah Kathleen erstaunt an, aber diese war zu sehr damit beschäftigt, ihr Schälchen auszukratzen, um es zu bemerken.

»Damals war es schlimm«, antwortete Freya vorsichtig. »Aber sie hatte einen anderen Mann kennengelernt – den Mann, der mein Stiefvater geworden ist –, und sie hatte Pläne für ein neues Leben, in dem ich nicht vorkam. Jedenfalls meiner Meinung nach nicht.«

»Das ist traurig. Verstehen Sie sich jetzt gut?«

Freya zuckte die Achseln. »Ich denke schon. Wir sehen uns nicht oft.«

»Könnten Sie jetzt zu ihr nach Griechenland oder zumindest in ihre Nähe ziehen?«

»Eines Tages vielleicht. Wer weiß?«

Tatsächlich hatte ihre Mutter ihr nach der Trennung von Greg vorgeschlagen, nach Griechenland zu ziehen. Das wäre jedoch nach dem Verlust des Mannes, von dem sie gedacht hatte, sie würde für immer mit ihm zusammen sein, eine zu große Veränderung gewesen. Der Annäherungsversuch ihrer Mutter war zu wenig und kam zu spät.

Damals hatte sie sich nach vertrauten Dingen gesehnt und wollte bleiben, wo sie war. Umso ironischer war es, dass sie sich jetzt hier, weit außerhalb ihrer Komfortzone, befand.

»Was ist mit Ihnen, Kathleen – in welchem Teil von Irland sind Sie aufgewachsen?«, fragte Freya, um das Gespräch von sich selbst abzulenken.

»Ich bin im County Kerry groß geworden und habe dort gelebt, bis ich neunzehn war. Waren Sie schon einmal da?« Kathleen lächelte, als Freya den Kopf schüttelte. »Es ist ein schönes Fleckchen Erde. Berggipfel, alte Wälder, eine wunderbare Landschaft – Sie haben noch nie so viele Grüntöne gesehen – und der wilde Ozean, der sich bis nach Amerika erstreckt. Dann bin ich nach England gezogen und habe bis zu meiner Heirat in London bei Clodagh, meiner Schwester, gelebt.«

»Sind Sie mal nach Irland gefahren, um Urlaub zu machen?«, fragte Freya und setzte sich an den Tisch.

Sie hatte es immer selbst besuchen wollen, aber Greg zog exotischere Reiseziele vor, wo es heiß war und er an seiner Bräune arbeiten konnte.

»Nein, ich bin in London geblieben. Clodagh ist nach Kerry zurückgezogen, aber ich habe mir hier ein Leben mit Frank aufgebaut.«

»Ihre Familie muss Ihnen gefehlt haben.«

»Nicht besonders«, antwortete sie und strich mit den Fingern über den Tisch. »Frank und ich haben uns selbst genügt, und als Ryan kam, war unsere Familie komplett. Frank war ein altmodischer und religiöser Mensch, aber er war gut zu uns.«

»Ist das Ihr Mann?«, fragte Freya und zeigte auf eine gerahmte Fotografie auf dem Küchenbuffet.

Es zeigte einen grauhaarigen Mann, der mit einer Porzellantasse auf dem Schoß auf einem Gartenstuhl saß. Er hatte den Kopf in den Nacken gelegt und das Gesicht mit geschlossenen Augen der Sonne zugewandt. Er wirkte völlig entspannt, als würde er schlafen.

Kathleen nickte. »Ja, das ist Frank an seinem Lieblingsplatz, dem Garten. Der Mann hatte einen grünen Daumen.«

»Es sieht nicht aus wie Ihr Garten hier.«

»Nein, das ist unser Garten in Cambridgeshire, wo Ryan aufgewachsen ist. Frank hat meinen Garten in Heaven's Cove nie gesehen. Ich bin erst vor acht Jahren ins Dorf gezogen, nachdem er gestorben war.«

»Dann sind Sie jetzt die Gärtnerin«, sagte Freya und fragte sich, wie Kathleen das mit ihren arthritischen Knien schaffte. Der Garten des Cottages war zwar klein, musste aber trotzdem viel Arbeit machen.

»Ja, ich tue, was ich kann, aber in letzter Zeit übernimmt Ryan das meiste. Er hat den grünen Daumen seines Vaters geerbt, aber er hat nicht viel Zeit. Er ist immer sehr beschäftigt.«

Allerdings nicht zu beschäftigt, um vorbeizuschauen, dachte Freya. Er war an dem Tag bereits drei Mal unter verschiedenen Vorwänden vorbeigekommen. Es war klar, dass er sie kontrollierte und sich vergewisserte, dass sie Kathleen nicht im Schlaf ermordete oder das Familiensilber stahl. Es war ja auch verständlich. Er war ein liebender Sohn, und sie hatte zwar einen beeindruckenden Lebenslauf und Referenzen, aber er kannte sie nicht. Dennoch machten seine spontanen Besuche sie nervös.

»Was hat Sie nach Heaven's Cove geführt?«, fragte Freya, um mehr über ihre Hausgenossin zu erfahren.

»Ach, dies und das. Ich hatte gehört, dass das Dorf sehr schön sei, und ich wollte vor meinem Tod wieder am Meer leben, daher« – Kathleen zuckte die Achseln – »bin ich jetzt hier.«

»Sie haben von dem Dorf gehört? Hatten Sie es denn vorher nicht besucht?«

Kathleen zögerte kurz, bevor sie antwortete. »Nein, vor Franks Tod bin ich noch nie in Heaven's Cove gewesen.«

»Das war sehr mutig, die Zelte abzubrechen und allein herzuziehen«, entgegnete Freya und staunte über die Entschlossenheit der alten Frau, sich an einem völlig neuen Ort ein neues Leben aufzubauen.

»Nicht mutiger als das, was Sie tun«, murmelte Kathleen. »Und ich habe Glück, weil auch Ryan und Chloe vor einigen Jahren ins Dorf gezogen sind, um in meiner Nähe zu sein. Ryan ist ein guter Sohn.«

Ein besseres Kind, als sie es war? Schuldgefühle durchzuckten Freya. Auch ihre Mutter wurde älter und hatte neuerdings gesundheitliche Probleme. Vielleicht war das der Grund, warum sie Freya vorgeschlagen hatte, nach Griechenland zu ziehen, um bei ihr zu sein.

»Also, was halten Sie von Heaven's Cove?«, fragte Kathleen und nahm einen Schluck von dem Tee, den sie zu ihrem Nachtisch hatte trinken wollen. »Sie müssen Belinda hier doch schon einige Male besucht haben.«

Freya schüttelte den Kopf. »Nein, noch nie. Ich bin zum ersten Mal in Heaven's Cove, und ich finde das Dorf ganz reizend. Es ist alles so alt hier, dass es mir wie ein lebendiges Museum vorkommt, und am Meer gefällt es mir besser, als ich erwartet habe. Ich habe das Gefühl, im Urlaub zu sein. Hält das Gefühl an?«

»Eigentlich schon, obwohl das echte Leben gern dazwischenkommt, egal wo man ist.«

»Das ist wahr, aber ich könnte mir denken, dass Ihre Enkelin es herrlich finden muss, hier aufwachsen zu dürfen.«

Kathleen runzelte die Stirn. »Chloe ist nun an dem Punkt im Leben, an dem das schwer zu sagen ist. Zwölf ist ein sehr schwieriges Alter, finden Sie nicht? Man steht an der Schwelle zum Teenager und ist kurz davor, unabhängig zu werden, aber man ist auch noch Kind. Sie scheint sich jedoch einigermaßen im Dorf eingelebt zu haben, seit sie ihre Mutter verloren hat und hergekommen ist.«

Sie warf einen Blick zu Natalie, die aus dem Silberrahmen neben dem von Frank schaute.

»Natalie muss ihnen allen sehr fehlen.«

»Das tut sie. Besonders natürlich Ryan. Er ist nie über den Verlust seiner Frau hinweggekommen, obwohl ich bete, dass es ihm eines Tages gelingen wird. Seine Tochter braucht eine Mutter, und er braucht eine Gefährtin. Er ist einsam, wissen Sie.«

Plötzlich füllten sich die Augen der alten Dame mit Tränen, und Freya beugte sich über den Tisch und streichelte ihr den Arm. Kathleen schenkte ihr ein unsicheres Lächeln. »Aber was ist mit Ihrem jungen Mann, Freya? Falls mir die Frage erlaubt ist?«

»Ja, natürlich.« Freya stieß langsam den Atem aus. »Greg und ich waren zwölf Jahre zusammen, neun davon verheiratet, aber vor einer Weile haben wir uns getrennt. Wir haben uns auseinandergelebt. Ich mag den Ausdruck nicht, aber in unserem Fall ist es die Wahrheit.«

Kathleen schüttelte traurig den Kopf. »So etwas kommt vor, aber es tut mir trotzdem leid, es zu hören. Kein Wunder, dass Sie einen Tapetenwechsel brauchten.«

»Nach der Trennung und dem Verlust meiner Arbeitsstelle habe ich mich etwas ... verloren gefühlt.« Freya biss sich auf die Lippe und war sich nicht sicher, ob sie Kathleen, ihrer Arbeitgeberin, davon erzählen sollte. Der Besitzerin des Pflegeheims hätte sie nie gesagt, dass ihr Leben ein Scherbenhaufen war.

Aber Kathleen nickte. »Es ist hart, wenn man im Leben den Halt verliert. Dann braucht man Menschen um sich, die einen lieben. Aber ich weiß, dass es Ihnen hier gut gehen wird, Freya. Die Schönheit und die Ruhe dieses kleinen Dorfes waren mir eine Quelle großen Trostes, und ich bin mir sicher, dass Sie genauso empfinden werden, wenn Sie sich die Gegend ansehen.«

»Ich habe mich heute Nachmittag schon etwas umgeschaut, während Sie ein Nickerchen gehalten haben.«

»Wo sind Sie gewesen?«

»Ich bin bis ans Ende des Dorfes gegangen und dann hoch auf das Kliff gestiegen. Die Aussicht von da oben ist atemberaubend, und Sie haben recht, es war tatsächlich tröstlich, dazusitzen und aufs Meer zu schauen.«

Sie sagte nichts von dem Mädchen mit dem roten Haar, das von dem Felsen ins Meer gesprungen war. Das war alles andere als ein tröstlicher Anblick gewesen.

»Haben Sie Driftwood House gesehen?«, erkundigte Kathleen sich. Ihre Worte waren kaum zu hören, weil sie den Kopf tief über den Schoß beugte. Sie zupfte einen Fussel von ihrem Rock und steckte ihn sich in die Tasche.

»Ja. Mir ist aufgefallen, dass es als Pension geführt wird.«

»Das ist richtig.«

»Es ist sehr beeindruckend, so ganz allein dort oben, vor sich das Meer, hinter sich das offene Land und sonst nichts. Es muss toll sein, dort zu übernachten.«

Kathleen erwiderte nichts. Sie saß nur reglos da und schaute durchs Fenster in den dunklen Garten. Die Atmosphäre hatte sich verändert, und Freya war sich nicht sicher, worüber sie als Nächstes sprechen sollten.

Glücklicherweise blieb es ihr erspart, überhaupt etwas zu sagen, weil plötzlich die Haustür aufgerissen und wieder zugeschlagen wurde und Stimmengemurmel im Flur zu hören war.

Kathleen riss den Kopf herum. »Oh, wer ist denn das?«,

fragte sie, obwohl es natürlich Ryan war, der seine Mutter besuchen kam – und Freya heute zum vierten Mal unter die Lupe nahm.

Freya setzte ein Lächeln auf, als die Tür geöffnet wurde und Ryan die Küche betrat. Er fuhr sich mit der Hand durchs Haar, das im Licht der Deckenlampe silbern glänzte. Er war ein gut aussehender Mann, musste Freya zugeben, mit seinem kantigen Kinn und den gleichen leuchtend grünen Augen wie seine Mutter. Doch er sah sie stets mit einer gewissen Verärgerung an, als sei sie die Hilfskraft, die er selbst nie eingestellt hätte.

»Hi, Mum.« Er nickte Freya zu. »Tut mir leid, ich wollte euch nicht beim Essen stören.«

»Wir sind mehr oder weniger fertig, und ich freue mich, dich zu sehen«, sagte Kathleen. »Ist das meine wunderschöne Enkelin, die ich da höre?«

»Hey, komm her, Chloe«, rief Ryan in den Flur. »Steck das Handy weg und sag deiner Gran Guten Tag.«

Ein schlaksiges Mädchen erschien im Türrahmen und schob sein Handy in die Jeanstasche.

»Hey, Gran. Wie geht es dir?«

Sie winkte Kathleen zu, dann fiel ihr Blick auf Freya, die den Atem anhielt. Es war das Mädchen vom Kliff. Das Mädchen, das ihr gesagt hatte, sie solle sich um ihre eigenen Angelegenheiten kümmern, bevor es ins Meer gesprungen war.

»Das ist Freya«, stellte Kathleen sie vor. »Die Dame, die für eine Weile bei mir wohnen wird. Und Freya, das ist Chloe, meine wunderbare Enkelin, von der ich Ihnen erzählt habe.«

»Ja«, sagte Chloe und sah Freya immer noch unverwandt an.

»Hallo, Chloe«, erwiderte Freya und stand auf. »Wie schön, dich zu sehen.«

»Ja«, sagte Chloe noch einmal.

Ryan schaute zwischen ihnen hin und her. »Kennt ihr euch schon?«

Chloe starrte sie weiter an, und jetzt lag ein Anflug von Panik in ihren großen braunen Augen.

Die Panik verwandelte sich jedoch in Erleichterung, als Freya antwortete: »Nein, ich denke nicht.«

Es hatte keinen Sinn, Chloe zu verpetzen. Sie hatte den Sprung vom Felsen überlebt und würde es bestimmt nicht wieder tun. Frey würde auch kaum ein gutes Verhältnis zu der Familie aufbauen können, wenn sie als Erstes Klatschgeschichten erzählte.

Für Belinda wäre das ein gefundenes Fressen, dachte Freya. Sie würde jedem, der sich die Mühe machte zuzuhören, berichten, dass Ryans Tochter Verletzungen oder Schlimmeres riskiert hatte, als sie in die Wellen gesprungen war. Doch Freya war nicht wie ihre Schwester. Sie konnte ein Geheimnis für sich behalten.

Es war wieder mal typisch, dass die Frau, die sie von Clair Point hatte springen sehen, die neue Pflegerin ihrer Gran war. War ja klar, dachte Chloe, denn das Pech verfolgte sie wie ein Stalker. Ein Beweis dafür war der Unfalltod ihrer Mum. Obwohl es zumindest so aussah, als würde Freya den Mund halten.

Chloe musterte die neue Frau. Sie sah ganz nett aus und hatte ein freundliches Gesicht, obwohl ihre Jeans eine Katastrophe war – viel zu eng um die Knöchel. Paige sagte, Skinny Jeans seien so was von out. Doch sie standen ihr, und sie konnte ziemlich gut kochen.

Chloe leckte Vanillesauce vom Löffel und tauchte ihn gleich wieder in den selbstgemachten Biskuitpudding, den Freya vor sie hingestellt hatte. Einer von Paiges Lieblingsdiätsprüchen war: »Wenn's schmeckt, spuck's aus«, aber dazu war es einfach zu lecker.

»Hallo. Was dagegen, wenn ich mich zu dir setze?«

Chloe schaute erschrocken auf. Sie war so in ihren Nachtisch vertieft gewesen, dass sie Freya gar nicht bemerkt hatte. Sie waren alle ins Wohnzimmer gegangen, und ihr Dad und ihre Gran unterhielten sich in der Ecke über Politik oder etwas ähnlich Langweiliges.

»Nein, ist okay«, antwortete Chloe nervös. Sollte sie sich dafür bedanken, dass sie sie bei ihrem Dad nicht verpfiffen hatte? Es wäre wohl besser, damit Freya es sich nicht anders überlegte.

»Danke, dass Sie nichts gesagt haben über ... ähm.«

Als Freya lächelte, funkelten ihre Augen im Lampenlicht. »Es ist unser Geheimnis, solange du mir versprichst, so etwas nie wieder zu tun. Es ist wirklich gefährlich, von der Stelle ins Meer zu springen. Du hättest schwer verletzt werden können.«

Chloe zuckte die Achseln. »Na, und wenn schon.«

Jetzt wirkte die Frau schockiert. »Dein Dad und deine Gran wären am Boden zerstört, wenn dir etwas zustoßen würde.«

»Sie würden darüber hinwegkommen.«

Das klang sarkastisch, und Freya runzelte die Stirn.

»Nein, würden sie nicht, und mich würde es auch treffen.«

»Warum? Sie kennen mich doch gar nicht.«

»Noch nicht. Aber ich hoffe, dass ich dich besser kennenlernen werde.«

Meinte sie es ehrlich, oder wollte sie sich nur bei der Enkelin der Frau einschmeicheln, die ihr gerade einen Job gegeben hatte? Chloe kam zu dem Schluss, dass es keine Rolle spielte. Freya war nett zu ihr, und sie würde ihrem Dad nichts von dem Sprung erzählen, den sie sowieso nicht wiederholen wollte.

»Ich werde nicht noch einmal springen. Versprochen«,

sagte sie leise, damit ihr Dad es nicht hörte. Manchmal dachte sie, dass er ein Gehör wie eine Fledermaus hatte. Egal, wo er sich im Haus aufhielt, er hörte es jedes Mal, wenn sie den Kühlschrank öffnete, um sich noch eine Dose Cola zu nehmen.

»Dann ist es ja gut«, antwortete Freya und lehnte sich erleichtert auf dem Stuhl zurück. Rocky kam herbei und strich zwischen Freyas Beinen hindurch, als sei sie eine Hexe und der dumme Kater ihr dämonischer Helfer.

»Bleiben Sie lange hier?«, fragte Chloe, mutig geworden durch das Geheimnis, das sie und Freya jetzt miteinander teilten.

Freya zog die Nase kraus. »Um ehrlich zu sein, ich weiß es nicht. Wir wollen beide erst einmal schauen, wie es läuft, aber ich mag deine Gran wirklich sehr, und dein Dad scheint auch nett zu sein.«

»Er ist ganz in Ordnung, schätze ich.«

Als Freya lachte, sah sie freundlich aus. »Das ist wirklich ein sehr großes Lob«, entgegnete sie. »So, ich sollte jetzt besser die Küche putzen. Selbstgemachter Biskuitpudding ist zwar lecker, aber hinterher ist die Küche ein klebriges Schlachtfeld.«

Sie ging zur Tür und in den Flur, und Chloe bemerkte, dass ihr Dad ihr nachsah, bis sie verschwunden war.

NEUN

RYAN

Ryan schaute auf die Armbanduhr und beschleunigte den Schritt. Er hatte in einer halben Stunde ein Zoom-Meeting mit einem potentiellen neuen Kunden, und er brauchte Zeit, um sich umzuziehen – das war das Problem mit Zoom; man konnte einen wichtigen Anruf nicht in seinem ältesten und bequemsten Sweatshirt tätigen. Außerdem musste er Zeit einplanen, um sich zu vergewissern, dass sein WLAN funktionierte.

Für alleinerziehende Eltern war das Homeoffice ein Gottesgeschenk. Da er von zu Hause aus arbeitete, war es ihm möglich, Chloe bei schlechtem Wetter von der Schule abzuholen, ein Auge auf sie zu haben, wenn sie krank war, und schnell in den Supermarkt zu springen, wenn sie ihm die Haare vom Kopf fraß.

Für seinen Stresspegel war es jedoch nicht gerade förderlich, sich auf das schwankende Internet in Heaven's Cove verlassen zu müssen. Er hatte aufgehört, die Arbeitstelefonate zu zählen, die den schlechten Verbindungen zum Opfer gefallen waren. Ein Handy hatte er zerstört, weil er es frustriert gegen eine Wand geschleudert hatte. Kein Wunder, dass sein Haar von Tag zu Tag grauer wurde.

Er warf einen Blick in ein Schaufenster, um seinen gegenwärtigen Grauquotienten abzuschätzen – ungefähr fifty-fifty –, und sah in der Spiegelung der Scheibe Isobel auf sich zukommen.

Isobel war eine Erscheinung. Sie hatte platinblondes Haar, während das von Natalie rotbraun gewesen war, aber wie bei seiner verstorbenen Frau drehten sich alle nach ihr um. Sie war äußerst attraktiv und hatte ein strahlendes Lächeln. Ihr Gesicht war immer fachmännisch geschminkt und jedes Haar an seinem Platz.

Ryan hatte neulich an sie gedacht, als er abends mit Chloe *Mary Poppins* im Fernsehen gesehen hatte. Isobel war »völlig ohne Fehler« – und sie schien sich für ihn zu interessieren. Das war zwar schmeichelhaft, nach Natalies Tod aber sinnlos. Männer wie er verdienten es nicht, glücklich zu sein, und deshalb ging er Isobel neuerdings aus dem Weg. Doch nun stand sie vor ihm.

»Hey, Ryan«, sprach sie ihn mit ihrer rauchigen Stimme an. »Wir haben uns eine Weile nicht gesehen. Wie geht es dir?«

»Gut, danke. Und selbst?«

»Ach, du weißt schon. Paige hält mich auf Trab. Wir alleinerziehenden Eltern müssen doppelte Erziehungsarbeit leisten, wie ich Kieran immer wieder sage. Er meint, dass er einen Orden verdient, wenn seine Tochter bei ihm übernachtet.« Ihr Gesicht nahm einen säuerlichen Ausdruck an, wie immer, wenn die Rede auf ihren Ex-Mann kam. Dann lächelte sie wieder. »Ist Chloe auch so aufgeregt wegen des Schulballs – oder des ›Raves‹, wie Paige es heute Morgen genannt hat? Sie und ihre Freundinnen reden von gar nichts anderem mehr.«

Ryan nickte. »Sie freut sich auf die Disco. Wollen wir hoffen, dass es kein Rave ist. Ich möchte nicht, dass die Kinder die Nacht im Drogendunst verbringen und von schrecklicher Musik taub werden.«

Guter Gott, er hatte versucht, einen Scherz zu machen, klang jedoch stattdessen wie ein altmodischer Spießer. Chloe wäre vor Peinlichkeit gestorben. Doch Isobel schenkte ihm ein strahlendes Lächeln, das ihre Wangenknochen betonte.

»Ich bin mir sicher, dass es eine schrecklich, *schrecklich* brave Veranstaltung wird«, sagte sie, trat näher und legte ihm beruhigend die Hand auf den Arm. »Ich weiß, dass du groß und stark bist und deine Tochter beschützen willst, Ryan, und das mag ich an dir. Aber wir können unsere Mädchen nicht für immer vor der großen bösen Welt beschützen.«

»Nein, wahrscheinlich nicht«, pflichtete Ryan ihr bei, fest entschlossen, es trotzdem zu versuchen.

Isobel rückte noch näher, bis sie einander fast berührten, und schaute ihm ins Gesicht. Eine Parfümwolke hüllte ihn ein.

»Es ist gut, dass ich dir begegne, denn ich habe mich gefragt, ob du nicht irgendwann mal Lust auf einen Abend im Pub hast? Auf ein kleines Gläschen oder vielleicht sogar zwei.«

Jetzt war es passiert. Er versuchte schon seit einer ganzen Weile, dieser Frage auszuweichen, denn das Angebot beinhaltete viel mehr als ein paar Drinks. Das verriet schon die Art, wie Isobel sich geziert auf die Unterlippe biss, während sie ihm in die Augen sah.

Ryan zögerte, weil ihr Angebot verführerisch war. Manchmal fühlte er sich so einsam, dass er weinen könnte, und oberflächlich betrachtet sprach nichts dagegen. Isobel war frei, jetzt, da sie sich von dem Antiquitätenhändler im nahen Callowfield getrennt hatte, und er selbst war seit Natalies Tod allein.

Was konnte es schaden, Trost in den Armen einer schönen Frau zu finden? Es war lange her, seit jemand ihn umarmt hatte. Chloe, die sich gut mit Paige verstand, würde es wahrscheinlich akzeptieren, dass er eine Beziehung mit Isobel anfing – sobald sie aufgehört hatte, ihm zu erklären, die bloße Vorstellung, er könne ein Date haben, sei ekelhaft.

Doch die Schuldgefühle, die ihn seit vier langen Jahren quälten, die sprachen dagegen, auch wenn er sie nicht artikulieren konnte.

»Komm schon, Ryan«, drängte Isobel ihn und zog einen Schmollmund. »Du weißt, dass du es willst.«

»Ich muss im Moment ziemlich viel arbeiten«, sagte er und ärgerte sich, dass ihm nur so eine lahme Ausrede einfiel. »Außerdem gehe ich in letzter Zeit nicht oft aus.«

Er verzog das Gesicht. Das Ganze wurde immer schlimmer, und Isobel sah ihn an, als sei er verrückt, weil er sich nicht auf ihr Angebot stürzte. Er kannte viele Männer, die keine Sekunde gezögert hätten, aber sie waren wahrscheinlich bessere Männer als er.

»Oh, ich glaube, da ist Freya. Hallo, Freya«, rief er und winkte der Pflegerin seiner Mum, die glücklicherweise gerade in die schmale Gasse einbog, fröhlich zu. »Wie geht es Ihnen heute? Wollen Sie einkaufen?«

»Ja«, rief sie mit Blick auf die unübersehbare Einkaufstasche an ihrem Arm. »Ähm ... mir geht es gut, danke. Ihnen hoffentlich auch.« Sie hob die Hand und winkte ihm unbeholfen zu, bevor sie in Stans kleinem Lebensmittelladen verschwand.

Ryan wand sich innerlich. Er hatte nicht nur eine jämmerliche Ausrede benutzt, um Isobels Einladung abzulehnen, er hatte auch gerade die neue Pflegerin seiner Mutter gründlich verwirrt. Nachdem er Freya gegenüber in der vergangenen Woche höflich, aber distanziert gewesen war, wenn er bei seiner Mutter vorbeigeschaut hatte, hatte er sie jetzt wie eine alte Freundin begrüßt. Er war fünfundvierzig Jahre alt und von Isobels Einladung so aus dem Konzept gebracht, dass er sich völlig zum Narren gemacht hatte.

Zumindest hatte er Isobel von ihrem Vorschlag abgelenkt. Sie trat zurück und verschränkte die Arme vor der Brust.

»Wer war das?«

»Das ist Freya. Sie wohnt vorübergehend bei Mum und hilft ihr im Haushalt.«

Isobel klappte der Unterkiefer herunter. »Das ist Belindas Schwester? Ich habe gehört, dass sie im Dorf ist, aber sie ist viel jünger, als ich gedacht habe. Ich hatte sie mir auch mehr wie Belinda vorgestellt – grau und rund mit bequemen Schuhen.«

»Sie sind Halbschwestern, deshalb sieht Freya auch so ...« Ryan hielt inne und suchte nach dem richtigen Wort. *Frisch? Strahlend? Hübsch?* Jedes dieser Worte wäre zutreffend gewesen, aber am Ende entschied er sich für *anders*. »... anders aus. Sie und Belinda sehen sich nicht sehr ähnlich.«

Isobel rümpfte die Nase. »Ich hoffe, sie ist nicht so eine grauenvolle alte Klatschtante wie ihre *Halb*schwester.«

»Das hoffe ich auch.«

»Also«, sprach Isobel weiter und sah Ryan von der Seite an. »Wohnt sie bei deiner Mutter?«

»Im Augenblick ja. Es ist ein Experiment, um zu schauen, ob Mum mehr Hilfe im Haushalt braucht.«

»Deine Mum ist rüstig und zäh, daher hätte ich nicht gedacht, dass sie ständig jemanden im Haus haben möchte.«

»Sie muss sich erst noch daran gewöhnen«, antwortete Ryan, froh, dass seine Mum Isobels Beschreibung von ihr nicht hören konnte.

»Aber sie hat doch Chloe und dich, die sich um sie kümmern, oder nicht?«

Wieder biss Isobel sich mit ihren perfekten perlweißen Zähnen sanft in die Unterlippe und sah Ryan dabei an. Er trat unbehaglich von einem Fuß auf den anderen. Würden die Leute denken, dass er sich vor seiner Verantwortung drückte?

»Wir tun, was wir können, aber wir dachten, es sei gut für Mum, wenn eine Hilfe im Haus wohnt.«

»Und wie läuft es bisher?«

»Es ist noch zu früh, um etwas zu sagen, aber eigentlich ziemlich gut.«

Er klang überrascht, denn er war tatsächlich überrascht gewesen. Obwohl Freya erst vor einer Woche eingezogen war, hatte er bei seiner Mum bereits positive Veränderungen wahrgenommen. Sie wirkte jetzt, da sie Gesellschaft im Haus hatte, zufriedener und entspannter. Er hatte sie sogar lachen hören, als er gestern Morgen gekommen war – es war schon länger her, dass er das Lachen seiner Mum gehört hatte. Und während der vergangenen sieben Tage hatte sie weder das Cottage in Brand gesteckt noch das Badezimmer überschwemmt und war auch nicht die Treppe hinuntergefallen.

Außerdem überraschte es Ryan, wie viel gelassener er sich neuerdings fühlte, weil er wusste, dass seine Mutter nicht auf sich allein gestellt war. Eine Fremde, die bei seiner Mum einzog, war zwar nicht das, was er sich gewünscht hätte – erst recht nicht jemanden, der mit dem Plappermaul Belinda verwandt war. Doch zumindest für den Moment hatte er den Eindruck, dass es das Leben seiner Mutter verbesserte und ihm dadurch das Leben leichter machte.

»Dann hoffen wir, dass es weiter gut läuft«, sagte Isobel. »Sie sieht recht unschuldig aus, aber man weiß ja nie, was sich hinter der Fassade eines Menschen verbirgt, nicht wahr? Es wäre doch schrecklich, wenn Kathleen etwas zustieße.«

Hatte Isobel etwas an Freya wahrgenommen, das ihm verborgen blieb? Ryan schüttelte sich im Geiste. Isobel hatte aus der Entfernung nur einen kurzen Blick auf die neue Pflegerin seiner Mutter geworfen, es gab also keinen konkreten Grund für sie, die Vermutung zu äußern, seiner Mutter könne etwas zustoßen. Doch es beunruhigte ihn trotzdem. Freya schien sich gut einzufügen, aber sie war dennoch eine Fremde, die völlig unerwartet aufgetaucht war.

Er bemühte sich, Isobels Bemerkung keine Bedeutung

beizumessen, und sah noch einmal auf seine Armbanduhr. »Ich muss wirklich los, weil ich in zwanzig Minuten ein wichtiges Arbeitstelefonat habe.«

Isobel fuhr sich durch ihr langes blondes Haar, und zwischen ihren Brauen erschien eine leichte Falte. »Natürlich. Geh nur, vielleicht sehe ich dich ja bald im Pub.«

»Mhm, vielleicht.«

Ryan eilte nach Hause und wünschte, er hätte den Schreibtisch am Morgen gar nicht erst verlassen.

ZEHN

FREYA

Freya stieg vom Hocker und lehnte den Staubwedel an die Wand. Sie rückte den silbrigen Spinnweben in der Ecke ihres Zimmers zu Leibe, die sie nachts quälten, wenn sie das Licht ausschaltete. Die Vorstellung, dass Riesenspinnen über die Decke huschten, förderte nicht gerade die Schlafqualität. Auch der Gedanke, dass Greg und Erica sich irgendwo aneinanderkuschelten, hatte dafür gesorgt, dass sie in den zwei Wochen seit ihrer Ankunft keine Nacht gut geschlafen hatte.

Tagsüber war alles in Ordnung. Freya und Kathleen hatten sich im Alltag eingespielt. Sie half im Haushalt, kümmerte sich um die Körperpflege und ging Kathleen beim Anziehen zur Hand, wenn diese durch ihre Arthritis dabei Schwierigkeiten hatte. Sie hatten zwar kein tiefschürfendes Gespräch mehr geführt, seit sie über dem Biskuitpudding ins Plaudern gekommen waren, aber sie verstanden sich gut.

Freya gewöhnte sich auch an Ryans regelmäßige Besuche, die gar nicht so schlimm waren. Er war seiner Mum gegenüber sehr fürsorglich und blieb selten lange. Außerdem sah er gut aus. Sie hatte ein schlechtes Gewissen, es überhaupt bemerkt zu haben, als würde sie Greg betrügen, wenn sie einen anderen Mann attraktiv fand – verrückt, angesichts der Umstände.

Sie griff nach dem Staubwedel, um noch einmal in den Kampf gegen die Spinnen zu ziehen, hielt aber inne, als sie wieder auf den Hocker steigen wollte.

»Freya! Freya!«

Jemand rief ihren Namen. Freya eilte in den Flur und hörte die Rufe erneut, diesmal drängender. Sie kamen von draußen. Sie lief ins Bad, sah aus dem Fenster und schnappte nach Luft. Ein weißes Laken flatterte an der Wäscheleine in der Brise, und Kathleen lag im Gras, die Beine in frisch gewaschener Bettwäsche verheddert.

Als Freya die Treppe hinuntergelaufen war und in den Garten kam, hatte Kathleen sich aufgerichtet und saß mit dem Rücken an der Stange der Wäscheleine.

»Nicht bewegen. Haben Sie sich verletzt?«, fragte Freya und hockte sich neben die alte Frau, die sich die Knie rieb. Sie hatte sich die Strumpfhose aufgerissen, und das Loch war blutverschmiert.

»Ich bin über meine eigenen Füße gestolpert. Wie dumm von mir.« Kathleen schüttelte den Kopf, während Freya der alten Frau prüfend über die Beine strich. »Es besteht kein Grund zur Beunruhigung! Es geht mir großartig. Ich denke nicht, dass etwas gebrochen ist, aber ich fürchte, ich kann nicht allein aufstehen.«

»Sie haben sich die Knie aufgeschürft. Tut Ihnen sonst noch etwas weh?«

»Eigentlich nicht. Ich bin gestürzt, aber zum Glück im Gras gelandet.« Sie zog die Nase kraus. »Das Gras ist übrigens nass, daher wäre es gut, so bald wie möglich aufzustehen.«

»Vielleicht sollten wir Sie untersuchen, bevor wir Sie bewegen. Wir müssen sichergehen, dass Sie sich nicht die Hüfte verletzt haben. Im Pflegeheim haben wir die Patienten erst bewegt, wenn ...«

»Das war etwas völlig anderes«, fiel Kathleen ihr ins Wort. »Nichts für ungut, aber das waren tatterige Alte, während ich in meinem eigenen Haus lebe und durchaus imstande bin, für mich selbst zu sorgen. Das heißt ...« Sie sah Freya an und verdrehte die Augen. »Mehr oder weniger und mit etwas Hilfe. Wenn ich für eine Weile still in meinem Sessel sitzen kann, ist es bald wieder gut. Versprochen.«

Freya legte den Arm um sie und half ihr auf die Füße. Die alte Frau schwankte leicht und biss die Zähne zusammen.

»Sind Sie sich sicher, dass alles in Ordnung ist?«

»Vollkommen. Nur die Knie brennen, und mein Stolz ist verletzt. Ich hoffe, dass Ted von nebenan nicht gerade aus dem Schlafzimmerfenster geschaut hat. Ach, ich könnte morden für eine Tasse Tee.«

Freya half Kathleen ins Wohnzimmer und machte es ihr in ihrem Lieblingssessel bequem. Sie lehnte kurz den Kopf an die Rückenlehne und schloss die Augen. Dann beugte sie sich vor und verzog verärgert das Gesicht.

»Wirklich, Freya, ich bin so wütend auf mich selbst. Ich habe nur die Wäsche aufgehängt, und dann bin ich über einen Randstein gestolpert und nach vorn gefallen.«

»Sind Sie sich sicher, dass Sie sich nicht den Kopf angeschlagen haben?«

»Nein, mein Kopf ist in Ordnung. Es sind nur meine Knie. Und meine Hände, mit denen ich den Sturz abgefangen habe.«

Sie zeigte ihre roten, zerkratzten Handflächen vor.

»Ich hätte die Wäsche für Sie aufgehängt«, sagte Freya, zog ein sauberes Papiertuch hervor und tupfte damit Kathleen die blutigen Knie ab.

»Das weiß ich, aber Sie tun ohnehin schon so viel, dass ich Ihnen ein wenig helfen wollte. Und jetzt habe ich Ihnen nur noch mehr Arbeit gemacht.«

Als Freya Kathleens unglückliches Gesicht sah, legte sie ihr den Arm um die Schultern.

»Machen Sie sich deswegen keine Sorgen. Das passiert schon mal, aber ich sollte Ihre Wunden besser säubern und Sie frisch machen.«

»Bevor Ryan kommt, sonst wird er böse auf mich, weil ich mir zu viel zugemutet habe.«

Oder böse auf mich, weil ich es nicht verhindert habe, dachte Freya, als sie die Küchenschränke nach sterilen Mullbinden und Pflastern durchsuchte, von denen Kathleen schwor, dass sie dort waren. Sie schimpfte mit sich selbst, dass sie den Sturz nicht verhindert hatte. Wäre sie doch bloß nicht nach oben gegangen, um den verdammten Spinnweben den Garaus zu machen.

Glücklicherweise schien Kathleen sich deutlich erholt zu haben, als Freya ins Wohnzimmer zurückkehrte. Sie trug eine Schüssel mit Wasser und hatte die Mullbinden und das Pflaster bei sich, das sie hinter einem kleinen Berg aus Tomatendosen gefunden hatte. Während sie Kathleen die Wunden säuberte, nippte diese ruhig an dem Tee, den Freya gekocht hatte.

»Haben Sie antiseptische Wundcreme im Haus?«, fragte Freya und ließ die blutverschmierte Mullbinde in eine Plastiktüte fallen. »Ich habe Ihre Knie zwar gründlich gereinigt, aber man kann nie wissen.«

Kathleen überlegte einen Augenblick. »Ich glaube, in der Schublade in meinem Schlafzimmer ist noch ein alter Verbandkasten. Da könnte antiseptische Creme drin sein, obwohl ich es nicht beschwören kann. Es tut mir leid, dass ich solche Umstände mache.«

Freya klopfte ihr beruhigend die Hand. »Sie machen überhaupt keine Umstände. Das passiert schon mal. Ich werde schnell nach oben springen und schauen, ob ich die Creme finde.«

Kathleens Schlafzimmer war so düster wie immer, selbst an einem freundlichen Tag wie heute. Draußen flatterte das Laken, das den Sturz verursacht hatte, an der Wäscheleine.

Darunter lag ein umgekippter Korb mit nassem Bettzeug im Schlamm. Die Laken und Bezüge würden noch einmal gewaschen werden müssen.

Freya blies die Wangen auf, ging zu dem kleinen Schminktisch und zog die Schublade auf. Sie war voller Fotos. Ihr sprang sofort ein Bild von einem pummeligen Baby mit einem zahnlückigen Grinsen ins Auge, wahrscheinlich Chloe. Daneben lag ein Farbfoto von Kathleen in mittleren Jahren mit ihrem Mann. Er sah gut aus und wirkte größer als der gebeugte weißhaarige Mann, der unten im Wohnzimmer auf einem gerahmten Bild neben einer älteren Kathleen stand.

Freya strich über das Foto und erkannte, dass sie und Ryan etwas gemeinsam hatten – sie hatten beide ihren Vater verloren und einen schweren Verlust erlitten.

Seit dem Tod ihres Vaters waren zehn Jahre vergangen, aber manchmal wurde sie immer noch von Trauer überfallen. Ein paar Takte seiner Lieblingsmusik konnten sie zu Tränen rühren. Erst kürzlich hatte sie im Co-op geweint, weil der Mann vor ihr in der Schlange das gleiche Poloshirt getragen hatte wie ihr Dad. Für eine bittersüße Sekunde hatte sie gedacht, er sei es, bevor das Wissen, dass sie ihn nie wiedersehen würde, sie überwältigt hatte. Der junge Mann an der Kasse war vor Verlegenheit rot geworden, als sie ihm einen Fünfpfundschein gereicht hatte, während ihr die Tränen von der Nasenspitze tropften.

Freya entdeckte ein Foto von Ryan, das vor einigen Jahren aufgenommen worden war, und nahm es in die Hand, um es sich genauer anzusehen. Sein Haar war länger und dunkler, ohne einen Anflug von Grau, und er wirkte glücklicher. Er sah gut aus, wie sein Vater, und noch unbelastet von Schicksalsschlägen.

Neben ihm stand Natalie, und Freya betrachtete neugierig diese Frau aus der Vergangenheit. Sie war sehr hübsch mit ihrem langen dunklen Haar, und sie lächelte in die Kamera, ohne etwas von der bevorstehenden Tragödie zu ahnen.

Freya schauderte, als sie das Foto zurücklegte, und schloss die Schublade. Trotz ihrer Schnüffelei – oder was sie als Schnüffelei empfand – war keine antiseptische Creme in der Schublade. Nur Erinnerungen an eine Zeit, bevor sich das Leben für immer verändert hatte.

Sie sah sich im Raum um. Die einzige andere Möglichkeit war Kathleens Nachttisch, in dem zwei kleine Schubladen waren. Die obere enthielt allerlei Krimskrams, darunter eine silberne Herrenarmbanduhr, ein altes Handy und eine Männerbrille, deren Gläser mit einer Staubschicht bedeckt waren. Die Dinge mussten Frank gehört haben, dachte Freya mit einem Kloß im Hals. Er war seit acht langen Jahren tot, aber hier, in Kathleens Schlafzimmer, war es, als wäre er nur kurz hinausgegangen und hätte seine Sachen zurückgelassen.

Freya wollte gerade die Schublade schließen, weil sie das Gefühl hatte, sich in die Trauer eines anderen Menschen einzumischen, als ihr ein weiteres verblasstes Farbfoto auffiel. Die Frau, die ernst in die Kamera blickte – und Freya aus der Schublade direkt ins Gesicht sah –, war jung, wahrscheinlich achtzehn oder neunzehn, und hatte ein langes gelbes Tuch um das flammend rote Haar gebunden. Sie trug ein schlichtes Baumwollkleid mit Gürtel, und auf ihrer Wange prangte ein dunkles Muttermal.

Es war Kathleen, und sie stand vor Driftwood House.

Freya nahm das Foto aus der Schublade und sah es sich genau an. Der Ort war unverkennbar. Kathleen stand oben auf dem Kliff, und ihr leuchtendes Haar flatterte in der Brise, während sich unten die Wellen mit weißen Gischtkämmen brachen. Hinter ihr stand das prachtvolle Haus, das ganz ähnlich aussah wie heute, obwohl das Foto vor über einem halben Jahrhundert aufgenommen worden sein musste. Die

Steinmauern waren weiß getüncht, und Freya konnte Möwen erkennen, die über dem rotbraunen Ziegeldach kreisten.

Kathleen musste Heaven's Cove als junge Frau besucht haben. Wer hatte das Foto aufgenommen?, fragte Freya sich. Und warum sah Kathleen so traurig aus?

Freya schaute aus dem Fenster zu dem fernen Kliff und Driftwood House, das darauf stand. Kathleen schien von dem Anblick des einsam gelegenen, verwitterten Hauses angezogen zu werden, vor dem sie vor Jahrzehnten fotografiert worden war.

Freya legte das Foto an seinen Platz zurück. Mit ihrer blühenden Fantasie sah sie Geheimnisse, wo keine waren. Menschen wirkten auf alten Fotos oft ernst, nicht wahr? Kathleen hatte ihr zwar erzählt, dass sie vor dem Tod ihres Mannes nie in Heaven's Cove gewesen war, aber vielleicht hatte sie einfach einen lang vergangenen Ausflug vergessen.

Freya zog die zweite Schublade in dem Nachttisch auf, und dort fand sie inmitten eines Haufens bunter Seidenschals ein abgegriffenes grünes Kästchen mit einem roten Kreuz. Es enthielt eine kleine silberne Schere, einen vom Alter vergilbten Verband und eine kleine rosafarbene Tube mit antiseptischer Creme. Die Creme war zwar alt, aber besser als nichts. Freya würde ein Nachfüllset kaufen, sobald sie sicher war, dass sie Kathleen bedenkenlos allein lassen konnte.

Freya versuchte, das Foto zu verdrängen, als sie mit der Creme nach unten ging und sie auf Kathleens Knie auftrug, bevor sie die Wunden mit großen Pflastern bedeckte.

Kathleen streckte die Beine aus. »Na bitte. So gut wie neu. O nein.« Sie verzog beim Geräusch der sich öffnenden Haustür das Gesicht. »Ich dachte schon, wir würden damit durchkommen, aber jetzt gibt es Ärger.«

ELF

FREYA

Ryan war müde, als er ins Wohnzimmer kam. Freya sah es an seinen hängenden Schultern. Doch er lächelte seine Mutter an, bis sein Blick auf ihre Knie fiel und er die Stirn runzelte.

»Mum, was um alles in der Welt ist passiert?«

»Überhaupt nichts. Reg dich jetzt bloß nicht auf. Ich bin im Garten über meine eigenen Füße gestolpert, das ist alles.«

»Bist du gestürzt?« Ryan hockte sich vor sie hin und besah sich ihre zerschundenen Knie. »Du musst besser aufpassen, Mum.«

»Es geht mir ausgezeichnet, Ryan. Meine Knie sind ein bisschen aufgeschürft, und mein Stolz hat etwas gelitten. Über die eigenen Füße zu fallen, das muss man sich mal vorstellen!«

»Du kannst von Glück reden, dass du dir nichts gebrochen hast. Bist du dir sicher, dass alles in Ordnung ist?« Als Kathleen nickte, sah Ryan Freya an. »Waren Sie dabei, als Mum gefallen ist?«

»Nein, ich war oben, aber ich habe Kathleen aus dem Garten rufen hören.«

»Freya hat mich sofort gehört und hat mir ganz wunderbar

geholfen und mich verarztet«, berichtete Kathleen rasch, aber Ryan ging nicht darauf ein und wandte sich erneut zu Freya.

»Ich dachte, Sie wären hier eingezogen, damit so etwas nicht passiert.«

Freya, ohnehin schon vom schlechten Gewissen geplagt, öffnete den Mund zu einer Antwort, aber Kathleen kam ihr zuvor.

»Sei nicht dumm, Ryan, das ist nicht fair. Freya kann nicht vierundzwanzig Stunden am Tag auf mich aufpassen. Wenn sie nicht gewesen wäre, würde ich immer noch im Garten liegen und frieren. Oder schlimmer noch, ich hätte Ted rufen müssen, damit er mir aufhilft. Stell dir nur vor, was das für einen Wirbel verursacht hätte.«

»Ein Glück, dass uns das erspart geblieben ist.« Er rieb sich die Augen. »Entschuldige. Es ist zwar erst halb drei, aber es war jetzt schon ein langer Tag. Ein Termin ist ausgefallen, und Chloe macht eine besonders anstrengende Phase durch.«

»Geht es ihr gut?«, fragte Kathleen. Sie setzte sich anders hin und biss die Zähne zusammen, als sie die Beine bewegte.

»Ich denke schon, ja. Sie ist verschlossen und schroff – ein typisches Verhalten für eine Zwölfjährige, vermute ich.« Er zuckte die Achseln. »Wenn du dir sicher bist, dass du in Ordnung bist, Mum, kann ich mir dann eine Tasse Tee holen? Soll ich dir nachschenken?«

»Nein, danke. Aber nimm du dir eine Tasse und einen Keks. Freya hat heute Morgen die Plätzchendose gefüllt, und es müsste noch Tee in der Kanne sein.«

Nachdem Freya sich vergewissert hatte, dass Kathleen es in ihrem Sessel bequem hatte, folgte sie Ryan in die Küche. Er stand mit den Händen auf der Arbeitsplatte, den Kopf gesenkt, und wartete darauf, dass das Wasser kochte.

»Der Tee ist lauwarm, deshalb mache ich neuen«, sagte er und sah sich um. »Möchten Sie auch eine Tasse?«

»Ja, danke. Das wäre schön.« Sie zögerte. »Ist mit Ihnen alles in Ordnung?«

»Ja, bestens. Warum auch nicht? Der Tee ist gleich fertig.«

Während Ryan kochendes Wasser in die Kanne goss, ging Freya kurz in den Garten, hob die schmutzigen Laken auf und stopfte sie wieder in die Waschmaschine. Dann setzte sie sich an den Küchentisch und wünschte, sie hätte den angebotenen Tee abgelehnt. Die Situation könnte unangenehm werden. Ryan war nicht damit einverstanden, dass sie bei seiner Mutter wohnte. Das hatte er in den beiden vergangenen Wochen deutlich gemacht. Kathleens Sturz hatte wahrscheinlich seine schlechte Meinung über sie zementiert.

Vor einer Woche hatte Freya gehofft, dass ihr Verhältnis sich entspannen würde, als er ihr im Dorf zugewunken hatte. Doch danach war er ihr gegenüber wieder kühl und distanziert gewesen, wenn er vorbeischaute – nach wie vor mehrmals am Tag. Freya wusste nicht, was sie seiner Meinung nach seiner Mutter antun würde, aber er hielt es offenbar für nötig, ein Auge auf sie zu haben. Nach dem heutigen Sturz konnte man ihm auch keinen Vorwurf daraus machen.

Ryan stellte Freyas Teetasse auf den Küchentisch, dann setzte er sich zu ihrem Schreck mit seiner eigenen Tasse ihr gegenüber hin. *Okay, dann ich zuerst,* dachte Freya und schloss die Finger um das heiße Porzellan.

»Der Unfall Ihrer Mum tut mir sehr leid. Ich hatte keine Ahnung, dass sie in den Garten gegangen war und die Wäsche aufhängen wollte. Wenn ich das gewusst hätte, hätte ich ihr geholfen. Ich versichere Ihnen, dass noch nie eine meiner Patientinnen unter meiner Aufsicht gestürzt ist, obwohl viele Bewohner des Pflegeheims sehr unsicher auf den Beinen waren. Mir ist jedoch klar, dass das für Sie nur ein schwacher Trost ist, daher verspreche ich, in Zukunft noch besser auf Ihre Mum achtzugeben.«

Ryan sah sie einen Augenblick lang an, lehnte sich dann auf

seinem Stuhl zurück und stieß hörbar den Atem aus. »Zerbrechen Sie sich darüber nicht den Kopf. Ich weiß, dass ich eben vorwurfsvoll geklungen habe, weil ich mir Sorgen um Mum gemacht habe. Aber ich bin Realist genug, um zu wissen, dass sie oft mehr tun möchte, als sie sollte.«

Freya ließ die hochgezogenen Schultern sinken. »Das ist ganz normal. Ich habe es im Pflegeheim ständig erlebt.«

Eine Erinnerung an eine alte Dame überfiel sie: Phoebe, geplagt von Arthritis, aber fest entschlossen, sich noch selbst anzuziehen. Und das hatte sie auch bis zu ihrem Tod vor einigen Monaten getan, bei dem Freya ihre Hand hielt.

Freya blinzelte, um Tränen für die reizende, entschlossene Phoebe abzuwehren. Sie fehlte ihr. »Es ist schwer zu akzeptieren, dass man etwas nicht mehr kann, was man früher immer getan hat. Es kann schwer sein, sich mit der Tatsache abzufinden, dass man alt wird und manche Dinge nie wieder tun wird.«

Ryan nickte langsam. »Das habe ich bei Dad erlebt, der sich oft zu viel zugemutet hat. Er wollte ohne Hilfe den Weihnachtsbaum abschmücken, ist dabei ausgerutscht und hat seine letzten Wochen mit einer gebrochenen Hüfte im Krankenhaus verbracht. Zumindest lebt Mum noch in ihrer vertrauten Umgebung und schläft in ihrem eigenen Bett.«

»Genau. Und ich bin hier, um ihr zu helfen, in diesem Cottage zu bleiben, und um ihr das Leben einfacher und sicherer zu machen. Abgesehen von dem, ähm ... dem Sturz im Garten.«

Freya verzog das Gesicht, aber Ryan schüttelte den Kopf.

»Mum scheint es gut zu gehen, und aufgeschürfte Knie sind wenigstens nicht so schlimm wie ein Hausbrand.«

»Stimmt, das war ein ziemlicher Schreck. Aber keine Angst, ich lasse Ihre Mutter nicht näher als zehn Schritte an den Herd, und ich habe die Streichhölzer versteckt.«

Es folgte ein Schweigen, in dem Freya sich fragte, ob sie

Ryans unbeschwerte Stimmung völlig falsch eingeschätzt hatte und ihre einmonatige Probezeit bei Kathleen vorzeitig beendet werden würde.

Doch zu ihrer Erleichterung glitzerte Belustigung in Ryans Augen, und er lächelte – nicht das angespannte, höfliche Lächeln, an das sie sich gewöhnt hatte, sondern ein echtes Lächeln, das sein Gesicht erhellte. Auf einmal wirkte er jünger und nicht so streng.

»Kluge Idee, meine Mutter von Feuer fernzuhalten. Wie läuft es hier wirklich?«

Sie erwiderte sein Grinsen. »Abgesehen von Stürzen läuft es ziemlich gut. Zumindest ist das mein Eindruck. Es ist nicht leicht, jemand Neues im Haus zu haben, aber Ihre Mum scheint sich gut daran zu gewöhnen, und ich mag sie wirklich. Sie erinnert mich an einige meiner Lieblingsbewohnerinnen im Pflegeheim. Sie ist sehr temperamentvoll.«

Ryan hob eine Braue. »So kann man es auch nennen. Oder starrsinnig. Meine Mutter kann bisweilen sehr stur sein, und zu meinem Pech scheint ihre Enkelin nach ihr geraten zu sein.«

Er griff nach seiner Tasse und nahm einen Schluck Tee.

»Es muss schwer sein, allein ein Kind großzuziehen, das schon fast ein Teenager ist«, sagte Freya und dachte an ihre eigene Pubertät. Sie hatte ihren armen Dad mit ihrer lauten Musik und ihrer Streitlust in den Wahnsinn getrieben. Der Übergang vom Kind zur Erwachsenen war sehr schwierig gewesen, vielleicht weil sie wie Chloe keine Mutter gehabt hatte, die sie durch den hormonellen Umbruch begleitet hätte.

»Dabei ist sie noch nicht mal ein Teenager! Und es ist eine größere Herausforderung, als ich gedacht habe«, gestand Ryan und strich über einen Kratzer im Küchentisch. »Um ehrlich zu sein, ich weiß eigentlich gar nicht, wie ich mit ihr umgehen soll.«

Die letzten Worte sprach er so leise, dass Freya sie kaum verstand und sich nicht sicher war, ob sie es sollte. Doch sie wollte das Gespräch in Gang halten. Ryan wirkte, als ob er jemanden zum Reden brauche, und zumindest fragte er sie nicht über ihren Umgang mit seiner Mutter aus.

»Wie läuft es bei Chloe in der Schule?«, fragte sie.

»Warum? Hat Mum etwas gesagt?«

»Nein, es ist nur ...«

Ich glaube, dass sie mit den falschen Leuten zusammen ist. Ich habe sie von den Felsen ins Meer springen sehen.

Sie konnte es nicht sagen. Sie hatte Chloe ein Versprechen gegeben, und Ryan sah jetzt schon so aus, als laste das Gewicht der Welt auf seinen Schultern. Der waghalsige Sprung seiner Tochter würde ein Geheimnis bleiben müssen, auch wenn Freya es lieber nicht für sich behalten hätte.

Sie zuckte die Achseln. »Die Schule kann in Chloes Alter hart sein. Das Leben im Allgemeinen kann schwer sein, wenn jede Menge Hormone anfangen, herumzuschwirren.«

»Hormone! Der Himmel steh mir bei. Es kann also nur schlimmer werden, nicht?« Ryan blies die Wangen auf. »In Zeiten wie diesen braucht sie wirklich eine Mutter.«

Ryan sah so erschöpft aus, dass Freya den Drang verspürte, um den Tisch herumzugehen und ihm den Arm um die Schultern zu legen.

Stattdessen wartete sie einen Augenblick, bevor sie fragte: »Ich möchte mich ja nicht einmischen, aber versteht Chloe sich gut mit Isobel? Ihre Mum hat mir erzählt, dass Isobels Tochter und Chloe enge Freundinnen sind und dass auch Sie und Isobel ein sehr ... freundschaftliches Verhältnis haben.«

Hatten Ryan und Isobel eine Beziehung? Kathleen schien sich nicht ganz sicher zu sein, aber Freya vermutete, dass es Isobel gewesen war, die sie vor einer Woche mit Ryan im Dorf gesehen hatte. Die auffällige Blondine hatte so nah bei ihm gestanden, dass ein Schritt nach vorn genügt hätte, und sie hätte in seinen Armen gelegen. Dieses Gespräch konnte nach hinten losgehen, aber Ryan schien wirklich Hilfe zu brauchen.

»Denken Sie, Chloe sollte mit Isobel reden?«, fragte er.

»Ich kenne Isobel nicht, und ich weiß nicht, wie Chloe zu ihr steht, aber wenn sie gut miteinander auskommen, könnte Chloe in ihr vielleicht eine Vertraute finden.«

»Ja, vielleicht«, murmelte Ryan, ohne überzeugt zu wirken. »Obwohl sie wohl eher mit Paige über ihre Gefühle reden würde, Isobels Tochter. Die beiden sind dicke Freundinnen.«

Freya hoffte, dass dem nicht so war, falls Paige das große blonde Mädchen war, das Chloe dazu angestachelt hatte, von dem Felsen unterhalb von Driftwood House ins Meer zu springen. Doch das konnte sie Ryan nicht sagen. Sie konnte überhaupt nichts über ihre erste Begegnung mit seiner Tochter sagen.

Ryan stellte die Tasse ab. »Ich mache mich besser wieder an die Arbeit, ich muss noch eine Marketingbroschüre schreiben. Danach werde ich Kartoffeln schälen und den Abend damit verbringen, meine Tochter davon zu überzeugen, dass ich nicht der Feind bin.«

»Das klingt nach Spaß.«

»O ja, mein Leben ist ein ununterbrochener Freudenrausch.«

Er lächelte kläglich und sah Freya an. Seine Augen waren müde, aber sie waren von einem wunderschönen Grün, wie der Smaragd im Verlobungsring ihrer Mutter. Freya wusste, dass sie ihn anstarrte, aber sie konnte nicht wegschauen, als ihre Blicke sich trafen. Sie konnte kaum atmen.

Plötzlich vibrierte der Küchenboden, als die Waschmaschine anfing zu brummen und zu wackeln. Freya sprang erschrocken auf, aber Ryan erhob sich langsam.

»Das macht sie manchmal. Ich glaube, sie gibt den Geist auf, aber Mum will keine neue. Vielleicht können Sie sie überreden.« Er stellte seine Tasse in die Spülmaschine und hielt an der Tür noch einmal inne. »Ich werde auf dem Weg nach draußen nach Mum sehen. Sagen Sie mir Bescheid, falls es

Probleme mit ihr gibt. Ich schätze, wir sehen uns bald wieder.«

Freya kniete sich vor die Waschmaschine, nachdem Ryan ins Wohnzimmer gegangen war, und sie hörte, wie die Tür sich hinter ihm schloss. Ihre Gefühle waren genauso ein Durcheinander wie die schmutzigen Laken, die sich in der Waschmaschine drehten.

In einem Augenblick entschuldigte sie sich bei Ryan verlegen für den Sturz seiner Mum, und im nächsten schaute sie ihm in die Augen und spürte, wie Verlangen sich in ihr regte. Dabei hatte er nichts weiter getan, als seine allgemeine Arschigkeit abzulegen und einen Hauch von Verletzlichkeit zu zeigen. Doch sie war sofort bereit gewesen, sich ihm in die Arme zu werfen. Für einen kurzen Moment hatte sie sich sogar eingebildet, dass er den gleichen Funken zwischen ihnen verspürte.

Als das Rumpeln noch heftiger wurde, erhob Freya sich und drückte mit beiden Händen fest auf die Waschmaschine. Der Druck beruhigte zwar das kleine Erdbeben, sandte aber Schockwellen ihre Arme herauf, die ihre Zähne klappern ließen.

Ich muss einmal gründlich durchgeschüttelt werden, dachte Freya. Ich muss mich mehr auf meine Arbeit konzentrieren und weniger auf Fantastereien. Denn die Wahrheit ist, ich bin eine frisch von ihrem Mann getrennte Pflegerin, die Ryans Mutter betreuen soll, und er ist ein alleinerziehender Vater, der immer noch bis über beide Ohren in den Geist seiner verstorbenen Frau verliebt ist.

Das wirkte. Eine Dosis Realität genügte, um Freya zu beruhigen, obwohl sie immer noch von der Waschmaschine durchgerüttelt wurde – sie war zwar ruhiger, aber auch etwas enttäuscht.

ZWÖLF

FREYA

Eine weite grüne Fläche erstreckte sich bis zu dem violetten Horizont. Die Landschaft war mit grauen Steinbrocken übersät, die von der nächsten Felsformation gestürzt waren. Eine Familie kleiner dickbäuchiger Ponys bahnte sich entlang der Ufer eines rauschenden Baches einen Weg.

»Wunderschön«, murmelte Freya mehr zu sich selbst. Kathleen, die neben ihr auf dem Beifahrersitz saß, nickte zustimmend.

»Dachte ich mir doch, dass es Ihnen gefällt. Ryan weiß, wie sehr ich das Dartmoor liebe, und fährt oft mit mir her. Die wilde Landschaft erinnert mich an meine Kindheit in Irland. Nur das mit dem Wetter ist schade.« Sie kicherte. »Obwohl mich das auch an zu Hause erinnert.«

Freya schaltete die Scheibenwischer ein, um den Nieselregen von der Windschutzscheibe zu vertreiben, der inzwischen von dem bleiernen Himmel fiel.

Bevor es angefangen hatte zu regnen, hatten sie und Kathleen einen kurzen Spaziergang unternehmen können. Kathleen hatte sich auf ihren Arm gestützt, während sie über das Moor gegangen waren. Freya machte das Wetter nichts aus. Nebel hatte sich herabgesenkt und hüllte den Gipfel des Hügels ein, sodass die geschichtsträchtige Landschaft noch stimmungsvoller wirkte. Sie war wirklich atemberaubend.

»Danke, dass Sie mit mir hier hergefahren sind«, sagte Kathleen und rieb sich die Knie.

»War es für Sie nicht zu weit?«

»Wir sind ja kaum gegangen.« Kathleen klang ein wenig missbilligend. »In meinen besten Jahren hätte ich meilenweit gehen können.«

»Es ist gut, aktiv zu bleiben, egal wie alt man ist, aber ich möchte nicht, dass Sie sich überanstrengen. Ihr Sturz ist erst zehn Tage her, und es kann eine Weile dauern, sich ganz zu erholen.«

»Jetzt klingen Sie genau wie Ryan.«

Als Kathleen die Lippen spitzte, erinnerte sie Freya an Greg bei den wenigen Networking-Events, die sie gemeinsam besucht hatten. Er hatte panische Angst davor gehabt, dass sie etwas »Unpassendes« sagen könnte, obwohl ihr nicht ganz klar gewesen war, was das hätte sein sollen. Sie hätte wohl kaum laut geflucht oder über jemandes Modegeschmack gelästert. Durch seine Furcht hatte sie Angst, überhaupt etwas zu sagen, sodass sie still geblieben war, und das hatte ihn genauso verärgert.

Freya versuchte, sich auf Ryan zu konzentrieren anstatt auf ihren Ex-Mann. Sie dachte in letzter Zeit immer seltener an Greg.

»Ryan macht sich Sorgen um Sie«, bemerkte sie zu Kathleen. »Er war so nett, mich in seine Autoversicherung einzuschließen, damit ich mit Ihnen Ausflüge machen kann.«

Kathleen lächelte, und ihr Ärger verflog. »Er ist ein guter Junge. Kinder sind ein Segen, finden Sie nicht?«

Trauer über die Kinder, die sie nie haben würde, überkam Freya, doch ihre Stimme war ruhig, als sie erwiderte: »Wahrscheinlich ja. Wie lange waren Sie und Frank zusammen, als Ryan auf die Welt kam?«

Kathleen antwortete nicht. Sie schaute gedankenverloren durch die nasse Windschutzscheibe. Schwerer Regen prasselte auf das Autodach, und Freya lehnte sich auf dem Fahrersitz zurück. Es war merkwürdig, hier auf Ryans Platz zu sitzen, umgeben von seinen Sachen.

Eine Flasche Enteiser und eine gefaltete Landkarte befanden sich im Fach der Fahrertür, und auf dem Rücksitz lag eine offene Packung Haferkekse mit Schokolade – wahrscheinlich, um Chloe bei Laune zu halten.

Freya stellte sich vor, wie Ryan hinter dem Lenkrad saß und durch die schmalen Gassen von Heaven's Cove fuhr. Wie er Radio hörte, das auf einen Sender eingestellt war, der Hits aus den Neunzigern spielte. Sie fragte sich, ob er mit Isobel Ausfahrten ins Dartmoor oder an andere schöne, abgelegene Orte unternahm, wo sie allein sein konnten.

Sie war seit über einer Woche nicht mehr allein mit Ryan gewesen, seit dem Gespräch in der Küche nach Kathleens Sturz. Bei dem Gedanken an jenen Nachmittag wurde ihr abwechselnd heiß und kalt. Dass Ryan sich ihr geöffnet hatte, war großartig. Er kam auch nicht mehr so oft vorbei, um sie zu überprüfen. Doch die starke Anziehung, die von ihm ausging, war nicht ideal. Es war eine Komplikation, die sie nicht gebrauchen konnte, und sie hoffte nur, dass Ryan nicht ahnte, was sie dachte.

»Sie können sich gern einen Keks nehmen, wenn Sie möchten«, riss Kathleen Freya aus ihrem Tagtraum. »Ryan hätte sicher nichts dagegen. Er hat immer irgendwo einen Vorrat an Keksen versteckt. Genau wie sein Vater, der hat es keine zwei Stunden ohne etwas zu essen ausgehalten. Sonst wurde er ungenießbar. Wie nennt man das heutzutage? Irgendwas mit Laune?«

»Hungerlaune«, sagte Freya, schaltete die Zündung ein und fuhr langsam rückwärts aus dem Parkplatz heraus.

Es war wirklich sehr nett von Ryan, ihr sein Auto zu leihen, aber sie hatte Angst, eine Beule hineinzufahren, und war noch nie so vorsichtig unterwegs gewesen. Es war ein etwas ramponierter Volvo, nichts Neues oder Schickes, aber sie wollte ihn nicht noch mehr beschädigen.

Sie verließen das Dartmoor und fuhren Richtung Küste. Der Himmel klarte auf. Als der Wagen einen Hügel erklomm und Heaven's Cove vor ihnen auftauchte, fragte Kathleen: »Also, wie gefällt es Ihnen hier? Denken Sie, dass Sie bleiben werden?«

Freya warf einen Blick zu Kathleen, doch diese blickte geradeaus. Das Ende der einmonatigen Probezeit rückte näher, und Freya hatte sich schon gefragt, ob Kathleen es zur Sprache bringen würde.

»Möchten Sie denn, dass ich bleibe?«, fragte sie.

»Ich glaube, ja. Sie sind mir eine große Hilfe, und ich denke, wir vertragen uns ganz gut.«

»Das denke ich auch«, stimmte Freya ihr zu und fuhr an den Rand, um einen entgegenkommenden Traktor vorbeizulassen.

»Gut. Sollen wir dann erst einmal so weitermachen wie bisher? Wenn der Monat vorbei ist, meine ich.«

Freya lächelte. »Ja, das klingt gut.« Sie hatte die alte Dame im Lauf der letzten drei Wochen ins Herz geschlossen und war verzaubert von dem hübschen Dorf am Meer. Sie wollte gern bleiben.

»Großartig. Dann wäre das ja geregelt.«

Kathleen nickte, dann nahm sie die Sonnenbrille aus ihrer Handtasche und setzte sie auf.

Heaven's Cove war in das Licht der frühen Aprilsonne getaucht und wirkte absolut malerisch. Der Kirchturm ragte über den dicht gedrängten alten Cottages auf, und am Dorfrand war gerade noch die Burgruine zu erkennen. Jenseits der Bucht funkelte das blaue Meer, als wäre es mit Strass bedeckt.

»Vielleicht sollten wir nicht gleich nach Hause fahren«, bat Kathleen und richtete sich auf. »Wie wäre es, wenn Sie auf die Landzunge fahren würden? An einem Tag wie heute wird man einen herrlichen Blick haben, und ich bin seit einer Ewigkeit nicht mehr dort gewesen.«

»Gern.« Freya bog nach rechts in den schmalen Weg ein, der auf das Kliff hinaufführte.

»Was tun Sie da?«, fragte Kathleen scharf.

Freya sah ihre panische Beifahrerin an.

»Ich dachte, Sie wollten auf die Landzunge.«

Sie fluchte leise, als der Wagen durch ein Schlagloch ins Schlingern geriet.

»Ich meine nicht diese Landzunge. Das hier ist das Kliff. Ich meinte Cora Head, die Landzunge dort drüben, hinter der Burg.«

Kathleen deutete mit dem Finger auf das Stück Land, das am anderen Ende des Dorfes ins Meer hineinragte. Die Landzunge, die Freya an ihrem ersten Tag in Heaven's Cove von Belindas Fenster aus gesehen hatte.

»Tut mir leid, Kathleen. Das wusste ich nicht. Ich dachte, ich soll hier hinauffahren.«

»Nein. Sie müssen umdrehen. Sofort.«

Freya betrachtete die schmale Schlaglochpiste, die vor ihnen steil anstieg. Sie würde dem Auto nicht guttun, und die unebene Böschung sah aus, als würde sie das Fahrwerk des Wagens noch schneller ruinieren.

»Ich bin mir nicht sicher, ob ich hier wenden kann.«

»Bitte. Sie müssen.«

Kathleen klang jetzt richtig panisch, aber Freya konnte daran nichts ändern.

»Oben kann ich sicher wenden«, versprach sie und verstummte, als das Auto über ein weiteres Schlagloch fuhr.

Sie beneidete die Pensionsgäste nicht, die regelmäßig diese Strecke fahren mussten. Es sah aus, als hätte man versucht, einige der Löcher zu füllen, aber Freya vermutete, dass die Mühe auf dem den Elemente ausgesetzten Felsen vergeblich war.

Kathleen wurde still, als das Auto endlich oben auf dem Kliff ankam. Es war noch spektakulärer, als Freya es in Erinnerung hatte. Zahlreiche Wiesenblumen waren seit ihrem ersten Besuch vor über drei Wochen erblüht – jenem schicksalhaften Ausflug, bei dem sie Chloe und Paige begegnet war und der mit einem Geheimnis geendet hatte, das sie vor Ryan bewahren musste.

An dem Tag war das Kliff unter einem grauen Himmel von einer kargen Schönheit gewesen. Heute war die Landschaft ein Farbenmeer. Gelbe Ginstersträucher, hohe Hasenglöckchen und Blausterne übersäten das Gras. Driftwood House stand einsam da und hob sich strahlend weiß von dem Blau des Meeres ab.

»Es ist sehr hübsch hier oben, Kathleen. Sollen wir anhalten und die Aussicht genießen?«

Kathleen starrte auf ihre im Schoß gefalteten Hände. »Nein. Ich möchte jetzt lieber nach Hause fahren.«

Plötzlich erinnerte Freya sich an das Foto von Kathleen, auf dem sie als junge Frau vor Driftwood House stand. Sie hatte seitdem nicht mehr daran gedacht und wollte auch nicht neugierig sein, aber es war eindeutig Kathleen gewesen – die auffälligen grünen Augen und das markante Muttermal waren nicht zu verkennen.

Während Freya eine holprige Wende vollführte, hob Kathleen nicht einmal den Blick. Sie hatte sich bewusst ein Schlafzimmer ausgesucht, von dem aus man Driftwood House sehen konnte, und das Foto, das Freya gefunden hatte, zeigte, dass sie einst in der Tür gestanden und übers Meer geblickt hatte. Jetzt schien es jedoch, als könne sie das Haus kaum ertragen.

Freya rumpelte zurück nach unten, bis sie wieder auf der schmalen Straße waren, die nach Heaven's Cove hineinführte.

»Wir können durchs Dorf zu der anderen Landzunge fahren, wenn Sie möchten, und die Aussicht von dort genießen. Das wäre sicher genauso schön.«

»Nein, danke«, lehnte Kathleen steif ab, die Hände immer noch auf dem Schoß verschränkt. »Wenn es Ihnen nichts ausmacht, ich bin plötzlich ziemlich müde und möchte lieber nach Hause.«

Freya fuhr schweigend zurück zum Cottage und bemerkte die Touristen kaum, die sich auf den Gehsteigen drängten.

Sie hatte Kathleens Vorschlag missverstanden und die falsche Straße zu dem Gipfel des falschen Kliffs genommen. Es war ein einfacher Fehler, der sich als schrecklicher Fauxpas entpuppt hatte, obwohl sie keine Ahnung hatte, warum.

DREIZEHN

FREYA

Freya war sich nicht sicher, was sie geweckt hatte. Zuerst dachte sie, es sei der Wind, der draußen um die Kirche pfiff, oder das ferne Dröhnen der aufgepeitschten Wellen, die gegen die Kaimauer krachten.

Sie schlüpfte aus dem Bett, tappte barfuß zum Fenster und zog den Vorhang zurück. Es war noch dunkel, aber über dem Meer brach die fahle Morgendämmerung an. Freya zitterte in ihrem Pyjama, als sich vor ihren Augen die goldene Sonne über den Horizont schob und Lichtstrahlen aussandte.

Die Blumen am Sockel des alten Kriegerdenkmals schwankten in der steifen Brise. Doch es war nicht der Wind, der sie geweckt hatte. Die Geräusche, die ihren Schlaf gestört hatten, kamen aus dem Innern des Cottages. Leise Geräusche, die von den dicken alten Mauern widerhallten.

Freya schlüpfte in den Morgenmantel, trat in den Flur und blieb stehen. Jetzt war nichts zu hören. Kein Laut als das leise Knarren alter Balken, und sie wollte gerade zurück ins Bett gehen, als sie es wieder hörte. Sie lauschte einige Augenblicke. Jemand weinte.

Als Freya sanft an Kathleens Tür klopfte, hörte das

Geräusch auf. Sollte sie es gut sein lassen und wieder ins Bett gehen? Kathleen war etwas still gewesen, seit sie von ihrem Ausflug ins Dartmoor vor zwei Tagen zurückgekehrt waren, aber sonst schien es ihr gut zu gehen. Der traumatische Besuch auf dem Kliff war nicht mehr erwähnt worden.

Sie hielt etwas zurück, Freya konnte es spüren. Doch hatten nicht die meisten Menschen Geheimnisse, die sie lieber für sich behalten wollten?

Freya hatte im Laufe der Jahre Dutzende davon gesammelt, die wenigsten davon waren ihre eigenen. Sie konnte nicht neben jemandem im Bus oder im Wartezimmer einer Arztpraxis sitzen, ohne dessen Lebensgeschichte und Geheimnisse zu erfahren. Ihr Gesicht hatte etwas an sich, das in den Menschen den Wunsch weckte, sich zu öffnen und ihr alles Mögliche anzuvertrauen.

Kathleen jedoch war anders. Sie sprach selten über Persönliches, auch nicht über ihre Kindheit in Irland. Das war auch vollkommen in Ordnung. Freya war nur da, um zuzuhören, wenn jemand reden wollte.

Sie hatte sich gerade umgewandt und wollte wieder in ihr Zimmer gehen, als sie ein Schluchzen hörte, das sie wie angewurzelt stehen bleiben ließ. Kathleen brach das Herz, und es war niemand bei ihr.

Freya klopfte erneut an die Tür. Kathleen konnte sie fortschicken, wenn sie wollte, aber Freya konnte einen so aufgewühlten Menschen unmöglich allein lassen.

Eine Pause trat ein, dann rief Kathleen mit zittriger Stimme: »Kommen Sie herein.«

Freya öffnete die Tür und steckte den Kopf hindurch. Bleiches Morgenlicht drang durch die Vorhänge, und Kathleen lag im Bett, das lange weiße Haar auf dem Kissen ausgebreitet.

»Es tut mir leid, Sie zu stören, Kathleen, aber ich habe etwas gehört und wollte nachschauen, ob mit Ihnen alles in Ordnung ist.«

»Es geht mir gut«, schniefte Kathleen und rieb sich mit einer Hand grob über die Wange. »Es tut mir leid, wenn ich Sie geweckt habe.«

»Ich war gerade dabei, aufzuwachen, und normalerweise würde ich mich nicht aufdrängen, aber Sie klangen so unglücklich. Fühlen Sie sich krank?«

»Nein, es geht mir ausgezeichnet.« Ihre Stimme brach leicht, als sie hinzufügte: »Ich fürchte, ich bin einfach nur eine dumme alte Frau.«

»Dumm sind Sie bestimmt nicht, und ich finde, dass Sie bewundernswert reif sind, nicht alt.«

Ein leichtes Lächeln huschte über Kathleens Gesicht, während sie ein Taschentuch unter dem Kissen hervorangelte und sich die Wangen abtupfte. »Sie sind sehr freundlich, Freya. Das habe ich gleich bei unserer ersten Begegnung festgestellt.«

»Und ich habe festgestellt, dass Sie eine starke Frau sind und ganz sicher das Problem bewältigen werden, das Ihnen zu schaffen macht. Ich bin da, falls Sie darüber reden möchten, aber ich würde es vollkommen verstehen, wenn Sie es lieber nicht tun wollen.«

Kathleen fuhr sich mit den Fingern durch das lange Haar. »Sie sind nicht wie Ihre Schwester, nicht wahr?«

»Belinda? Nein. Zumindest hoffe ich, dass ich nicht so bin.« War das ihrer Schwester treulos gegenüber? Freya spürte wieder die vertrauten Gewissensbisse, die sie nichtsdestoweniger ärgerten. Natürlich wollte sie nicht so schwatzhaft und aufdringlich sein wie Belinda. »Hören Sie, ich lasse Sie jetzt allein und gehe wieder ins Bett, aber falls Sie etwas brauchen, rufen Sie mich bitte.«

»Das mache ich. Vielen Dank, und Sie brauchen sich wirklich keine Sorgen zu machen.« Kathleen zögerte. »Es ist das Datum. Der 6. April erinnert mich an jemanden, den ich verloren habe und der mir sehr viel bedeutet hat.«

»Das tut mir leid. Jahrestage können sehr schmerzhaft

sein.« Freya dachte an die trauernde Clara im Pflegeheim, die am 12. eines jeden Monats schluchzte, weil das Datum einen weiteren Monat ohne ihren Ehemann markierte.

Jeder Monat entfernt mich weiter von ihm, hatte sie Freya mit Tränen in den Augen gesagt. *Wie kann ich ohne ihn leben?* Sie hatte es nicht gekonnt. Clara war ihrem geliebten Mann weniger als ein Jahr nach seinem Tod gefolgt.

Kathleen betrachtete das kleine gerahmte Foto von Frank auf dem Nachttisch.

»Ist der 6. April der Tag, an dem Ihr Mann gestorben ist?«, fragte Freya behutsam.

Kathleen fuhr zusammen und sah Freya an, als habe sie vergessen, dass sie da war. Dann blinzelte sie und richtete sich im Bett auf.

»Das ist richtig. Frank ist immer gebrechlicher geworden, und dann hat er sich die Hüfte gebrochen und hat es nicht mehr verkraftet. Er ist im Krankenhaus gestorben.«

»Das muss Sie schwer getroffen haben.«

»Ja.« Kathleen holte tief Luft und schüttelte dann energisch den Kopf. »Aber es ist jetzt schon eine ganze Weile her und das Leben muss weitergehen. Es tut mir sehr leid, dass ich Sie geweckt habe, Freya. Gehen Sie wieder ins Bett, bevor Ihnen kalt wird. Ich werde noch ein bisschen dösen, bis die Sonne ganz aufgegangen ist. Aber«, fügte sie hinzu, bevor Freya verschwand, »danke für Ihre Sorge und Ihre Anteilnahme.«

Freya kehrte in ihr Zimmer zurück und stieg wieder ins Bett, froh, zurück unter die warme Decke zu kommen.

Kathleen tat ihr leid, die allein um den Mann trauern musste, den sie verloren hatte. Greg zu verlieren war schwer genug, aber zumindest wusste sie, dass er noch lebte. *Wahrscheinlich liegt er gerade mit der perfekten Erica im Bett,* sagte die kleine Stimme in ihrem Kopf. Freya wurde immer besser darin, sie nicht zu beachten, daher waren es nicht ihre eigenen zerstörerischen Gedanken, die sie wach hielten, bis der Wecker schrillte.

Irgendetwas ließ Freya keine Ruhe. Irgendetwas hatte bei ihrem Gespräch mit Kathleen nicht gestimmt, doch sie konnte nicht recht greifen, was es war.

VIERZEHN

RYAN

Ryan hob Chloes Jacke vom Boden auf und hängte sie an den Kleiderhaken unter der Treppe. Dann räumte er ihre Schuhe weg und schob ihren achtlos hingeworfenen Rucksack in den Einbauschrank.

Ihr neuer Rock, erstanden bei einem Einkaufsbummel mit Paige, hing immer noch ungetragen über dem Treppengeländer. Ryan legte ihn auf die unterste Stufe, um ihn später mit nach oben zu nehmen. Der Rock war ziemlich kurz, viel kürzer, als es ihrer Mum lieb gewesen wäre. Doch Natalie war nicht da, und er konnte keinen weiteren Streit mit Chloe ertragen, die sich neuerdings über alles aufzuregen schien, was er sagte.

Früher hatten sie wie Pech und Schwefel zusammengehalten. Nach Natalies Tod hieß es, er und Chloe gegen den Rest der Welt. In letzter Zeit jedoch hatte ihre Beziehung sich verändert. Seine Tochter – ihre Tochter – war nicht mehr so offen wir früher und neigte neuerdings zu Wutanfällen und dazu, davonzustürmen.

Wahrscheinlich war das normal. Sie war fast ein Teenager, und er war nicht ihre Mum, aber das machte es nicht leichter. Er konnte nur ahnen, wie schlimm es noch werden würde, wenn sie erst richtig in die Pubertät kam. Er selbst war als Teenager kaum zu bändigen gewesen, und das obwohl beide Eltern einen beruhigenden Einfluss auf ihn ausgeübt hatten.

»Es tut mir leid, dass ich alles falsch mache, aber was soll ich tun?«, fragte er das Foto von Natalie, das im Flur an der Wand hing.

Dann kam er sich idiotisch vor. Wer bat seine tote Frau um Rat? Natalies seelenvoller Blick schien ihm zu folgen und ihn zu tadeln, als er die Post von der Fußmatte aufhob und auf den Flurtisch legte.

Ryan hatte gerade angefangen, die Umschläge durchzusehen, als es an der Haustür klopfte. Er öffnete und sah Freya vor sich stehen. Sie spielte mit den Fingern, als mache er sie nervös. Er fühlte sich schrecklich. War er wirklich so angsteinflößend?

Es war seine eigene Schuld. Er hatte nicht gewollt, dass Freya zu seiner Mutter zog. Er hatte die ganze Idee für verrückt gehalten und war daher ziemlich abweisend gewesen.

Doch mittlerweile hatte er es zu schätzen gelernt, dass jemand ein Auge auf seine Mum hatte. Freya schien ihre Sache gut zu machen. Seine Mutter aß besser, und sie war sogar beim Arzt gewesen, um über ihre sich verschlimmernde Arthritis zu sprechen, wozu Ryan sie schon seit Wochen hatte überreden wollen. Je größer die Schmerzen in ihren Gelenken, desto unsicherer war sie auf den Beinen.

»Ist alles in Ordnung?«, fragte Ryan, plötzlich besorgt, seine Mum könne wieder gestürzt sein.

»Ja, kein Grund zur Beunruhigung«, beteuerte Freya hastig. »Ich bin hier, weil Ihre Mum mich gebeten hat, diesen Pullover vorbeizubringen. Sie hat ihn hinter der Sofalehne gefunden und dachte, Chloe hätte ihn bei uns liegen gelassen.« Sie korrigierte sich. »Bei ihr.«

Ryan nahm den Pullover entgegen, den Freya aus ihrer Korbtasche zog. »Ja, der gehört Chloe. Danke, dass Sie ihn hergebracht haben. Wie geht es Mum?«

»Ganz gut, denke ich. Die Schmerzen in den Knien sind besser geworden.«

»Eigentlich meinte ich, wie es ihr allgemein geht. Wie schätzen Sie als Profi ihre Verfassung ein?«

Ein Lächeln ließ Freyas Gesicht aufleuchten und sie entspannte sich. »Wie Sie wissen, leidet sie unter körperlichen Einschränkungen – das hat der Sturz bewiesen. Aber insgesamt geht es ihr bemerkenswert gut. Vor zwei Tagen haben wir einen schönen Spaziergang im Dartmoor unternommen. Sie hat sich zwar die ganze Zeit auf mich gestützt, aber es ist wirklich beeindruckend zu sehen, wie aktiv sie noch ist.«

»Typisch meine Mutter.« Ryan zögerte. »Was haben Sie jetzt vor?«

»Ich habe jetzt Mittagspause und wollte einen Spaziergang durchs Dorf machen. Ihre Mum hat sich hingelegt und meinte, sie brauche mich eine Weile nicht.«

»Vielleicht sollten Sie zum Strand gehen, solange die Sonne scheint.«

»Gute Idee. Ich habe es seit meiner Ankunft erst zwei Mal an den Strand geschafft. Beim ersten Mal hat es genieselt, und beim zweiten Mal war es neblig, daher habe ich ihn nicht von seiner besten Seite gesehen.«

»Es geht nichts über den Strand von Heaven's Cove bei Sonnenschein.« Ryan atmete tief die Seeluft ein. »Ich wollte gerade zu Liams Farm, die auf dem Weg liegt. Wie wär's, wenn ich Sie begleite?«

Warum hatte er das gesagt? Freyas ausdrucksvolle graue Augen weiteten sich leicht, aber dann nickte sie. »Ja, gern. Wenn Sie ohnehin in die Richtung gehen, warum nicht?«

Ryan schnappte sich seine Jacke und schloss die Haustür hinter sich. Das würde peinlich werden, wegen des seltsamen Augenblicks zwischen ihnen, als sie nach dem Sturz seiner Mum in der Küche zusammen Tee getrunken hatten. Es sei denn natürlich, er hatte es sich nur eingebildet.

Das Küchengespräch, bei dem Freya so warmherzig und verständnisvoll gewesen war, hatte ihn davon überzeugt, dass sie vielleicht doch die Richtige war, um sich um seine Mum zu kümmern. Dann war es allerdings peinlich geworden, oder zumindest hatte er es so empfunden. Und nun würde dieser Spaziergang ebenfalls megapeinlich werden.

Aber na ja. Das hatte er sich selbst eingebrockt. Ryan zog den Reißverschluss seiner Jacke hoch und ging mit Freya ins Zentrum von Heaven's Cove.

Nach einer Weile, als er sich etwas entspannt hatte, machte er sie auf einige Highlights des Dorfes aufmerksam.

»Chloe liebt die Eisdiele, in Paulines Teestube bekommt man einen ausgezeichneten Cream Tea, und das da drüben ist der beste Fish'n'Chips-Laden an der ganzen Küste von Devon. Nicht, dass wir in Heaven's Cove besessen vom Essen wären.«

Als er lachte, bemerkte er, dass Freya ihn ansah und lächelte. Das stand ihr gut. Sie wirkte dann nicht so vom Leben zermürbt. Er wusste nur wenig über die Gründe, die sie nach Heaven's Cove geführt hatten, aber er hatte sofort gesehen, dass etwas sie belastete. Irgendjemand oder irgendetwas hatte Freya furchtbar verletzt. Er schüttelte leicht den Kopf. Es war nicht sein Problem und ging ihn auch nichts an. Ihn interessierte nur, dass sie gut für seine Mutter sorgte.

Das stimmt nicht ganz, sagte die kleine Stimme in seinem Kopf, die ihn in den frühen Morgenstunden mit Gerede über Natalie und dem, was er getan hatte, quälte. Er fühlte sich auf eine Art zu Freya hingezogen, die er sich nicht erklären konnte. Was es auch war, er musste es ignorieren. Sie arbeitete für seine Mutter, und sie hatte keine Ahnung, was für ein Mann er war.

Fühlte Isobel sich auf ähnliche Weise zu ihm hingezogen?, fragte er sich. Sie schien immer noch auf ein Date mit ihm aus zu sein, obwohl er ihren Bitten weiterhin auswich. Seine sanfte Zurückweisung schien sie in ihrer Entschlossenheit nur zu bestärken. Und er konnte nicht leugnen, dass sie eine äußerst attraktive Frau war.

»Sie ist eine Wucht, Kumpel! Ich würde sofort mit ihr ausgehen.« Das war Jamies Kommentar, als Isobel kurz nach ihrer Trennung von dem Antiquitätenhändler mit wiegendem Hintern in den Pub gekommen war. Jaimie würde mit ihr ausgehen, aber er hatte auch keine tote Ehefrau und haufenweise Schuldgefühle, die das Ganze ausbremsten.

Jamie hatte nicht insgeheim Angst, der Typ Mann zu sein, mit dem Frauen nicht zusammen sein sollten.

Als hätte er sie mit seinen Gedanken heraufbeschworen, tauchte Isobel plötzlich an der Ecke von Stans Lebensmittelladen auf. Sie winkte, als sie Ryan sah, und kam mit wippendem blondem Haar herbei.

»Hallo, Fremder. Lange nicht gesehen.«

Ryan nickte, obwohl er Isobel erst gestern im Zeitungsladen über den Weg gelaufen war. Er lief ihr in letzter Zeit so oft über den Weg, dass er sich manchmal fragte, ob sie ihn verfolgte.

»Wer ist das?«, fragte Isobel mit Blick auf Freya. Ihr breites, strahlendes Lächeln war etwas verrutscht.

»Das ist Freya, die für eine Weile bei meiner Mum wohnt. Weißt du nicht ...«

Weißt du nicht mehr, dass ich ihr zugewunken habe? Ryan beendete den Satz nicht. Er hatte Freya zugewunken, nachdem er wie ein Idiot auf Isobels anzügliche Einladung zu einem Drink reagiert hatte. Daran wollte er sie wirklich nicht erinnern.

»Was weiß ich nicht? Dass ich sie nicht verschrecken darf?« Isobel lachte. »Freut mich, Sie kennenzulernen, Freya. Ich bin Isobel, Ryans gute Freundin.« Sie strahlte ihn an und richtete ihre Aufmerksamkeit dann wieder auf Freya. »Sagen Sie, wie geht es Kathleen? Ich habe sie schon eine Weile nicht mehr gesehen.«

»Es geht ihr hervorragend, vielen Dank«, antwortete Freya und trat einen Schritt von Ryan weg.

»Das ist gut. Sie sind also bei ihr eingezogen, um ... was? Ein wenig mit ihr zu plaudern?«

Isobel lächelte immer noch, doch Ryan merkte, dass Freya sich verkrampfte. »Wir plaudern tatsächlich miteinander, und ich finde es schön, Kathleen Gesellschaft zu leisten. Sie ist eine interessante Gesprächspartnerin. Ich bin eine ausgebildete und erfahrene Pflegerin, daher kann ich Kathleen die nötige Unterstützung anbieten, die ihr das Leben erleichtert.«

»Großartig. Das hört sich ja so an, als wären Sie genau die Richtige für den Job.«

»Das hoffe ich«, sagte Freya und wich einem Kind auf einem Fahrrad aus, das in Schlangenlinien über den Gehsteig fuhr.

»Wie lange sind Sie noch hier?« Isobel funkelte das davonschlingernde Kind an, das es nicht mitbekam.

»Ich bin mir nicht sicher.« Freya sah Ryan an. »Das hängt davon ab, wie es läuft.«

»Dann wollen wir hoffen, dass alles gut läuft«, sagte Isobel und klang nicht sonderlich aufrichtig. »Und wohin wollt ihr jetzt?«

Sie richtete die Frage an Ryan, aber Freya antwortete.

»Ich gehe an den Strand, und Ryan muss in die gleiche Richtung, daher zeigt er mir netterweise die Highlights von Heaven's Cove.«

»Ach ja?« Isobel legte Ryan die Hand auf den Ärmel und schloss die Finger um seinen Arm. »Du bist wirklich leichte Beute, Ryan. Ich denke nicht, dass Fremdenführer spielen zu deinen Aufgaben als Arbeitgeber gehört, oder?«

Leichte Beute? Ryan spürte, wie Ärger in ihm aufstieg, doch er zwang sich zu einer höflichen Antwort. »Streng genommen ist meine Mutter Freyas Arbeitgeber, nicht ich.«

»Natürlich. Ich hätte wissen müssen, dass Kathleen Freyas Chefin ist.«

Ryan wurde langsam unbehaglich zumute. Es herrschte eine seltsame Atmosphäre zwischen den beiden Frauen, und er wollte gehen, aber Isobel klammerte sich an seinen Arm, als gelte es ihr Leben.

Sie zog eine Braue hoch. »Nun, ich hoffe, ihr habt nicht vor, euch am Strand auszuziehen. Es scheint zwar die Sonne, aber es ist trotzdem ziemlich frisch. Wir wollen doch nicht, dass Sie sich unterkühlen, Freya, nachdem Sie gerade erst ins Dorf gekommen sind.«

Freya setzte ein schmales Lächeln auf. »Ich habe nur Zeit für einen schnellen Blick auf den Strand, weil ich zu Kathleen zurückmuss.«

»Dann sollten wir jetzt besser weitergehen«, warf Ryan schnell ein.

»Gut.« Isobel lockerte den Griff um seinen Arm. »Es war mir eine große Freude, Sie endlich kennenzulernen, Freya. Und dich sehe ich bald im Pub, Ryan.«

Sie zwinkerte ihm zu, bevor sie in Richtung Gemeindesaal davonging. Ryan sah ihr erleichtert nach. Er konnte unaufmerksam sein. Natalie hatte ihm oft gesagt, dass er ein hoffnungsloser Fall sei, wenn es um ein Gespür für seine Gesprächspartner ging, vor allem bei Frauen. Doch Isobel schien ein Problem mit Freyas Anwesenheit im Dorf und in seinem Leben zu haben. Dachte sie etwa, er würde sich in die Pflegerin seiner Mum verlieben?

Die Begegnung mit Isobel setzte dem Small Talk zwischen ihm und Freya ein Ende. Sie gingen schweigend durch das Dorf und die von hohen Hecken gesäumte Straße entlang, die zum Strand führte.

Als sie Cove Farmhouse erreichten, blieb Ryan stehen.

»Ich springe schnell rein, um Gemüse zu kaufen. Gehen

Sie einfach weiter geradeaus, dann kommen Sie automatisch zum Strand.«

»Ah, ja. Danke. Dann mache ich mich mal auf den Weg.«

Als eine leichte Röte in Freyas Wangen stieg, fragte Ryan sich, ob sie gedacht hatte, dass er sie an den Strand begleiten würde. Sollte er? Eigentlich wäre er schon gern mitgegangen.

»Hey, Ryan.«

Liam winkte ihnen vom Bauernhof aus zu. Er legte den Schlauch beiseite, mit dem er den Hof abspritzte, und kam zu ihnen, während ihm Billy, sein Hund, um die Füße sprang. Liam hatte etwas Beschwingtes an sich, seit er mit Rosie Merchant aus Driftwood House zusammen war. Die beiden schienen perfekt zueinander zu passen – Ryan sah sie oft Hand in Hand durchs Dorf gehen, und er beneidete sie um ihre junge Liebe, in der alles möglich schien, bevor einem das echte Leben in die Quere kam.

Ryan schüttelte sich im Geiste. Wenn er nicht aufpasste, lief er Gefahr, zu einem zynischen, verbitterten alten Mann zu werden. Nicht jede Liebesgeschichte endete so tragisch wie seine.

»Erde an Ryan!«

Liam redete mit ihm.

»Entschuldige, was hast du gesagt?«

Liam lachte. »Ich habe gefragt, wie es dir geht und ob du was von meinem tollen Gemüse kaufen möchtest.«

»Ich nehme ein paar Möhren und einen großen Kohlkopf, wenn du einen hast. Ich versuche immer noch, Chloe davon zu überzeugen, Gemüse zu essen.«

»Klar. In der Scheune ist jede Menge.« Liam legte den Kopf schräg und sah Freya an. »Und wer ist das? Macht ihr einen Spaziergang?«

»Entschuldige, ich hätte euch bekanntmachen müssen. Das ist Freya, die gerade ins Dorf gezogen ist.«

»Ah, das ist also die berühmte Freya. Ich habe von Belinda alles über Sie gehört.«

Freya wirkte erstaunt und fragte sich vermutlich, was ihre redselige Schwester über sie erzählte.

»Sie hat gesagt, Sie würden für eine Weile bei Kathleen wohnen, um ihr zu helfen. Geht es deiner Mum gut, Ryan?«

»Ich denke ja. Sie wird halt älter.«

Liam verdrehte die Augen. »Wem sagst du das. Meine Mum und mein Dad werden auch langsam klapprig, und Dad wird von Tag zu Tag vergesslicher.«

Er sagte es leichthin, aber Ryan wusste, dass Liam sich große Sorgen um seinen Vater machte. Erst letzte Woche war Robert durchs Dorf wandernd aufgegriffen worden. Er wusste nicht mehr, wie er nach Hause kommen sollte.

Es war gut, dass Liam noch bei seinen Eltern in dem schönen Farmhaus lebte, obwohl er den größten Teil seiner Freizeit in Driftwood House verbrachte, wenn man Belindas Klatschgeschichten Glauben schenken durfte. Ryan warf einen verstohlenen Blick auf Freya, die auf den Zehenspitzen stand und versuchte, einen Blick auf das Meer am Ende der Straße zu erhaschen. Es war wirklich schwer zu glauben, dass Freya und Belinda miteinander verwandt waren.

»Wie geht es Rosie?«, fragte er. »Ich habe sie schon länger nicht mehr gesehen.«

Liam strahlte. »Es geht ihr großartig, danke, und die Pension ist gut angelaufen.«

»Rosie ist Liams Verlobte und betreibt das Gästehaus auf dem Kliff«, erklärte Ryan Freya. Er bezog sie nur aus Höflichkeit in das Gespräch mit ein, daher überraschte es ihn, als Freya die Augen aufriss.

»Driftwood House?«

»Genau. Kennen Sie es?«, fragte Liam und bückte sich, um Billy zu streicheln.

»Ich bin schon zwei Mal oben gewesen und habe es aus der Ferne gesehen. Es sieht toll aus.«

»Ist es auch.«

»Wie alt ist das Haus?«, fragte Freya mit unüberhörbarem Interesse.

Alle kannten Driftwood House. Es war das erste Gebäude, das man sah, wenn man vom Dartmoor auf das Dorf zufuhr, und eine Landmarke für einheimische Seeleute.

Liam zuckte die Achseln. »Ich bin mir nicht sicher. Rosie müsste es wissen, sie hat die Unterlagen.«

»Wie lange ist es schon eine Pension?«

»Noch nicht lange. Erst seit ein paar Monaten, seit Rosie das Haus nach dem Tod ihrer Mum übernommen hat. Ihre Mum hat jahrelang dort gelebt«, antwortete Liam und hob angesichts Freyas Begeisterung erheitert die Mundwinkel. »Warum wollen Sie das wissen?«

Genau, warum, dachte Ryan und fragte sich, warum Freya so lebhaft auf das Haus reagierte, das von ihrem jetzigen Standort aus nur ein weißer Klecks auf dem Hügel war.

Freya errötete und lachte. »Tut mir leid, dass ich so viel über das Haus rede. Ich war einfach nur neugierig, wer im Laufe der Jahre dort gelebt hat. Es ist ein faszinierendes Haus, so ganz allein dort oben auf dem Kliff.«

Liam streichelte Billy erneut und nickte. »Rosie liebt es und ich auch. Andererseits ist ganz Heaven's Cove etwas Besonderes. Gefällt es Ihnen hier?«

»O ja, sehr, und es ist schön, so nah am Meer zu wohnen.« Freya lächelte. »Ich bin gerade auf dem Weg zum Strand. Ryan hat angeboten, mir unterwegs Gesellschaft zu leisten.«

»Der Strand ist toll, vor allem an einem Tag wie heute.« Liam rieb sich die schmutzigen Hände an den Oberschenkeln ab. »Warum gehst du nicht mit, Ryan, und holst das Gemüse auf dem Rückweg? Ich packe es für dich ein.«

Ryan zögerte. Er hatte nicht vorgehabt, Freya in die Bucht

zu begleiten, aber Liam hatte sich bereits umgedreht und ging zur Scheune. Er winkte ihnen noch schnell zu, bevor er darin verschwand.

»Na gut.« Ryan holte tief Luft und war sich nicht sicher, warum es ihn so nervös machte, weitere zehn Minuten allein mit Freya zu verbringen. »Dann auf zum Strand.«

FÜNFZEHN

RYAN

Sie gingen schweigend bis zum Ende der Straße. Der abgenutzte Asphalt ging in Sand über, und plötzlich standen sie am Rand der Bucht, die einen perfekten Halbkreis bildete.

»Wow!«, rief Freya und sah sich staunend um.

Das war auch Ryans Reaktion gewesen, als er zum ersten Mal die abgeschiedene Bucht gesehen hatte. Damals war sie in Sonnenlicht getaucht gewesen, und Chloe, jünger und weniger zynisch, hatte sie ebenfalls geliebt. Selbst jetzt kritisierte sie den Strand nicht, wenn sie schlecht gelaunt war. Es war schön, Freyas Begeisterung zu erleben, als sie die Bucht an einem so herrlichen Tag zum ersten Mal sah.

»Nicht schlecht, was?«, fragte er und genoss die warme Frühlingssonne im Gesicht. Er war froh, dass Freya den Strand zu dieser Jahreszeit von seiner besten Seite sah.

Im Frühling und im Sommer, wenn das Meer so blau wie das Mittelmeer war, verlieh es der Bucht ein besonders malerisches Aussehen. Doch auch im Winter, wenn die Stürme heranrollten und die Möwen wie schwerelos in den Luftströmungen schwebten, während die Wellen auf den Sand schlugen, bot sie einen unglaublichen Anblick.

»Nicht schlecht?«, wiederholte Freya und drehte sich zu ihm um. »Sie ist absolut fantastisch!«

Ihr Gesicht strahlte; alle Spuren des abwehrenden Verhaltens, die er bei ihr wahrgenommen hatte, waren verschwunden. Sie sah glücklich aus und sehr hübsch.

Ryan schluckte. Welchen Sinn hatte es, sich zu Freya hingezogen zu fühlen? Er war kein guter Fang – ein alleinerziehender Vater mit einer patzigen Tochter, der alles nur notdürftig zusammenhielt. Sie würde sich ohnehin nicht für ihn interessieren, wenn sie erfuhr, was er getan hatte. Plötzlich wurde ihm bewusst, dass Freya mit ihm sprach. Es war schon das zweite Mal heute, dass er anderen nicht richtig zuhörte.

»Entschuldigung, was haben Sie gesagt?«

»Ich habe gefragt, wie lange Sie schon in Heaven's Cove leben.«

»Erst seit ein paar Jahren. Chloe und ich sind nach Natalies Tod noch für eine Weile in Worcester geblieben, aber wir wollten näher bei Mum sein, und Heaven's Cove schien mir ein toller Ort zu sein, um Chloe aufwachsen zu lassen.«

Um die Wahrheit zu sagen, er hatte umziehen müssen. Er konnte die Schuldgefühle nicht ertragen, die ihn jedes Mal überfielen, wenn er das kurvenreiche Straßenstück entlangfuhr, wo Natalies Unfall passiert war. Es war eine große Hauptstraße, die er nicht immer hatte meiden können.

Freya nickte und betrachtete immer noch den Halbmond aus Sand und das glitzernde blaue Meer. Riesige Steinbrocken waren von den rötlichen Felsen gestürzt, die sich am Ende der Bucht erhoben, und ein paar kleine Kinder planschten in den Felspfützen auf der Suche nach Krabben. Er hatte Chloe früher oft mit Eimer und Schäufelchen hergebracht, aber inzwischen fuhr sie lieber mit ihren Freundinnen nach Exeter zum Shoppen.

Sie wurde älter, und er vermisste sie. Er hatte immer noch ihre laute, türenknallende körperliche Anwesenheit im Haus, aber er vermisste ihre bedingungslose Liebe. Früher hatte sie geglaubt, dass er alles erreichen könne. Jetzt verdrehte sie meistens genervt die Augen, wenn er etwas tat oder sagte, das »alt und ahnungslos« war.

Freya sah ihn seltsam an. Sie lächelte, doch ihre grauen Augen wirkten besorgt.

»Sie brauchen mir den Strand nicht zu zeigen, wenn Sie anderes zu tun haben.«

Ryan zuckte die Achseln. »Um ehrlich zu sein, bin ich lieber hier, als in einer Zoom-Konferenz mit meinen Kunden zu sitzen oder hinter Chloe herzuräumen.«

Und das war die Wahrheit, erkannte er, als Freya Turnschuhe und Socken auszog und die Zehen in den weichen Sand bohrte. Das tat er nur noch selten in letzter Zeit. Er fürchtete, dass Chloe mit ihrer Meinung recht hatte und er alt und spießig wurde. Also schlüpfte auch er aus den Schuhen und Socken und genoss das Gefühl von Sand zwischen den Zehen.

»Wollen wir ein Stück gehen?«, schlug Freya vor. »Ich darf nicht zu lange wegbleiben, weil ich zu Ihrer Mum zurückmuss.«

»Klar.«

Gemeinsam liefen sie über den Sand, bis sie das Ende der Bucht erreichten. Es war gerade Ebbe, und die Steinblöcke am Fuß der Felsen, die bei Flut unter Wasser standen, trockneten in der Sonne.

Freya setzte sich auf einen großen Steinbrocken und tauchte die Füße in den Tümpel, der sich in einer Mulde im Felsen gebildet hatte.

»Brrr, ist das kalt.« Sie lachte, wackelte aber weiter mit den Zehen im Wasser, und Ryan setzte sich neben sie. Ohne lange darüber nachzudenken, tauchte auch er die Füße ins Wasser und zitterte, als die Kälte ihn durchfuhr.

Einige Augenblicke saßen sie schweigend da und schauten aufs Wasser, das langsam zurückkehrte. Hier und da saßen vereinzelt Menschen im Sand, aber niemand wagte sich ins Wasser, das die Sommersonne noch nicht aufgewärmt hatte.

»Das ist wirklich ein wunderbarer Ort, um ein Kind großzuziehen«, bemerkte Freya schließlich.

»Ja, in vielerlei Hinsicht. Wo sind Sie aufgewachsen?«, fragte er. Es schien einfacher zu sein, mehr über Freya zu erfahren, solang sie zusammen an diesem schönen Strand waren.

»Ich bin in einer großen Stadt aufgewachsen, also ganz anders als hier. Als ich in Chloes Alter war, hatte ich die Möglichkeit, im Ausland zu leben, am Meer, aber es ist leider nicht dazu gekommen.«

»Bedauern Sie es?«

»Manchmal, aber ich habe stattdessen bei meinem Dad gewohnt, und das war gut.«

»Dann wären Sie zu Ihrer Mum gezogen, wenn ...?« Ryans Stimme verlor sich, weil es ihm peinlich war, aber Freya nickte.

»Genau. Sie ist von England nach Griechenland gezogen, nachdem sie die Liebe ihres Lebens gefunden hatte, die, wie sich herausstellte, nicht mein Dad war.«

Ryan verzog das Gesicht. »Das klingt übel. Und wie passt Belinda ins Bild?«

»Mein Dad war auch Belindas Dad. Er hat ihre Mum verlassen, um mit meiner Mum zusammen zu sein, weil meine Mum die Liebe *seines* Lebens war. Ironie des Schicksals, nicht?«

Ironie und ein ziemliches Durcheinander für Freya als Kind. Ryan wollte plötzlich viel mehr über diese Frau wissen, die so unverhofft in ihr Leben getreten war.

»Und wie sind Sie auf Heaven's Cove gekommen, als sie einen Job gesucht haben? Wollten Sie näher bei Ihrer Schwester sein?«

»Halbschwester.« Freya zog die Füße aus dem Felstümpel. »Das nicht, aber ich brauchte Arbeit, und Belinda hat mir von Ihrer Mum erzählt.«

»Es muss schwer für Sie gewesen sein, als das Pflegeheim zugemacht hat.«

»Allerdings, aber das Heim musste schließen. Es ging nicht anders, weil das Gebäude baufällig war. Im Putz hatten sich Risse gebildet, und die Fundamente gaben nach. Der Verlust meiner Arbeitsstelle hatte also nichts mit der Qualität meiner Arbeit zu tun.« Der abwehrende Ton war in ihre Stimme zurückgekehrt. »Ich habe in meinem Lebenslauf meine Qualifikationen und Berufserfahrung aufgeführt«, fuhr sie fort, »und ich habe Ihnen die Kontaktnummer meiner ehemaligen Chefin gegeben. Haben Sie sie angerufen?«

»Ja«, versicherte Ryan ihr schnell, »und sie hatte nur Gutes über Sie zu sagen. Ich habe nicht andeuten wollen, dass der Verlust Ihres Jobs Ihre Schuld war, aber bei Ihrer Erfahrung müsste es doch relativ leicht sein, eine neue Stelle zu finden. Hätten Sie nicht etwas in der Nähe finden können?«

»Möglicherweise. Wahrscheinlich. Aber ich musste für eine Weile weg.«

»Warum das?«

Er wusste, dass er zu viele Fragen stellte, aber es war ihm wichtig zu erfahren, warum diese Frau, die bei seiner Mutter lebte, ausgerechnet nach Heaven's Cove gekommen war. Doch als sie sich zu ihm umdrehte und in ihren Augen ungeweinte Tränen glänzten, fühlte er sich wie ein gemeiner Schuft.

»Ich wollte weg, weil meine Ehe in die Brüche gegangen war. Ich habe auf einen Neuanfang gehofft.«

Verdiente den nicht jeder? Sie rieb sich den Ringfinger der linken Hand, an dem, wie Ryan bereits bemerkt hatte, kein Ring steckte.

»Das tut mir leid«, antwortete er und kam sich vollkommen hilflos vor.

Freya zog die Nase hoch. »Es war wirklich das Beste so, obwohl es schwer war. Greg und ich waren lange zusammen, aber wir haben uns auseinandergelebt.«

»Haben Sie ...?« Ryan zögerte, aber es gab kein Zurück. »Haben Sie Kinder?« Vermutlich nicht, da keine erwähnt worden waren, aber vielleicht war sie sehr jung Mutter geworden.

Freya hob das Kinn und blickte zum Horizont. »Nein. Ich hätte gern welche gehabt, aber für Greg stand die Karriere im Vordergrund, und später ließ seine Begeisterung für Kinder nach.«

Ryan überkam eine Welle der Traurigkeit angesichts des Leids dieser Frau, deren dunkelblondes Haar – er konnte nicht umhin, es zu bemerken – in der Sonne wie Gold glänzte. So sehr Chloe ihn auch manchmal in den Wahnsinn trieb und ihm ständig Sorgen machte, wollte er sie nicht missen. Ohne sie wäre er nach Natalies Tod sehr einsam gewesen und nicht in der Lage, mit den Gefühlen fertigzuwerden, die ihn zu überwältigen drohten.

»Tut mir leid«, sagte er noch einmal und wünschte, er hätte private Themen gemieden, aber er war trotzdem dankbar dafür, dass sie so offen gewesen war.

Freya zuckte die Achseln, dann drehte sie sich so, dass sie ihn ansah, und ihre Zehen hinterließen feuchte Abdrücke auf dem Stein.

»Schon gut. Es ist nicht zu ändern. Ich wäre ohnehin eine ziemlich schreckliche Mum gewesen, daher ist es wahrscheinlich das Beste so.«

Sie schwieg, und Ryan zögerte. Nachdem er gesehen hatte, wie fürsorglich Freya mit seiner Mutter umging, bezweifelte er ihr vernichtendes Urteil über ihre Erziehungsfähigkeiten. Es hatte jedoch keinen Sinn, es auszusprechen, nachdem er sie so aus der Fassung gebracht hatte.

Wechsele das Thema, wechsele das Thema, du Idiot.
»Erzählen Sie mir, wie es Mum nach ihrem Sturz geht«, plapperte er drauflos.

»Viel besser, obwohl heute ein trauriger Tag für sie ist, weil sie Ihren Dad vermisst.«

Ryan runzelte die Stirn. »Sie vermisst meinen Dad jeden Tag.«

»Natürlich, aber heute muss es besonders schlimm sein, weil es doch der Jahrestag seines Todes ist.«

»Nein, das stimmt nicht.« Jetzt war er durcheinander. »Dad ist Ende Januar gestorben.« Er erinnerte sich an den Anruf des Arztes aus dem Krankenhaus, als sei es gestern gewesen. *Ich habe eine traurige Nachricht für Sie.* Das waren die Worte des jungen Arztes, dem es unangenehm gewesen war, in den frühen Morgenstunden anrufen zu müssen. »Wie kommen Sie darauf, dass heute sein Todestag ist?«

Freya öffnete den Mund und schloss ihn wieder, dann wurden ihre Augen groß. »Aber natürlich. Sie haben mir ja erzählt, dass Ihr armer Dad kurz nach seinem Sturz beim Abschmücken des Weihnachtsbaums gestorben ist.«

»Richtig. Er hatte sich die Hüfte gebrochen und danach nur noch wenige Wochen gelebt.«

»Das tut mir leid.« Freya fuhr sich mit den Händen durchs Haar und drehte das Gesicht in die Sonne. »Ich muss Ihre Mum vorhin missverstanden haben. Sie schien etwas niedergeschlagen zu sein.«

»Mum ist zu dieser Jahreszeit immer niedergeschlagen, aber sie sagt nicht, warum, daher habe ich es aufgegeben, sie danach zu fragen.«

Freya nickte. Für einige Augenblicke saßen sie schweigend da, jeder in seinen eigenen Gedanken verloren.

»Also, Ryan.« Sie sah ihn mit einem strahlenden Lächeln an. Die Tränen, die zu fließen gedroht hatten, waren verschwunden. »Was muss man hier gesehen haben?«

Das war ein unverfängliches Thema. Ryan nannte die wichtigsten Touristenattraktionen und ergänzte sie um einige Orte, die nur die Einheimischen kannten. Es war entspannend, hier auf einem Felsbrocken zu sitzen, während Wellen an den Strand schlugen, mit einer Frau, die nicht das Geringste über ihn wusste.

Nachdem sie noch zehn Minuten Small Talk gehalten hatten, warf Freya einen Blick auf die Armbanduhr. »Ich sollte besser zurückgehen, sonst wird Ihre Mum sich noch fragen, was mit mir passiert ist.«

Ryan stand auf und klopft sich Sand von der Jeans. »Und ich sollte auch besser gehen und Liam den Kohl bezahlen, den Chloe nachher auf dem Teller herumschieben wird.«

»Ach, einen Versuch ist es wert. Ihre Mutter für Gemüse zu begeistern ist auch kein Spaziergang.«

Ryan lachte. »Mit Mums Essgewohnheiten ist es rapide bergab gegangen, seit sie allein lebt. Deshalb bin ich auch so froh, dass Sie da sind, um sie zwangszuernähren.« Warum hatte er das denn gesagt? Es klang, als würde er auf Gewalt gegen alte Menschen stehen. »Ich meine das nicht wörtlich ...«

Er hielt inne und kam sich lächerlich vor, aber Freya suchte seinen Blick und lächelte. »Natürlich nicht. Danke, dass Sie mir den Strand im Sonnenschein gezeigt haben. Es ist wirklich schön hier.«

Nach einem letzten Blick aufs Meer stieg sie vom Felsen und ging über den Sand davon. Ryan schaute ihr nach, wie sie mit wiegenden Hüften die Bucht durchquerte.

SECHZEHN

FREYA

Freya konnte Ryans Blick im Rücken spüren, als sie sich entfernte. Er schien es zu bedauern, dass sie ging, aber vielleicht bildete sie sich das nur ein. Er war sehr aufmerksam gewesen, und als sie sich entspannt hatte, hatte sie gut mit ihm reden können, während sie dagesessen und das Meer beobachtet hatten – so ungezwungen hatte sie sich seit ihrer Ankunft im Dorf noch nie gefühlt.

Ryan übte immer noch eine starke Anziehung auf sie aus. Sie konnte es nicht leugnen – vor allem, als er aufs Meer geschaut hatte und sie sein Gesicht im Profil betrachten konnte. Er hatte sich auch sehr mitfühlend über ihr aus den Fugen geratenes Leben gezeigt.

Doch sie machte sich nichts vor. Liam hatte Ryan praktisch dazu gezwungen, sie zum Strand zu begleiten, und wahrscheinlich hatte er sie nur aus Höflichkeit nach ihrem Leben gefragt. Vielleicht wollte er auch Informationen einholen, um sich zu vergewissern, dass er nicht einer Serienmörderin erlaubt hatte, bei seiner Mutter einzuziehen.

Plötzlich war Freya traurig. Die Trennung von Greg hatte ihr Selbstbewusstsein angeknackst und dazu geführt, die

Motive anderer in Frage zu stellen. Sie lief Gefahr, sich in eine argwöhnische Frau mittleren Alters zu verwandeln. Oder in Belinda, wenn sie nicht aufhörte, Fragen über Driftwood House zu stellen.

Freya ließ den Sandstrand hinter sich und folgte der schmalen Straße ins Dorf. Ryan machte den Eindruck eines anständigen Mannes, aber er war vom Schicksal gezeichnet. Sie sah es an den Sorgenfalten um den Augen und hörte es an dem etwas ausdruckslosen Klang seiner tiefen Stimme.

Isobel schien jedoch entschlossen zu sein, mehr Spaß in sein Leben zu bringen. Das hatte Freya an dem Blick gesehen, mit dem Isobel kurz zuvor Ryan angeschaut hatte – und sie selbst, als stelle sie eine Bedrohung dar.

Isobel irrte sich. Freya war keine Bedrohung, aber sie täuschte Ryan, indem sie ein Geheimnis vor ihm verborgen hielt. Nicht zum ersten Mal wünschte Freya sich, sie hätte nicht mitangesehen, wie Chloe ins Meer gesprungen war. Der unüberlegte Sprung von Ryans Tochter und ihr eigenes Versprechen, darüber Stillschweigen zu bewahren, waren ihr in den Sinn gekommen, als sie und Ryan über Kinder gesprochen hatten. Das und die Tatsache, dass Paige, Isobels Tochter, eindeutig das blonde Mädchen auf dem Kliff gewesen war, das Chloe angestachelt hatte. Die Ähnlichkeit zwischen Mutter und Tochter war nicht zu übersehen.

»Auf Wiedersehen, Freya. War schön, Sie kennenzulernen«, rief Liam von der Türschwelle seines hübschen Bauernhauses, während sein Hund bellend um ihn herumsprang.

Freya, tief in Gedanken, fuhr vom Klang seiner Stimme erschreckt zusammen. »Danke«, rief sie ihm zu. »Mich hat es auch gefreut.«

Sie winkte und hoffte, dass alle Dorfbewohner so freundlich waren wie der gut aussehende Liam. Rosie konnte sich glücklich schätzen, Driftwood House zu haben und Liam, der ihr das Bett wärmte.

Während Freya zurück ins Dorf ging, kehrten ihre Gedanken zu dem Gespräch mit Kathleen am Morgen zurück. Sie hatte gespürt, dass etwas daran nicht stimmte, aber es nicht so recht greifen können. Jetzt wusste sie es.

Kathleen hatte gelogen, was den Todestag ihres Mannes betraf. Es war keine große Lüge – Freya hatte schon schlimmere gehört, zum Beispiel die, mit denen die Menschen sich oft selbst belogen, wenn sie ihr ihre innersten Geheimnisse anvertraut hatten.

»*Er würde es verstehen, wenn er es herausfände.*« – »*Ich hatte keine andere Wahl.*« – »*Ich habe es wirklich gut verarbeitet.*«

Kathleens Lüge tat niemandem weh. Doch die Wahrheit war eindeutig schmerzlich für sie, und Freya stellte sich die Frage, wen sie wirklich am 6. April verloren hatte. Es war jemand, der ihr noch immer das Herz brechen konnte. Ein Geliebter vielleicht, der einst in Driftwood House gelebt hatte?

Was auch immer die Wahrheit sein mochte, Freya war davon überzeugt, dass das Haus dabei eine Rolle spielte. Warum sonst hätte Kathleen ein jahrzehntealtes Foto aufbewahrt, auf dem sie davor stand? Und warum hatte sie so große Angst davor, das Kliff zu besuchen, auf dem es über das Dorf wachte?

Freya richtete den Blick auf Driftwood House, das allein unter einer grauen Wolke stand, die sich gerade vor die Sonne schob.

Was war dort oben geschehen?, fragte sie sich, als sich die steinernen Mauern des einsamen Hauses verdunkelten. Heaven's Cove schien ein malerisches, freundliches Dorf zu sein, aber wer wusste, welche Geheimnisse es umgaben?

Freya war so tief in Gedanken versunken, als sie an der Burgruine vorbeiging, dass sie Belinda erst bemerkte, als sie beinahe mit ihr zusammenstieß.

»Woran denkst du gerade?«, fragte ihre Schwester und

stellte ihre Einkaufstüten wie ein Hindernis vor Freyas Füße. Dann strich sie ihren praktischen Tweedrock glatt und verschränkte die Arme vor der Brust.

»Hallo, Belinda. Wie geht es dir?«, fragte Freya und fühlte sich von ihrer Schwester sofort in Verlegenheit gebracht.

Sie hatten seit Freyas Ankunft in Heaven's Cove nur sehr wenig Zeit miteinander verbracht. Das lag hauptsächlich daran, dass Belinda durch ihre Verpflichtungen im Dorf immer stark eingespannt war, aber insgeheim war Freya erleichtert darüber. Small Talk mit ihrer Schwester war nie besonders leicht.

»Es geht mir gut, danke«, antwortete Belinda mit Blick auf Freyas Jeans, an der noch Sand klebte. »Und was hast du getrieben?«

»Ich habe mich ein bisschen umgesehen.«

»Solltest du nicht arbeiten?«

Freya stöhnte innerlich auf. Sie hatte schon früher Leute erlebt, die der Ansicht waren, Pfleger sollten rund um die Uhr »pflegen« und nur ab und zu ins Bad dürfen.

»Ich arbeite, aber Kathleen macht ein Nickerchen, daher bin ich kurz rausgegangen, um etwas für sie zu erledigen und ein bisschen frische Luft zu schnappen.«

Belinda beugte sich verschwörerisch vor, und ihre Stimme triefte vor Mitgefühl. »Wie geht es der lieben Kathleen nach ihrem Sturz im Garten? Wirklich bedauerlich, ein Unfall so kurz nach deinem Einzug. Das ist sicher nicht der richtige Weg, um Kathleens Herz zu gewinnen.«

Freya ließ die Kritik an sich abperlen und überlegte stattdessen, wie Belinda von dem Sturz hatte erfahren können. Er war jetzt fast zwei Wochen her, und soweit sie wusste, hatte Kathleen niemandem davon erzählt. Die ganze Sache schien ihr ziemlich peinlich zu sein.

Ob Ryan mit ihrer Schwester darüber gesprochen hatte? Wahrscheinlich nicht. Freya erinnerte sich daran, wie er unwillkürlich das Gesicht verzogen hatte, als er am Strand Belindas Namen erwähnt hatte.

»Wie hast du davon erfahren, dass Kathleen gestürzt ist?«, fragte Freya und entschied sich für Direktheit für ihre direkte Schwester.

Belinda tippte sich an die Nase. »Ich habe so meine Quellen. Ich kann dir versichern, dass in Heaven's Cove nur wenig passiert, wovon ich nichts weiß.«

Belinda würde eine fabelhafte Rekrutin für den MI5 abgeben, dachte Freya und beschloss, dass Kathleens Sturz kein Klatschfutter werden durfte.

»Kathleen geht es wirklich gut«, antwortete sie ihrer Schwester mit einem strahlenden Lächeln. »Es besteht überhaupt kein Grund zur Sorge.«

»Hat Sie sich verletzt? Alte Leute brechen sich leicht etwas, wenn sie hinfallen. Ist Kathleen in letzter Zeit oft gestürzt? Ist sie krank?«

Warum beschlich Freya das Gefühl, dass ihre Schwester auf saftige Details aus war?

»Nicht, dass ich wüsste«, entgegnete sie und fügte schnell hinzu: »Und wo willst du hin?«

»Ich habe einen kurzen Spaziergang gemacht und ein paar Sachen eingekauft, bevor es anfängt zu regnen. Man hat mich aber gerade in den Gemeindesaal gerufen, weil es ein Problem mit dem Boiler gibt. Ehrlich, ich weiß nicht, was man hier ohne mich anfangen würde.«

»Du bist hier eine wichtige Persönlichkeit«, antwortete Freya, um nett zu sein, denn Belinda hatte ihr trotz ihrer aufgeblasenen Überheblichkeit und unablässigen Neugier eine Stelle und ein Zimmer bei Kathleen besorgt.

»Ja, das ist wohl wahr. Ich bin eine lokale Berühmtheit, wenn man so will.«

Belinda lächelte selbstzufrieden, während Freya sich fragte, ob man sie für verwandt halten würde, wenn man sie zusammen sah.

Zwischen ihnen klaffte ein Altersunterschied von fünfzehn Jahren, und ihr Haar und ihre Augen hatten unterschiedliche Farben. Sie besaßen jedoch die gleiche ovale Kinnlinie, und die Augen hatten die gleiche Form. Vielleicht waren sie sich als Kind ähnlicher gewesen, aber Freya hatte noch nie ein Foto der jungen Belinda gesehen.

In ihrer Jugend hatte sie oft über die erste Familie ihres Vaters nachgedacht und Angst gehabt, dass er auch sie eines Tages verlassen könnte. Ihre Eltern waren jedoch nicht auf ihre Fragen über sein früheres Leben eingegangen.

Es war wirklich schade, dachte Freya. Vielleicht wäre ihr Verhältnis zu Belinda weniger angespannt gewesen, wenn sie sich von klein auf gekannt hätten. Dann hätte Freya nicht solche Schuldgefühle gehabt, und Belinda hätte vielleicht den Groll abgelegt, der sich hinter ihrer Höflichkeit verbarg und der bei jeder Begegnung mit ihr Freyas Nacken kribbeln ließ.

»Und wie ist es so bei Kathleen?«, fragte Belinda. »Ich will alles darüber hören, jedes kleine Detail.«

Ein Paar mittleren Alters, das vermutlich im Dorf wohnte, wechselte hastig die Straßenseite, als es Belinda erblickte. Die Frau schenkte Freya im Vorbeigehen ein mitfühlendes Lächeln. Freya wandte ihre Aufmerksamkeit wieder ihrer Schwester zu.

»Da gibt es nicht viel zu erzählen. Ich bin noch dabei, mich einzugewöhnen, aber wir verstehen uns wirklich gut.«

»Mit der ganzen Familie?«

O ja. Abgesehen davon, dass ich völlig unangemessenerweise ein Auge auf den Sohn meiner Arbeitgeberin geworfen zu haben scheine. Und abgesehen von dem Pakt, den ich mit der Enkelin meiner Arbeitgeberin geschlossen habe, um etwas vor ihm geheim zu halten.

Freya blinzelte, als Belinda sie unverwandt anstarrte, als ob sie wüsste, dass ihre Schwester Geheimnisse vor ihr hatte.

»Ich glaube, dass Ryan und Chloe sich langsam an meine Anwesenheit gewöhnen.«

Hatte Belinda etwas anderes gehört? Freya stieß einen Seufzer der Erleichterung aus, als ihre Schwester nickte.

»Und wie gefällt dir unser schönes Dorf?«

»Ich finde es zauberhaft. Ryan und ich waren gerade am Strand, und der ist einfach herrlich.«

»Ach? Ihr beide?«, entgegnete Belinda und hob eine Braue, während Freya sich innerlich einen Tritt verpasste, weil sie seinen Namen erwähnt und ihren Spaziergang zur Bucht in anzügliches Klatschmaterial verwandelt hatte.

»Das Haus dort oben ist sehr beeindruckend«, sagte Freya, um Belinda davon abzuhalten, zwei und zwei zusammenzuzählen und als Ergebnis sechs zu erhalten. Sie deutete auf Driftwood House, das wieder in Sonnenlicht gebadet war und dessen Fenster wie Diamanten glitzerten. »Weißt du viel darüber?«

»Es ist jetzt eine Pension, die von Rosie Merchant geführt wird. Davor wurde es jahrelang von ihrer Mutter bewohnt, die vor einer Weile gestorben ist. Die arme Sofia erlitt ganz plötzlich einen Schlaganfall. Es war absolut tragisch.« Sie schüttelte den Kopf. »Rosie lebte im Ausland und kam nie nach Hause, um ihre Mutter zu besuchen. Erst, als es zu spät war.«

»Und was ist mit der Zeit davor? Wer hat vor Rosies Mum dort gelebt?«

Belinda runzelte die Stirn. »Ich habe keine Ahnung. Als Jim und ich vor zwanzig Jahren nach Heaven's Cove gezogen sind, haben dort David und Sofia mit der kleinen Rosie gewohnt. Warum?«

»Nur so. Ich interessiere mich für die Geschichte des Hauses, weil es da oben auf dem Kliff so faszinierend aussieht. Mich interessiert aber das ganze Dorf, nicht nur das Haus.«

Glaubte Belinda ihr? Sie zog die Augenbrauen zusammen und sah sie wieder durchdringend an, stellte aber zum Glück keine weiteren Fragen. Stattdessen zeigte sie über Freyas Schulter. »Am Wochenende wird drüben im Gemeindesaal Heaven's Coves neues Geschichts- und Kulturzentrum eröffnet. Lettie, die junge Frau, die es aufgebaut hat, besitzt Informationen über die Geschichte des Dorfes, die für dich vielleicht interessant sind. Samstagvormittag findet eine große Eröffnungsfeier statt, falls du Lust hast, hinzugehen.«

Aufregung machte sich in Freya breit. In diesem Zentrum würde sie mehr über die Geschichte von Heaven's Cove und vielleicht sogar von Driftwood House erfahren können. Sie war davon überzeugt, dass Kathleen etwas über das einsame Haus auf dem Kliff verbarg. Außerdem wollte sie nicht zu neugierig rüberkommen, und wenn etwas öffentlich bekannt war, würde ihr Interesse nicht so belindamäßig wirken. Zumindest hoffte sie das.

»Denkst du, du könntest zur Eröffnung kommen?«, drängte ihre Schwester.

»Ja, ich werde wahrscheinlich hingehen.«

Belinda lächelte zufrieden. »Ich war natürlich von Anfang bis Ende involviert. Das Projekt wäre auch nie ins Rollen gekommen, wenn ich Lettie nicht mit Claude in Kontakt gebracht hätte, einem alten Fischer, der am Kai wohnt. Zufällig wusste ich, dass er einen ganzen Keller voll mit alten Dokumenten und Fotos aus dem Dorf hat. In einem kalten und feuchten Keller, das muss man sich mal vorstellen! Ich habe ihm gesagt, dass man sie woanders unterbringen sollte, wo sie geschützter sind, aber er hat sich geweigert. Ich könnte dir so einiges über Claude erzählen. Er hat eine neue Freundin, Esther, die ...«

Freya genoss die warme Sonne im Gesicht und hörte dem Klatsch über Leute, die sie nicht kannte, kaum zu. Sie atmete tief die salzige Luft ein und stellte sich vor, wieder mit Ryan am Strand zu sitzen. Die meiste Zeit wirkte er müde und besorgt, aber wenn er lachte, leuchtete sein ganzes Gesicht auf, und er sah noch besser aus.

Plötzlich wurde Freya bewusst, dass Belinda über Ryan sprach.

„Tut mir leid, das habe ich nicht mitbekommen. Was hast du gesagt?«

»Ich sagte, da kommt Ryan.«

Sie winkte Ryan zu, der gerade mit einem großen Kohlkopf unterm Arm in Sicht gekommen war. Als er die beiden erblickte, lächelte er schwach und winkte ebenfalls.

»Wie geht es Ihrer lieben Mutter?«, rief Belinda über das Kreischen der Möwen hinweg, als Ryan näherkam. »Ich hörte, dass sie im Garten gestürzt ist und sich die Knie verletzt hat, die Ärmste.«

Ryan warf Freya einen Blick zu. Sein Mund wurde schmal und sein Lächeln gezwungener. »Es geht ihr gut, danke«, rief er zurück.

»Man kann so leicht stürzen, wenn man ein bestimmtes Alter erreicht hat. Was für ein Glück, dass Freya da war, um ihr zu helfen. Sie hätte Ihrer Mutter das Leben retten können. Ich meine, wer weiß, was geschehen wäre, wenn man sie nicht gefunden hätte?«

Sie hob die Handflächen zum Himmel und stellte sich offenbar Kathleens unangenehmes Ende vor, während Freya sich innerlich vor Peinlichkeit wand.

»Kathleen wäre nichts passiert, weil ihre Familie regelmäßig vorbeischaut«, sagte sie, aber Ryan war weitergegangen, und sie war sich nicht sicher, ob er es gehört hatte.

Toll, dachte Freya. *Jetzt denkt er, ich hätte mit Belinda über seine Mutter getratscht und mich dabei wichtig gemacht.*

»Wer hat dir denn nun eigentlich von Kathleens Sturz erzählt, Belinda?«

»Pat, und sie hat es von Isobel gehört«, sagte Belinda und

winkte jemandem hinter Freya zu. »Hast du Isobel schon kennengelernt? Große Frau, eine Tochter, ist im Buchclub, kommt aber nie zu den Treffen. Sie ist immer sehr gut angezogen und genießt ihre Scheidung, wenn du verstehst, was ich meine. Sie hatte eine ganze Reihe von Männerbekanntschaften, darunter auch einen Antiquitätenhändler, der ein paar Meilen weiter an der Küste lebt und dessen Schwester mich mal auf der Straße angeschrien hat.«

Freya hob erstaunt die Brauen, unsicher, wie sie darauf reagieren sollte. »Ich bin Isobel kurz begegnet«, brachte sie heraus.

»Oh, du wirst sie noch oft zu sehen bekommen, wenn der arme Ryan bei dir ist.«

»Sind Isobel und Ryan zusammen?«

Hoffentlich nicht, dachte Freya. Isobel schien für Ryan nicht die Richtige zu sein. Sie war sich jedoch nicht sicher, wie sie darauf kam, da sie Ryan kaum kannte und Isobel noch weniger.

Belinda lachte. »Sie hat es tatsächlich auf unseren schwermütigen Witwer abgesehen, aber er liebt seine tote Frau noch zu sehr, um eine Andere auch nur anzusehen. Es ist tragisch, aber andererseits auch schön, dass er der Mutter seines Kindes noch so ergeben ist, findest du nicht? Herzerwärmende Treue zu der Frau, die er geheiratet hat. Das ist etwas Wunderbares.« Sie warf Freya einen Seitenblick zu, der bestätigte, dass sie ebenso über ihren gemeinsamen Vater wie über »den armen Ryan« sprach. »Es ist eine Schande, dass Natalie Opfer ihres eigenen Ehrgeizes wurde.«

»Sie ... Wie bitte?«

Belinda beugte sich vor, als ob sie Freya ein großes Geheimnis verraten wolle.

»Die Freundin einer Freundin, die jemanden kennt, der Natalies Cousine gekannt hat, hat mir erzählt, dass sie eine von diesen Frauen war, die alles wollen – die Ehe mit einem gut aussehenden Mann, ein süßes Kind und eine glänzende Karriere. Aber das ist einfach nicht möglich.«

»Manche Frauen scheinen es gut unter einen Hut zu bekommen«, entgegnete Freya. Sie wollte nicht mit Belinda streiten, hatte aber das Gefühl, ihre Freundinnen verteidigen zu müssen, von denen einige »alles hatten«, wie Belinda es ausdrückte. Sie gaben ihr zwar das Gefühl, völlig unzulänglich zu sein, aber es war toll, dass sie es geschafft hatten.

»Hm!« Belinda rümpfte die Nase. »Wie dem auch sei, ihr Job hat sie umgebracht.«

»Als was hat sie denn gearbeitet?«, fragte Freya und stellte sich die glamouröse Natalie als Spionin vor, die ihre Gegner mit ihrem umwerfenden Aussehen verführte und Staatsgeheimnisse stahl.

»Sie war leitende Einkäuferin einer Firma für Kinderbekleidung.«

»Das klingt nicht sehr gefährlich.«

»An sich nicht, aber sie war auf dem Weg zu einem Meeting, als ihr Auto mit einem Laster zusammenstieß. Sie war offenbar sofort tot, ein Glück unter den Umständen. Aber sie wäre dem Lastwagen nicht im Weg gewesen, wenn sie nicht zur Arbeit gefahren wäre.«

Freya konnte ihr Entsetzen über Belindas gefühllose Einschätzung nicht verbergen. »Es war ein Unfall, Belinda. Es war ihr gutes Recht, einen Job zu haben.«

»Mag sein«, sagte Belinda schmollend. »Aber sie hinterließ ein mutterloses Kind und einen von Trauer geplagten Mann. Es ist sehr traurig.« Sie warf einen Blick auf ihre Armbanduhr. »Wie auch immer, ich sollte weiter. Möchtest du uns am Sonntagnachmittag zum Tee besuchen?«

»Diesen Sonntag? Ähm ... das wäre schön.«

Freya versuchte zu lächeln, obwohl sie immer noch fassungslos war über Belindas grausamen Bericht bezüglich Natalies Tod, und ihr graute schon jetzt vor dem Wochenende.

Es war nett von Belinda, sie einzuladen, und es war nicht so, dass Freya ihre Schwester nicht mochte. Ihr Unbehagen lag vielmehr daran, dass das Zusammensein mit Belinda durch den endlosen Klatsch, der ab und zu von einem angespannten Schweigen unterbrochen wurde, furchtbar anstrengend war.

»Passt dir vier Uhr?«

»Das lässt sich bestimmt einrichten. Soll ich etwas mitbringen?«

»Nur dich selbst«, sagte Belinda über die Schulter und eilte davon. »Komm nicht zu spät.«

Auf dem Rückweg zu Kathleen machte Freya noch einen Abstecher zu dem alten Gemeindesaal, der von großen Steinsäulen flankiert wurde. Dort würde also das Kulturzentrum des Dorfes sein. Ein großes Plakat draußen verkündete, dass es am Samstagvormittag um zehn Uhr von den »örtlichen VIPs Charles und Cecilia Epping« offiziell eröffnet werden würde.

Freya merkte sich den Termin. Sie würde Kathleen am Samstagvormittag mitnehmen, falls sie Lust hatte – es würde ihr guttun, mal rauszukommen. Vielleicht konnte Freya ja mehr über dieses schöne Dorf erfahren, das vorübergehend ihre Heimat war. In die Bucht geschmiegt, wie schon seit Hunderten von Jahren, machte es einen friedlichen Eindruck. Doch Freya spürte instinktiv, dass es hier Geheimnisse gab.

SIEBZEHN

FREYA

Als Freya am Samstagvormittag am Gemeindesaal ankam, hatte sich dort eine kleine Menschenmenge versammelt. Dutzende von bunten Ballons waren an die Säulen des Rathauses gebunden, und dazwischen war ein rotes Band gespannt. Eine Werbeplane für das neue Kulturzentrum flatterte in der Brise.

Die Zuschauer wurden von Belinda zusammengetrieben. Sie bellte den Leuten Befehle zu, scheuchte sie hin und her und winkte zwischendurch Freya zu.

»Ihre Schwester ist in ihrem Element«, flüsterte ihr eine Stimme ins Ohr.

Als Freya sich umdrehte, stand Isobel hinter ihr. Sie sah hinreißend aus in einem leichten grauen Kleid, das von einem goldenen Gürtel gehalten wurde und zu dem sie graue Wildlederstiefel trug.

»Sie organisiert gern«, entgegnete Freya und schenkte Isobel ein warmes Lächeln. Erste Eindrücke konnten täuschen, und es würde gut sein, im Dorf eine Freundin zu haben. Sie wünschte sich allerdings, sie hätte statt ihrer Jeans etwas Schickeres angezogen.

Isobel lächelte angespannt zurück. »Keine Kathleen heute Morgen?«

»Nein, ich habe sie gefragt, aber sie wollte nicht mitkommen.«

»Vielleicht hat sie zu Hause zu viel zu tun.«

»Vielleicht.«

In Wirklichkeit hatte Kathleen zu Hause sehr wenig zu tun, aber sie hatte beteuert, dass sie sich nicht besonders für das Kulturzentrum oder die Geschichte des Dorfes interessiere. Überhaupt interessiere sie sich nicht für Geschichte, Punkt. Und das, obwohl sich in ihrem Bücherregal mehrere historische Romane befanden.

Freya schüttelte sich im Geiste. Allmählich kam sie sich vor wie ein abgehalfterter Ermittler, der Hinweise sah, wo keine waren. Und Hinweise worauf? Dass Kathleen Driftwood House nicht mochte? Das war kein Verbrechen.

»Ich dachte, dass Ryan und Chloe vielleicht heute kommen.« Isobel stellte sich auf die Zehenspitzen und suchte die Menge ab. »Sind sie hier?«

»Ich habe keine Ahnung, obwohl ich mir nicht vorstellen kann, dass Chloe diese Veranstaltung interessant findet.«

»Wahrscheinlich nicht«, stimmte Isobel zu und klang verärgert. »Ich habe es Paige gesagt, aber sie liegt noch im Bett. Sie war gestern Abend mit Freundinnen zusammen und blieb etwas länger auf als sonst.«

»War Chloe auch mit dabei?«

»Nein, das glaube ich nicht. Warum?«

Weil Ihre Tochter einen schlechten Einfluss ausübt. »Nur so. Ich dachte, dass sie vielleicht dabei war.«

»Um ehrlich zu sein, fällt es mir schwer, bei Paiges Freundinnen den Überblick zu behalten. Sie ist sehr beliebt.« Isobel winkte jemandem auf der anderen Seite der Menge zu. »Jedenfalls, es war schön, Sie wiederzusehen, Freya. Was denken Sie, wie lange Sie noch bei Kathleen bleiben werden?«

»Ich bin mir nicht sicher. Es hängt davon ab, wie lange Kathleen mich bei sich haben will.«

»Kathleen und Ryan.«

»Ja, natürlich. Ryan und seine Mum stehen sich sehr nahe.«

»Das stimmt, und er ist ihr gegenüber sehr fürsorglich. Ryan ist ein bemerkenswerter Mann, finden Sie nicht?«

Ohne auf eine Antwort zu warten, entfernte Isobel sich schnell durch die Menge.

Freya sah ihr nach und fühlte sich beunruhigt, obwohl sie sich nicht ganz sicher war, warum.

»Meine Damen und Herren«, rief Belinda plötzlich. Dann nickte sie, als sich Stille unter den Zuschauern ausbreitete. »Vielen Dank, dass Sie zu der offiziellen Eröffnung von Heaven's Coves neuem Kulturzentrum erschienen sind. Ich war von Anfang an an diesem ehrgeizigen Projekt beteiligt, und das Zentrum ist, wenn ich das so sagen darf, eine großartige Ergänzung für Heaven's Cove.

Natürlich sind Lettie und Claude die treibenden Kräfte dahinter. Daher werde ich jetzt an Lettie Starcross übergeben, damit sie unsere wichtigen Ehrengäste vorstellt.«

Sie machte einen kleinen Knicks vor zwei Personen, bei denen es sich wahrscheinlich um die VIPs Charles und Cecilia Epping handelte. Freya hatte die beiden gegoogelt und gelesen, dass ihnen in der Gegend einiges an Land gehörte, unter anderem ein sehr großes Haus im Dartmoor und eine Zweitwohnung in London.

Neben ihnen standen eine junge Frau mit auffälligem rotem Haar und ein alter Mann mit ungepflegtem grauem Haar, das ihm bis auf die Schultern fiel. Er trat von einem Fuß auf den anderen und schien sich unwohl zu fühlen.

Die rothaarige Frau räusperte sich nervös.

»Wie Belinda schon sagte, vielen Dank, dass Sie heute gekommen sind, um mit uns die Eröffnung von Heaven's Coves neuem Kulturzentrum zu feiern.« Ihr Akzent unterschied sich von dem weichen Dialekt Devons, an den Freya sich allmählich gewöhnte – sie klang wie Mavis, eine der Bewohnerinnen des Pflegeheims, die den größten Teil ihres Lebens in London verbracht hatte. »Für diejenigen, die mich nicht kennen, ich bin Lettie, und ich bin zwar noch nicht lange hier, aber ich habe dieses schöne Dorf und seine Bewohner bereits ins Herz geschlossen.«

Sie schaute zu einem gut aussehenden Mann mit dunklem Haar, der in der Nähe stand und ihr ein langsames Lächeln schenkte.

Lettie und ihr atemberaubender Gefährte waren unübersehbar verliebt ineinander, dachte Freya mit einem Anflug von Neid. Liam und Rosie waren ebenfalls ineinander vernarrt, Kathleen hatte eine lange Ehe mit Frank genossen, und Ryan liebte seine verstorbene Ehefrau immer noch über alles. Im Gegensatz dazu hatte ihre Beziehung zu Greg in einer Katastrophe geendet, und es schien, als würden sie inzwischen nicht einmal mehr miteinander reden. Ihre Textnachricht Anfang der Woche, in der sie ihn bat, den Umgang mit ihrem gemeinsamen Eigentum zu besprechen, war unbeantwortet geblieben.

Freya schob ihr Selbstmitleid beiseite und hörte zu, was Lettie über die reiche Geschichte von Heaven's Cove erzählte. Anschließend dankte sie dem Mann mit dem langen grauen Haar dafür, dass er sein Archiv dem Zentrum zur Verfügung gestellt hatte. Er wirkte entsetzt, als sie fragte, ob er auch etwas sagen wolle, und murmelte kopfschüttelnd: »Nein. Nichts.«

Als Lettie Charles und Cecilia nach vorn bat, konnte Freya sie zum ersten Mal richtig betrachten. Charles hatte weißes Haar und stechende blaue Augen, und seine Frau, mit perfekt frisiertem Haar und in Kaschmir, sah unglaublich kultiviert aus und in Heaven's Cove völlig fehl am Platz. Er wirkte freundlich, aber seine Frau bedachte die Menge mit einem eher geringschätzigen Blick. Sie erinnerte Freya ein wenig an Isobel.

Charles hielt eine kurze, aber tief empfundene Rede über

die Wichtigkeit von Geschichte und deren Einfluss auf die Gegenwart. Dann nahm seine Frau die große Schere, die Belinda ihr hinhielt, und schnitt das breite rote Band durch. Heaven's Coves Kulturzentrum war damit offiziell geöffnet.

Die Menge applaudierte und drängte ins Rathaus. Freya folgte den anderen. Soweit sie sehen konnte, bestand es aus einem großen offenen Raum mit poliertem Holzboden, einer Bar, die mit einem silbernen Gitter verschlossen war, und einigen Türen, die vom Hauptraum abgingen. Über einer Tür hing ein Schild, das sie als Eingang zum Kulturzentrum auswies.

Sie führte in einen großen Raum mit Vitrinen und Dutzenden von gerahmten Fotografien und Dokumenten an den Wänden.

Freya verbrachte einige Zeit damit, sich die Fotos anzusehen. Sie zeigten alte Ansichten des Dorfes und lang verstorbene Menschen. Die Bilder waren faszinierend und machten ihr bewusst, dass ihre gegenwärtigen Probleme nur kleine, unbedeutende Zwischenfälle entlang des Lebensweges waren. All diese Menschen – die in ihren altmodischen Kleidern in die Kamera schauten – hatten ihr eigenes Leid erfahren. Freya hoffte, dass sie wie sie selbst Trost in der Ebbe und Flut des Meeres gefunden hatten. Heaven's Cove hatte eine Zeitlosigkeit an sich, die beruhigend wirkte.

»Hallo. Sie sind Belindas Schwester, nicht wahr?«

Lettie stand vor ihr. Aus der Nähe war ihr langes rotes Haar, das ihr in Locken über den Rücken fiel, noch leuchtender.

»Ja. Das heißt, ihre Halbschwester.« Freya war daran gewöhnt, Gregs Frau oder die Tochter ihres Vaters zu sein, aber hier in Heaven's Cove war sie offensichtlich Belindas Schwester. Sie fragte sich, wie lange es dauern würde, bis sie einfach Freya um ihrer selbst willen war. »Mein Name ist Freya«, stellte sie sich vor, »und ich wohne bei Kathleen, gegenüber der Kirche.«

»Ja, ich weiß.« Lettie grinste. »Alle wissen es. Ihre Schwester ist ganz aus dem Häuschen, dass Sie hier sind.« War sie aus dem Häuschen? Freya kam sich ziemlich gemein vor, weil sie der Verabredung zum Tee bei ihrer Schwester am nächsten Tag mit einem unguten Gefühl entgegensah. »Ich hoffe, Ihnen gefällt die Ausstellung und dass Sie mehr über Ihre neue Heimat erfahren.«

»O ja, und das neue Zentrum ist wirklich beeindruckend.«

Lettie strahlte. »Vielen Dank. Claude hatte jede Menge faszinierendes Material in seinem Keller, und es erschien mir kriminell, das alles versteckt zu halten, statt es den Einwohnern und Besuchern des Dorfes zugänglich zu machen. Ich war ehrlich gesagt etwas nervös wegen der offiziellen Eröffnung, aber sie scheint ziemlich gut zu laufen. Wie gefällt Ihnen Heaven's Cove?«

»Ich bin noch dabei, mich einzuleben, aber es ist ein schönes Dorf, und es hat eine sehr interessante Geschichte. Ich habe mich gefragt ...«

Freya zögerte, als sie Belinda aus dem Augenwinkel bemerkte. Wäre sie nicht genauso neugierig wie ihre Schwester, wenn sie versuchen würde, die »Hinweise« zusammenzusetzen, die ihr keine Ruhe ließen? Was immer hier geschehen war – falls hier überhaupt etwas geschehen war –, es ging sie nichts an. Doch sie konnte Kathleens Anblick nicht vergessen, als sie so verzweifelt im frühen Morgenlicht geschluchzt hatte.

»Was fragten Sie sich?«, fragte Lettie.

Freya dachte an das alte Foto von Kathleen und rechnete unter Berücksichtigung ihres Alters schnell nach.

»Ich frage mich, ob Sie hier auch etwas aus der Zeit Mitte der fünfziger bis Anfang der sechziger Jahre haben?«

»Interessieren Sie sich besonders für diese Zeit?«

»Ja. Das und ... Driftwood House. Es ist ein so prachtvolles Gebäude dort oben auf dem Kliff.«

»Es ist toll, nicht? Ich habe da gewohnt, als ich im vergangenen Jahr ins Dorf gekommen bin, und Corey und ich steigen immer noch regelmäßig hinauf, um die Aussicht zu genießen. Oh, da ist er ja!«

Lettie deutete mit dem Kopf auf den gut aussehenden Mann, der sie während ihrer Begrüßungsrede angelächelt hatte. »Mein Freund.« Ihre blassen Wangen färbten sich rosig, als sei sie noch nicht ganz daran gewöhnt, ihn so zu nennen. »Jedenfalls, wenn Sie nach Informationen aus den Fünfzigern und Sechzigern suchen, da hinten an der Wand sind ein paar Fotos, die Sie vielleicht interessieren. Leider ist dieser Zeitraum nur schwach vertreten. Viele der Fotos, Zeitungsausschnitte und Dokumente, die hier ausgestellt sind, wurden von Claudes Mum gesammelt, und zu der Zeit hatte sie gesundheitliche Probleme, die ihre unglaubliche Hamstergewohnheit stark eingeschränkt haben. Aber zum Glück nicht für lange, sonst hätte es dieses Zentrum nie gegeben.

Was Driftwood House betrifft, es gibt einige Landschaftsfotos vom Dorf aus verschiedenen Jahren, die das Haus auf dem Kliff zeigen. Aber wenn Sie sich besonders dafür interessieren, sollten Sie am besten mit Rosie sprechen, der Eigentümerin. Dieses Zentrum ist noch im Aufbau, und ich hatte bisher keine Gelegenheit, die Geschichte des Hauses aufzuzeichnen, aber sie kann Ihnen wahrscheinlich mehr erzählen.«

Eine üppige Dame mit violetter Brille winkte Lettie von der Tür aus zu. »Ich muss mich jetzt um die Eröffnungsgäste kümmern, aber ich hoffe, dass Ihnen der Besuch hier gefällt. Es war schön, Sie kennenzulernen.«

»Danke gleichfalls«, antwortete Freya, dann ging sie zu den Fotos, auf die Lettie sie aufmerksam gemacht hatte.

Die Aufnahmen waren faszinierend. Das Dorf sah damals genauso aus wie jetzt – die gleichen malerischen Steincottages, die gleichen Blicke aufs Meer. Doch die auf Zelluloid verewigte Mode der Frauen – Wespentaillen und Hüte in den Fünfzigern, Minikleider in den Sechzigern – zeigten, dass die Fotos aus einer anderen Zeit stammten. Das und die Autos – oder vielmehr deren Abwesenheit. Die schmalen Straßen waren noch nicht so verstopft.

Freya wusste, dass es lächerlich war, aber sie suchte die Fotos trotzdem erfolglos nach der jungen Kathleen mit den traurigen, gequälten Augen ab.

Auf einigen der anderen Bilder war Driftwood House zu sehen, doch immer nur von Weitem, wie Lettie gesagt hatte. Wie schon seit Generationen wachte es oben auf dem einsamen Kliff über das Dorf.

Freya trat zurück. Es war zwar interessant, Heaven's Cove in der Vergangenheit zu sehen, aber sie war auch erleichtert darüber, dass sie nichts Neues über Driftwood House erfahren hatte. Vielleicht sollte sie die Sache auf sich beruhen lassen, statt sich die wildesten Fantastereien auszumalen. Es war nicht ihre Aufgabe, Kathleens Probleme zu lösen. Sie war nicht Belinda.

Sie schauderte und wollte gerade gehen, als Lettie auf sie zugeeilt kam.

»Ich habe nachgedacht. Die Angehörigen einer kürzlich verstorbenen Dame haben mir neues Archivmaterial gegeben. Ich hatte noch keine Gelegenheit, es genau zu sichten, aber vielleicht möchten Sie einen Blick darauf werfen? Ich glaube, es enthält Informationen aus den fünfziger Jahren.«

Freya zögerte. Es konnte doch sicher nicht schaden, einen Blick hineinzuwerfen? »Das wäre wunderbar. Danke.«

Freya nahm den Pappkarton entgegen, den Lettie ihr reichte, und setzte sich an einen ruhigen Tisch vor der geschlossenen Bar, um den Inhalt durchzugehen.

Der Karton war ziemlich voll. Fotos von ihr bekannten und unbekannten Stellen im Dorf. Menschen, die wahrscheinlich schon lange tot waren, standen vor der Burgruine, in den schmalen Gassen und am Strand. Zwei Bilder zeigten Driftwood House im Hintergrund, aber da war nichts, was Freyas Aufmerksamkeit erregt hätte.

Sie wandte sich den Papieren unten im Karton zu – alten Zeitungsausschnitten und Dokumenten aus der Vergangenheit. Unter dem Stapel befand sich ein abgegriffenes, in rotes Leder eingebundenes Büchlein. Freya schlug es auf und betrachtete die kleine saubere Handschrift. Oben auf jeder Seite stand ein Datum. Es war ein Tagebuch.

Die erste Seite war mit dem Namen *Eileen Woolford* und dem Datum *1. Januar 1959* beschriftet. Freya sah sich um und hatte das Gefühl, als würde sie Eileen nachspionieren. Was hatte etwas so Persönliches in diesem Karton mit Lokalgeschichte zu suchen? Es war sicher ein Versehen.

Freya beschloss, die Seiten schnell zu überfliegen und nach einer Erwähnung von Driftwood House zu suchen, fand aber nichts. Die Einträge waren ziemlich langweilig – es ging um Felicity und Andrew, Eileens Kinder, und wie sie ihre Tage verbrachte, die sich vor allem um Hausarbeit und Erziehung drehten. Das Tagebuch endete abrupt am 30. März, als hätte Eileen ihre täglichen Aufzeichnungen aufgegeben, weil sie zu viel mit ihrer Familie zu tun gehabt hatte.

Freya blätterte noch einmal durch die Seiten, und plötzlich fiel ihr das Wort »Driftwood« ins Auge. Da war es, in einem Eintrag, den sie übersehen hatte. Eileen hatte nur zwei Sätze über das Haus geschrieben, das sie so faszinierte.

Habe Leute aus Driftwood im Dorf gesehen. Das ist ungewöhnlich, weil sie das Haus nur selten verlassen. Sie tun mir leid.

Ein Schauer lief Freya über den Rücken, als sie das Tagebuch behutsam in den Karton zurücklegte. Wen um alles in der

Welt hatte Eileen bemitleidet, und warum? Statt Freyas Neugier zu Driftwood House zu stillen, bestärkten Eileens Worte sie in ihrer Entschlossenheit, herauszufinden, welche Geheimnisse das Haus auf dem Kliff hütete und welche verstörende Macht es über Kathleen besaß.

ACHTZEHN

RYAN

Ryan trat an den Fuß der Treppe, holte tief Luft und rief: »Chloe, könntest du bitte mal herunterkommen? Ich muss kurz mit dir reden.«

Als er keine Antwort bekam, rief er noch einmal, lauter diesmal, um die Musik zu übertönen, die sie hörte.

»Gleich«, brüllte sie über einen Rapper hinweg, der sich über die nervigen Frauen in seinem Leben ausließ.

Sollte er mit seiner Tochter über ihren Musikgeschmack reden? Er fand schon, dass es gerechtfertigt wäre, aber das gehörte zu den Dingen, die er hatte schleifen lassen. Er fügte es im Geiste seiner Bilanz als Vater hinzu, die in letzter Zeit immer schlechter wurde.

Als von Chloe noch immer nichts zu sehen war, stieg er mit großen Schritten die Treppe hinauf und steckte den Kopf zu ihrer Zimmertür herein. Sie lag auf dem Bett, die Musik in ohrenbetäubender Lautstärke, und ihr Fenster stand weit offen. Die Nachbarn würden nicht erfreut sein.

Er zuckte zusammen, als der Rapper einen Kraftausdruck benutzte, und ging schnell zum Fenster, um es zu schließen. Dann tippte er auf Chloes Handy und machte die Musik aus.

»Nein, nicht gleich. Jetzt, bitte.«

»Warum hast du meine Musik ausgemacht?«, fragte Chloe. Sie setzte sich auf und lehnte sich gegen die Kissen.

»Ich will mit dir reden, und ich bin mir ohnehin nicht sicher, ob diese Musik für dich geeignet ist.«

Chloe sah ihn schmollend an, der gleiche Gesichtsausdruck, den sie neuerdings ständig aufsetzte.

»Wasnlos?«, fragte sie gedehnt. Ihr Finger schwebte über dem Handy, bereit, die Musik wieder einzuschalten.

Ryan spielte kurz mit dem Gedanken, die Bluetooth-Lautsprecher von der Wand zu reißen, aber das würde nicht das Bild des Erwachsenen und Vaters vermitteln, das er anstrebte. Er holte tief Luft, bevor er sprach.

»Ich habe gehört, dass du von Claire Point gesprungen bist. Das ist los.«

Chloe nahm den Finger vom Handy und zog die Augen zusammen. »Von wem hast du das gehört?«

Isobel hatte es ihm gesagt. Sie hatte ihn vor zwei Stunden in Stans Laden beiseitegenommen und am Arm festgehalten, während sie es ihm erzählt hatte. Sie mache sich Sorgen, dass seine Tochter etwas Dummes angestellt habe, und fand, er solle es erfahren.

Als Isobel den Sprung beschrieben hatte, hatte er eine Furcht verspürt wie seit Natalies Tod nicht mehr. Es war eine schneidende Furcht, die ihm den Magen umdrehte. Er brauchte einige Augenblicke, um zu begreifen, dass das fragliche Ereignis fast einen Monat zurücklag, dass Chloe gesund und munter war und dass ihre idiotischen kindischen Albernheiten sie nicht umgebracht hatten.

Aber sie hätte leicht dabei draufgehen können.

Angst krampft ihm wieder den Magen zusammen, und er schüttelte den Kopf. »Es spielt keine Rolle, wie ich davon erfahren habe. Ist es wahr?«

Chloe sah ihn an, als würde sie abwägen, ob es sich lohnte

zu lügen. Dann zuckte sie die Achseln. »Ich habe es nur einmal getan.«

»Du hast es nur einmal getan?« Ryans Stimme schwoll an, und er musste sich anstrengen, um sich zu beruhigen. Ausflippen würde nichts bringen. »Einmal ist einmal zu viel. Ich kann nicht glauben, dass du etwas so Gefährliches getan hast.«

»Viele Leute tun es«, brummte Chloe und ließ das Kinn auf ihre Brust sinken. »So hoch ist Clair Point gar nicht, und es war gut. *Mir* geht es gut, wie du siehst.«

»Du hattest mehr Glück als Verstand. Die Felsen unten sind tödlich, wenn das Wasser zu niedrig steht oder man nicht weit genug spring. Erinnerst du dich an den Jungen, kurz nachdem wir hergezogen sind? Er hat herumgealbert, ist von derselben Stelle gesprungen und hat sich das Bein gebrochen, dreimal.«

»Ja, aber er ist nicht gestorben. Und das Wasser war nicht zu niedrig, und ich bin weit genug gesprungen, also hör auf, Stress zu machen, Dad.«

Sie drehte Ryan den Rücken zu, aber er marschierte um das Bett herum und setzte sich neben sie.

»Warum hast du das getan, Chloe? Wie konntest du das nur tun? Was, wenn du dich verletzt hättest oder sogar ...?« Ihm stockte der Atem, und er blinzelte hektisch, während ihm Bilder von seiner Tochter, wie sie mit zerbrochenen Gliedern am Fuß der Felsen lag, durch den Kopf gingen. »Wie konntest du das nach Mums Unfall tun?« Als er nicht weitersprach, zitterte Chloes Unterlippe, und sie sah plötzlich wieder wie ein kleines Mädchen aus – das Mädchen, das er immer mehr zu verlieren schien. »Sag mir bitte einfach, warum du es getan hast. Hat dich jemand dazu gezwungen?«

»Nein, natürlich nicht«, sagte Chloe, richtete sich auf und drückte sich das Kissen an die Brust. »Ich wollte es einfach tun, um zu beweisen, dass ich es konnte. Und ich kann nicht glauben, dass mich jemand verpfiffen hat.«

»Dich verpfiffen? Wir leben nicht in einem Gangsterfilm. Die Person, die es mir erzählt hat, wollte nur dein Bestes.«

»Ja, also diese Freya sollte lieber auf Gran aufpassen, statt ihre Nase in die Angelegenheiten anderer Leute zu stecken.«

»Freya?« Ryan war überrascht. Er hatte nicht damit gerechnet, in diesem Gespräch ihren Namen zu hören.

»Ja. Sie tut total freundlich und verspricht einem, den Mund zu halten, aber ich wusste, dass sie es dir sagen würde.«

Ryan biss sich auf die Unterlippe. Freya – die Frau, die seine Mutter betreute, die Frau, an die er in letzter Zeit ständig denken musste – hatte gewusst, dass seine Tochter bei dem Sprung von Clair Point ihr Leben aufs Spiel gesetzt hatte, und hatte es ihm nicht gesagt. Genauer gesagt, sie hatte seiner Tochter versprochen, es ihm nicht zu sagen.

»Habe ich jetzt Hausarrest?«, fragte Chloe, und Panik flackerte in ihren großen Augen auf, die ihn so an die von Natalie erinnerten.

Ryan zögerte. Eigentlich sollte sie für etwas so Leichtsinniges Hausarrest bekommen, aber der Gedanke, mit einem übellaunigen Beinahe-Teenager im Haus festzusitzen, war zu unerträglich.

»Bestraf mich, wie du willst, aber verpass mir keinen Hausarrest«, flehte Chloe und rang buchstäblich die Hände. »Wenn ich nicht in die Disco darf, werde ich wirklich sterben. Richtig sterben. Bitte, Dad.«

Chloe redete in letzter Zeit von nichts anderem als dem Schulball. Zumindest schien sie deswegen aufgeregt zu sein, und es machte sie glücklich. Er wünschte sich sehr, dass sie glücklich war, nachdem sie in so jungen Jahren mit einer Tragödie hatte fertigwerden müssen.

»Bitte, Dad«, drängte sie noch einmal, griff nach seiner Hand und drückte sie fest. »Biiitte.«

»Ich weiß nicht, Chloe. Wenn du mir versprichst, nie wieder von Clair Point zu springen oder etwas anderes Gefährliches zu tun, dann kann ich vielleicht auf Hausarrest verzichten.«

»Klar. Ich brauche es nicht noch einmal zu tun.«

»Was meinst du damit?«

Chloe verzog die Lippen. »Nichts. Nur dass ich es getan habe und weiß, wie es ist, also hätte es keinen Sinn, das Gleiche noch einmal zu tun.«

Ryan stieß erleichtert die Luft aus, und die Enge in seiner Brust löste sich. »Gut. Deine Mum ... ich meine, es wäre schlimm für sie gewesen, dass du dein Leben in Gefahr gebracht hast.«

Er kam sich wie ein schrecklicher Vater vor, weil er Natalie ins Spiel gebracht hatte, um mit Chloe zu schimpfen. Es erschien ihm nicht fair, weil sie nicht da war, aber manchmal hatte er es satt, immer der Bösewicht zu sein.

Chloe warf einen Blick zu dem Foto ihrer Mutter, das auf ihrem Frisiertisch stand – das letzte gemeinsame Bild von ihr und ihrer Mum. Sie knieten nebeneinander am Strand in Cornwall und bauten Sandburgen. Es war ihr letzter Urlaub vor dem Unfall gewesen.

Als Ryan den Kopf senkte, strich Chloe ihm kurz übers Haar.

»Tut mir leid«, murmelte sie. »Ich wollte nicht, dass du sauer bist.«

»Ist schon gut. Ich möchte nur, dass du gesund und glücklich bist, Chloe. Das ist für mich das Wichtigste.«

»Ich weiß, und es tut mir leid. Ich werde es wirklich nicht noch einmal machen.« Chloe schwieg und fragte dann leise: »Darf ich jetzt meine Musik wieder einschalten?«

Ryan nickte. Er würde sich das Gespräch über ihren Musikgeschmack für ein andermal aufheben. Ein Kampf pro Tag. So war sein Leben derzeit wohl.

Die Musik lief wieder, noch bevor er die Zimmertür hinter sich zugezogen hatte.

Chloe wartete, bis ihr Dad nach unten gegangen war, dann stellte sie die Musik leiser. Um ehrlich zu sein, stand sie gar nicht auf Rap, aber Paige und ihre Freundinnen hörten ständig Rapmusik. Sie fanden sie subversiv, und Chloe hatte zustimmend genickt, obwohl sie das Wort später im Internet nachschlagen musste.

Der Showdown mit ihrem Dad war heftig gewesen. Chloe hatte ein schlechtes Gewissen, weil sie ihm Sorgen bereitet hatte, obwohl er nie etwas von ihrem Sprung von Clair Point erfahren hätte, wenn Freya Wort gehalten hätte. Es regte sie auf, dass man Grans neuer Pflegerin nicht vertrauen konnte und dass sie ihr ins Gesicht gelogen hatte. Es war schade, denn Chloe hatte sie sehr gemocht. Sie war ihr wichtig genug gewesen, dass sie sie daran hindern wollte, von Clair Point zu springen, aber wie sich herausgestellt hatte, war sie ihr doch nicht so wichtig, sie nicht bei ihrem Dad zu verpetzen.

Chloe stieg vom Bett, zog die unterste Schublade auf und schob ihre Socken beiseite, um den leuchtend pinkfarbenen Lipgloss herauszunehmen, den sie dort versteckt hatte. Den Lipgloss, das sie auf Paiges Drängen hin in Stans Laden gestohlen hatte, als er nicht hingesehen hatte.

Chloe wurde plötzlich heiß, als sie sich das Gesicht ihres Dads vorstellte, wenn er erfuhr, dass sie zur Diebin geworden war. Dann würde er ihr wirklich Hausarrest verpassen und ihr verbieten, zu der Schuldisco zu gehen, daher war es nur gut, dass Freya nichts davon wusste.

Es war das erste Mal, dass Chloe etwas in einem Laden gestohlen hatte, und obwohl sie damals Paige und ihren Freundinnen gegenüber die Mutige gespielt hatte, plagten sie seitdem

Schuldgefühle. Als sie ins Dorf gezogen war, war Stan so freundlich gewesen, ihr ein Eis zu schenken, und er war wirklich stolz gewesen auf die neue Auswahl an Make-up in seinem Laden. Irgendwie wünschte sie, sie hätte sich geweigert, ihn zu bestehlen.

Kristen, eine neue Schülerin in ihrer Klasse, hatte Nein gesagt, als Paige sie zum Ladendiebstahl als Mutprobe anstiften wollte, und seitdem bezahlte sie für ihren Trotz – Paige und ihre Freundinnen machten sich ständig über sie lustig. Insgeheim jedoch bewunderte Chloe Kristens Mut. Sie wusste auch, dass ihre Mum von ihr enttäuscht gewesen wäre – wenn sie hier gewesen wäre.

Chloe schaltete die Musik aus, von der sie Kopfschmerzen bekam, nahm das Foto ihrer Mutter und setzte sich damit im Schneidersitz auf den Boden.

»Hallo, Mum«, sagte sie und strich über Natalies Zelluloidgesicht.

Sie schaute zur Tür, ob ihr Dad zurückkam. Mit ihrer toten Mutter zu reden, musste bedeuten, dass sie etwas seltsam war, oder? Paige konnte sie jedenfalls nichts davon erzählen. Es kostete sie ihre ganze Energie, die Art von Mädchen zu sein, die zu Paige und ihren Freundinnen passte.

Ihre Mum erwiderte wie immer ihr Lächeln. Ihr Gesichtsausdruck veränderte sich nie und würde es auch nie tun. Selbst wenn Chloe erwachsen war, würde ihre Mutter immer noch ein lebloses Bild in einem gerahmten Foto sein. Sie verspürte eine vertraute Sehnsucht. Sie wurde älter und begann zu vergessen, was sie verloren hatte. Ihre Erinnerungen wurden von Tag zu Tag blasser. Doch sie spürte immer noch den Verlust ihrer Mum. Die schreckliche Traurigkeit war verflogen, doch ein Schmerz war noch da, und sie hoffte, dass er auch dann noch da sein würde, wenn sie erwachsen war. Es war alles, was ihr von der Frau, die sie geliebt hatte, geblieben war.

»Ich wünsche«, sagte sie zu dem Foto, »ich wünschte, ich wäre mehr wie du, Mum.«

Chloe stand auf, stellte sich vor den Spiegel und hielt sich das Foto neben das Gesicht. Das Haar ihrer Mutter war dunkel und glänzend, während ihres in dem Licht, das durchs Fenster fiel, rot schimmerte, und es war störrischer, wie das ihres Dads. Sie und ihre Mutter hatten die gleichen braunen Augen, aber eine unterschiedliche Gesichtsform – das ihrer Mum war ein feines Oval, wie die Gesichter von Paige und Isobel, während Chloes Gesicht kantiger war, und ihre Wangenknochen waren längst nicht so ausgeprägt wie die, die sie auf Instagram sah.

Tatsächlich sah sie mehr aus wie ihr Dad, und das ärgerte sie. Er war attraktiv, den Blicken der Mums am Schultor nach zu urteilen. Isobel schmachtete ihn eindeutig an, was irgendwie gut und irgendwie eklig war.

Doch mehr als alles andere wünschte Chloe sich, so schön zu sein wie ihre Mum, und nicht nur gut aussehend wie ihr Dad. Es war wirklich schreckliches Pech.

Chloe stellte ihre Mum behutsam zurück an ihren ewigen Ruheort auf dem Frisiertisch und legte sich wieder aufs Bett. Sie wickelte sich in die Decke ein, schloss die Augen und stellte sich vor, ihre Mum würde neben ihr sitzen und ihr zärtlich über die Stirn streicheln.

NEUNZEHN

RYAN

Ryan schenkte sich einen großen Whisky ein, setzte sich auf die Türschwelle und ließ die Welt an sich vorüberziehen. Tatsächlich waren die Einzigen, die an ihm vorbeigingen, Touristen auf dem Rückweg zu ihren Hotels und Bed and Breakfasts. Bei seinem Pech hätte es ihn aber nicht gewundert, wenn Belinda vorbeikäme.

Sie würde ihm ganz sicher sagen, was sie davon hielt, ihn so früh am Abend Alkohol trinken zu sehen, aber sollte sie nur. Es war schwer, alleinerziehender Vater zu sein, vor allem, wenn einem Freunde und Verwandte nicht die geringste Hilfe waren.

Er konnte es einfach nicht fassen, dass Freya von Chloes Sprung von Clair Point gewusst hatte – der durchaus ein Todessprung hätte sein können. Er sah seine Tochter vor sich, wie sie in die Tiefe stürzte und auf den Felsen unten aufschlug.

Er versuchte, die schrecklichen Bilder auszublenden, die auf ihn einstürmten, und hoffte, dass Freya sich um seine Mutter besser kümmerte als um seine Tochter. Sie hätte ihm sagen müssen, was Chloe getan hatte, damit er erfuhr, dass seine Tochter lebensmüde war.

Er schüttelte den Kopf und nahm noch einen großen

Schluck Whisky. Lebensmüde? Das war nun doch übertrieben. Chloe hatte nur getan, was Dutzende junger Menschen im Laufe der Jahre ebenfalls getan hatten. Er wäre wahrscheinlich selbst von Clair Point gesprungen, wenn er hier aufgewachsen wäre.

Doch Chloe war alles, was ihm geblieben war. Er war fünfundvierzig Jahre alt und alles, was er in seinem Leben hatte, waren ein stressiger Job, um die Rechnungen zu bezahlen, eine alternde Mutter und eine Tochter, die eines Tages flügge werden würde. Und dann würde er alt und noch einsamer werden. Vielleicht hatte er das ja verdient.

Seine Gedanken wanderten zu Isobel, die unmissverständlich klargemacht hatte, dass sie durchaus bereit dazu wäre, seiner Einsamkeit ein Ende zu bereiten. Vielleicht war es das, was Chloe in ihrem Leben brauchte – einen Mutterersatz. Und sie schien von Paige ziemlich fasziniert zu sein. Vielleicht sollte er aufhören, sich vor einem Date mit Isobel zu drücken. Wer weiß, vielleicht funkte es ja zwischen ihm und Isobel, und er konnte Chloe eine komplette Familie schenken.

Ryan schloss die Augen und stellte sich die perfekte, schöne Isobel vor. Wieso hielt er sie auf Abstand? Es war ihm unangenehm, wie aufdringlich sie war, aber zumindest zeigte es, dass sie an ihm interessiert war. Ihre Aufmerksamkeit schmeichelte ihm, obwohl er manchmal das Gefühl hatte, dass sie ihn mehr als Rätsel sah, das es zu lösen galt, und nicht als Objekt der Begierde.

Er versuchte, sich Isobel vorzustellen, aber stattdessen erschien immer wieder Freyas Gesicht. Ihr Gesicht, als sie es ihm am Strand zugewandt hatte. Ihre Augen, die wie die eines Kindes geleuchtet hatten, als sie gesehen hatte, wie das Meer auf den Sand schwappte. Der Schatten des Schmerzes, der ihr Lächeln trübte, als sie über das Ende ihrer Ehe sprach.

Er war ihr auf den Leim gegangen und hatte angefangen zu glauben, sie sei eine Frau, der man vertrauen konnte. Doch jetzt war er enttäuscht und zornig, dass sie ihm den Vorfall verschwiegen hatte. Was hatte sie sich dabei gedacht? Sie hatte ihrer neugierigen Schwester vom Sturz seiner Mutter erzählt, obwohl es Belinda nichts anging. Sie hatte jedoch kein Wort darüber verloren, dass seine Tochter ihr Leben in Gefahr gebracht hatte und von Clair Point gesprungen war. Er musste herausfinden, warum.

Ryan stand auf und verschüttete goldenen Whisky auf der Stufe. Er sollte sich erst beruhigen, bevor er Freya zur Rede stellte, aber Chloe war mit Paige ins Kino gegangen und die Gelegenheit war günstig.

Ryan zog die Haustür hinter sich zu und marschierte durch die schmalen Gassen von Heaven's Cove zu seiner Mutter.

ZWANZIG

FREYA

Sobald Freya Ryan vor der Tür stehen sah, wusste sie, dass etwas nicht stimmte. Sein Kiefer war eine Spur zu verkrampft, sein Lächeln eine Spur zu gezwungen. Es musste anstrengend sein, sich allein um eine Zwölfjährige zu kümmern und gleichzeitig einen anspruchsvollen Job auszuüben.

»Kommen Sie herein«, sagte sie und fragte sich, warum er geklopft hatte, obwohl er einen Schlüssel besaß. Sie stellte die Vase mit gelben Tulpen, die sie hielt, auf den Flurtisch und wischte sich die Hände an der Jeans ab. »Ihre Mum ist im Wohnzimmer. Sie war etwas müde nach unserem Spaziergang heute Nachmittag und ruht sich ein wenig aus.«

»Ryan«, rief Kathleen wie aufs Stichwort aus dem Wohnzimmer. »Bist du das, mein Liebling?«

»Ja, ich bin es, Mum.«

Freya folgte ihm ins Wohnzimmer, wo Ryan Kathleens papierdünne Wange küsste. »Ich hoffe, du hast dich nicht überanstrengt.«

Er warf Freya beim Sprechen einen scharfen Blick zu, und sie runzelte die Stirn. Sie hatte gedacht, ihre Beziehung hätte sich während des Strandbesuchs ein wenig entspannt, aber er hatte sie gleich danach zusammen mit Belinda gesehen – vielleicht dachte er, sie hätte ihrer Schwester von Kathleens Sturz vor vierzehn Tagen erzählt. Freya verfluchte Belinda im Stillen dafür, dass sie nichts für sich behalten konnte.

»Ist alles in Ordnung?«, fragte Kathleen und richtete sich in dem Ohrensessel am Kamin auf, ihrem Lieblingsplatz. »Wo ist Chloe?«

»Sie ist mit Paige ins Kino gegangen, und ich wollte solange kurz mit Freya sprechen, falls das in Ordnung ist. Vielleicht könnten wir in die Küche gehen?«

Kathleen runzelte die Stirn. »Wirst du über mich reden? Wenn ja, wäre es mir lieber, du würdest es vor mir tun, herzlichen Dank.«

»Ich möchte nicht mit Freya über dich reden, Mum.«

Kathleen sah verwirrt zwischen ihnen hin und her, aber dann breitete sich ein Lächeln auf ihrem Gesicht aus. »Warum geht ihr jungen Leute nicht aus und unterhaltet euch? Du könntest mit Freya in den Pub gehen, Ryan. Ich glaube nicht, dass sie schon im Smugglers war.«

»Nein, ich werde hier gebraucht«, wandte Freya schnell ein.

»Wirklich? Ich tue nichts weiter, als hier zu sitzen und gleich ein wenig fernzusehen.«

»Was ist mit Ihrem heißen Gutenachtkakao?«

»Ich bin vollauf imstande, mir ein heißes Getränk zu machen, ohne eine Katastrophe anzurichten«, antwortete Kathleen spitz. Dann wurden ihre Züge weicher. »Sie werden doch ohnehin rechtzeitig dafür zurück sein. Daher bestehe ich darauf, dass ihr beiden jungen Leute auf einen Drink ausgeht. Nur zu. Ihr zwei solltet etwas Zeit miteinander verbringen.«

Gütiger Himmel, versuchte sie etwa, sie zu verkuppeln?, dachte Freya erschrocken. Kathleen war definitiv auf dem Holzweg, wenn sie glaubte, dass Ryan ein freundliches Wort mit ihr reden wollte. Sein finsterer Blick sagte ihr etwas anderes.

Kathleen ließ jedoch nicht locker und ermutigte sie mit ihrem sanften irischen Akzent, bis es für Freya einfacher war, nachzugeben.

Einige Minuten später brachen sie auf. Freya hatte ein Kleid angezogen, sich das Haar gebürstet und etwas rosafarbenen Lipgloss aufgetragen. Das wäre nicht nötig gewesen. Sie hätte auch in Jeans in den Pub gehen können. Doch es war das erste Mal, dass sie in Heaven's Cove ausging, und das Kleid und das Make-up waren wie eine Rüstung gegen die Standpauke, die ihr ohne Zweifel bevorstand.

Ryan gab ein so forsches Tempo vor, dass Freya Mühe hatte, mit ihm Schritt zu halten. Er sprach wenig, während sie durchs Dorf eilten. Schließlich erreichten sie The Smugglers Haunt, einen hübschen, weiß getünchten Pub mit Reetdach und Blumenampeln. Freya hatte ihn auf ihren Erkundungsgängen durchs Dorf bereits entdeckt und wunderschön gefunden, aber sie hatte sich nicht allein hineingewagt.

Ryan hielt ihr die Tür auf, ließ sie aber zuschlagen, als er zur Theke vorausging.

»Ich nehme an, Sie möchten einen Drink, da wir schon mal hier sind?«, fragte er kalt und hob die Hand, um die Aufmerksamkeit des Mannes am Zapfhahn zu erregen.

Freya runzelte die Stirn. Warum benahm er sich so unmöglich? Der Besuch im Pub war nicht ihre Idee gewesen. Bevor er mit Gewittermiene ins Haus marschiert gekommen war, hatte sie vorgehabt, Kathleen ins Bett zu bringen und sich dann ein schönes heißes Bad zu gönnen.

»Eine Limonade wäre schön, danke, aber ich bezahle sie gern selbst.«

»Nein, das übernehme ich. Suchen Sie einen Platz, ich bringe die Getränke. Vielleicht dort drüben?«

Er zeigte auf einen Tisch in einer abgeschiedenen Ecke des

Pubs an einem großen geschwärzten Steinkamin. Ein kleines Feuer brannte, obwohl es Frühling war, und Freya spürte die Hitze der Flammen im Gesicht, als sie sich setzte.

Zwei Minuten später kam Ryan mit einer Limonade in einer Hand und einem Bierglas in der anderen. Er nahm Freya gegenüber Platz und zog die Jacke aus.

»Es ist ziemlich warm hier. Möchten Sie sich lieber woanders hinsetzen?«, fragte Freya.

Ryan sah sich in dem halb vollen Pub um. »Ich würde lieber hierbleiben, falls es Ihnen nichts ausmacht, denn ich möchte nicht, dass wir belauscht werden. Hier sind wir ungestörter als in Mums Küche. Sie ist zwar wackelig auf den Beinen, aber sie hört noch gut.«

Oje. Freya stöhnte, weil sie wusste, was kam, und es konnte das Ende ihres neuen Jobs bedeuten, wenn Ryan ihr nicht glaubte. Sie hatte zwar erst einen Monat mit Kathleen verbracht, doch die alte Dame war ihr bereits ans Herz gewachsen, und sie hatte das Gefühl, ein gutes Verhältnis zu ihr aufgebaut zu haben.

»Darf ich nur sagen«, sagte Freya schnell, um ihm zuvorzukommen, »dass ich Belinda nichts von dem Sturz Ihrer Mum im Garten erzählt habe. Sie hat es nicht von mir erfahren.«

»Oh.« Ein Ausdruck der Überraschung huschte über Ryans Gesicht, als ob er daran überhaupt nicht gedacht hätte.

»Ich würde mit niemandem über Ihre Mum reden, vor allem nicht mit meiner Schwester. Sie ist nicht sehr ...« Freya zögerte, weil es ihr treulos erschien, über Belinda zu sprechen, obwohl jeder wissen musste, was für eine schreckliche Tratschtante sie war.

Ryan schüttelte den Kopf. »Ich bin nicht hier, um über Ihre Schwester zu sprechen.«

»Worüber dann ...?« Wieder zögerte Freya.

»Manchmal gibt es Dinge, die man unbedingt erzählen sollte«, fuhr Ryan geheimnisvoll fort und nahm einen großen

Schluck von seinem Bier. »Jedoch nicht Ihrer Schwester. Niemals. Aber ganz oben auf der langen Liste von Dingen, die man anderen unbedingt sagen sollte, stehen gefährliche Aktionen ihrer Kinder.«

O nein. Freya atmete langsam aus, als ihr die Erkenntnis dämmerte, dass ihr Pakt mit Chloe kein Geheimnis mehr war. Kein Wunder, dass Ryan verärgert war.

»Sie sprechen vermutlich von dem Vorfall auf dem Kliff«, sagte sie und bemühte sich, ruhig zu bleiben. Sie hatte gedacht – gehofft –, dass Chloes Sprung Geschichte war und nicht wiederholt werden oder ans Licht kommen würde.

»Sie vermuten richtig.« Seine Stimme war kalt, aber in seinen grünen Augen funkelte Zorn.

Freya wand sich unter seinem Blick. »Es tut mir sehr leid. Ich hätte es Ihnen wahrscheinlich sagen sollen.«

»Finden Sie, ja?« Ryan nahm einen weiteren tiefen Schluck von seinem Bier und lehnte sich auf seinem Stuhl zurück. Ein hartes Glitzern trat in seine Augen. »Wissen Sie, wie gefährlich es ist, von den Felsen ins Meer zu springen?«

»Mhm.« Freya nickte unglücklich.

»Es geht tief runter, und wenn man es schafft, nicht auf die Felsen unter Wasser zu prallen, kann man immer noch von der starken Strömung aufs Meer hinausgetrieben werden. Es ist also nicht ratsam, zu springen.«

»Es hat beängstigend ausgesehen, und ich habe versucht, sie davon abzuhalten, ehrlich, aber sie ist trotzdem gesprungen.«

»Sie waren dabei?«, stieß Ryan so laut hervor, dass einige Leute an der Theke sich zu ihnen umdrehten. Er stützte die Ellbogen auf den Tisch und verbarg das Gesicht mit der Hand. »Ich dachte, Sie hätten nur gehört, was sie getan hat. Ich wusste nicht, dass Sie mitgemacht haben.« Seine Stimme war jetzt leiser, beherrschter.

»Das habe ich nicht.« Freya seufzte. Es wurde immer schlimmer. »Ich bin hoch aufs Kliff gegangen, um mir Driftwood House aus der Nähe anzusehen, und auf dem Rückweg nach unten bin ich Chloe begegnet. Sie wollte gerade springen, und ich habe versucht, es ihr auszureden, aber als sie es trotzdem getan hat, habe ich gewartet, um mich davon zu überzeugen, dass es ihr gutging.«

»Dann ist es in Ordnung.« Ryans Mund war jetzt ein schmaler Strich, und Freya krampfte sich der Magen zusammen. Sie konnte damit umgehen, dass er abweisend und verärgert war, aber dieser kalte, harte Zorn brachte sie aus dem Gleichgewicht.

»Ich wollte es Ihnen sagen, aber Chloe hat mich angefleht, es nicht zu tun, und Sie haben es schon schwer genug. Ich wollte mich nicht einmischen und den Druck, unter dem Sie stehen, noch erhöhen. Chloe hat mir hoch und heilig versprochen, es nie wieder zu tun.«

Noch während sie sprach, begriff Freya, wie erbärmlich das klang. Zu glauben, dass eine Zwölfjährige sich in Zukunft vernünftig verhalten würde, weil sie einer wildfremden Frau ein Versprechen gegeben hatte. Ein Versprechen, mit dem sie sich ihr Schweigen erkauft hatte.

»Sie hat es doch nicht noch einmal getan, oder?«, erkundigte sie sich ängstlich.

»Soweit ich weiß, nein, aber darum geht es nicht.«

»Nein, wahrscheinlich nicht.« Freya biss sich auf die Lippe und betrachtete ihre unberührte Limonade, die im Glas sprudelte. »Es ist passiert, und ich kann es nicht mehr ändern. Es tut mir wirklich leid. Ich habe eine schlechte Entscheidung getroffen und hätte es Ihnen sagen sollen.«

»Ja, allerdings. Sie ist meine Tochter.«

»Ich weiß. Zumindest weiß ich es jetzt. Als ich sie springen sah, habe ich es nicht gewusst.«

»Gut, aber als Sie erfahren haben, wer sie ist, warum haben Sie es dann nicht mir oder meiner Mum erzählt?«

Das war eine gute Frage. Freya hatte sie sich seit ihrem

fatalen Pakt mit Chloe selbst gestellt. Vielleicht hatte sie sich so daran gewöhnt, die Geheimnisse anderer Menschen zu hüten, dass sie gar nicht auf die Idee gekommen war, etwas anderes zu tun.

»Nun?«, fragte Ryan. »Ich möchte nur verstehen, was Sie sich dabei gedacht haben.«

»Chloe war bereits gesprungen und hat mir versichert, es nie wieder zu tun, also wozu sollte ich es Ihnen sagen? Außer Belinda kenne ich niemanden hier, und sie kenne ich ehrlich gesagt auch kaum. Wahrscheinlich wollte ich nicht, dass Chloe mich hasst.« Freya zögerte, als ihr klar wurde, dass sie immer erbärmlicher klang. »Ich meine, sie hatte mich gerade erst kennengelernt, und Ihre Mum hätte ich damit auf gar keinen Fall beunruhigt. Und Sie waren ...«

»Und ich war was?«, fragte Ryan und lehnte sich auf dem Stuhl zurück.

Freya holte tief Luft. »Sie haben mich nicht gerade mit offenen Armen empfangen. Oh, mir ist schon klar, warum. Ich bin ohne Ihr Wissen als Pflegerin eingestellt worden. Davon hatte ich jedoch keine Ahnung, als ich die Stelle angenommen habe, und es war alles ein bisschen viel, um ehrlich zu sein. Ich habe nicht damit gerechnet, bei einer Frau einzuziehen, die ich kaum kenne, in einem Teil des Landes, der mir vollkommen fremd ist. Nicht in meinem Alter. Das war nicht Teil meines Plans.«

Als sie innehielt, weil sie Angst hatte, in Tränen auszubrechen, musterte Ryan sie einen Augenblick und beugte sich dann vor. Sein Gesichtsauszug wurde weicher.

»Was war denn Ihr Plan?«

Freya zuckte die Achseln. »Ich weiß auch nicht ... Ehe, Kinder und ein Happy End. Das Übliche eben.«

»Ja, das Übliche.« Ryan stieß ein hohles Lachen aus, denn sein eigener Lebensplan war natürlich furchtbar zerstört worden.

Freya wünschte plötzlich, sie und Ryan wären wieder am Strand. Die Sonne hatte geschienen, die Wellen waren herangerollt, und es war ihnen leichter gefallen, über ihr Leben zu sprechen. Doch da hatte er noch nichts von Chloes Sprung und von Freyas Beitrag, ihn ihm zu verschweigen, gewusst.

»Hoffen Sie immer noch auf ein Happy End?«, fragte Ryan leise.

Freya schüttelte den Kopf. »Nein. Für Leute wie mich gibt es kein Happy End.«

»Für mich auch nicht«, sagte Ryan, griff nach dem Bier und starrte in die bernsteinfarbene Flüssigkeit. Dann schaute er auf und begegnete Freyas Blick. »Also, was für ein Mensch sind Sie?«

Freya dachte kurz nach, verblüfft von seiner Frage. »Meistens ein erschöpfter. Das Ende meiner Ehe vor einigen Monaten war für mich sehr belastend. Ich fühle mich seitdem ziemlich ratlos.«

Als sie zaghaft lächelte, zuckte Ryans Mundwinkel in die Höhe.

Es gab keinen Grund, ihm all das zu erzählen. Warum sollte es ihn interessieren, dass sie sich seit der Trennung von Greg einfach furchtbar fühlte? Doch nach ihrem Fehler mit Chloe verdiente er eine gewisse Ehrlichkeit, und aus irgendeinem Grund schien er nicht mehr so zornig auf sie zu sein.

Außerdem hatte sie es satt, niemanden zum Reden zu haben. Ihre Freundinnen hatten ein ausgefülltes Leben und waren stark eingespannt, und sie hatte keine Familie, mit der sie sprechen konnte – ihr Dad war tot, ihre Mutter räumlich und gefühlsmäßig abwesend, und ihre Schwester ... nun, ihre Schwester war nicht die Sorte Mensch, der man sein Herz ausschütten würde.

»Es tut mir leid. Es tut verdammt weh, einen Menschen zu verlieren, egal, auf welche Art man ihn verliert«, sagte Ryan leise.

»Das wissen Sie besser als die meisten.«

Sein Kampfgeist war erloschen. Als er seufzte, erhaschte Freya einen weiteren Blick auf die Verletzlichkeit, die er so gut verborgen hielt. Sie waren ein schönes Paar. Er, ein Witwer, der versuchte, klarzukommen, und sie, die mit fast vierzig bald geschieden sein würde und ihr Leben immer noch nicht auf die Reihe bekam.

Sie wollte unbedingt mehr über sein Leben erfahren, aber er wandte sich schweigend seinem Bier zu, und sie hatte nicht den Mut, zu fragen.

Stattdessen pflichtete sie ihm bei. »Ja, es tut weh, jemanden zu verlieren.« Sie fuhr mit dem Finger über das Kondenswasser an ihrem Glas. »Greg und ich hatten uns schon seit einer Weile nicht mehr so gut verstanden, aber das war okay. Wir waren über die erste Verliebtheit hinaus, aber wir haben uns immer noch geliebt. Oder zumindest dachte ich das.«

Sie hielt inne, um sich zu fassen. Sie hatte das Gefühl, in der falschen Rolle zu sein. Normalerweise erzählten andere Freya ihre Geheimnisse. Sie warfen Ballast ab und fühlten sich danach meist besser. Doch Ryan hatte etwas an sich, das in ihr den Wunsch weckte, ihm die ungeschönte Wahrheit anzuvertrauen.

»Dann ist Greg immer später von der Arbeit nach Hause gekommen, und eines Tages hat er gesagt, dass wir eine Auszeit voneinander nehmen sollen. Wie Ross und Rachel in *Friends*. Nur dass es das echte Leben war. Mein Leben.« Sie schloss kurz die Augen und dachte an ihren Schmerz und ihre Ratlosigkeit. »Und das war es dann im Wesentlichen. Unsere einmonatige Auszeit endete damit, dass er sagte, er würde mich verlassen und wolle die Scheidung.«

»Gibt es eine andere?«, fragte Ryan. Dann verzog er den Mund. »Entschuldigung. Das war nicht sehr taktvoll von mir.«

»Schon gut.« Freya atmete tief ein. Es roch nach Hopfen und brennenden Holzscheiten. »Er hat es nie zugegeben, aber ich glaube, dass er eine Affäre mit Erica hat, einer Kollegin. Sie ist immer tipptopp gepflegt. Ich habe versucht, mitzuhalten, aber ...« Sie schaute auf ihr zerknittertes Leinenkleid hinab und grinste schief. »Ich habe mir Mühe gegeben, mich seinen neuen Freunden und Geschäftspartnern anzupassen, und für eine Weile bin ich damit durchgekommen, aber es ist schwer, wenn man nicht der Mensch ist, für den man gehalten wird.«

Ryan nickte und starrte ins Leere, als sei er in Gedanken weit weg. Sein Gesicht war von Schmerz gezeichnet.

»Außerdem ist sie jünger und attraktiver als ich.«

Ryan richtete den Blick wieder auf Freya. »Ich finde Sie sehr attraktiv.«

Er machte große Augen, als seien ihm die Worte ohne seine Erlaubnis herausgerutscht, und Freya spürte, wie ihr die Röte in die Wangen stieg.

»Es tut mir wirklich leid, dass ich Ihnen nichts von Chloe erzählt habe«, wiederholte sie, um das peinliche Schweigen zu füllen.

Ryan zuckte die Achseln. »Ich habe gesagt, was ich sagen wollte, und Sie waren in einer schwierigen Lage. Es ist nichts passiert, also Schwamm drüber. Versprechen Sie mir nur, dass Sie mir in Zukunft alles erzählen werden, was meine Familie betrifft. Wenn Sie meine Mum betreuen, muss ich wissen, dass ich Ihnen vertrauen kann.«

»Das können Sie, und ich verspreche, Ihnen alles zu sagen«, sagte Freya, immer noch abgelenkt.

Ich finde Sie sehr attraktiv. Das hatte er gesagt. Er hatte jedoch nur versucht, sie aufzumuntern, nachdem sie ihm ihr Herz über Greg ausgeschüttet hatte. Sie würde Natalie nie das Wasser reichen können. Nicht einmal die ungemein attraktive und lebhafte Isobel schien leichtes Spiel bei Ryan zu haben.

»Okay.« Wieder seufzte Ryan, als sei er erschöpft. »Es sollte ohnehin nicht Ihre Aufgabe sein, meine Tochter zu überwachen. Sie sind nicht ihre Mutter.«

Freya nahm einen großen Schluck Limonade und fragte sich, wie es war, Mutter zu sein. Manchmal sehnte sie sich nach den Kindern, die sie nicht hatte, und dann wieder, wenn sie Freundinnen sah, die von dem täglichen Erziehungsstress schier erschlagen wurden, dankte sie ihren Glückssternen. Hätte Greg sie auch dann verlassen, wenn sie Kinder gehabt hätten? Sie schüttelte den Kopf. Daran wollte sie nicht denken.

»Wie lange kennen Sie Isobel schon?«, erkundigte sie sich stattdessen. Die Frage war ihr gerade in den Sinn gekommen.

Ryan hob den Blick und sah sie wachsam an. »Seit Chloe und ich vor zwei Jahren hergezogen sind. Warum?«

»Nur so. Sie scheint nett zu sein.«

Freya war sich gar nicht sicher, ob sie nett war, aber es schien das Beste, was sie über die Frau sagen konnte, mit der Ryan vielleicht demnächst ausgehen würde. Vielleicht ging er ja längst mit ihr aus.

»Ja, das ist sie.« Bildete sie es sich nur ein, oder klang Ryan ebenfalls unsicher? »Sie und ihre Tochter sind ins Dorf gezogen, nachdem sie sich von ihrem Mann getrennt hatte.«

»Scheint öfter vorzukommen.«

Ryan lächelte und suchte ihren Blick, und Freya fühlte sich plötzlich nervös. Es ließ sich nicht leugnen, dass er ein gut aussehender Mann war. Doch da war noch etwas, was sie reizvoll fand – eine Tiefe, die unter seiner sachlichen und praktischen Art verborgen lag. Eine Reserviertheit, die seine Verletzlichkeit, die gelegentlich aufblitzte, um so liebenswerter machte.

Dieser Mann hat ein Geheimnis. Das sagte ihr ihr Instinkt, aber diesmal irrte sie sich. Dieser Mann hatte einfach nur eine Tragödie erlebt, die ihn noch immer nicht losließ. Er war ein Mann, der dringend Zuneigung und Verständnis brauchte. Ihr Blick ging zu seinem Mund, und sie fragte sich, wie es sich anfühlen würde, von einem anderen als Greg geküsst zu werden. Wie es sich anfühlen würde, von Ryan geküsst zu werden.

Was tat sie denn da! Freya setzte sich aufrecht hin, griff nach ihrem Limonadenglas und leerte es in wenigen Zügen. Ihre Verantwortung galt Kathleen. Um sie musste sie sich kümmern. Und das konnte sie nicht, wenn sie von einer lächerlichen und offen gesagt sinnlosen Schwärmerei für Kathleens Sohn abgelenkt war.

»Meine Güte, ist es schon so spät?«, rief sie mit Blick auf ihre Armbanduhr und schob den Stuhl scharrend vom Tisch. »Ich sollte besser zu Ihrer Mum zurückkehren, bevor sie anfängt, kochende Milch zu verschütten.«

Ihr plötzlicher Aufbruch schien Ryan zu verwirren. »O-kay«, sagte er gedehnt.

»Vielen Dank für die Limonade, und es tut mir sehr leid, dass ich wegen Chloe nichts gesagt habe, ehrlich. Ich verspreche, Sie in Zukunft über alles auf dem Laufenden zu halten, was mit Ihrer Familie zu tun hat.«

»Über alles?«

»Restlos alles. Pfadfinderehrenwort.«

Nicht das Pfadfinderversprechen machen, Freya! Doch zu spät. Sie hatte die drei Finger bereits gehoben. Ihr wurde heiß vor Verlegenheit, und sie schob die Hände in die Taschen ihres Kleides.

Ryan lächelte. »Danke. Das ist alles, worum ich bitte.«

Während er im Pub sitzen blieb und in sein Bier starrte, ging sie mit schnellen Schritten durchs Dorf, bis sie am Kai ankam. Dort schlüpfte sie aus den Schuhen, setzte sich für ein paar Minuten auf die Mauer und lauschte auf das sanfte Plätschern der Wellen gegen den verwitterten Stein. Die Sonne war gerade hinter dem Horizont verschwunden, aber es war noch hell genug, um Cora Head zu erkennen – die Landzunge, die Kathleen hatte erkunden wollen, anstatt des Kliffs von Driftwood House. Cora Head ragte in das dunkle Meer hinein, ein fester Schatten in der hereinbrechenden Dunkelheit.

Es war schön hier, und nach der letzten halben Stunde beruhigte es ihre Nerven. Freyas Atem ging in kurzen Stößen. Sie war sich nicht sicher, ob es an ihren zügigen Schritten oder an ihren gemischten Gefühlen lag.

Sie war froh, dass Chloes Geheimnis jetzt ans Licht gekommen war. Es war ihr falsch vorgekommen, Ryan Informationen über seine Tochter vorzuenthalten. Nach seinem anfänglichen Ärger hatte er es ziemlich gut aufgenommen. In gewisser Hinsicht hatten ihre offene Auseinandersetzung und das anschließende Gespräch die Luft zwischen ihnen gereinigt. Bis zu dem Moment, in dem sie über seine Kussqualitäten nachgedacht hatte.

Freya runzelte die Stirn und hoffte, dass Ryan nicht erraten hatte, was in ihr vorgegangen war. Er musste es merkwürdig gefunden haben, dass sie überstürzt gegangen war – und was um alles in der Welt sollte der Pfadfindergruß? Doch ihre Trennung von Greg war noch frisch, und sie brauchte kein Trostpflaster, das ihr neues Leben hier unhaltbar machen konnte.

Und genau das wäre Ryan, sagte sie sich, als sie aufstand und sich das Kleid glatt strich, das jetzt noch zerknitterter war – ein Trostpflaster. Ryan ahnte nichts davon, und so würde es auch bleiben.

Ryan sah Freya nach, wie sie aus dem Pub floh – anders konnte man es nicht bezeichnen –, dann lehnte er sich zurück und trank sein Bier aus. Sie war vor ihm davongelaufen, und er machte ihr keinen Vorwurf. *Ich finde Sie sehr attraktiv.* Sie war gerade frisch getrennt, da war es unangemessen, so zu flirten. Was hatte er sich nur dabei gedacht?

Er hatte gar nicht gedacht, das war das Problem. Er hatte sie hergebracht, um ihr wegen Chloe die Leviten zu lesen, und am Ende hatte er Mitleid mit ihr und Schuldgefühle gehabt – seine ständigen Begleiter. Er betrachtete sein leeres Glas und überlegte, noch eins zu trinken.

Er musste zugeben, wenn auch nur sich selbst gegenüber, dass er anfangs sehr unfreundlich zu Freya gewesen war. Nicht gemein, aber argwöhnisch und kalt, was normalerweise nicht seine Art war. Er wusste natürlich, warum er sich so verhalten hatte. Ihre Ankunft hatte ihn überrumpelt, und er hatte sich mies gefühlt, weil sie sich um seine Mutter kümmerte, während er es nicht konnte. Doch er hatte ihre Lebenssituation nicht in Betracht gezogen. Auch sie hatte einiges zu verkraften und war einsam, genau wie er.

»Hey, Ryan«, rief Ollie, der mit seiner Frau an der Theke saß. »Alles klar, Kumpel?«

»Bestens, danke«, rief Ryan durch den Pub und zwang sich zu einem Lächeln. »Ich hatte einfach Lust auf ein Bierchen zwischendurch.« *Setzt euch bloß nicht zu mir an den Tisch.* »Ich bin schon fast weg«, fügte er hinzu, und das hatte die gewünschte Wirkung. Ollie winkte und setzte das Gespräch mit seiner Frau fort. Zu zweit würden sie einen schöneren Abend haben. Ryan hatte zwar mit Ollie schon einige unterhaltsame Abende im Pub verbracht, aber im Moment war er keine gute Gesellschaft.

Seine Gedanken kehrten zu Freya zurück. Er war immer noch verärgert, dass sie ihm nichts von Chloe erzählt hatte, aber zumindest hatte sie versucht, das dumme Kind von dem Sprung abzuhalten. Ein Schauer überlief ihn bei dem Gedanken, wie seine geliebte Tochter klatschend in das tiefe dunkle Meer gestürzt war. An einer weiteren Tragödie würde er zerbrechen.

Doch es ging Chloe gut, und sie hatte geschworen, den Sprung nicht zu wiederholen. Freya hatte versprochen, nie wieder Familienangelegenheiten vor ihm geheim zu halten. Dadurch, dass Freya mit ihm offen über ihre Ehe und ihren

Mann gesprochen hatte – der wie ein Arschloch klang –, hatte er Vertrauen zu ihr gefasst und wollte sie trösten, denn ihr Selbstbewusstsein hatte offenbar einen schweren Schlag erlitten.

Freya war wirklich sehr attraktiv. Nicht auf die glamouröse, perfekt gestylte Art wie Natalie und Isobel – und vermutlich auch Erica. Ihr dichtes Haar könnte einen Schnitt vertragen, und ihr Kleid sah aus, als hätte sie darin geschlafen. Doch das spielte keine Rolle. Ihr Haar lockte sich auf ihren Schultern, die ausdrucksvollen großen grauen Augen waren wunderschön, und ihr Lächeln erhellte ihr ganzes Gesicht. Und ihr hübscher voller Mund ... er hatte ihren Mund betrachtet, als sie über ihre gescheiterte Ehe gesprochen hatte, und sich gefragt, wie es wäre, sie zu küssen und von ihr geküsst zu werden.

Schluss damit. Ryan stellte sein Bierglas auf den Tisch und stand auf, um zu gehen. Es durfte nicht sein. Nicht bei ihren Lebensumständen und dem, was er getan hatte. Was er Natalie angetan hatte.

Er hatte gerade die Tür erreicht, als er eine Gruppe von Frauen an einem Tisch am Ende der Bar erblickte. Eine von ihnen war Isobel, die an einem sehr großen Glas Rotwein nippte. Hatte sie ihn mit Freya in der Ecke sitzen sehen? Selbst wenn, was spielte das für eine Rolle?

Ryan schlüpfte in die Nacht hinaus und ging durchs Dorf, verloren in Gedanken an seine Vergangenheit und deren Auswirkungen auf seine Zukunft.

EINUNDZWANZIG
FREYA

Als das Tor mit einem Klicken hinter Freya ins Schloss fiel, bemerkte sie, wie die Vorhänge am Fenster des Cottages zuckten. Belinda hielt Ausschau nach ihr. Sie verbrachte wahrscheinlich viel Zeit damit, Menschen zu beobachten, die an ihrem Fenster vorbeigingen. Ein Anflug von Trauer für ihre Schwester überkam Freya. Was fehlte ihr im Leben, dass sie es mit den Angelegenheiten anderer Leute füllen musste?

Ihre Vermutung, dass sie beobachtet worden war, bestätigte sich, als die Tür geöffnet wurde, bevor Freya Gelegenheit hatte, anzuklopfen.

»Da bist du ja, fünf Minuten zu früh«, begrüßte Belinda sie, schick in einem blauen Midikleid. »Du hast Vaters Hang zur Pünktlichkeit geerbt.«

»Als er älter wurde, hat es stark nachgelassen. Er ist immer zu spät gekommen.«

»Das kann ich nicht wissen. Er hat uns ja nie besucht«, antwortete Belinda spitz und lief leuchtend rot an. Freya fand es schade, dass der Nachmittagstee mit ihrer Schwester einen so schlechten Anfang nahm.

Die Beziehung zwischen Belinda und ihrem Vater war

immer schwierig gewesen, und vor seinem Tod hatten sie sich drei Jahre lang nicht gesehen. Die Entfremdung hatte ihren Dad in seinen letzten Jahren sehr unglücklich gemacht, aber Freyas Versuche einer Annäherung waren kläglich gescheitert. Wenn sie Belinda telefonisch oder per E-Mail gebeten hatte, ihren Vater zu besuchen, war sie auf taube Ohren gestoßen.

»Danke für die Einladung«, sagte Freya, um den Nachmittag noch einmal von vorn zu beginnen.

Diesmal lächelte Belinda und führte Freya ins Haus. »Steh nicht draußen herum. Komm herein. Es wird langsam Zeit, dass wir uns einmal richtig unterhalten, und es tut mir leid, dass ich nicht früher dazu gekommen bin. Wie lange bist du jetzt schon in Heaven's Cove?«

»Etwa einen Monat«, antwortete Freya und dachte daran, wie nervös sie gewesen war, als sie das letzte Mal in diesem Flur gestanden hatte, bevor sie zu Kathleen zu dem Vorstellungsgespräch gegangen waren.

»Du liebe Güte, schon so lange? Bei meinen vielen Verpflichtungen läuft mir das Leben davon.« Belinda deutete mit dem Kopf in Richtung Wohnzimmer. »Aber komm doch herein und trink eine Tasse Tee. Ich habe ein bisschen gebacken.«

Sie eilte in den Raum, und Freya folgte ihr. Jim saß bereits am Tisch, der sich unter einer riesigen Auswahl an Sandwiches auf feinen Tellern bog. Daneben türmte sich Gebäck auf Tortenplatten und Etageren aus Silber und Porzellan. Es war mehr Süßes da, als sie zu dritt essen konnten, und Freya fing an, das getoastete Sandwich, das sie zu Mittag gegessen hatte, zu bereuen.

Jim zwinkerte ihr zu, als sie sich setzte und den Porzellanteller entgegennahm, den Belinda ihr reichte.

»Meine Güte, das sieht ja unglaublich aus. Als hätte ich gleich Afternoon Tea im Ritz!«

»Wirklich?« Belinda errötete aufs Neue, aber diesmal vor

Freunde. »Ich komme nach meiner Mutter, die eine begnadete Bäckerin war. Man muss die Form wahren, selbst in einem kleinen Dorf an der Küste von Devon. Ich will ja nicht angeben, aber der Zitronenkuchen, den ich immer zu den Planungssitzungen des Dorfmarktes mitbringe, ist weithin berühmt.« Sie deutete mit dem Kopf auf den reichgedeckten Tisch. »Zier dich nicht. Greif zu.«

Als sie in Richtung Küche enteilte, um die Teekanne zu holen, wandte Freya sich an Jim.

»Du siehst heute sehr schick aus.«

Er stieß ein freudloses Lachen aus. »Belle hat darauf bestanden, dass ich einen Anzug anziehe. Ehrlich, dein Besuch war wie die Vorbereitung auf den Empfang der königlichen Familie.«

Freya warf einen Blick auf ihre Baumwollhose und ihren Pullover. »Ich komme mir ziemlich underdressed vor.«

»Du Glückliche.« Jim fuhr sich mit dem Finger unter den Kragen seines weißen Hemdes. »Diesen Anzug habe ich zuletzt auf Sofia Merchants Beerdigung getragen, und ich fürchte, seitdem habe ich ein paar Pfund zugenommen.«

»Belinda hätte sich wirklich nicht so viel Mühe zu machen brauchen.«

»Das hat sie wirklich.« Er beugte sich vor. »Meine Frau ...« Er zögerte und schaute zur Tür. »... möchte einen guten Eindruck auf dich machen und hat das Gefühl, das sei ihr nicht gelungen, als du bei uns übernachtet hast. Ich weiß, dass ihr euch seitdem ein paar Mal begegnet seid und euch unterhalten habt, aber sie hatte noch keine Gelegenheit, alle Register zu ziehen.«

»Warum hält sie das für nötig?« Freya runzelte die Stirn. »Sie war sehr freundlich, als ich hier übernachtet habe. Warum gibt sie sich überhaupt solche Mühe, mich zu beeindrucken? Manchmal empfange ich von meiner Schwester ziemlich widersprüchliche Signale.«

»Tun wir das nicht alle?« Jim lächelte schwach. »Hinter Belindas ziemlich ... bombastischem Auftreten ist sie nicht so selbstbewusst, wie man meint, vor allem, wenn es um die Familie und ganz besonders um dich geht. Pst!« Er schüttelte den Kopf, als Belinda mit einer großen Porzellankanne wieder ins Wohnzimmer kam.

Sie schenkte ein, und für eine Weile tranken sie Tee und aßen Kuchen. Es war seltsam, Zeit mit ihrer Halbschwester zu verbringen, fand Freya, als sie in das zweite Stück der berühmten Zitronenkuchens biss und an ihre armen Hüftpolster dachte. Kathleens Vorliebe für Schokoladenkekse und ihr Wunsch, dass Freya sich ihr zum zweiten Frühstück anschloss, waren ihrer Figur auch nicht gerade förderlich.

»Also, erzähl. Wie ist es so bei Kathleen?«, fragte Belinda und tupfte sich mit einer weißen Leinenserviette Krümel vom Kinn. »Ist alles in Ordnung?«

Und los geht's, dachte Freya. Aus dem Mund der meisten Menschen wäre das eine harmlose Frage gewesen, unbeschwerter Small Talk oder ehrliche Sorge. Doch bei Belinda steckte immer eine unverhohlene Absicht dahinter: Tratsch. Freya wollte auf keinen Fall, dass Ryan dachte, sie würde hinter dem Rücken seiner Mum über sie reden.

»Ich denke, es läuft alles gut«, antwortete Freya vorsichtig. »Wir verstehen uns blendend und fühlen uns miteinander wohl. Sie ist eine reizende Person und erinnert mich an einige der Bewohnerinnen aus meinem Pflegeheim.«

Kathleen erinnerte sie tatsächlich an die Bewohnerinnen, die sie am meisten vermisste, Menschen wie Mavis, Carla und Sidney, die für sie fast so etwas wie eine zweite Familie gewesen waren. Sie hatten gern zugehört, wenn Freya ihnen von ihrem Leben außerhalb des Heims erzählte, und ihr ihrerseits Geschichten und Geheimnisse anvertraut: Wie sie im Altenheim gelandet und wer sie früher einmal gewesen waren.

Freya telefonierte immer noch regelmäßig mit ihnen. Erst

am vergangenen Abend hatte sie eine halbe Stunde mit Mavis gesprochen und ihr alles über ihr neues Leben in Heaven's Cove erzählt.

»Kathleen ist eine sehr warmherzige Frau, wenn auch etwas zurückhaltend«, bemerkte Belinda. »Und sie ist fest entschlossen, in ihrem Cottage zu bleiben, bis man sie mit den Füßen voran hinausträgt. Es war so ein Glück, dass du da warst, als sie gestürzt ist, und das ausgerechnet im Garten.«

»Das ist jetzt über zwei Wochen her«, antwortete Freya und fragte sich, wie lange es dauern würde, bis ihre Schwester aufhörte, Fragen zu Kathleens Unfall zu stellen. »Wenn ich nicht dagewesen wäre, hätte Ryan sie bald gefunden. Oder der Nachbar hätte sie rufen hören.«

»Ted? Ja, er hätte es sicher bald bemerkt, dass Kathleen der Länge nach auf dem Boden lag, denn er steckt ständig die Nase in fremde Angelegenheiten.« Freya verschluckte sich fast an ihrem Tee, und Jim nahm einen besonders großen Bissen von seinem Scone, doch Belinda merkte nichts davon und sprach weiter. »Armer Ryan, dass er sich um eine alte Dame und um ein armes mutterloses Kind kümmern muss.« Sie verzog mitfühlend das Gesicht. »Was hältst du von Ryan?«

Die Frage klang beiläufig, aber Freya konnte die Neugier in Belindas Augen sehen.

Ich würde ihn gern küssen. Das konnte sie natürlich nicht sagen. Belinda würde den Mund nicht mehr zukriegen. Freya antwortete sehr vorsichtig. »Er scheint ein ausgesprochen fürsorglicher Vater zu sein. Als Alleinerziehender hat man es sicher nicht leicht.«

»Nein, überhaupt nicht. Was für eine schreckliche Tragödie für die Familie.«

»Ja.« Freya nahm einen Schluck von ihrem Tee und sagte genauso beiläufig: »Kathleen hat mir erzählt, dass sie noch nicht so lange im Dorf wohnt.«

»Sie ist einige Jahre nach Jim und mir hergezogen. Sie lebt jetzt seit sieben oder acht Jahren hier, oder was meinst du, Jim?«

»So ungefähr«, antwortete Jim und verteilte dabei Krümel über dem Tisch.

»Sie ist nach dem Tod ihres Mannes hergekommen, obwohl es mich überrascht, dass sie nicht stattdessen nach Irland zurückgekehrt ist. Es muss sehr schwer gewesen sein, ohne ihren Mann an einem vollkommen neuen Ort ein neues Leben zu beginnen. Aber das ist natürlich genau das, was du tun musst, Freya.« Belinda beugte sich vor und legte Jim eine Serviette auf den Schoß. »Ich habe versucht, mehr über Kathleens Leben vor ihrer Zeit in Heaven's Cove herauszufinden, aber sie schweigt zu dem Thema wie ein Grab.«

Freya nickte. Belinda wusste nicht, dass Kathleen Driftwood House als junge Frau besucht hatte, sonst hätte sie ihnen alles darüber erzählt.

Habe Leute aus Driftwood im Dorf gesehen. Das ist ungewöhnlich, weil sie das Haus nur selten verlassen. Sie tun mir leid.

Was würde Belinda wohl von diesem seltsamen Eintrag in Eileen Woolfords Tagebuch halten? Hatte Kathleen als junge Frau die Familie gekannt, die in Driftwood House gelebt und die Eileen so leidgetan hatte?

»An was denkst du, Freya?« Belinda lachte. »Du warst gerade ganz woanders. Worüber hast du nachgedacht?«

Freya konzentrierte sich wieder auf die Gegenwart. »Ich dachte nur, wie schön es ist, dass du mich zum Tee eingeladen und dir so viel Mühe gemacht hast. Deine Backkünste sind phänomenal.«

Jim schenkte Freya ein dankbares Lächeln, als Belinda zu einer langen Erklärung ansetzte, wie man den perfekten Biskuitboden hinbekam.

Jetzt, da sich das Gespräch nicht mehr um Kathleen drehte, konnte Freya sich entspannen und den Zuckerrausch von dem vielen Kuchen genießen, den sie zu sich genommen hatte. Der Besuch erwies sich als längst nicht so stressig, wie sie befürchtet hatte.

Belinda redete viel über ihren vollen Terminplan und darüber, die gute Seele des Dorfs zu sein, und Freya wich geschickt ihren Fragen nach ihrer Beziehung mit Greg aus. Jim futterte sich durch einen Berg Madeleines und sagte sehr wenig.

Es war schön, hier zu sitzen und mit einer Verwandten zu reden, die ihre Familiengeschichte kannte, fand Freya. Ihr fehlte jedoch die enge schwesterliche Kameradschaft, die sie oft bei ihren Freundinnen und deren Geschwistern erlebt hatte. Sie waren nicht immer einer Meinung, stritten sich gelegentlich und trieben einander in den Wahnsinn, aber ihre Beziehung hatte eine Leichtigkeit, die in ihrem Verhältnis mit Belinda fehlte.

Manchmal schien es, als würden sie und Belinda sich gut verstehen, aber dann blitzte plötzlich eine Feindseligkeit in den Augen ihrer Schwester auf, die schnell mit einem Lächeln oder einer weiteren Frage überspielt wurde und die Freya daran zweifeln ließ, dass ihre Schwester sie besonders mochte.

Sie verstand auch, warum. Sie war die unerwartete Schwangerschaft, die ihren gemeinsamen Vater dazu getrieben hatte, Belindas Mutter zu verlassen und zu seiner Sekretärin zu ziehen, Freyas Mutter, mit der er eine Affäre gehabt hatte. Doch das war nicht ihre Schuld, ganz gleich, welche absurden Gewissensbisse sie deswegen manchmal empfand. Sie hatte nicht darum gebeten, geboren zu werden.

»Es ist so schön, dich hier bei uns in Heaven's Cove zu haben«, sagte Belinda und schenkte ihr eine weitere Tasse Tee ein. Freya versetzte sich innerlich einen Tritt für ihre unfreundlichen Gedanken.

Sie und Belinda waren Schwestern, und Belinda war ihr eine große Hilfe gewesen, indem sie sie nach Heaven's Cove geholt und ihr die Stelle bei Kathleen besorgt hatte. Nicht alle Geschwister waren beste Freunde, aber das bedeutete nicht, dass sie einander nicht mochten.

Freya nahm die Tasse entgegen und lächelte ihre große Schwester an. »Ich fühle mich hier im Dorf sehr wohl, und dass ich hier bin, verdanke ich nur dir.«

Diesmal war Belindas Lächeln unverkennbar echt. »Das ist lieb, dass du das sagst. Ich bin froh, dass du hier bist und wir Zeit miteinander verbringen können. Nun«, fügte sie lachend hinzu, »wir könnten Zeit miteinander verbringen, wenn ich nicht ständig so viel zu tun hätte. Aber so ist das nun mal, wenn man von der Gemeinschaft gebraucht wird.« Sie zögerte. »Ich frage mich, was Greg gerade tut und was er von deinem neuen Leben halten würde. Es ist so schade, dass ihr euch getrennt habt. Ich frage ja nur ungern, aber war eine andere Frau im Spiel?«

Freya seufzte und biss in ein klebriges Stück Ingwerkuchen.

ZWEIUNDZWANZIG
FREYA

Freya machte sich Sorgen. Kathleen war den ganzen Tag nicht sie selbst gewesen und wirkte ziemlich mitgenommen. Sie war schon seit einigen Wochen deprimiert. Heute jedoch war ihr sanftes Lächeln vollkommen verschwunden, und sie wanderte langsam durchs Haus, versunken in tiefe Traurigkeit, als würde eine dunkle Wolke über ihr schweben.

Wenn Ryan da war, sprach Freya mit ihm und fragte ihn nach seiner Meinung. Ryan hatte jedoch seit ihrem gemeinsamen Besuch im Pub vor zehn Tagen nur ab und zu vorbeigeschaut. Freya befürchtete, dass er ihr aus dem Weg ging. Vielleicht hatte er gemerkt, dass sie sich zu ihm hingezogen fühlte, und fand dies absolut unpassend – denn abgesehen von der Tatsache, dass er ein trauernder Witwer war, war sie die Angestellte seiner Mutter.

Er hatte jedoch mit einem beruflichen Projekt viel um die Ohren, jedenfalls Kathleen zufolge, die auf einen Sprung zu ihm und Chloe gegangen war. Außerdem waren er und seine Tochter in den vergangenen fünf Tagen nicht in Heaven's Cove gewesen – Ryan besuchte eine Konferenz in Barcelona, und

Chloe nutzte die Osterfeiertage für kurze Ferien bei ihrer Tante mütterlicherseits in Somerset.

Freya hätte ihm eine Textnachricht schicken oder ihn sogar in Spanien anrufen können, aber wozu? Kathleen beteuerte, es gehe ihr blendend, wenn man sie nach ihrem Befinden fragte, und Freya konnte ihn nicht beunruhigen, während er fort war.

Was hatte er noch bei ihrem Spaziergang am Strand gesagt? Seine Mutter sei zu dieser Jahreszeit immer deprimiert. Vielleicht machte ihr der Wechsel von Winter auf Frühling zu schaffen? Die lange, trostlose Winterzeit hatte ihnen allen zugesetzt, und bis zum Sommer war es noch lange hin.

Doch Freya wurde das Gefühl nicht los, dass Kathleens Stimmung mit dem Morgen zu tun hatte, an dem sie sie schluchzend in ihrem Bett vorgefunden hatte. Das war jetzt zwei Wochen her, und Kathleen hatte es mit keinem Wort mehr erwähnt. Seitdem war sie jedoch nicht ganz auf der Höhe – etwas still und lethargisch.

Heute war sie ungewöhnlich reizbar gewesen und hatte Freya ungehalten angefahren, sie solle sie in Frieden lassen, als sie ihr geraten hatte, sich im Sessel auszuruhen. Sie wirkte jedoch dankbar, als Freya am Abend das Feuer anzündete, und beschwerte sich auch nicht, als sie ihr eine Decke über die Beine legte. Das Wetter war umgeschlagen, und draußen peitschten Windböen den Regen gegen die dunklen Fenster.

»Soll ich Ihnen den Fernseher einschalten?«

Freya nahm die Fernbedienung zur Hand und durchsuchte einen Zeitschriftenstapel nach der *Radio Times*. Doch Kathleen schüttelte den Kopf.

»Nein, danke. Ich werde einfach nur ein Weilchen vor dem Feuer sitzen.«

»Möchten Sie, dass ich bei Ihnen bleibe?«

Die alte Dame zuckte ganz leicht mit den Achseln. »Meinetwegen. Wenn Sie wollen.«

Freya zögerte. Sie hatte sich darauf gefreut, in ihrem

Zimmer zu lesen und früh zu Bett zu gehen. Doch der Gedanke, dass Kathleen unglücklich und mutterseelenallein hier sitzen würde, gefiel ihr nicht. Selbst Rocky hatte sein Frauchen verlassen und schlief in der Küche.

Sie fasste einen Entschluss. »Wenn es in Ordnung ist, bleibe ich noch etwas hier.«

Auch wenn Kathleen ihr nicht sagen wollte, was ihr auf der Seele lag, würde etwas Gesellschaft sie vielleicht aufmuntern.

Freya schloss die Tür und schob den Zugluftstopper davor. Im Cottage zog es durch alle Ritzen, und der Sturm, der sich draußen zusammenbraute, kühlte es noch mehr aus.

Kathleen saß im Schein der Stehlampe in ihrem Lieblingssessel am Feuer. Sie sah auf, als Freya aus den Schuhen schlüpfte und die Füße auf dem kleinen Sofa unter sich zog.

»Sie müssen mir keine Gesellschaft leisten.«

»Ja, aber ich möchte es gern.«

»Hm.« Kathleen richtete den Blick wieder aufs Feuer. Schatten tanzten durch den Raum, während das Schweigen zwischen ihnen sich in die Länge zog. Plötzlich fuhr ihr Kopf hoch. »Ich weiß, dass ich im Moment ziemlich mürrisch bin, und das tut mir leid.«

Freya lächelte. »Ist schon gut. Wir haben alle mal einen schlechten Tag.«

»Ja, aber das ist keine Entschuldigung dafür, dass ich es an Ihnen auslasse. Sie haben nach dem Scheitern Ihrer Ehe selbst eine schwere Zeit durchgemacht.«

»Die Trennung war hart, aber es war das Beste für uns.«

Zum ersten Mal, seit ihr Mann aus ihrer gemeinsamen Wohnung gerauscht war und ihr Herz mitgenommen hatte, glaubte Freya wirklich, was sie sagte. Sie begriff, dass sie seit ihrer Ankunft in Heaven's Cove eine neue Sicht der Dinge gewonnen hatte und an manchen Tagen kaum noch an Greg dachte.

»Selbst wenn es das Beste für Sie war, muss ich nicht auch

noch trübsinnig sein.« Kathleen fuhr zusammen, als draußen Donner grollte. »Ich glaube, uns steht ein heftiges Unwetter bevor, und in einer solchen Nacht sollte man nicht allein sein. Ich habe es vielleicht noch nicht gesagt, aber ich bin wirklich dankbar, dass Sie hier sind, vor allem abends. Dann fühle ich mich oft am einsamsten.«

»Wollten Ryan und Chloe deshalb bei Ihnen einziehen?«, fragte Freya behutsam.

Kathleen machte eine wegwerfende Handbewegung. »Oh, ich habe ihnen nichts von den langen Abenden erzählt. Ryan hat vermutlich mehr Angst, dass ich das Cottage in Schutt und Asche lege oder mich die Treppe hinunterstürze. Die beiden waren sehr gut zu mir, aber es wäre eine Katastrophe, wenn sie hier einziehen würden, denken Sie nicht?«

»Ich würde es nicht als Katastrophe bezeichnen«, sagte Freya langsam und stellte sich vor, wie eine Zwölfjährige die Treppe hinauf und hinunter stampfte und Türen zuknallte.

»Dann nur ein schrecklicher Fehler?« Der Hauch eines Lächelns umspielte Kathleens Lippen. »Machen Sie nicht so ein überraschtes Gesicht, Freya. Ich bin nur ehrlich. Ich liebe meinen Sohn, aber in meinem Alter verspüre ich nicht den Drang, mit ihm zusammenzuleben, und ich kann mir auch nicht vorstellen, dass Chloe abends hier sitzt, um mir Gesellschaft zu leisten. Sie etwa?«

»Nicht wirklich.«

»Sie hingegen werden dafür bezahlt, mir zuzuhören, sodass Sie keine andere Wahl haben.«

»Man könnte Chloe etwas Geld zustecken.«

»Wahrscheinlich ja.« Als Kathleen sich in ihrem Sessel zurücklehnte, prasselte ein weiterer Regenschwall gegen das Fenster. Sie wirkte so erschöpft, dass es Freya im Herzen wehtat.

»Kathleen, ich sitze nicht hier und rede mit Ihnen, weil ich dafür bezahlt werde. Ich genieße unsere Gespräche.«

Diesmal lächelte Kathleen richtig. »Ich auch. Sie sind eine gute Zuhörerin, Freya, das ist eine Gabe. Ihre Art macht es einem leicht, sich zu öffnen. Aber das haben Sie sicher schon früher gehört.«

»Vielen Dank«, sagte Freya, erfreut über Kathleens Kompliment. »Ich gebe mir Mühe, eine gute Zuhörerin zu sein.« Sie grinste. »Obwohl meine Freundinnen sagen, meine Haupteigenschaft sei meine Verschwiegenheit. Ich kann gut Geheimnisse für mich behalten.«

»Dann kennen Sie viele Geheimnisse?«

»Ja, ziemlich viele. Die Menschen scheinen sich verpflichtet zu fühlen, sich mir anzuvertrauen. Es muss an meinem Gesicht liegen. Das Reden tut ihnen gut, und mir macht es nichts aus.«

Jedenfalls normalerweise nicht. Freya dachte an den Zorn und die Enttäuschung in Ryans Augen, als er erfahren hatte, dass sie ihm Chloes Sprung von dem Felsen vorenthalten hatte.

Kathleen starrte erneut ins Feuer, als ein Blitz den Raum erhellte. »Und mit wem reden Sie?«, fragte sie leise in der kurzen Pause, bevor das Donnergrollen einsetzte.

Freya wartete mit ihrer Antwort, bis der Lärm verklungen war. »Ich rede manchmal mit meinen Freundinnen, obwohl sie in letzter Zeit ziemlich beschäftigt sind.«

Sie zögerte, denn sie war sich nicht sicher, ob sie aussprechen sollte, was ihr gerade in den Sinn gekommen war. Es war etwas sehr Persönliches. Doch hier im Schein des Kamins, während ein Sturm um das alte Cottage tobte, fiel es ihr leichter, über Vertrauliches zu reden. »Vor zwei Jahren habe ich auch eine Therapie gemacht«, fügte sie hinzu, »nachdem ich eine Fehlgeburt hatte.«

»Es tut mir furchtbar leid, dass zu hören«, sagte Kathleen.

Freya schenkte ihr ein trauriges Lächeln. »Ja.«

Es hatte weder vorher noch nachher eine Schwangerschaft gegeben. Nur diese eine, die eine Tür zu einer vollkommen neuen, strahlenden Zukunft geöffnet hatte, bevor sie ihr grausam vor der Nase zugeschlagen worden war.

Sie und Greg hatten mit der Familiengründung gewartet, bis sie beide Mitte dreißig waren, und sie hatte einfach angenommen, dass es schnell gehen würde. Ihre Freundinnen bekamen alle Babys, und nicht einmal deren Geschichten über grauenvolle Wehen hatten sie abgeschreckt. Doch die Monate vergingen, und nur die eine gescheiterte Schwangerschaft hatte Hoffnung in ihr geweckt.

Sie war vollkommen fertig gewesen, aber Greg wurde von seiner Karriere vereinnahmt und schien nichts dagegen zu haben, kinderlos zu bleiben. Er wollte keine medizinischen Untersuchungen und war nicht bereit, über eine künstliche Befruchtung oder Adoption nachzudenken, und damit war das Thema erledigt gewesen. Die Therapie hatte geholfen.

»Geht es Ihnen gut, Freya?«, fragte Kathleen.

Freya bemühte sich zu lächeln. »Ja, danke. Die Fehlgeburt war schlimm, aber nicht zu ändern.«

Sie gehörte zu den Dingen, die selten erwähnt wurden, aber für immer einen Platz in ihrem Herzen haben würden.

»Es tut mir leid. Ich wollte Sie nicht aufwühlen«, sagte Kathleen, als Freya verstummte, doch Freya schüttelte den Kopf.

»Nein, kein Problem. Manchmal ist es besser, darüber zu reden, anstatt es in sich hineinzufressen.«

»Es tut auf Dauer nicht gut, schmerzliche Erlebnisse zu unterdrücken«, entgegnete Kathleen und blickte durch das dunkle Fenster zu den schattenhaften Ästen des Baumes im Garten hinaus.

Sie sprach so offensichtlich von sich selbst, dass Freya, ohne nachzudenken, sagte: »Ich bin immer da, wenn es Ihnen helfen würde, über etwas zu reden.«

»Ich denke nicht, dass die Tätigkeit als Therapeutin zu Ihren Aufgaben gehört. Dafür bezahle ich Ihnen nicht genug«, sagte Kathleen, den Blick noch immer in die Ferne gerichtet.

»Es wäre keine Therapie. Es wären zwei Freundinnen, die sich unterhalten.« Freya stand auf, kniete sich neben Kathleens Füßen auf den Boden und richtete die Decke über ihren Beinen, die verrutscht war.

»Ich habe noch nie viel geredet.« Kathleen wandte den Blick vom Fenster ab. »Meine Familie in Irland dagegen konnte stundenlang über gar nichts reden und hat das auch ständig getan. Aber ich war anders.«

Freya ging vor dem Feuer in die Hocke. Kathleen sprach nur selten über ihre irische Familie.

»Würden Sie gern eines Tages für einen Besuch nach Irland zurückkehren?«, erkundigte sie sich.

Kathleen ging nicht auf die Frage ein und beugte sich vor. »Denken Sie, reden hilft? Richtiges Reden meine ich.«

»Manchmal. Wenn man den richtigen Gesprächspartner und den richtigen Zeitpunkt wählt.«

»Manche Leute erzählen einem alles, jede kleine Kränkung oder jedes Missgeschick, das ihnen im Laufe der Jahre widerfahren ist, obwohl es Vergangenheit ist und man nichts mehr dagegen tun kann. Meine Mammy pflegte zu sagen: ›So ist das Leben nun mal, Kathleen.‹ Sie konnte immer sehr gut loslassen – Sorgen, Fehler ... Menschen.«

Das Licht des Feuers tanzte über Kathleens Gesicht, und sie stieß einen bebenden Seufzer aus. In ihren Augen stand ein solcher Schmerz, dass Freya ihr die Hand auf die knochigen Finger legte.

»Ich habe auch ein Kind verloren, wissen Sie.« Kathleen sprach so leise, dass sie im Knistern der Flammen kaum zu hören war. »Ich habe ein Kind verloren, und es hieß Maeve.«

DREIUNDZWANZIG

FREYA

Der Wind hatte angefangen zu heulen, und die Flammen im Kamin zuckten und tanzten. Draußen bogen sich die Bäume unter dem Ansturm, und das Meer wurde zu turmhohen dunklen Wellen aufgepeitscht, die über die Kaimauer krachten.

Doch hier in Kathleens altem Cottage kam es Freya so vor, als befänden sie sich im Auge des Sturms. Eines Sturms, der sich für diese alte Frau schon seit Jahrzehnten zusammenbraute.

Kathleen senkte den Kopf und sah plötzlich viel älter aus als dreiundachtzig. »Kann ich mich darauf verlassen, dass Sie Belinda nichts davon erzählen? Kann ich Ihnen vertrauen?«

»Ja, das können Sie. Belinda und ich stehen uns nicht besonders nah, und Ihre Angelegenheiten gehen sie nichts an.«

Kathleen musterte Freya mit prüfendem Blick und nickte dann. »Es ist seltsam, aber ich habe Ihnen vom ersten Moment an vertraut. Sie haben etwas an sich, das mich an Clodagh erinnert, meine Schwester.«

Freya war gerührt, dass sie mit Clodagh verglichen wurde, die Kathleen ein Zuhause gegeben hatte, als sie nach England übergesiedelt war. Sie war zwar schon viele Jahre tot, aber sie war das einzige Familienmitglied aus Irland, das Kathleen regelmäßig erwähnte.

»Wusste Clodagh von Maeve?«, fragte Freya.

»Ja, sie hat von meiner Tochter gewusst, aber wir haben nur selten von ihr gesprochen.«

»Sie müssen jetzt nicht über Maeve reden, wenn Sie nicht möchten.«

Kathleen stieß einen weiteren großen Seufzer aus, der aus tiefster Seele zu kommen schien.

»Aber ich will darüber reden. Darum geht es ja gerade. Ich werde älter, Freya, und ich muss irgendjemandem von meiner Tochter erzählen. Sonst wird es nach meinem Tod so sein, als hätte sie nie gelebt. Aber jetzt wissen Sie, wie sie hieß, und dass sie einst hier bei mir war und geliebt wurde.«

Sie drehte das Gesicht zum Kamin, und ihr weißes Haar leuchtete im Feuerschein.

»Was ist mit Maeve passiert?«, fragte Freya sanft.

»Ich weiß es nicht«, flüsterte Kathleen und vergrub das Gesicht in den Händen. »Ist das nicht schrecklich? Ich bin ihre Mutter, und ich habe keine Ahnung, was aus ihr geworden ist.«

Als die gebrechliche Frau von Schluchzern geschüttelt wurde, erhob Freya sich und legte ihr den Arm um die Schultern. Schweigend ließ sie Kathleen weinen, während der Regen an den dunklen Fenstern hinabströmte.

Irgendwann ließ das Schluchzen nach und Kathleen hob den Kopf. Sie nahm das saubere Papiertaschentuch entgegen, das Freya aus der Jeanstasche gezogen hatte, und wischte sich grob über die Augen, als zürne sie sich selbst.

Freya kniete sich wieder hin. »Was ist passiert, Kathleen?«

Sie dachte an das Foto der jungen Kathleen, wie sie übers Meer schaute, die Veränderung, die in ihr vorgegangen war, als sie sich dem Gipfel des Kliffs genähert hatten, und an Eileen Woolfords Tagebucheintrag:

Habe Leute aus Driftwood im Dorf gesehen. Das ist ungewöhnlich, weil sie das Haus nur selten verlassen. Sie tun mir leid.

»Hatte es etwas mit Driftwood House zu tun?«, fragte sie.

Kathleen lächelte unter Tränen. »Sie sind sehr klug. Woher haben Sie das gewusst? Lag es an meiner Reaktion, als Sie irrtümlich zum Haus hinaufgefahren sind?«

»Daran und an dem Foto, das ich an dem Tag gefunden habe, als sie gestürzt sind.«

»Welches Foto?«

»Ein altes Foto von Ihnen vor Driftwood House.« Freya gestand reuevoll, dass sie in Kathleens Erinnerungen eingedrungen war. »Ich habe wirklich nicht herumgeschnüffelt, sondern oben nach der antiseptischen Creme gesucht, und das Foto lag ganz hinten in Ihrer Schublade.«

»Sie ... Sie haben das Bild gesehen?«

Für einen Moment erschlaffte Kathleens Gesicht, und sie sah älter aus denn je. Doch dann zuckte sie die Achseln. »Ach, was spielt es für eine Rolle, Freya? Was spielt all das noch für eine Rolle? Es ist zu spät.« Sie schloss kurz die Augen, dann holte sie tief Luft. »Als ich vor vierundsechzig Jahren in Driftwood House gewohnt habe, war ich schwanger.« Ihre Stimme klang tonlos, als sei jedes Gefühl daraus verbannt worden. »Ich war neunzehn Jahre alt, und ich hatte große Schande über meine Familie gebracht.«

»Warum waren Sie in Driftwood House?«, fragte Freya nach. Ihr schwirrte der Kopf. »Hatten Sie eine Beziehung mit jemandem, der dort lebte?«

»Himmel, nein, Kind. Driftwood House war damals ein Entbindungsheim, eine Besserungsanstalt für gefallene Frauen wie mich.« Kathleen sprach mit greifbarer Verbitterung. »Man hat uns ein Bett und zu essen gegeben, bis wir unsere Babys zur

Welt gebracht hatten, und dann hat man uns unsere Kinder weggenommen.«

Freya hielt den Atem an und nahm den Sturm draußen nicht mehr wahr. Das Feuer erstarb, aber sie machte keine Anstalten, Holz nachzulegen. Jetzt ergab alles einen Sinn. Das Foto, Kathleens Widerwille, sich dem Haus zu nähern, Eileen Woolfords Worte: *Sie tun mir leid.*

»Das ist ja entsetzlich, Kathleen«, brachte sie heraus. »Ich kann mir nicht einmal ansatzweise vorstellen, wie furchtbar das für Sie gewesen sein muss.«

Kathleen sprach weiter, und ihre Stimme nahm wieder einen sachlichen Ton an. »Ich war sehr jung und verängstigt, und meine Familie war entsetzt. Es waren sehr fromme Menschen. Wir haben in einem kleinen Dorf auf dem Land gelebt, wo sich alles um die Kirche gedreht hat.

Ich habe bei einer Cousine in Dublin gewohnt und ihr geholfen, den Laden ihrer Mutter zu führen, als ich schwanger wurde. Ein älterer Mann hatte mich umworben und umgarnt, bis ich glaubte, er würde mich lieben. Er versprach, mir die Welt zu Füßen zu legen, aber als ich feststellte, dass ich ein Baby bekommen würde, stellte ich auch fest, dass alles nur leere Versprechungen waren. Er war nämlich verheiratet, und das machte meine Sünde in den Augen meiner Familie nur noch schlimmer. Ich wusste es damals noch nicht, aber er hatte eine junge Familie, und er wollte nichts mehr mit mir zu tun haben.«

Das Leid der alten Dame und der jungen Frau, die sie einst gewesen war, tat Freya im Herzen weh. »Sie müssen am Boden zerstört gewesen sein.«

»Das war ich, und meine Familie auch. Meine Cousine schickte mich natürlich zurück nach Kerry, aber es war zu viel für meine Eltern. Ich war als naives junges Mädchen von zu Hause fortgegangen und als unverheiratete werdende Mutter zurückgekehrt. Mein Vater hat mir einige schreckliche Dinge gesagt. Dinge, die ich nie vergessen werde.« Sie schwieg, die Gedanken gefangen in einer schmerzhaften Vergangenheit. »Der Dorfpriester hat mich öffentlich angeprangert und dafür gesorgt, dass ich zur Entbindung nach Driftwood House kam. Es war so weit entfernt, dass keine Gefahr bestand, dass ich irgendwelchen Bekannten meiner Familie begegnen und noch mehr Schande über sie bringen würde. Aus den Augen, aus dem Sinn. Mein Vater hat mir gesagt ... er hat mir gesagt ...«

Als sie zögerte und den Kopf hängen ließ, nahm Freya Kathleens Hände in ihre. »Was hat Ihr Vater Ihnen gesagt?

Kathleen hob den Kopf. »Er hat mir gesagt, ich sei nicht mehr seine Tochter und würde nie wieder in seinem Haus willkommen sein.«

»Aber das hat er doch bestimmt nicht so gemeint?«

»Oh, doch, das hat er. Mein Vater meinte immer alles, was er sagte.«

»War Ihre Mutter damit einverstanden?«, fragte Freya, entsetzt über diese Grausamkeit.

Kathleen nickte. »Sie hatte keine Wahl, aber sie hat ihm zugestimmt. Ich konnte den Zorn und die Enttäuschung in ihren Augen sehen. Und so bin ich ganz allein nach Driftwood House gekommen.«

»Sie müssen große Angst gehabt haben.«

»Ja. Es war doch meine Familie. Ich habe sie sehr geliebt. In Dublin hatte ich schreckliches Heimweh gehabt. Deshalb war ich ja so empfänglich für Fergals ...« Sie zügelte sich. »Für die Aufmerksamkeiten des Vaters meines Babys. Von meiner Familie für immer verstoßen zu werden, war ...« Eine Träne rann ihr die runzelige Wange hinab und fiel auf ihren Schoß. »Es war zu viel für mich.«

»Das wäre jedem so gegangen.«

Freya drückte Kathleen die Hände. Sie wollte auf Kathleens Familie schimpfen, weil sie eine verängstigte junge Frau fortgeschickt und ihr damit alles genommen hatte, was sie kannte und liebte. Doch jetzt, viele Jahre später, wäre das sinnlos. Der Schaden war längst angerichtet.

»Das Leben in Driftwood House war schwierig. Wir haben hart gearbeitet, und von den Nonnen, die das Haus betrieben, haben wir nicht viel Freundlichkeit erfahren.« Kathleen sprach weiter, als wolle sie jetzt, da sie mit ihrer Geschichte begonnen hatte, nicht wieder aufhören. »Wir durften nicht ins Dorf gehen, aber zumindest hatten wir von dort oben eine großartige Aussicht. Ich habe mich bei den seltenen Gelegenheiten, wenn ich einmal fünf Minuten für mich allein hatte, immer ins Gras gesetzt und das ruhelose Meer beobachtet und dabei von einem Leben für mich und das Kind geträumt, das in mir wuchs.«

»Und ... was ist mit Maeve geschehen?«, fragte Freya. Sie wollte es unbedingt wissen, doch ihr graute vor Kathleens Antwort.

»Ich habe mein Baby am 6. April um drei Uhr morgens zur Welt gebracht. Es war eine lange, schwere Geburt ohne Schmerzmittel – ich glaube, der Schmerz wurde als Teil unserer Strafe angesehen –, aber meine Tochter war absolut perfekt. Ich habe sie Maeve genannt, und ich habe sie sehr geliebt. Ich bin zwei Wochen mit ihr in Driftwood House geblieben, bis man sie mir weggenommen hat.«

Das Feuer war bis auf die Glut heruntergebrannt, und der Raum war von Dunkelheit erfüllt. In der Ferne grollte der Donner, während der abgeflaute Sturm aufs Meer hinauszog.

»Maeve hätte eigentlich länger bei mir bleiben sollen, aber vielleicht war meine Bindung an sie zu eng, meine Angst vor dem, was kommen würde, zu groß. Also haben die Nonnen mich verraten, und unsere kostbare gemeinsame Zeit wurde verkürzt. Eine von ihnen kam herein, eine ältere Frau, die mich von Anfang an nicht leiden konnte. Sie befahl mir, Maeve anzuziehen und mich schnell zu verabschieden, und das war es. Sie haben sie mir aus den Armen genommen, und ich habe sie nie wieder gesehen.«

»Dann ist sie also adoptiert worden?«

»Ja. Man hat mir gesagt, es sei das Beste so, weil ich nicht für sie sorgen könne. Ich konnte mit ihr nicht zu meiner Familie zurück, ich hatte keine Arbeit und kein Zuhause, und damals gab es noch nicht die Unterstützung wie heute. Vielleicht war es unter den Umständen wirklich das Beste, aber ...« Kathleen, in Schatten gehüllt, beugte sich zu Freya vor. »Ihr Gesicht verfolgt mich, seit ich es zum letzten Mal gesehen habe.«

»Oh, Kathleen, es tut mir so leid.« Freya wischte die Tränen weg, die ihr über die Wangen rollten. Es war Kathleens Leid, nicht ihres, aber die Geschichte war einfach unerträglich traurig. »Was haben Sie danach getan?«

»Clodagh hat mich aufgenommen. Sie arbeitete in London und teilte sich mit anderen ein Haus. Ich habe bei ihr gewohnt, eine Stellung angenommen und versucht, zu vergessen.«

»Haben Sie Ihre Eltern jemals wiedergesehen?«

»Meinen Vater nicht. Ich bin nie nach Irland zurückgekehrt, aber meine Mutter hat Clodagh einmal in London besucht. Ich hatte ein kleines Schwarz-Weiß-Foto von Maeve, aber meine Mutter hat meine Sachen durchsucht und es gefunden und zerrissen. Sie war keine boshafte Frau, aber sie war der Meinung, dass es den Schmerz lindern würde, keine Andenken zu haben.« Kathleen schüttelte den Kopf. »Sie hat sich geirrt.«

Der Raum lag jetzt im Halbdunkel, und Freya schaltete eine zweite Lampe ein. Ihr bernsteinfarbenes Licht, das aus der Ecke drang, vertrieb die Schatten. Als Freya sich wieder auf den Boden setzte, schlug sie sich die Hand vor den Mund. Ihr war gerade etwas klar geworden.

»Als ich Sie neulich morgens habe weinen hören, war es der 6. April.«

»Es war Maeves Geburtstag, und heute ist der 20. April, der Tag, an dem ich sie das letzte Mal gesehen habe. Im Laufe der Jahre habe ich gelernt, ohne Maeve zu leben, und ich hatte in vieler Hinsicht ein gutes Leben. Frank war ein anständiger Mann, und ich liebe Ryan und Chloe, aber die Jahrestage sind immer schwer zu ertragen.«

»Was ist mit dem Foto, das ich gefunden habe?«, fragte Freya.

»Das hat ein Mädchen, mit dem ich mich in dem Heim angefreundet hatte, an meinem letzten Tag in Driftwood House gemacht. Man hatte ihr den Sohn weggenommen, und wir wollten in Kontakt bleiben, aber das sind wir nicht. Sie hat mir das Foto geschickt, und das war es. Vielleicht wollte sie auch keine Andenken. Aber ich brauchte eines, vor allem nachdem meine Mutter das Foto von Maeve zerrissen hatte. Ich brauchte etwas Greifbares zum Beweis dafür, dass ich vor so langer Zeit hier gewesen bin und dass meine Tochter tatsächlich gelebt hat.«

Die Kirchturmuhr schlug acht, und das Läuten hallte in dem stillen Raum wider. Freya fuhr sich durchs Haar, überwältigt von den Gefühlen, die Kathleens Geschichte bei ihr ausgelöst hatten.

»Eins verstehe ich nicht, Kathleen. Warum sind Sie nach Heaven's Cove zurückgekehrt, obwohl für Sie so viele schmerzhafte Erinnerungen damit verbunden sind?«

Überraschung huschte über Kathleens Gesicht. »Es gab keinen anderen Ort, an dem ich lieber gewesen wäre. Dies war der einzige Ort, an dem ich mit meiner Tochter zusammen war, der einzige Ort, an dem ich sie in den Armen gehalten habe. Hier zu sein, hat sie realer gemacht, wie das Foto, das Sie gefunden haben, als meine Erinnerungen zu verblassen begannen. Ich war nie wieder in Driftwood House und will auch nicht dorthin, aber es ist das Haus, in dem Maeve geboren wurde. Ich habe keine Ahnung, wo sie jetzt ist, aber sie war einmal hier, in Driftwood House, mit mir.«

»Und doch haben Sie mit dem Umzug gewartet, bis Frank tot war.«

»Er hätte nicht nach Heaven's Cove gehen wollen. Ich habe ihm von Maeve erzählt, als wir verlobt waren, aber nach unserer Hochzeit haben wir nie wieder von ihr gesprochen. Er war ein guter Mann, aber eifersüchtig und unsicher, und der Gedanke, dass ich ein Kind mit einem anderen hatte, gefiel ihm nicht.«

»Das muss schwer für Sie gewesen sein.«

»Ich habe mich manchmal einsam gefühlt, weil ich nicht mit ihm reden konnte, aber die Hochzeitsvorbereitungen und später Ryans Erziehung haben mich abgelenkt.«

»Weiß Ryan von Maeve?«, fragte Freya leise.

Kathleen schüttelte den Kopf. »Nein, und ich möchte auch nicht, dass er davon erfährt.«

Freya schloss kurz die Augen. Sie fühlte sich unbehaglich. War das ein weiteres Geheimnis, das sie hüten musste?

»Er würde es sicher verstehen, Kathleen.«

»Mag sein, aber ich will es nicht darauf ankommen lassen. Wie kann ich es ihm jetzt sagen, nachdem er so lange geglaubt hat, ein Einzelkind zu sein? Was würde er von mir halten? Ich habe bereits ein Kind verloren und will nicht noch den Respekt eines anderen verlieren.«

Der Gedanke, Ryan könne so reagieren, brach Freya das Herz. Sie wusste, wie sehr er seine Mutter liebte. Es zeigte sich jeden Tag in seiner Fürsorglichkeit und daran, wie er Freya überwacht hatte, um sicherzugehen, dass sie Kathleen die bestmögliche Unterstützung bot.

»Er würde es bestimmt wissen wollen, Kathleen«, drängte sie. »Es würde ihm leidtun, dass Sie all die Jahre so gelitten haben.«

Wieder schüttelte Kathleen den Kopf. »Nein. Wozu ihn aufregen? Er hat schon genug durchgemacht in seinem Leben. Maeve war sehr lange ein Geheimnis, und ich kann es kaum ertragen. Ich bin jetzt über achtzig, und ich werde nie erfahren, was aus meiner geliebten Tochter geworden ist. Ich will nicht, dass mein Sohn diese Last trägt, wenn ich einmal nicht mehr bin.«

Freya seufzte. Es war Kathleens Entscheidung, obwohl sie ihrer Meinung nach falsch war.

»Haben Sie je versucht, Maeve zu finden?«, fragte sie.

»Es war nie der richtige Zeitpunkt, um nach ihr zu suchen, und was wäre, wenn sie mich nicht kennenlernen wollte? Was, wenn ihre neuen Eltern ihr nicht gesagt haben, dass sie adoptiert war? Wenn sie mich hasst?« Kathleen schüttelte den Kopf. »Und jetzt ist es ohnehin zu spät. Das Heim ist vor über sechzig Jahren geschlossen worden. Es wurde von einer religiösen Organisation betrieben, die es nicht mehr gibt, und ich bezweifle, dass sie ordnungsgemäße Aufzeichnungen geführt haben. Es kam mir alles etwas inoffiziell vor. Ich muss akzeptieren, dass ich Maeve für immer verloren habe. Vermutlich bin ich auch deshalb hierher zurückgekommen, weil ich gehofft hatte, dass sie versuchen würde, mich zu finden. Vielleicht wäre sie ins Dorf zurückgekehrt, wenn sie erfahren hätte, dass sie hier geboren wurde, aber sie ist nie gekommen.«

»Wenn Sie möchten, könnte ich Ihnen helfen, nach ihr zu suchen«, platzte Freya heraus, um den Schmerz der armen Frau zu lindern. Doch Kathleen schüttelte nur wieder den Kopf.

»Es ist zu spät, Freya. Viel zu spät.«

»Es tut mir so leid.«

Kathleen zuckte die Schultern. »Ich habe meinen Frieden damit gemacht, so gut ich kann. Ich habe gelernt, mit dem Schmerz zu leben und der Wut, dass man sie mir genommen hat. Für eine Weile war ich eine sehr zornige junge Frau, aber der Zorn ist im Lauf der Jahre verraucht, und jetzt ist nur noch eine tiefe Traurigkeit geblieben.« Sie stieß langsam den Atem aus. »Danke fürs Zuhören. Ich fühle mich erleichtert, weil ich Maeves Namen vor einem anderen Menschen ausgesprochen habe, und ich bin froh, dass Sie in mein Leben getreten sind.

Aber bitte versprechen Sie mir, dass Sie weder Belinda noch Ryan etwas davon verraten.«

»Ich verspreche, Belinda nichts zu sagen, aber Geheimnisse innerhalb von Familien können Schaden anrichten. Sind Sie sich sicher, dass Ryan es nicht würde wissen wollen?«

»Ich bin mir sicher, dass es das Beste ist, wenn er es nicht weiß. Also, versprechen Sie es mir. Bitte. Ich habe Ihnen vertraut, und ich brauche Ihr Wort darauf.«

In ihren Augen standen Verzweiflung und ein Anflug von Furcht.

Freya dachte an ihr Versprechen Ryan gegenüber, vor ihm keine weiteren Geheimnisse über seine Familie zu haben, aber was hatte sie für eine Wahl? Kathleen hatte ihr kostbare Informationen über ihre Tochter anvertraut und bat sie, sie für sich zu behalten. Hier ging es um Kathleen, nicht um Ryan oder Freya oder die Schwierigkeiten, die dieses Geheimnis zwischen ihnen verursachen könnte.

Sie nickte. »Ich werde Ihr Vertrauen nicht enttäuschen, Kathleen, und es ist mir eine Ehre, dass Sie mir von Maeve erzählt haben.«

Kathleen stieß einen erleichterten Seufzer aus und tätschelte Freya die Hand.

»Vielen Dank, Kind. Und jetzt würde ich gern früh zu Bett gehen, wenn Sie nichts dagegen haben. Es war ein anstrengender Tag.« Sie schwankte, als sie aufstand, wehrte aber Freyas Versuch ab, ihr zu helfen. »Ich kann das heute Abend allein. Machen Sie sich eine heiße Schokolade und nehmen sich etwas Zeit für sich selbst. Sie haben es sich verdient.«

Freya sah zu, wie Kathleen langsam die Treppe hinaufstieg. Dann ging sie in die Küche und weinte, während sie die Milch für ihre heiße Schokolade aufwärmte. Sie hatte Tränen um die Kinder vergossen, die sie nie gehabt hatte, aber wie schrecklich musste es sein, ein Kind zu haben, das irgendwo auf der Welt lebte, aber für immer verloren war.

Sie fühlte sich geehrt, dass Kathleen ihr ein so schmerzliches Geheimnis anvertraut hatte, und sie würde ihr Versprechen halten, es nicht zu verraten, denn sie war ein verschwiegener Mensch.

Kathleens Geheimnis für sich zu behalten bedeutete jedoch, Ryan ein großes Geheimnis vorzuenthalten, obwohl sie ihm nach Chloes Sprung von dem Kliff ihr Wort gegeben hatte, so etwas nie wieder zu tun.

Es war unmöglich, das eine Versprechen zu halten, ohne das andere zu brechen.

VIERUNDZWANZIG

FREYA

Freya schlief nicht gut. Das war das Problem, wenn man die Hüterin von Geheimnissen war. Man hütete auch die Angst, die mit ihnen einherging.

Sie schlief unruhig und wurde im Morgengrauen von einem Geräusch geweckt, das wie ein weinendes Baby klang. Erschreckt sprang sie aus dem Bett und tappte barfuß in den Flur. Doch das Wimmern war verstummt, und als sie das Ohr an die Tür zu Kathleens Schlafzimmer legte, konnte sie nur leises Schnarchen hören.

Bevor sie wieder ins Bett ging, in der Hoffnung, noch etwas zu dösen, trat sie an das Fenster am Ende des Flurs. Es bot einen Blick auf den Garten und das Kliff, das über dem Dorf aufragte. Dort oben stand Driftwood House – das Haus, das Kathleen anzog, aber aus der Nähe verstörte.

An diesem Morgen wirkte das weiße Gebäude in der fahlen Sonne, die sich über den Horizont schob, harmlos und freundlich. Es war jetzt eine gemütliche Pension am Meer, die Gäste im Dorf willkommen hieß. Vor sechzig Jahren jedoch hatten darin die Schreie neugeborener Kinder und das Schluchzen ihrer Mütter widergehallt.

Wie grausam das System damals gewesen war. Freya war dankbar dafür, dass sich die Zeiten geändert hatten und Mütter nicht mehr dazu gezwungen wurden, sich von ihren Kindern zu trennen. Sie konnte das Leid, das Kathleen und so viele andere wie sie über Jahre hinweg still erlitten hatten, nur erahnen.

Freya beobachtete, wie die Sonne höher stieg und den Himmel in rosa und goldene Streifen tauchte. Was war aus Maeve geworden?, fragte sie sich. Stand sie an diesem Morgen irgendwo und betrachtete denselben Himmel? Hatte sie ein glückliches Leben?

Ihre Gedanken wanderten zu Ryan und zu der Halbschwester, von der er nichts wusste. Freya und Belinda standen sich zwar nicht nah, im Gegenteil, aber sie war trotzdem froh über ihre Beziehung. Sie und Belinda hatten die gleichen Gene und waren durch ihre gemeinsame Herkunft verbunden, die sie beide geprägt hatte. Freya wurde klar, dass in ihrem Leben ohne Belinda etwas fehlen würde.

Doch nun wusste Freya von Maeve, und Ryan wusste es nicht. Sie öffnete das Fenster und atmete die frische salzige Luft ein. Vielleicht war es das Beste, überlegte sie, wenn Maeve nie gefunden wurde. Man konnte nicht um etwas trauen, von dem man nicht wusste, dass man es verloren hatte.

Sie zitterte. In der Morgenluft lag ein Anflug von Feuchtigkeit, die sie bis auf die Knochen frieren ließ. Sie ging zurück ins Bett, blieb aber wach, bis eine Stunde später der Wecker klingelte.

Freya machte gerade Frühstück und war todmüde, als Kathleen in die Küche kam. Sie hatte ein hübsches Kleid angezogen, das Freya noch nie an ihr gesehen hatte, und wirkte beschwingter und fröhlicher, als sie ein Glas in die Spülmaschine stellte und sich an den Tisch setzte.

»Haben Sie gut geschlafen?«, fragte Freya und ließ das

Spiegelei auf einen Teller gleiten. Kathleen liebte ein warmes Frühstück, und Freya tat ihr gern den Gefallen.

»Zuerst nicht. Als der Sturm vorbei war, ist ein schöner Mond herausgekommen, daher habe ich mich für eine Weile ans Fenster gesetzt und Driftwood House angeschaut. Das gab mir Zeit, um über alles nachzudenken. Danach habe ich so gut geschlafen wie schon lange nicht mehr. Das Gespräch mit Ihnen hat mir einiges klargemacht, Freya.«

»Ich bin sehr froh, dass es geholfen hat.«

Kathleen schenkte sich aus der frisch aufgebrühten Kanne Kaffee ein. Die Aussicht auf jede Menge Koffein war das Einzige, was Freya an diesem Morgen aufrecht hielt.

»Was ist mit Ihnen? Wie haben Sie geschlafen?«, fragte Kathleen.

»Ganz gut«, log Freya und beschloss, das Geräusch eines weinenden Babys nicht zu erwähnen. Es musste der Wind gewesen sein, der um den Schornstein des alten Cottages pfiff.

Kathleen nahm einen kleinen Schluck von dem dampfend heißen Kaffee. »Ich denke, ich werde heute Morgen einen Spaziergang ins Dorf machen und bei Ryan und Chloe vorbeischauen. Sie sind gestern am späten Abend nach Hause gekommen. Ryan hat Chloe auf dem Rückweg vom Flughafen abgeholt. Er hat mir heute Morgen eine Nachricht geschickt. Es ist schön, die beiden wieder hierzuhaben.«

Es *wäre* schön, die beiden wieder hierzuhaben, dachte Freya. Bei dem Gedanken an den Mann mit den schönen grünen Augen, der gesagt hatte, dass er ihr vertraue, zog sich ihr der Magen zusammen. Es *wäre* schön, wenn sie ihn jetzt nicht hintergehen würde.

Kathleen schaute von ihrer Tasse auf. »Ich bin Ihnen wirklich dankbar dafür, dass Sie mir gestern Abend zugehört haben. Mir war nicht klar, wie wichtig es war, mit jemandem über Ma... Maeve zu sprechen.« Sie stockte bei dem Namen ihrer Tochter, als sei sie nicht daran gewöhnt, ihn laut auszusprechen. »Meine Tochter ist kein Geheimnis mehr, und ich fühle mich erleichtert und viel besser, vor allem, da Sie mir helfen werden.«

»Ihnen helfen?« Freya stellte den Teller mit Ei, Speck und Bohnen vor Kathleen hin und trat zurück. »Wobei soll ich Ihnen helfen?«

»Bei der Suche nach Maeve. Sie haben mir angeboten, mir zu helfen, herauszufinden, was aus ihr geworden ist.«

»Hatten Sie nicht gesagt, Sie halten das für keine gute Idee?«, fragte Freya langsam.

»Das stimmt, aber als ich gestern Nacht Driftwood House betrachtet habe, habe ich meine Meinung geändert. Als ich Ihnen von meiner Tochter erzählt habe, wurde mir klar, wie wichtig es für mich ist, zu erfahren, was mit ihr geschehen ist. Jetzt, da Frank und meine Eltern lange tot sind, wird es leichter sein. Ich will nichts von meiner Tochter. Ich erwarte überhaupt nichts. Aber bevor ich ins Grab gehe, muss ich wissen, dass sie ein gutes Leben hatte. Das verstehen Sie doch, oder?«

»Ja, natürlich verstehe ich es.« Freya verspürte einen nagenden Kopfschmerz, der sich über ihrer rechten Schläfe entwickelte. »Aber was ist, wenn Sie etwas herausfinden, das Sie lieber nicht gewusst hätten?«

»Das ist ein Risiko, und bisher war ich nicht bereit, es einzugehen. Aber ich bin jetzt alt, Freya, und es wird Zeit, die Wahrheit zu erfahren, egal, wie sie aussieht. Es verfolgt mich jetzt schon lange genug, und ich denke ehrlich gesagt nicht, dass ich es noch länger ertragen kann.« Kathleen legte ihr Besteck beiseite. »Ich weiß, es ist viel verlangt, aber werden Sie mir helfen? Ich habe sonst niemanden, an den ich mich wenden kann, und ihr jungen Leute könnt viel besser mit dem Internet umgehen. Vielleicht gibt es irgendwo eine Spur von Maeve.«

Freya schaltete den Herd aus und legte die Bratpfanne in die Spüle. Ihre Gedanken überschlugen sich. Sie hatte angeboten, bei der Suche nach Maeve zu helfen, weil sie den

Gedanken nicht ertragen konnte, dass Kathleen von ihrer Tochter getrennt war – eine Zwangstrennung, im Gegensatz zu Freyas eigener Mutter, die ihr Kind freiwillig zurückgelassen hatte. Kathleens Leid rief bei Freya schmerzhafte Erinnerungen wach, die sie längst begraben geglaubt hatte. Doch sie konnte Kathleen die Bitte nicht abschlagen. Sie sah so unglücklich aus.

Also nahm Freya die Schultern zurück und nickte. »Ja, ich kann Ihnen bei der Suche nach Maeve helfen. Aber was ist mit Ryan? Er sollte es erfahren, wenn Sie tatsächlich nach seiner Halbschwester suchen.«

Kathleen verzog stur den Mund zu einem Strich, den Freya inzwischen kannte.

»Auf gar keinen Fall. Erst wenn es etwas Wissenswertes gibt. Vielleicht werden wir meine Tochter nie finden, und ich möchte nicht unnötig für Aufregung sorgen.«

»Er ist ein erwachsener Mann, Kathleen. Er hat mit das Schlimmste erlebt, was einem passieren kann, und ist damit fertiggeworden. Deshalb bin ich mir sicher, dass er auch hiermit fertigwird.«

Kathleen schüttelte den Kopf. »Sie haben ihn nach Natalies Tod nicht erlebt. Er war ein gebrochener Mann und ist seitdem nicht mehr derselbe, obwohl es nun schon so lange her ist. Ich werde nicht zulassen, dass er noch jemanden verliert. Es wäre nicht ...«

Kathleen hielt inne, als die Haustür zuschlug.

»Mum, wo bist du?«, rief Ryan aus dem Flur.

»Sie dürfen es ihm nicht sagen«, forderte Kathleen und packte Freya so fest am Arm, dass es wehtat. »Bitte. Sie haben mir versprochen, dass Sie ein Geheimnis für sich behalten können.«

Ja, sie konnte ein Geheimnis für sich behalten, doch die Last dieses Geheimnisses wog fast zu schwer. Geheimnisse hatten Macht – die Macht zu überraschen oder zu erfreuen, zu verletzen oder zu schaden –, denn sie waren so oft mit Grundgefühlen verknüpft. Kathleens tragisches Geheimnis war von Liebe, Furcht und Scham durchdrungen. Es hatte einen Schatten über das Leben der alten Dame geworfen, und jetzt gefährdete es das neue Leben, das Freya sich hier zaghaft aufbaute. Ein Leben, das sie – wie sie begriff, als sie Ryan kommen hörte – sehr gern fortsetzen wollte.

Doch Kathleen bestand darauf, und sie hatte bereits so viel gelitten.

Freya seufzte. »Wie Sie wünschen, Kathleen. Aber irgendwann muss er es erfahren.«

»Vielleicht«, murmelte Kathleen, als die Küchentür aufging. »Vielleicht auch nicht.«

»Da seid ihr ja«, sagte Ryan und betrat die Küche, dicht gefolgt von Chloe. Ein in Zeitungspapier gewickeltes Päckchen klemmte unter seinem Arm.

Ryan wirkte erholt. Er beugte sich vor, um seine Mum am Tisch zu umarmen, und als er sich aufrichtete, suchte er Freyas Blick. Sein Lächeln hob sich strahlend von seinem sonnengebräunten Gesicht ab und raubte ihr den Atem. Sie hatte Angst gehabt, dass er ihr aus dem Weg gehen würde, seit sie wie eine Idiotin aus dem Pub gerannt war. Doch er schien sich zu freuen, sie zu sehen.

Sie erwiderte sein Lächeln, aber ihr Lächeln wurde von einem wachsenden Schuldgefühl getrübt. Wenn er nur wüsste, was sie wusste. Wenn er nur wüsste, was sie vor ihm verbarg.

»Ich dachte, du würdest gern Chloe sehen, Mum, da sie fast eine Woche fort war«, sagte er mit seiner tiefen Stimme.

»Da hast du richtig gedacht, und es ist auch schön, dich zu sehen. Wie war die Konferenz?«

»Ziemlich langweilig, um ehrlich zu sein, aber Barcelona war fantastisch, und ich kann es gar nicht erwarten, wieder hinzufahren. Sind Sie schon mal dort gewesen?« Er hatte seine Frage an Freya gerichtet, die den Kopf schüttelte. »Sie müssen unbedingt mal hin.«

Das Bild von Ryan, wie er ihre Hand nahm und sie durch die alten Gassen von Barcelona führte, schoss Freya durch den Kopf, und sie verscheuchte es. Es wurde alles viel zu kompliziert.

»Was ist mit dir, Chloe? War es schön bei Tante Sarah?«, fragte Kathleen.

»War okay, schätze ich«, murmelte Chloe, die in der Tür herumlungerte. Ryan lächelte immer noch, aber seine Tochter nicht.

Sie brummte ihrer Großmutter noch etwas zu und funkelte Freya an. Was war los mit Chloe?, fragte sie sich stirnrunzelnd. Sie hatte sie nicht mehr gesehen, seit Ryan Freya wegen des Sprungs von dem Felsen zur Rede gestellt hatte. Es war allerdings nicht Freyas Schuld, dass ihr Vater es erfahren hatte. Außerdem hatte Ryan ihr versichert, er hätte Chloe gesagt, dass sie nicht der »Bösewicht« war, der sie verpfiffen hatte.

Freyas Schultern sackten herab. Sie wünschte sich so sehr, zu dieser Familie zu gehören. Sie mochte alle drei, vielleicht mehr, als gut war, und sie fühlte sich hier immer heimischer. Doch sie machten es ihr nicht leicht. Und jetzt war da auch noch Kathleens unerwartete Neuigkeit ...

»Es ist wirklich wunderbar, euch beide zu sehen. Ihr seid früh dran«, fügte Kathleen mit einem vielsagenden Blick in Freyas Richtung hinzu. Freya riss sich zusammen und holte Ryan eine Kaffeetasse.

»Ich bin zum Hafen gegangen, um Fisch fürs Mittagessen zu kaufen, und ich habe ein paar mehr mitgenommen, falls ihr Lust auf Scholle habt. Chloe war schon auf, und ich dachte, sie würde gern ihre Großmutter sehen.«

Da hatte er falsch gedacht, schoss es Freya durch den Kopf, während sie das Fischpäckchen vom Tisch nahm und auf das Abtropfbrett legte. Chloe war an die Hintertür getreten und blickte in den Garten, als wäre sie überall anders lieber als hier.

»Kommen Sie, Freya, setzen Sie sich zu uns und trinken Sie

eine Tasse Kaffee«, lud Ryan sie ein, ohne seine mürrische Tochter zu beachten.

»Gleich. Ich sollte den Fisch besser in den Kühlschrank legen und erst den Abwasch erledigen.«

»Können Sie das nicht später machen? Kommen Sie, setzen Sie sich zu uns.«

Als Ryan lächelte, schlug Freyas Magen einen Purzelbaum, aber sie war sich nicht sicher, ob es Schuldgefühle waren oder die Anziehung, die von ihm ausging. Sie hatte diesem Mann versprochen, ihm nichts zu verheimlichen. Sie konnte es zwar gerade noch mit ihrem Gewissen vereinbaren, Kathleens traurige Geschichte für sich zu behalten, doch jetzt würde sie eine aktive Rolle bei der Suche nach seiner Halbschwester spielen, von der er nichts wusste.

»Danke, aber ich sollte den Fisch wirklich in den Kühlschrank legen, damit nicht alles danach riecht, und ich möchte die fettigen Pfannen nicht mit lauwarmem Wasser spülen.«

»Klar. Kann ich verstehen.«

Ryan wandte sich wieder seinem Kaffee zu, aber Freya war die Enttäuschung in seinen Augen nicht entgangen. Selbst wenn er sie jetzt mochte, würde sich das ändern, wenn er herausfand, was sie vorhatte.

Vielleicht würde er es ja nie erfahren. Freya würde Kathleen helfen, nach Maeve zu suchen, aber wenn ihr verlorenes Kind nicht gefunden wurde, würde Ryan nie dahinterkommen.

Freya schämte sich, als Hoffnung in ihr aufkeimte. Ryan würde nur dann ahnungslos bleiben, wenn Kathleen nicht herausfand, was aus ihrer Tochter geworden war. Und das war ein zu hoher Preis. Und selbst wenn sie Maeve nicht aufspüren sollten – konnte Freya weiterhin Stillschweigen über eine Frau bewahren, die in seinem Leben so wichtig hätte sein sollen?

Freya war nach Heaven's Cove gekommen, um einen Neuanfang zu wagen, doch im Moment kam ihr das Leben komplizierter vor denn je. Ihre Kopfschmerzen pochten, und

Chloe warf ihr von der Hintertür immer noch finstere Blicke zu.

Auf der Suche nach Paracetamol öffnete Freya Kathleens Medizinschrank und nahm verstohlen zwei Tabletten, während Ryan Kathleen von seiner Spanienreise erzählte. Chloe bemerkte, was sie tat, und zog die Augenbrauen zusammen, sagte jedoch nichts.

Freya schenkte sich einen Kaffee ein und setzte sich an den Tisch, hörte Ryans und Kathleens Gespräch jedoch kaum zu. Langsam wünschte sie, sie wäre an diesem Morgen gar nicht erst aufgestanden.

FÜNFUNDZWANZIG

CHLOE

Ernsthaft, Freya war so was von dreist! Sie saß da, als gehöre ihr das Haus, und lächelte Chloes Vater aufgesetzt an. Sie hatte sie sogar begrüßt, als sie und ihr Dad in die Küche gekommen waren, als sei zwischen ihnen alles in Ordnung. Aber sie war eine Lügnerin. Eine Lügnerin, die herumerzählt hatte, dass sie von Clair Point ins Meer gesprungen war, obwohl sie versprochen hatte, es nicht zu tun.

Ihr Dad hatte ihr erklärt, er wolle nicht sagen, wer sie verpfiffen hatte, es sei jedoch nicht Freya gewesen. War ja klar, dass er das sagen würde. Niemand sonst wusste davon, nur Paige und ihre Gang, und sie hätten nichts verraten. Ihr Dad wollte nur nicht, dass sie sauer auf die neue Pflegerin seiner Mutter wurde und sie anpflaumte.

Chloe stand an der Hintertür des Cottages ihrer Großmutter und trommelte mit den Fersen gegen den hölzernen Türrahmen. Als ihr Vater ihr einen missbilligenden Blick zuwarf, trommelte sie noch lauter. Sie hatte es so satt, gesagt zu bekommen, was sie tun sollte. Sie hatte es satt, zu einer Tante verfrachtet zu werden, die sie kaum kannte, damit ihr Dad ins blöde Spanien fliegen konnte. Aber vor allem hatte sie es satt, sich zu fühlen, als ob ... sie war sich nicht sicher, wie sie sich in letzter Zeit fühlte. Alles war so verwirrend. Aber sie wusste, dass es ihr nicht gefiel.

»Chloe, Liebes, denkst du, du könntest da drüben etwas leiser sein?«

Die Worte ihrer Großmutter drangen trotz ihrer schlechten Laune zu ihr durch, und sie stellte die Füße mit einem lauten Seufzer des Unmuts fest auf den PVC-Boden. Die Zeit hatte ihre Spuren darauf hinterlassen, und die Küche war schäbig – kein Vergleich mit Isobels neuer, moderner Küche mit ihren klaren Linien, wie eine Promiküche auf MTV. Diese hier glich mehr den verwohnten Küchen in den langweiligen Fernsehspielen, die ihr Dad sich ansah.

Chloe schnupperte. Ihr Dad hatte sie am Morgen mitgeschleppt, um Scholle zu kaufen. Die lag jetzt zwar im Kühlschrank, aber es roch in der Küche trotzdem nach Fisch. Nach Fisch, verbranntem Toast und alter Frau. Chloe kaute schuldbewusst auf der Innenseite ihrer Wange.

Ihre Gran war immer freundlich zu ihr, und sie liebte sie, aber sie schien immer älter und verrückter zu werden. Es war inzwischen so schlimm, dass Freya bei ihr hatte einziehen müssen, um sich um sie zu kümmern. Chloe warf Freya einen weiteren finsteren Blick zu und wurde mit einem Stirnrunzeln belohnt. Gut so. Sie wusste, was sie getan hatte. Und den Pillen nach zu urteilen, die sie eingeworfen hatte, hatte sie Kopfschmerzen.

»Na, dann sollten wir besser los. Chloe muss noch Hausaufgaben machen, bevor die Osterferien vorbei sind.«

Als ihr Dad aufstand, streifte er Freyas Finger. Es wirkte wie ein Versehen, aber Chloe kniff die Augen zusammen. Sie wussten beide, dass es passiert war. Ihr Dad sah seltsam aus, und Freya auch. Ihre Gran schob sich Speck in den Mund und hatte nichts mitbekommen. Aber sie nahm ohnehin kaum noch etwas wahr. Bedeutete das, dass sie bald sterben würde? Furcht krampfte Chloe den Magen zusammen, während die Gedanken mit ihr durchgingen, und sie schluckte hörbar.

»Auf Wiedersehen, Gran«, verabschiedete sie sich, so freundlich sie konnte.

»Es war schön, euch beide zu sehen.«

Kathleen griff nach Chloes Hand, als sie vorbeiging, und zog sie an sich. Wenn Paige dabei gewesen wäre, hätte Chloe sich dagegen gewehrt, aber sie ließ die kurze Umarmung zu. Sie hatte etwas Beruhigendes an sich, und manchmal stellte Chloe sich vor, es sei ihre Mum, die die Arme um sie legte.

Ihre Mum würde sie nicht dazu zwingen, spazieren zu gehen, und sie hätte auch keinen Stress wegen der Hausaufgaben gemacht. Sie wäre nicht ausgeflippt, weil sie von Clair Point gesprungen war. In dem Punkt war Chloe sich zwar nicht hundertprozentig sicher, aber sie redete sich ein, dass ihre Mum entspannter gewesen wäre als ihr Dad. Ihre Mum hätte sie verteidigt und unterstützt. Ihre Mum hätte verstanden, warum manchmal nichts einen Sinn ergab.

Chloe spürte das Brennen von Tränen in den Augen und löste sich von ihrer Gran. Manchmal war es das Beste, nicht darüber nachzudenken, was einem fehlte.

»Ich fand es auch schön, dich zu sehen«, murmelte sie, folgte ihrem Dad aus der Küche und vermied es betont, Freya anzusehen.

Draußen war der Wind aufgefrischt, und es war eiskalt, obwohl angeblich Frühling war. Chloe bereute langsam, dass sie ihren dicken Mantel nicht angezogen hatte, aber als ihr Dad sie fragte, ob ihr kalt sei, schüttelte sie den Kopf. Sie hatte sich nur deshalb für die dünne Jacke entschieden, weil er ihr gesagt hatte, dass sie den dicken Mantel anziehen solle.

Insgeheim wusste sie, dass das dumm war. Sie wusste, dass sie diejenige war, die darunter litt, nicht ihr Dad. Aber sie hatte neuerdings immer das Gefühl, als müsse sie auf jemanden oder etwas einschlagen, und ihr Dad war die eine Konstante, die sich das gefallen ließ.

Sie gingen gerade am Kai vorbei und konnten das Dach ihres Cottages bereits erkennen, als Chloe Paige und Isobel auf sie zukommen sah. Ihr Herz schlug schneller, weil sie auf die Begegnung nicht vorbereitet war. Die beiden konnten einen leicht überfordern, wenn sie unerwartet auftauchten und Chloe keine Zeit hatte, sich zu sammeln.

»Ryan! Dich habe ich ja schon eine ganze Weile nicht mehr gesehen«, bemerkte Isobel, die wie immer umwerfend gestylt war. Sie hatte sich das Haar schneeweiß gefärbt – die gleiche Farbe wie ihre Gran –, sodass sie aussah wie ein Model.

»Ich war beruflich in Spanien und habe an einer Konferenz in Barcelona teilgenommen.«

»Das wusste ich ja gar nicht.«

Isobels Antwort überraschte Chloe, denn sie wusste es sehr wohl. Chloe hatte es Paige vor einer Woche gesagt, und Isobel war dabei gewesen.

»Sieht so aus, als hätte Spanien dir wirklich gutgetan. So braun gebrannt siehst du einfach unverschämt gut aus.«

Als Isobel ihrem Dad zuzwinkerte und am Arm berührte, unterdrückte Chloe die widersprüchlichen Gefühle, die auf sie einstürmten. Sie stellte es sich schön vor, Isobel als Stiefmutter zu haben und Paige als Schwester. Das wäre doch möglich, oder? Es wäre ziemlich cool. Meistens jedenfalls. Jade, ihre Schulkameradin, hatte gesagt, ihre Mum habe Isobel als Männerfängerin bezeichnet, und das klang nicht gut. Chloe wollte nicht, dass ihr Dad verletzt wurde, auch wenn er ständig nur nervte.

»Wie geht es Freya?«

Isobels Frage überrumpelte Chloe. Warum erkundigte sie sich nach Grans Pflegerin? Ihr Dad wirkte auch etwas verblüfft.

»Es geht ihr gut, denke ich«, antwortete er.

Isobel lächelte. »Das freut mich. Ich habe mich gefragt, wie sie sich einlebt, und gedacht, es sei vielleicht etwas nicht in Ordnung. Als ich euch beide das letzte Mal gesehen habe, wart ihr im Smugglers Haunt in ein Gespräch vertieft.«

Chloe warf ihrem Dad einen Blick zu. Er hatte gar nichts davon erzählt, dass er mit Freya im Pub gewesen war.

Er erwiderte Isobels Lächeln. »Es ist alles bestens. Freya und ich hatten Familienangelegenheiten zu besprechen, und Mum hat vorgeschlagen, das bei einem schnellen Drink zu tun.«

Typisch Gran, etwas derart Lahmes vorzuschlagen.

Isobel fuhr mit dem Daumen über die Spitzen ihrer langen Fingernägel. »Es war also eine Art Arbeitstreffen.«

»Genau.«

»Hm. Und wie geht es dir, Chloe?«, unterbrach Isobel ihre Gedanken.

»Gut, danke«, murmelte Chloe und fühlte sich ertappt. Sie fühlte sich in Isobels Gegenwart oft unbehaglich, wurde ihr plötzlich bewusst. Vielleicht lag es daran, dass Isobel mit ihrem allzeit tadellosen Make-up und dem glänzenden weißblonden Haar einen solchen Kontrast zu Chloe darstellte, die immer mehr Pickel bekam und deren Haar auch frisch gewaschen noch strähnig aussah.

»Wo wollt ihr denn hin?«, trällerte Isobel.

»Wir gehen nach Hause. Wir haben meine Mum besucht.«

Chloe zuckte zusammen, weil es sich so anhörte, als ob sie ein kleines Kind wäre, das bei seiner Gran zu Besuch gewesen ist.

»Was ich eigentlich fragen wollte ... Wie fit bist du mit Schuppen, Ryan?«, fuhr Isobel fort und klimperte mit ihren langen Wimpern.

Das kam etwas überraschend, dachte Chloe, und ihr Dad war offenbar der gleichen Meinung. Er runzelte die Stirn.

»Ähm ... Schuppen?«

»Es ist so, dass meiner bei dem grässlichen Sturm letzte

Nacht einen Teil seines Dachs verloren hat, und ich habe mich gefragt, ob du es vielleicht für mich flicken könntest. Damit kein Regen mehr reinkommt. Ich würde ja meinen Ex fragen, aber im Gegensatz zu dir fehlen ihm die nötigen Muskeln.«

Ihr klirrendes Lachen ging Chloe durch Mark und Bein. Sie flirtete eindeutig mit ihrem Dad, und das war eklig und aufregend zugleich. Eklig, weil sie sich nicht vorstellen konnte, dass ihr Dad jemanden küsste, und aufregend, weil es ihr vielleicht Pluspunkte bei Paige verschaffte, wenn Isobel tatsächlich etwas mit ihrem Dad anfing.

Sie sah zu Paige, aber diese schaute Chloes Dad mit einem amüsierten Ausdruck an. Er trug wieder seinen merkwürdigen senfgelben Pullover, der ein Loch an der Schulter hatte. Sie spürte, wie ihr vor Scham die Wangen brannten. Sie schämte sich für ihren Dad und über sich selbst, dass sie so empfand.

»Ich schätze, ich könnte vorbeikommen und mal einen Blick drauf werfen«, antwortete ihr Dad.

»Wunderbar! Und vergiss nicht, dass ich Chloe gern dabei helfe, sich für den Schulball zurechtzumachen. Es geht jetzt schnell, nur noch zwei Wochen!« Ihre langen Nägel verfingen sich in Chloes Haar, als sie ihr über den Kopf strich. »Du willst doch so gut wie möglich aussehen, nicht wahr, Liebes? Eine Schuldisco – wie aufregend! Zu meinen Zeiten haben wir in der Ecke mit den heißen Jungs aus der Abschlussklasse geknutscht.«

Geknutscht? Niemand sagte heute noch knutschen. Chloe wand sich innerlich vor Peinlichkeit, aber ihr Dad lächelte. »Also abgemacht, Chloe. Wir sehen dich am Tag der Disco um sechs Uhr, ja?«

Chloe zögerte. Wollte Paige ihre Gesellschaft? Sie schien nicht allzu unglücklich darüber zu sein, und Chloe brauchte dringend Hilfe dabei, sich schön zu machen. Sie hatte sich in Exeter ein neues Kleid gekauft, während ihr Dad verlegen vor der Umkleidekabine gestanden hatte. Richtig hübsch war es nicht. Paige würde zweifellos atemberaubend aussehen. Sie hatte ihnen ein Foto von ihrem Outfit gezeigt: ein silbernes Glitzerkleid mit Spaghettiträgern.

»Du kannst dich auch zu Hause fertig machen, wenn dir das lieber wäre«, sagte ihr Dad und drückte ihr den Arm.

Aber Chloe hatte sich entschieden. »Das wäre toll, danke.«

Vielleicht konnten Paige und Isobel sie ja auch zum Strahlen bringen.

SECHSUNDZWANZIG

FREYA

Zuerst war es Freya wie eine gute Idee erschienen, aber jetzt war sie sich nicht mehr so sicher. Nachdem sie im Internet nichts Brauchbares über die Vergangenheit von Driftwood House gefunden hatte, schien es der naheliegende nächste Schritt zu sein, zu dem Haus selbst zu gehen. Kathleen hatte darauf bestanden, mitzukommen, und wirkte von Sekunde zu Sekunde nervöser.

»Sind Sie sich wirklich sicher?«, fragte Freya zum dritten Mal, seit sie mit Ryans Wagen vom Cottage losgefahren waren. Sie waren gerade die Kliffstiege mit ihren entsetzlichen Schlaglöchern hinaufgeholpert und parkten jetzt vor Driftwood House, hoch über dem Meer. »Ich kann Sie nach Hause zurückfahren, Sie können aber auch im Auto sitzen bleiben und auf mich warten.«

Kathleen blickte aus dem Beifahrerfenster auf das graue Wasser und die weiß gekrönten Wellen und schüttelte den Kopf.

»Ich werde alles tun, um Maeve zu finden. Ich hatte keinen Anteil an ihrem Leben, seit man sie mir weggenommen hat, daher ist dies das Mindeste, was ich tun kann.« Sie setzte sich so, dass sie das weiß getünchte Haus ansah. »Ich fühle mich schon seit Jahrzehnten von Driftwood angezogen, aber ich habe auch Angst davor. Wenn wir mit Chloe picknicken waren, habe ich immer den Strand oder das Dartmoor oder eine andere Landzunge vorgeschlagen. Es sind mir zu viele Erinnerungen hier oben. Aber es wird Zeit, dass ich mich meinen Ängsten stelle, finden Sie nicht auch?«

»Vielleicht. Vielleicht auch nicht.« Freya berührte Kathleen sanft an der Schulter. »Es ist keine Niederlage, wenn Sie hier auf mich warten. Ich kann allein ins Haus gehen und schauen, was ich in Erfahrung bringe.«

Sie hoffte, die alte Dame würde Ja sagen, denn es wäre besser, wenn sie allein ging. Es würde Kathleen nicht so mitnehmen und Freya auch eine kleine Atempause verschaffen. Seit sie sich vor fünf Tagen bereit erklärt hatte, Kathleen bei der Suche nach Maeve zu helfen, hatte die alte Dame pünktlich jede Stunde gefragt, ob es etwas Neues gebe. Und wenn die Antwort Nein lautete, machte sie jedes Mal ein langes Gesicht.

Kathleen holte tief Luft und zog die Schultern zurück. »Ich weiß, dass Sie nur mein Bestes wollen, Freya, aber ich habe mich lange genug davor gedrückt. Ich muss meine Ängste hinter mir lassen, also, tun wir es einfach, ja?«

Ein Windschwall wirbelte durch den Wagen, als sie die Tür aufdrückte und sich vom Beifahrersitz hochstemmte. Freya sah zu, wie sie langsam auf das Haus zuging. Sie bewunderte Kathleen dafür, dass sie sich ihren Dämonen stellte, aber würde sie damit die Büchse der Pandora öffnen? Sie dachte wieder an Ryan, der nichts davon ahnte, was hier oben hoch über dem Dorf geschah. Es würde ihm nicht gefallen, dass sie daran beteiligt war. Freya stieg kopfschüttelnd aus dem Wagen und folgte Kathleen.

Auf einem großen Schild stand PENSION DRIFTWOOD, und selbst an einem trüben Tag wie diesem sah das Haus einladend aus. Es war von Wildblumen umgeben, und die Aussicht war prachtvoll – unten das Dorf, das von hier oben winzig erschien, und Meer, so weit das Auge reichte.

Freya erkannte die Haustür von dem alten Foto wieder, das sie in Kathleens Schlafzimmer gefunden hatte. Die schwere Holztür war verwittert und sah aus, als sei sie noch das Original. Freya stellte sich Kathleen als junges Mädchen vor, wie sie hier stand, das Herz gebrochen und voll Sehnsucht nach dem Kind, das sie sechzig Jahre lang nicht sehen oder vielleicht nie mehr wiedersehen würde.

Freya legte Kathleen die Hand auf den Arm, um ihr Halt zu geben, dann klopfte sie an die Tür.

»Wie lange ist das Haus schon eine Pension?«, fragte sie in der Hoffnung, Kathleens Nerven zu beruhigen, während sie darauf warteten, dass die Tür geöffnet wurde.

»Noch nicht lange. Erst seit dem vergangenen Sommer. Rosie hat das Haus letztes Jahr nach dem Tod ihrer Mutter geerbt und beschlossen, zahlende Gäste aufzunehmen. Belinda zufolge läuft die Pension gut, obwohl ich vermute, dass es in den Wintermonaten ruhiger ist. Wenn die Stürme heranrollen, kann es hier oben ziemlich ungemütlich werden.«

Freya schauderte und stellte sich schwarze Gewitterwolken vor, die vom Meer heranzogen und das Haus mit den schwangeren Frauen und den trauernden jungen Müttern darin einhüllten.

Plötzlich zog eine junge Frau in Jeans und Sweatshirt die Tür auf. Über den Kleidern trug sie eine Schürze, und ihre Wange war mit Mehl verschmiert.

»Hallo«, sagte die Frau überrascht. »Kathleen, wie schön, Sie hier oben zu sehen.« Sie warf Freya einen Blick zu und runzelte die Stirn. »Ist alles in Ordnung?«

»Alles bestens, danke, Rosie«, antwortete Kathleen, bevor Freya etwas sagen konnte. »Freya interessiert sich für die Geschichte von Heaven's Cove und wollte sich gern Ihr historisches Haus ansehen. Sie sind doch Amateurhistorikerin und ganz begeistert von Driftwood House, nicht wahr, Freya?«

»Ich ... äh, ja.«

»Und sie sucht eine Unterkunft für Verwandte und Freunde, wenn sie sie besuchen kommen.«

»Genau.« Freya nickte und fragte sich, wann Kathleen eine so geübte Lügnerin geworden war. Sie selbst lief immer unvorteilhaft pink an, wenn sie Unwahrheiten von sich gab, aber Kathleens Hautfarbe veränderte sich nicht. Vielleicht hatte sie durch das jahrzehntelange Hüten eines Geheimnisses gelernt, gut zu lügen.

»Wie schön, Sie kennenzulernen, Freya«, sagte Rosie und wischte sich die Hände an der Schürze ab. »Ich habe schon viel von Ihnen gehört.«

»Sie haben wohl mit Belinda gesprochen, hm?«, murmelte Kathleen.

Rosie grinste. »Warum kommen Sie nicht herein und trinken eine Tasse Tee mit mir?« Sie zog die Tür weit auf. »Ich habe gerade Kuchen in den Ofen geschoben, weil ich ab morgen das Haus voller Gäste habe, und ich wollte ohnehin Pause machen.«

»Das wäre wunderbar, wenn es Ihnen nichts ausmacht«, sagte Freya und trat in die Eingangshalle.

»Überhaupt nicht. Kommen Sie mit in die Küche.«

Rosie ging durch die lichtdurchflutete Eingangshalle mit den schwarz-weißen Bodenfliesen davon. Freya wandte den Blick zu Kathleen, die immer noch vor der Tür stand.

»Möchten Sie zurück zum Auto?«, fragte Freya sanft.

Kathleen schüttelte den Kopf, biss die Zähne zusammen und trat über die Türschwelle. Dann sah sie sich in der Halle mit der breiten Treppe und der Standuhr in der Ecke um.

»Es sieht noch genauso aus wie früher«, murmelte sie, den Blick auf die Tür gerichtet, durch die Rosie gerade verschwunden war. »Genau wie früher.« Sie legte den Kopf schräg, als lausche sie auf ein Echo der Vergangenheit.

»Möchten Sie lieber Tee oder Kaffee?«, fragte Rosie und steckte den Kopf durch die Küchentür.

»Für mich einen Kaffee, bitte«, antwortete Freya, dann nahm sie Kathleen am Arm und führte sie behutsam in Richtung Küche.

Das Gespräch mit Rosie stellte sich als sehr angenehm heraus. Sie war Freya sofort sympathisch. Rosie war gut ein Jahrzehnt jünger als sie und hatte hart gearbeitet, um aus ihrem Elternhaus eine Pension zu machen. Sie strahlte eine Sanftheit und eine Zufriedenheit aus, die liebenswert waren.

Kathleen saß anfangs still da, nahm aber immer mehr am Gespräch teil, das Freya langsam auf das Haus lenkte.

»Die Pension ist wirklich schön und die Lage einfach traumhaft.«

»Danke. Ich lebe unheimlich gern hier.« Als Rosie sich lächelnd das Haar aus den Augen strich, glitzerte der diamantene Verlobungsring an ihrem Finger im Licht. »Es ist seit dem Tod meiner Mum im vergangenen Jahr meine Zuflucht.«

»Kathleen hat mir von Ihrer Mum erzählt. Es tut mir sehr leid.«

Rosie antwortete mit einem traurigen Lächeln. »Sie fehlt mir natürlich immer noch, aber ich bin glücklich hier oben auf dem Dach der Welt. Es ist, als wäre sie immer noch da, und ich rede mit ihr, falls das nicht zu merkwürdig klingt.«

Sie errötete, und Freya beugte sich zu ihr vor.

»Es klingt überhaupt nicht merkwürdig. Mein Dad ist schon vor Jahren gestorben, aber ich rede immer noch ständig mit ihm, selbst wenn ich mir sicher bin, dass er lieber seine Ruhe hätte.«

Als Rosie ein dankbares Lachen ausstieß, fragte Freya sich, ob sie vielleicht Freundinnen werden würden. Falls sie lange genug in Heaven's Cove bliebe.

»Wissen Sie viel über die Geschichte des Hauses?«, fragte sie.

»Nein, eigentlich nicht. Ich nehme mir immer wieder vor, mehr darüber in Erfahrung zu bringen, denn die Unterlagen, die ich bei der Übernahme erhalten habe, sind ziemlichen lückenhaft. Ich weiß nur, dass meine Mum kurz vor meiner Geburt hier eingezogen ist, dass die Familie Starcross in den Dreißigern und Vierzigern hier gelebt hat und dass in den Fünfzigerjahren eine religiöse Organisation das Haus für einige Zeit übernommen hat.«

»Wirklich?«, fragte Freya. Sie spürte, wie Kathleen sich neben ihr versteifte. »Erinnern Sie sich noch an den Namen der Organisation?«

»Es war etwas Seltsames. Etwas wie ›Fürsorgeverein Frommer Frauen‹. Wie hießen sie nur? Es war ein sehr eigenartiger Name.«

Während Rosie nachdachte, schaute Freya aus dem Fenster. Rechts erstreckte sich das Meer und links die weite Landschaft. Die Lage war wirklich himmlisch, doch das Haus musste unerträgliches Leid gesehen haben, wenn man den Müttern die Kinder wegnahm.

»Es ist ein seltsamer Gedanke, dass eine religiöse Organisation das Haus übernommen hat«, bemerkte Freya und hatte Angst, dass sie sich mit dem Thema zu weit vorgewagt hatte. Kathleen warf ihr einen beunruhigten Blick zu, aber was konnte Freya sonst tun? Sie hatten keine anderen Spuren, denen sie nachgehen konnten. »Wo mögen sie nur hingegangen sein, als sie das Haus verlassen haben?«

»Ich habe keine Ahnung«, antwortete Rosie und schenkte sich Tee nach. Falls sie sich fragte, warum Freya ein solches Interesse an einer obskuren Gruppe bekundete, ließ sie es sich nicht anmerken. Stattdessen stellte sie Kekse auf den Tisch und plauderte mit Kathleen über Heaven's Cove, bevor sie sich wieder an Freya wandte.

»Ich habe gerüchteweise gehört, dass Sie Belindas Schwester sind, aber ich muss sagen, dass Sie ganz anders aussehen, und auf den ersten Eindruck scheinen Sie auch sonst keine große Ähnlichkeit mit ihr zu haben.«

»Das stimmt. Belinda ist meine Halbschwester, daher sind wir nicht zusammen aufgewachsen, und um ehrlich zu sein, kennen wir uns kaum.«

Sie kam sich etwas gemein vor, sich so von Belinda zu distanzieren, aber es war die Wahrheit.

»Wie schade. Es ist traurig, wenn Familienmitglieder den Kontakt zueinander verlieren. Aber jetzt, da Sie in Heaven's Cove sind, können Sie ja verlorene Zeit aufholen.«

»Das werden wir«, beteuerte Freya, obwohl sie und Belinda sich seit ihrem Besuch zum Nachmittagstee kaum gesehen hatten. Sollte sie sich mehr Mühe geben und ihre Schwester einmal abends in den Pub einladen? Sie konnten sich wirklich glücklich schätzen, einander zu haben, während manche Menschen ihren Familien entrissen worden waren. Sie warf einen Blick zu Kathleen und nahm sich vor, eine bessere Schwester zu sein.

Rosie lächelte und wandte sich ebenfalls Kathleen zu. »Sie sind seit Mums Tod und der Renovierung noch nicht hier gewesen, nicht wahr? Sind Sie zur Eröffnung der Pension gekommen? Meine Erinnerung an den Nachmittag ist ein wenig verschwommen, und ich bin mir nicht hundertprozentig sicher, wer da war und wer nicht.«

Kathleen hatte ihre Teetasse betrachtet und schaute auf. »Ich war nicht bei der Eröffnung. Ich bin überhaupt noch nicht hier gewesen.«

»Noch nie? Würden Sie sich gern umsehen? Ich kann Ihnen eine Führung geben, wenn Sie möchten. Und Sie würden einen Eindruck von den Zimmern erhalten, Freya, falls Ihre Verwandten hier absteigen wollen.«

Freya sah sie überrascht an, für einen Moment verwirrt. Sie

hatte vergessen, dass Kathleen damit bei ihrer Ankunft ihr Interesse an dem Haus begründet hatte.

»Es ist eine schöne Pension, aber ich bin mir nicht sicher, ob wir im Moment Zeit für eine Führung haben«, antwortete Freya schnell, doch Kathleen war bereits aufgestanden.

»Ich denke, fünf Minuten können wir erübrigen. Es wäre sehr nett von Ihnen, Rosie, falls es Ihnen nichts ausmacht.«

»Sind Sie sich sicher?« Freya sah Kathleen in die Augen. »Sie sagten, dass Sie heute Nachmittag noch einiges im Dorf zu erledigen hätten.«

»Ich bin mir ganz sicher«, antwortete sie mit festem Blick. »Alles andere kann warten.«

Kathleen folgte Rosie aus der Küche in die Halle, und nur Freya bemerkte, dass sie die Hände zu Fäusten geballt hatte, als würde sie in die Schlacht ziehen.

Rosie führte sie durchs Haus, angefangen beim Wintergarten im Erdgeschoss, von dem aus man bis zum Dartmoor blicken konnte, bis hin zu dem Gästezimmer unter dem Dach.

Die Zimmer waren hell und hatten große Fenster, die das außergewöhnliche Licht hier oben auf dem Kliff hereinließen, und alles war blitzsauber. Es wirkte trotz seiner Geschichte wie ein glückliches Haus, dachte Freya. Vielleicht hatten die Menschen, die nach dem Auszug der religiösen Organisation während der letzten sechzig Jahre hier gelebt und geliebt hatten, dazu beigetragen, den Kummer auszugleichen.

Kathleen sprach nur sehr wenig, als Rosie sie herumführte, aber in einem Zimmer, das aufs Meer hinausging, blieb sie stehen. War das der Raum, in dem sie mit ihrer Tochter untergebracht gewesen war, der Raum, in dem man ihr das kleine Mädchen aus den Armen gerissen hatte? Tränen, die in Kathleens grünen Augen schimmerten, gaben Freya die Antwort.

Das Zimmer war warm und freundlich, mit Gemälden an den cremeweißen Wänden und einer bunten Steppdecke über dem Bett. Doch Kathleen schauderte, als sei sie durch die Zeit zurückgereist und sehe den Raum so, wie er einst war.

Rosie war zurück in den Flur getreten, und Freya gesellte sich zu ihr und plauderte mit ihr über das Dorf unten in der Bucht, damit Kathleen mit ihren Erinnerungen allein sein konnte. Sie unterhielten sich über Belanglosigkeiten, während nur wenige Schritte entfernt eine alte Frau den herzzerreißenden Augenblick noch einmal durchlebte, der sie ihr Leben lang verfolgt hatte.

Rosie erzählte Freya gerade von dem monatlichen Dorfmarkt, als Kathleen langsam aus dem Raum kam. Sie unterbrach sich.

»Ist alles in Ordnung mit Ihnen, Kathleen?«, fragte sie, und eine Falte erschien zwischen ihren großen braunen Augen. »Sie sehen sehr blass aus. Möchten Sie sich setzen?«

Als Kathleen nicht antwortete, hakte Freya die alte Dame unter und nahm ihre Hand. »Sie werden sicher müde sein, nicht wahr? Sie haben gesagt, Sie hätten gestern Nacht nicht gut geschlafen, und Schlafmangel kann einen einholen.«

»Ganz recht. Ich hatte eine schreckliche Nacht. Ganz furchtbar«, pflichtete Kathleen ihr bei und warf Freya einen dankbaren Blick zu, als sie die Notlüge aufgriff.

»Ich sollte Sie wohl besser nach Hause bringen, dann können Sie früh zu Mittag essen und heute Nachmittag vielleicht ein Nickerchen machen.«

»Das wäre vielleicht das Beste. Aber danke, dass Sie mir Ihr schönes Haus gezeigt haben, Rosie. Es hat sich sehr verändert.«

Rosie warf Freya einen Blick zu, und einen Augenblick lang herrschte Verlegenheit. Woher wusste Kathleen, dass das Haus sich verändert hatte, wenn dies ihr erster Besuch war?

Bitte, sagen Sie nichts. Freya glaubte nicht an Telepathie, aber vielleicht hatte Rosie den flehenden Ausdruck in ihren Augen bemerkt, denn sie lächelte Kathleen freundlich an. »Es war mir eine Freude, Sie beide hier zu haben, und ich hoffe, dass es Ihnen nach Ihrem Mittagsschlaf besser geht. Eine unruhige Nacht kann wirklich nerven.«

Kathleen sog tief die frische Luft ein, als sie und Freya durch die Tür von Driftwood House ins Freie traten, so als hätte sie seit ihrer Ankunft den Atem angehalten. Sie ging über das blumenübersäte Gras, doch bevor Freya ihr folgen konnte, legte Rosie ihr die Hand auf den Arm.

»Können Sie kurz warten?«, bat sie und ging zu einer großen Kommode in der Halle, zog die unterste Schublade auf und nahm ein schwarzes Ringbuch heraus. Schnell blätterte sie in den Seiten.

»Ah, dachte ich mir doch, dass es hier drin war, und ich habe den Namen fast richtig behalten. Sehen Sie.«

Sie drückte Freya den Ordner in die Hand. Er war auf einer vergilbten Liste aufgeschlagen, die auf einer altmodischen Schreibmaschine getippt worden war – wie die, mit der Freyas Mum gearbeitet hatte, als sie Sekretärin geworden war. Es handelte sich um eine Liste früherer Besitzer und Mieter von Driftwood House.

Freya überflog die Zeilen. Es gab Lücken, aber dort, aufgeführt für die Jahre 1957 und 1960, stand *Die Fromme Gesellschaft zur Fürsorge und Erziehung junger Frauen*. Der erste Hinweis darauf, der sie zur Maeve führen könnte.

Sie wiederholte in Gedanken den Namen, um ihn sich einzuprägen. Doch es war unwahrscheinlich, dass sie ihn vergessen würde, weil er so scheinheilig war: Zur Fürsorge und Erziehung von Frauen? Es war ein kranker Scherz.

Freya schluckte den Ärger herunter, der in ihr aufstieg, und gab Rosie den Ordner zurück. »Das ist ein ziemlicher Bandwurmname. Danke, dass Sie nachgesehen haben.«

Rosie zuckte die Achseln. »Gern. Ich dachte mir, dass die Liste in der Kommode ist, und es schien Ihnen wichtig zu sein, mehr zu erfahren.«

Freya konnte ihr ansehen, dass sie nach dem Grund fragen

wollte. Rosie wusste, dass mehr hinter dem Besuch steckte, war aber trotzdem bereit, zu helfen. Freya kam zu dem Schluss, dass sie Rosie sehr mochte und dass Liam ein Glückspilz war.

Kathleen hielt stur auf das Auto zu, und Freya lief hinterher, um sie einzuholen. Der Wind war abgeflaut, doch am Horizont ballten sich graue Wolken zusammen, und eine Nebelwand rollte vom Meer heran. Eine einsame Möwe flog tief über Freyas Kopf hinweg.

»Rosie scheint ein sehr lieber Mensch zu sein«, bemerkte Freya.

»Das ist sie. Sie hat lange im Ausland gelebt, ist aber nach dem Tod ihrer Mutter zurückgekehrt. Sie ist mit einem Bauern aus dem Ort verlobt.«

»Liam, nicht wahr? Ich bin ihm kurz begegnet, als Ryan mir den Strand gezeigt hat. Er schien sehr nett zu sein.«

»Ja. Er war früher ein ziemlicher Schürzenjäger, aber jetzt ist er ruhiger geworden, und er und Rosie geben ein schönes Paar ab.«

Sie hatten das Auto erreicht, und Freya öffnete die Beifahrertür und half Kathleen hinein. Dann glitt sie auf den Fahrersitz, schaltete aber nicht den Motor ein. Der wabernde Nebel hatte den Horizont verschluckt und schon fast das Land erreicht.

Freya wandte sich Kathleen zu. »War alles in Ordnung mit Ihnen in Driftwood House? Ich habe mir Sorgen um Sie gemacht, als Sie aus dem Zimmer gekommen sind.«

»Ich war etwas wacklig auf den Beinen, als die Erinnerungen auf mich eingestürmt sind. Ich dachte, ich hätte mir jede kleine Einzelheit eingeprägt, aber im Laufe der Jahre habe ich doch einiges vergessen. Als ich wieder in dem Raum war, konnte ich erneut das Gewicht von Maeve in meinen Armen spüren, und ich habe mich an ihren Duft nach Milch erinnert. Es ist so lange her, aber ich hatte das Gefühl, als würde es alles noch einmal geschehen.«

Sie blickte durch die Windschutzscheibe auf das beeindruckende Gebäude vor ihnen. »Es war hart. Ich werde nicht lügen. Aber ich bin froh, dass ich noch einmal in Driftwood House gewesen bin. Ich habe es während der letzten acht Jahre von meinem Schlafzimmer aus betrachtet. Es war morgens das Erste und abends das Letzte, was ich gesehen habe. Es hat mich beinahe verspottet, aber jetzt habe ich das Gefühl, dass es mir nichts mehr anhaben kann. Es ist nur schade, dass Rosie den Namen der Organisation nicht kannte, die das Entbindungsheim betrieben hat. Ich erinnere mich an so vieles aus der Zeit, aber der Name ist weg.«

»Es würde mich nicht überraschen, wenn Ihr Verstand ihn nicht bewusst gelöscht hat. Es war ein äußerst traumatisches Erlebnis.«

»Mag sein. Ach, aber nun ist er für immer verloren. Genau wie Maeve.«

Für eine flüchtige Sekunde überlegte Freya, Kathleen nicht zu sagen, dass sie inzwischen den Namen der Organisation kannte, die sie so grausam misshandelt hatte. Sie konnte die Büchse der Pandora geschlossen lassen. Maeve würde ein Geheimnis bleiben, und niemand würde verletzt werden.

Niemand außer Kathleen, die ins Grab gehen würde, ohne zu wissen, ob ihre geliebte Tochter lebte oder tot war.

Freya ergriff Kathleens Hand. »Ich muss Ihnen etwas sagen. Als wir uns verabschiedet haben, hat Rosie mir eine Liste der früheren Eigentümer und Pächter von Driftwood House gezeigt. In den Fünfzigern ist es vier Jahre lang von der Frommen Gesellschaft zur Fürsorge und Erziehung junger Frauen genutzt worden.«

Kathleen blinzelte einmal, zweimal, dann holte sie tief Luft und lächelte. »Das ist es!«, sagte sie mit leuchtenden Augen. »Also. Jetzt können wir herausfinden, was aus Maeve geworden ist.«

»Vielleicht, aber es ist lange her. Ich werde schauen, was ich über die Organisation in Erfahrung bringen kann und ob sie Aufzeichnungen geführt hat.« Freya hielt inne. »Bevor ich weitermache, sind Sie sich ganz sicher, dass ich die Suche vertiefen soll?«

Kathleen sah durch die Windschutzscheibe zu Driftwood House, dessen Umrisse in den dichten Nebelschwaden zu verschwimmen begannen. Das Dach war eine geisterhafte Silhouette zwischen Land und Himmel, und die Fenster waren grau und leer.

»Ich bin mir sicher«, sagte sie leise.

»Und sind Sie sich immer noch sicher, dass Sie Ryan nichts davon erzählen wollen?«

»Auch in dem Punkt bin ich mir ganz sicher.«

»Ich fühle mich nicht wohl dabei, vor ihm Geheimnisse zu haben.«

Kathleen entzog Freya sanft die Hand und verschränkte die Finger im Schoß. »Ich auch nicht, und ich weiß, dass ich Sie in eine schwierige Lage bringe, aber vielleicht bleibt die Suche ergebnislos, und dann braucht er von Maeve nichts zu erfahren. Oder von dem, was ich getan habe.« Sie starrte weiter durch das Fenster in den Nebel. »Es tut mir leid, Freya, dass ich Sie in eine solch heikle Angelegenheit verwickelt habe, aber sagen Sie bitte nichts.«

»Na gut, wenn Sie es so wollen.«

Mit schwerem Herzen wendete Freya auf dem stoppeligen Gras und rumpelte die Schlaglochpiste in Richtung Dorf hinab. Nebelschwaden wirbelten im Scheinwerferlicht. Hinter ihnen wurde Driftwood House vom Nebel verschluckt und verschwand.

SIEBENUNDZWANZIG

FREYA

Freya klappte den Laptop zu und lehnte sich auf dem Küchenstuhl zurück. Es war hoffnungslos.

Sie fuhr sich gerade durchs Haar, als Kathleen hereingeschlurft kam. Seit sie vor einer Woche über den unebenen Boden auf dem Kliff marschiert war, klagte sie über Schmerzen in der Hüfte, und Freya hatte ihr für den kommenden Dienstag einen Termin bei ihrem Hausarzt gemacht. Bis dahin hatte sie einen alten Spazierstock unter der Treppe hervorgeholt, den Kathleen nach einigem Hin und Her auch benutzte.

»Haben Sie etwas gefunden?«, fragte Kathleen, während sie sich mit zusammengebissenen Zähnen auf einem Stuhl niederließ und den Stock an den Küchentisch lehnte. Rocky sprang sofort auf ihren Schoß und begann, laut zu schnurren.

»Leider nein. Die Fromme Gesellschaft scheint wie vom Erdboden verschluckt zu sein.«

»Und ihre Aufzeichnungen mit ihnen«, murmelte Kathleen.

»Sieht so aus. Vielleicht existierte die Gesellschaft nicht lange und war schlecht geführt.«

»Wie ich gesagt habe, das Ganze kam mir damals ziemlich

heimlichtuerisch und merkwürdig vor, und vielleicht hat mein Instinkt mich nicht getrogen.« Kathleen trommelte mit den Fingern auf den Tisch. »Können wir sonst noch etwas tun?«

Freya zuckte die Achseln. Sie hatte tagelang im Internet recherchiert und Telefonate geführt. Sie hatte die sozialen Medien nach Leuten namens Maeve durchforstet, aber ein Vorname reichte nicht, und sie hatte Kontakt mit zahllosen Organisationen aufgenommen, darunter dem örtlichen Gemeinderat und Regierungsbehörden. Außerdem hatte sie Kathleens Namen in das Adoptionskontaktregister eingetragen, falls Maeve nach ihr suchen sollte. Doch sie hatten kein Glück gehabt. Ohne Maeves neuen Familiennamen konnten sie sonst nicht viel tun.

Freya seufzte. »Das Problem ist, dass wir nicht einmal sicher sein können, dass Maeve immer noch Maeve heißt, und selbst wenn, kennen wir ihren Nachnamen nicht. Wir können Ihre Geschichte auch nirgendwo posten in der Hoffnung, dass vielleicht jemand Informationen hat, oder einen Bericht in die Zeitung setzen lassen, weil Sie es nicht öffentlich machen wollen.«

»Definitiv nicht.« Kathleen schauderte. »Es ist meine Angelegenheit und geht niemanden etwas an. Selbst eine vage Andeutung könnte zu mir zurückführen.«

»Und wenn es zu vage ist, würde es ohnehin nichts bringen.«

»Dann war es das also. Maeve wird verschollen bleiben.« Kathleen verzog das Gesicht, als sei sie den Tränen nah, schniefte jedoch und holte tief Luft, um sich zu fassen. »Vielleicht ist es letztendlich das Beste für sie. Vielleicht möchte sie die Mutter, die sie hergegeben hat, gar nicht kennenlernen.«

Freya brach es das Herz, dass diese Frau nach mehr als einem halben Jahrhundert noch immer das Beste für die Tochter wollte, die sie nur zwei Wochen lang gekannt hatte. Gab es nicht doch noch einen Weg, sie wieder zu vereinen?

Sie verschränkte die Finger und stützte das Kinn auf die Hände. »Es gibt da noch eine Möglichkeit. Ich habe im Internet gelesen, dass manche Leute eine Detektei oder eine Agentur, die Familien zusammenführt, beauftragen, aber das würde Geld kosten.«

Kathleen sah Freya einen Moment lang an. »Wie viel Geld?«

»Das weiß ich nicht. Wenn Sie Interesse haben, kann ich für Sie nachfragen. Einige Agenturen bieten auch Vermittlerdienste an, wenn jemand gefunden wird, aber es gibt keine Garantie, dass man Maeve finden wird.«

»Wahrscheinlich nicht, aber dann hätte ich zumindest alles versucht. Ich habe ein paar Ersparnisse, und wofür spare ich mein Geld überhaupt? Wenn ich tot bin, wird Ryan und Chloe der Erlös aus dem Verkauf des Cottages zugutekommen.« Kathleen dachte kurz nach. »Ich möchte, dass Sie es tun.«

»Wenn das Ihr Wunsch ist, kann ich mich telefonisch erkundigen, wie man dabei vorgeht.«

»Vielen Dank. Ich weiß nicht, was ich ohne Sie machen würde.« Kathleen legte die Hand auf Freyas, zog sie dann jedoch abrupt zurück. »Oh, es dürfen keine Agenturnamen auf meinen Kontoauszügen stehen. Ich möchte nicht, dass man deren Namen mit meinem in Verbindung bringen kann. Könnten Sie für die Suche bezahlen, und ich erstatte Ihnen das Geld zurück?«

Freya schloss für einen Moment die Augen. Es klang nach einer vollkommen vernünftigen Bitte. Doch Kathleens Entschlossenheit, jeden Hinweis auf die Suche zu verbergen, bedeutete, dass Freya immer mehr in die Sache hineingezogen wurde und das Gefühl hatte, Ryan zu hintergehen.

»Das wäre doch in Ordnung, oder?«, bedrängte Kathleen sie. Sie klang so verzweifelt, dass Freya nickte.

Drei Tage später war eine Agentur gefunden, eine sehr freundliche Mitarbeiterin hatte mit Kathleen telefoniert, auf Freyas Bankkonto waren Zahlungen eingegangen, und die Suche nach Maeve hatte fast begonnen.

Freya las die Bestätigungsmail von der Agentur noch einmal durch und versuchte, ihre widersprüchlichen Gefühle zu verstehen. Sie war aufgeregt, weil sie bei der Suche nach Kathleens lang verloren geglaubter Tochter vielleicht einen Schritt weitergekommen waren, und gleichzeitig hatte sie große Angst davor, dass genau das passieren könnte. Es gab keine Garantie für eine glückliche Wiedervereinigung, und was würde Ryan denken, wenn er von seiner Halbschwester erfuhr und von der Rolle, die Freya bei der Suche nach ihr gespielt hatte?

Ich verspreche, Ihnen alles zu sagen. Das hatte sie Ryan im Pub versichert. Seitdem verstanden sie sich besser. Chloe war bei ihren seltenen Besuchen immer noch mürrisch, aber Ryan war freundlich und schien ihre Gesellschaft zu suchen. Ihre einmonatige Probezeit als Kathleens Pflegerin hatte vor über drei Wochen geendet, und Freya hatte das Gefühl, fest in Kathleens Leben eingebunden zu sein.

In mancher Hinsicht zu fest.

Freya las die E-Mail zum dritten Mal und schickte dann ihre Antwortmail ab, in der sie der Agentur grünes Licht gab. Die Suche nach Maeve hatte begonnen. Die Frage war nur: Welche Folgen würde sie haben?

ACHTUNDZWANZIG
CHLOE

Es war der Tag der Schuldisco, und Chloe konnte an kaum etwas anderes denken. Sie hatte sich am Morgen das Haar gewaschen, und der Klecks Zahnpasta, den sie sich am Abend zuvor aufs Kinn getupft hatte, schien gewirkt zu haben. Der Pickel, den sie zu ihrem Entsetzen entdeckt hatte, leuchtete nicht mehr ganz so rot. Sie befühlte ihn vorsichtig.

»Chloe!«

Als Chloe Isobel und Paige auf sich zukommen sah, widerstand sie dem Impuls, in eine Seitenstraße auszuweichen. Sie konnte nicht riskieren, dass Paige glaubte, sie mache sie nervös, und es den Mädchen in der Schule erzählte. Oder schlimmer noch, dass Paige sie heute Abend nicht bei ihr sitzen ließ. Chloe war ihr »Angsthasenetikett« losgeworden, indem sie von Clair Point gesprungen war, und das wollte sie wirklich nicht noch einmal tun.

»Chloe!«, sagte Isobel wieder, als sei sie überrascht, sie zu sehen, obwohl Chloe nur zwei Straßen von zu Hause entfernt war.

»Hallo, Isobel.«

Chloe lächelte Paige an, die ihr Lächeln halbherzig erwiderte. Hatte Chloe sie irgendwie verärgert? Sie hatte angenommen, dass ihre Freundschaft Fortschritte machte, aber Paige sagte heute hü und morgen hott. Es war sehr verwirrend.

»Wie geht es dir?«, fragte Isobel. »Bist du schon aufgeregt wegen der Disco heute Abend?« Sie unterzog Chloe einer kurzen Musterung. »Du siehst sehr hübsch aus.«

Da war ein unverkennbares Zögern zwischen »sehr« und »hübsch« gewesen, befand Chloe, und das Herz rutschte ihr in die Hose. Warum hatte sie heute nur Shorts angezogen? Vom Meer her wehte eine kühle Brise – es war eindeutig kein Shortswetter –, und ihre Beine waren bleich wie Milchflaschen. Plötzlich überkam sie eine Welle der Scham, als ihr bewusst wurde, dass sie eine Strickjacke angezogen hatte, bevor sie das Haus verlassen hatte. Sie war warm und kuschelig, aber auch kotzgrün und handgestrickt.

Isobel sah wie immer makellos gepflegt aus, in einer schicken Caprihose, die ihre mageren Knöchel umspielte, Keilsandalen und einem hellblauen Seidentop. Paige trug modische Jeans mit Löchern an den Knien und ein schwarzes Sweatshirt mit Logo, während Chloe in einer Oma-Strickjacke steckte, die ihre Gran für sie gemacht hatte. Sie schlüpfte aus der Jacke und fächelte ihren erhitzten Wangen Luft zu.

»Wow, ist das plötzlich heiß.«

War das ein Feixen auf Paiges Gesicht? Chloe fühlte sich hin und her gerissen zwischen dem Wunsch zu weinen und dem plötzlichen Drang, Paige vors Schienbein zu treten.

»Wie geht es deinem Vater?«, fragte Isobel und klimperte mit Wimpern. Sie waren so dicht, dass sie falsch sein mussten.

»Er hat meinen Schuppen ganz wunderbar repariert, aber das ist schon eine Weile her und seitdem habe ich ihn kaum zu Gesicht bekommen. Langsam denke ich, dass er mir aus dem Weg geht.« Sie lachte, als sei die Vorstellung absurd.

»Ich glaube, es geht ihm gut. Er ist bei Gran, aber ich hatte keine Lust, ihn zu begleiten.«

»Und wo willst du hin?«

Chloe dachte fieberhaft nach. Eigentlich war sie auf dem Weg zum Strand. Sie saß gern im Sand und genoss das beruhigende Plätschern der Wellen. Es gab ihr Zeit zum Nachdenken. Aber würde Paige das nicht irgendwie lahm finden?

»Ich will ins Eiscafé«, log sie.

Das war offenbar die richtige Antwort, denn Paige nickte. Manchmal hingen die älteren Jungs aus der Schule dort ab, sodass es als angemessener Aufenthaltsort erachtet wurde.

»Möchtest du immer noch vor der Disco zu uns kommen, um dich fertig zu machen?«, fragte Isobel und betrachtete ihre langen briefkastenroten Fingernägel.

Chloe schluckte. Sie hatte gedacht – nur ein kleines bisschen gehofft –, dass Isobel ihr Angebot vergessen hatte. Sie brauchte jedoch wirklich Hilfe beim Schminken und Frisieren, wenn sie bei Paige und ihren Freundinnen nicht zum Gespött werden wollte.

»Wenn es Ihnen nichts ausmacht, das wäre schön.«

»Du bist bei uns jederzeit willkommen. Paige wird sich über die Gesellschaft freuen. Geteilte Vorfreude ist doppelte Freude, nicht wahr, Paige?«

»Ja, definitiv.«

Als Paige ihr ein Lächeln schenkte – ein echtes diesmal –, wurde Chloe innerlich ganz warm. Sie würde an diesem Abend ihre Freundschaft mit Paige zementieren, und die Disco würde der Hammer sein. Ihre Mum würde sie zwar nicht in ihrem neuen Kleid sehen, aber Isobel und Paige schon. Und wer weiß? Vielleicht würde Isobel eines Tages ihre Stiefmutter sein, und sie und Paige Schwestern.

Das hieß, wenn ihr Dad sich in der Hinsicht mehr Mühe gab. Manchmal dachte Chloe, dass er seit dem Tod ihrer Mum kein echtes Interesse mehr an Frauen hatte. Aber an Freya schien er interessiert zu sein.

Die blöde Freya würde alles ruinieren, dachte Chloe. Sie

verhielt sich ziemlich merkwürdig in letzter Zeit und ihre Gran auch. Die beiden hatten bei Chloes letztem Besuch vor Freyas Laptop gesessen, und ihre Gran hatte den Deckel zugeschlagen, als hätten sie sich einen Porno angesehen.

»Dann erwarten wir dich nach dem Abendessen«, sagte Isobel, ging weiter und bedeutete Paige, ihr zu folgen.

Chloe sah ihnen nach und stellte sich vor, wie es wäre, sie als Stieffamilie zu haben – wenn Freya sich heraushielt. Sie hatte Angst, dass Freya alles zerstören würde, obwohl sie sich ehrlich gesagt nicht sicher war, ob sie es überhaupt wollte. Es war alles sehr verwirrend, und ein zwölf Jahre altes Mädchen zu sein war voll ätzend, fand sie.

Acht Stunden später betrachtete Chloe sich in Isobels Vergrößerungsspiegel, und Isobel stand mit nachdenklicher Miene hinter ihr.

»Mal sehen, was wir da machen können.« Isobel hob eine Locke von Chloes Haar und ließ sie dann abrupt fallen. »Zu dumm, dass wir nicht genug Zeit haben, dir eine andere Haarfarbe zu verpassen.«

Chloe brannte innerlich vor Scham. Einige Mitschülerinnen hatten höhnische Bemerkungen über ihr rotes Haar gemacht, aber sie hatte noch nie einen Erwachsenen so gemein darüber reden hören.

»Keine Bange«, fuhr Isobel fort, griff nach einer großen Schminktasche und zog den Reißverschluss auf. »Make-up kann Wunder wirken. Es wird die Pickel an deinem Kinn verschwinden lassen.« Chloe strich sich verlegen über den Unterkiefer. »Und ich werde mir größte Mühe geben, damit du aussiehst wie deine arme Mum. Ich habe ihr Foto gesehen, als ich deinem Dad die Jacke gebracht habe, die er bei mir vergessen hatte, als er meinen Schuppen repariert hat. Sie war wirklich eine Schönheit.«

»Ich sehe meiner Mum überhaupt nicht ähnlich.«

Chloe hoffte, dass Isobel ihr widersprechen würde, aber sie nickte. »Es ist eine Schande, aber macht nichts. Wir werden sehen, was wir tun können.«

Es ist eine Schande.

Chloe blinzelte heftig, um nicht zu weinen, während Isobel den Spiegel wegstellte und eine Schicht Primer auf ihre Haut auftrug. Vielleicht konnte Isobel ja tatsächlich ein Wunder vollbringen und sie halbwegs gut aussehen lassen. Sie wollte neben Paige nicht hässlich wirken.

Zehn Minuten später trat Isobel mit einem zufriedenen Lächeln zurück und stellte den Spiegel wieder vor Chloe hin.

»So. Jetzt kann ich deine Mutter in dir sehen. Was sagst du?«

Chloe schaute in den Spiegel und staunte. Sie erkannte das Mädchen kaum wieder, das ihr daraus entgegensah. Ihr Gesicht war glatt von der Grundierung, ihre Wangen waren rosig, und ein dicker schwarzer Strich unter den unteren Wimpern ließ ihre Augen weniger unscheinbar wirken. Die Mascara-Schichten, die Isobel geschickt aufgetragen hatte, hatten für dichtere Wimpern gesorgt, und ihre Lippen waren dunkelrot geschminkt. Als i-Tüpfelchen hatte Isobel ihr das Haar zu einem Knoten frisiert, der oben auf ihrem Kopf prangte. Sie sah so anders aus. Überhaupt nicht wie sie selbst. Aber genau darum ging es ja, nicht? Sie sah ihrer Mutter tatsächlich etwas ähnlicher. Und doch ...

Chloe starrte noch immer ihr Spiegelbild an, als Paige in den Raum gestürmt kam.

»Wow! Chloe, du siehst mega aus!«

Tat sie das? Chloe lächelte in den Spiegel hinein, und eine Fremde lächelte zurück. Ja, sie sah wirklich toll aus! Paige und Isobel fanden es, und Paige selbst sah in ihrem Glitzerkleid wunderschön aus. Chloe bereute jetzt das langweilige Kleid, das sie mit ihrem Dad gekauft hatte. Es war zu spät, um etwas daran zu ändern, doch zumindest sah ihr Gesicht interessanter aus – selbst wenn sie bei jedem Blick in den Spiegel aufs Neue überrascht war.

»Vielen Dank, Isobel. Das ist genial«, sagte Chloe. »Dann sollte ich jetzt besser nach Hause gehen und mich umziehen.«

»Oh, ich dachte, dein Dad würde dich abholen kommen«, entgegnete Isobel und wirkte enttäuscht. Sie strich sich übers Haar, obwohl jedes Härchen an seinem Platz war.

»Ich weiß nicht, warum du das Kleid nicht mitgebracht hast«, bemerkte Paige und zog über Chloes Schulter vor dem Spiegel einen Schmollmund.

»Ich habe es vergessen.«

Das war eine Lüge. Chloe hätte es nie zugegeben, aber sie wollte, dass ihr Dad sie so herausgeputzt sah, wenn sie mit ihm allein war. Aus irgendeinem Grund kam es ihr wichtig vor, diesen Moment mit ihm zu teilen, obwohl ihr Dad ein Modemuffel war. Sie war sich nicht sicher, was genau ihre Mum in ihm gesehen hatte. Dann ärgerte sie sich über sich selbst, weil sie das gedacht hatte. Er war ein guter Mann und ein guter Dad. Sie liebte ihn. Und er würde stolz auf sie sein, dass sie so erwachsen aussah und ihrer Mum so ähnlich war, der Frau, die er immer noch liebte.

»Was hast du für ein Kleid?«, fragte Paige und kniff die mit Kajal umrandeten Augen zusammen. »Hast du es online bei ASOS gekauft?«

»Nein, ich habe es aus einem Laden in Exeter.« Chloe vermied es bewusst, den Namen des Geschäfts zu erwähnen, weil sie Angst hatte, dass es als nicht schick genug galt. »Es ist ein ganz schlichtes Kleid, aber hübsch. Es ist blau mit Blumen drauf.«

»Blumen?« Paige verzog den Mund. »Wenn du magst, kannst du dir meine dunkelblauen High Heels leihen. Die könnten es vielleicht retten.«

Chloe grinste. Paige hatte wie die meisten Menschen eine

riesige Schuhsammlung, verglichen mit ihrem einen Paar praktische Schuhe für die Schule, einem Paar Sommersandalen, einem Paar Gummistiefel und einem Paar Turnschuhe. Sie hatte eigentlich vorgehabt, ihre hübschen Sandalen anzuziehen, aber Paiges Schuhe würde sie viel lieber tragen. Denn echte Freundinnen liehen sich doch gegenseitig Kleider und Schuhe, oder?

Nachdem sie sich verabschiedet hatte, ging sie durch Nebenstraßen nach Hause, während Paiges Schuhe an ihrer Hand baumelten. Sie wollte im Dorf keinen Klassenkameraden begegnen und die Überraschung verderben. Sie würden Augen machen, dass das hässliche Entlein sich in einen Schwan verwandelt hatte. Ihre Mum hatte ihr die Geschichte oft vorgelesen, als sie klein war.

Sie öffnete leise die Tür zum Cottage. Ihr Dad spülte in der Küche das Geschirr und pfiff ein Lied im Radio mit. Es war beruhigend zu hören, wie er mit Töpfen und Pfannen klapperte.

Sie schlüpfte die Treppe hinauf, zog ihr Kleid an und begutachtete sich in dem Spiegel an der Rückseite ihrer Zimmertür. Wow, sie sah wirklich anders aus. Sie war sich immer noch nicht sicher, was das Kleid betraf, aber ihr Gesicht war der Hammer. Zaghaft berührte sie ihre makellosen Wangen und betrachtete die stark geschminkten Augen. Ihr Aussehen gefiel ihr, oder nicht? Nur die Tatsache, dass sie so anders aussah – so viel besser –, machte sie nervös. Doch es war wohl eher Aufregung als Nervosität. Sie konnte es gar nicht erwarten, dass ihr Dad sie sah.

Als sie die Treppe hinunterging, rief sie nach ihm und wartete dann im Wohnzimmer auf ihn, ein breites Lächeln im Gesicht.

»Bist du schon zurück von Isobel?«, fragte ihr Dad und wischte sich die nassen Hände an der Hose ab, als er hereinkam. »Wie war es?«

Sein Lächeln gefror, als er sie sah. »Gütiger Himmel.«

Gütiger Himmel? War das gut? Er war offensichtlich erstaunt, wie großartig sie aussah. Chloe drehte sich langsam im Kreis.

»Und? Sehe ich nicht fabelhaft aus?« Er starrte sie immer noch mit offenem Mund an. »Dad? Wie findest du es?«

Als er sie weiter schweigend anstarrte, wurde Chloe nervös. Warum war er so komisch? Sie sah wirklich fabelhaft aus. Glaubte sie jedenfalls.

»Sag doch was, Dad!«

»Was hast du da im Gesicht?«, fragte er.

»Was wohl! Das ist Make-up.«

Chloe wusste, dass sie frech klang, aber er reagierte nicht so, wie sie es erwartet hatte. Wie sie es sich erhofft hatte.

»Das sehe ich. Ziemlich viel Make-up, wie es scheint.«

»Gar nicht.« Chloe scharrte mit den Füßen auf dem Teppich. »Isobel und Paige haben gesagt, ich sehe hübsch aus. Sie haben gesagt, ich sehe toll aus.«

»Solange du so aussiehst, kannst du nicht zu der Disco gehen«, entschied ihr Dad energisch.

Solange sie so aussah? Chloes Magen rutschte ihr in die geborgten Schuhe, die jetzt schon an den Zehen drückten.

»Wie meinst du das? Es ist eine Disco, Dad, und ich will hübsch aussehen.«

»Aber das tust du nicht.« Als Chloe aufschrie, als sei sie geohrfeigt worden, rieb ihr Dad sich die Augen. »Ich meine, du siehst immer hübsch aus, Chloe. Du siehst gut aus, so wie du bist, aber nicht mit so viel Make-up. Du bist erst zwölf. Es ist ...« Er suchte nach dem richtigen Wort. »... unpassend.«

»Wieso das denn? Alle tragen mit zwölf Make-up.«

»Nein, tun sie nicht.«

»Paige schon.«

»Paige ist nicht alle, und was Paige tut, ist ihre Sache und die von Isobel. Was in diesem Haus passiert, ist meine Sache, und ich sage dir, dass du zu viel Make-up trägst und so nicht rausgehen kannst.«

Chloe spürte, wie ihr heiß wurde. »Kann ich doch!«, schoss sie zurück.

»Nein, kannst du nicht, Chloe.« Er holte tief Luft. »Hör zu, ich will mich deswegen nicht streiten. Ich weiß, dass du dich auf die Disco freust, und ich will, dass du dich amüsierst. Aber zuerst muss das Make-up runter.«

»Es wird Isobel gar nicht gefallen, wenn du mich zwingst, mir das Gesicht zu waschen.«

»Es ist mir egal, was Isobel gefällt.«

»Und Paige wird nie wieder mit mir reden.«

»Natürlich wird sie das.«

»Wird sie nicht«, jammerte Chloe. Warum musste er alles kaputt machen? »Sie wird sagen, dass ich ein Loser bin und alles tue, was mein Dad verlangt.«

Ihr Dad nahm einen weiteren tiefen Atemzug, als versuche er, nicht die Beherrschung zu verlieren. »Solange du unter meinem Dach lebst, wirst du leider tun müssen, was ich sage. Aber du wirst trotzdem wundervoll aussehen, selbst wenn du das Make-up abwäschst.«

»Nein, werde ich nicht«, schrie Chloe und widerstand dem Drang, mit den Füßen aufzustampfen. Das hatte sie als Kind getan, und es würde nur das Argument ihres Dads bestätigen, dass sie zu jung für Make-up sei.

»Bitte, schrei nicht, Chloe. Wir sollten wie Erwachsene darüber reden.«

Chloe stemmte die Hände in die Hüften. »Mal soll ich eine Erwachsene sein, und dann sagst du, ich bin ein Kind. Du kannst nicht beides haben, Dad. Es ist nicht fair. Und mein Make-up gefällt dir nur deshalb nicht, weil ich aussehe wie Mum.«

»Du hast nicht die geringste Ähnlichkeit mit deiner Mutter.«

Tränen schossen Chloe in die Augen, als sie zu dem Foto ihrer Mum auf dem Kaminsims schaute. Selbst ihr Dad fand also, dass sie ganz anders aussah als ihre schöne Mutter. Selbst ihr Dad fand sie hässlich.

»Chloe.« Ihr Dad ließ sich aufs Sofa sinken und klopfte auf den Platz an seiner Seite. »Es tut mir leid. Ich habe nicht richtig reagiert. Bitte, setz dich, damit wir darüber reden können. Ich weiß, dass du nicht willst, dass wir streiten.«

»Falsch«, konterte Chloe. »Du weißt gar nichts über mich. Überhaupt nichts. Ich wünschte, Mum wäre noch da. Sie würde mich verstehen. Ich wünschte, du wärst tot und nicht sie.«

Sie hatte das nicht sagen wollen und beobachtete mit entsetzter Faszination, wie die Farbe aus dem Gesicht ihres Dads wich. Sie hatte gedacht, es sei nur so eine Redensart – um klarzumachen, wie sauer man war –, doch das Gesicht ihres Dads hatte wirklich die Farbe gewechselt. Er sah kreidebleich aus, als hätte er ein Gespenst gesehen.

Plötzlich schien das Haus voller Menschen zu sein, die nicht mehr da waren, und der Raum war stickig. Sie musste raus. Mit einem Schluchzen drehte Chloe sich um und lief in den Flur. Sie riss die Tür auf und rannte auf die Straße hinaus, und ihre blöden Schuhe, die nicht richtig passten, rutschten an ihren Füßen hin und her. Sie rannte weiter, während ihr Dad ihr durch das offene Wohnzimmerfenster nachrief.

NEUNUNDZWANZIG
FREYA

Als Freya die Haustür zuknallen hörte, schlug ihr Herz plötzlich schneller. Das mussten entweder Ryan oder Chloe ein, die beide in letzter Zeit einen Mahlstrom bittersüßer Gefühle in ihr auslösten.

Chloes Besuche bei ihrer Großmutter wurden immer seltener, und Freya vermisste sie. Sie verspürte einen überraschenden Beschützerinstinkt gegenüber dem Mädchen, das genau wie sie ohne Mutter aufwuchs. Wenn sie sich doch begegneten, wünschte Freya sich am Ende oft, sie hätten sich nicht gesehen. Chloe war extrem mürrisch, und es gefiel ihr offenbar nicht, dass Freya im Haus ihrer Großmutter wohnte.

Freyas Beziehung zu Ryan hatte sich hingegen verbessert, und sie freute sich inzwischen auf seine Besuche. Er setzte sich oft zu ihnen und plauderte ewig über dieses und jenes, und sie beobachtete gern sein attraktives Gesicht, wenn er lebhaft zu gestikulieren begann.

»Das ist sein irisches Erbe«, hatte Kathleen ihr erklärt. »Anders konnte meine Familie nicht kommunizieren. Mein Bruder Kiernan war der Schlimmste. Einmal hat er ein volles

Bierglas über dem Dorfpriester verschüttet, als er mitten in einer seiner Lügengeschichten war.«

Sie sagte nicht, ob es derselbe Priester war, der sie angeprangert hatte, als sie schwanger war, aber Freya hoffte es. Kathleen erzählte mehr über ihr Leben in Irland, seit sie Freya ihr Geheimnis über Maeve anvertraut hatte, und diese genoss ihre Geschichten.

Sie genoss es auch, mit Ryan zusammen zu sein – oder hätte es genossen, wenn sie nicht wegen der Suche nach Maeve in Schuldgefühlen versunken wäre.

Es war Ryan, der nun in die Küche gestürmt kam, und ihr stockte der Atem. Er trug einen ausgeleierten groben Strickpullover in einem hellen Beige, den Greg verächtlich als schäbig bezeichnet hätte, doch der Pullover passte perfekt zu ihm. Ryan war groß und auf herbe Art attraktiv, aber innerlich verletzlich. Freyas Herz klopfte noch stärker.

»Hallo, Ryan.« Das Lächeln, mit dem sie ihn begrüßte, erstarrte, als sie sein Gesicht sah. Er wirkte verzweifelt. »Was um alles in der Welt ist passiert?«

»Ist Chloe hier?«, fragte er, ohne auf ihre Frage einzugehen.

»Nein, leider nicht. Was ist los?«

»Nichts.« Ryan verzog schmerzlich das Gesicht. »Alles. Wir hatten einen Streit, und ich habe einiges gesagt, und sie hat gesagt ...« Als er innehielt, außerstande weiterzusprechen, nahm Freya ihn am Arm und führte ihn zum Tisch.

»Setzen Sie sich und erzählen Sie mir, was passiert ist.«

Er nahm Platz und stützte für einen Augenblick den Kopf in die Hände. Freya verspürte den Drang, ihm über das graumelierte Haar zu streicheln, das im Licht der Sonne, die langsam hinter dem Horizont verschwand, aschgrau schimmerte.

»Erzählen Sie mir, was Sie so aufgewühlt hat«, drängte sie ihn noch einmal sanft.

Er hob mit müden Augen den Kopf.

»Ich bin mit einer Situation schlecht umgegangen, wirklich ganz schlecht, und jetzt ist Chloe weggelaufen und ich habe keine Ahnung, wo sie ist.«

»Vielleicht bei Isobel.«

Er schüttelte den Kopf. »Ich habe auf dem Herweg dort angerufen, aber da ist sie nicht. Isobel wird sich weiß Gott was denken, was los ist. Ich war so außer mir, dass ich wie ein Irrer geklungen haben muss.«

»Chloe kommt bestimmt bald zurück«, tröstete Freya ihn und hoffte, dass sie recht hatte.

Ryan schüttelte den Kopf. »Da bin ich mir nicht so sicher. Ich habe ihre Gefühle verletzt, und wir haben uns gestritten, und sie hat mir gesagt ...« Er schluckte. »Sie hat mir gesagt, sie wünschte, ich sei tot anstelle von Natalie.«

»Oh, das tut mir so leid.« Ohne nachzudenken, legte Freya die Hand auf seine. Er drehte seine Hand um und verschränkte die Finger mit ihren. Seine Haut war warm und weich. »Sie wird zurückkommen. Davon bin ich fest überzeugt. Und sie hat es nicht so gemeint. Sie liebt Sie.«

»Ich liebe sie auch. Ich wünschte nur, ich wäre nicht so ein beschissener Dad.«

Er hielt ihren Blick mit seinen schönen grünen Augen fest, und sie beugte sich zu ihm vor. Sie wollte ihn so gern trösten. Doch als Schritte im Flur erklangen, zog er die Hand zurück und wandte den Blick ab.

»Bitte, sagen Sie Mum nichts davon«, flehte er sie an. »Sie kann nichts tun, und ich möchte sie nicht beunruhigen.«

Noch ein Geheimnis! Freya fragte sich, ob irgendwann der Punkt erreicht sein würde, der das Fass zum Überlaufen brachte und die vielen Geheimnisse, die sie im Kopf bewahrte, wie eine Flut aus ihr hervorbrachen. Doch sie nickte. »Natürlich nicht. Aber wo könnte Chloe sein?«

»Ich weiß es nicht.« Er schob den Stuhl zurück und stand

auf. »Manchmal geht sie mit Freundinnen zur Burgruine. Ich werde dort nachsehen.«

»Ich komme mit. Ich kann Ihnen bei der Suche helfen und ...«

»Nein! Bitte, bleiben Sie hier, als sei alles normal. Sonst wird Mum sich fragen, was los ist.«

Freya biss sich auf die Unterlippe. Sie wollte das tun, was das Beste war, aber eigentlich wollte sie lieber Ryan helfen, seine Tochter zu finden. »Okay«, willigte sie widerstrebend ein, als die Küchentür geöffnet wurde.

»Ryan!«, begrüßte Kathleen ihren Sohn und kam stirnrunzelnd mit ihrem Stock hereingeschlurft. »Ich dachte, es wäre Chloe, die die Haustür zugeschlagen hat. Wenn du so weitermachst, kriegt das Glas eines Tages noch einen Sprung.«

»Entschuldige, Mum.«

»Warum bist du hier? Ich dachte, du würdest Chloe zu dem Ball bringen oder zu der ... Wie nennen die jungen Leute das heutzutage? Reif oder Rave oder so was?«

»Man nennt es immer noch Disco«, antwortete Ryan, die Hand bereits an der Küchentür, um zu gehen. »Ich bringe Chloe gleich hin und wollte vorher nur kurz vorbeikommen, um ...« Er brach abrupt ab.

»Er hat mir ein Informationsblatt über das Dartmoor gebracht«, warf Freya ein und zeigte auf die Broschüre auf dem Buffet, die sie früher am Tag aus der Touristeninformation mitgenommen hatte. Wenn Kathleen die Broschüre bereits bemerkt hatte, würde das Spiel aus sein, aber sie nickte.

»Das war nett von dir, Ryan.« Sie schaute zwischen den beiden hin und her. »Plant ihr einen gemeinsamen Ausflug?«

»Vielleicht«, antwortete Ryan und warf Freya einen dankbaren Blick zu.

»Das wäre schön, denn Freya hat sich ins Dartmoor verliebt, als sie mit mir dort war. Wie wäre es, wenn du nächstes

Wochenende mit ihr hinfahren würdest? Ich kann ein Auge auf Chloe haben. Ihr könntet ein Picknick machen.«

»Mum, ich muss gehen. Hab dich lieb«, sagte Ryan eilig. Er gab Kathleen einen Kuss auf die Wange, warf Freya einen letzten Blick zu und lief in den Flur hinaus. Kathleen zuckte zusammen, als die Haustür erneut zuschlug.

»Ich weiß schon, woher Chloe die Neigung hat, Türen etwas lauter zu schließen.« Sie gähnte. »Ich bin müde und werde mich ein bisschen vor den Fernseher setzen. Es läuft gerade ein alter Elvis-Film, der ziemlich witzig ist.«

»Dann gehe ich solange an die frische Luft«, antwortete Freya und nahm ihre Strickjacke von der Rückenlehne eines Stuhls. Sie konnte hier unmöglich sitzen und Däumchen drehen, während Chloe verschwunden war. »Natürlich nur, wenn Sie damit einverstanden sind.«

»Unbedingt«, sagte Kathleen mit dem Anflug eines Lächelns. »Wenn Sie sich beeilen, holen Sie Ryan vielleicht noch ein, falls Sie Chloe in ihrem Ballkleid sehen wollen.«

Draußen atmete Freya den salzigen Duft des Meeres ein und überlegte, wo sie nach Chloe suchen könnte. Die Vorstellung, dass das Mädchen allein und außer sich war, gefiel ihr gar nicht. Sie hatte keine Ahnung, worum es bei dem Streit gegangen war, aber es klang ziemlich heftig.

Sie versuchte, daran zurückzudenken, wie es für sie als Zwölfjährige gewesen war. Es war aus vielen Gründen eine schwere Zeit gewesen. Sie konnte sich zwar kaum noch an Einzelheiten erinnern, doch die Unzufriedenheit und Verwirrung, die dazu geführt hatten, dass sie in der einen Minute Türen knallte und in der nächsten weinend in ihrem Schlafzimmer saß, war ihr noch gut im Gedächtnis. Es machte nicht viel Spaß, zwölf zu sein, erst recht nicht, wenn einem die Mutter fehlte.

Freya zog die Strickjacke zum Schutz gegen den Wind fest um sich und machte sich auf den Weg ins Dorf. Als sie sich dem Gemeindesaal näherte, sah sie Luftballons an den Säulen und hörte das Dröhnen lauter Musik. Eine Traube junger Leute stand vor dem Gebäude und wartete darauf, zu der Disco eingelassen zu werden. Der Anblick der Mädchen in ihren Partykleidern und der Jungen in schicken Hosen und weißen Hemden erfüllte Freya mit Traurigkeit. Chloe sollte bei ihnen sein und sich auf den Abend freuen.

Es musste ein schrecklicher Streit gewesen sein, wenn sie etwas so Unfreundliches zu ihrem Dad gesagt hatte. Außerdem würde es bald dunkel sein.

Wo konnte Chloe nur stecken? Martha aus dem Pflegeheim war eines Abends im Nachthemd zu einem Spaziergang aufgebrochen und war fast unterkühlt, als man sie fand. Doch Chloe war jung, und es war ein frischer Abend im Mai und keine eisige Januarnacht, ermahnte Freya sich streng. Es bestand kein Grund zur Panik.

Plötzlich fiel ihr ein, dass sie Chloe ein paar Mal allein am Strand hatte sitzen sehen. Sie wollte nicht aufdringlich sein und hatte Chloe in Ruhe gelassen. Vielleicht war sie dort hingegangen? Einen Versuch war es wert.

Freya eilte die schmale Straße entlang, die aus dem Dorf führte. In Liams schönem Bauernhaus gingen gerade die Lichter an, als sie es passierte, und vereinzelte Regentropfen fielen auf sie hinab.

Am Rand der Bucht angekommen frischte der Wind auf, und grobe Sandkörner peitschten ihr ins Gesicht. Das graue Wasser türmte sich zu Wellen, die ans Ufer donnerten, und der Strand war menschenleer bis auf eine einsame Gestalt, die allein dasaß und aufs Meer schaute.

Freya streifte die Schuhe ab und ging durch den kalten Sand zu Chloe. Das Mädchen saß reglos da, die Knie an die Brust gezogen. Neben ihr lag ein Paar blauer Schuhe achtlos im Sand. Als Freya Chloe erreichte, drehte diese sich zu ihr um.

»Hast du etwas dagegen, wenn ich mich zu dir setze?«

»Ist mir egal«, antwortete Chloe mürrisch.

Freya schmeckte salzigen Sprühnebel auf den Lippen, als sie sich in den Sand hockte und das junge Mädchen neben sich betrachtete.

Sie erkannte Chloe kaum wieder – ihr Haar war zu einem strammen Knoten frisiert, der ihr die Gesichtshaut nach hinten zog, und ihre schöne strahlende Haut war mit Foundation bedeckt. Auf den Wangen leuchtete Rouge, und die Augenlider waren dunkel geschminkt.

Das Make-up war fachkundig aufgetragen worden, doch es ließ Chloe älter und langweilig wirken. Sie sah aus wie eine der vielen durchgestylten jungen Frauen, die Freya auf Instagram begegnet waren – abgesehen von den schwarzen Mascaraspuren, die die Tränen auf Chloes Wangen hinterlassen hatten.

Das musste der Grund für den Streit gewesen sein. Freya konnte verstehen, dass Ryan über die plötzliche Verwandlung seiner Tochter schockiert gewesen war und dass die Situation daraufhin eskaliert war. Sie war selbst schockiert, obwohl sie nicht Chloes Mum war. Sie war niemandes Mum.

»Ich glaube, die Disco hat angefangen«, bemerkte Freya. Ihr Arm streifte fast den von Chloe.

»Ich gehe nicht hin.«

»Das ist schade.«

»Ja.«

Sie saßen eine Minute lang da und schauten beide aufs Meer, das rauer war, als Freya es je zuvor gesehen hatte. Eine aufgewühlte graue Wassermasse erstreckte sich bis zum Horizont, gekrönt von weißer Gischt, die der Wind verwehte und in der Luft tanzen ließ.

»Dein Dad sucht dich«, bemerkte Freya nach einer Weile.

Chloe drehte sich im Sand, sodass sie ihr zugewandt saß.

»Hat mein Dad Sie geschickt?«, fragte sie scharf.

»Nein. Er sucht dich, weil er sich Sorgen um dich macht. Aber er weiß nicht, dass du hier bist.«

»Woher haben Sie es gewusst?«, fragte sie und kniff die mit Kajal umrandeten Augen zusammen.

»Ich habe dich hier ein paar Mal allein im Sand sitzen sehen.«

»Ich mag es nicht, wenn man mir nachspioniert.«

»Ich habe dir nicht nachspioniert, Chloe. Ich gehe selbst manchmal am Strand spazieren, um allein zu sein, und da habe ich dich zufällig gesehen.«

Chloe musterte Freya für einen Augenblick, dann füllte sie eine Hand mit Sand und ließ ihn durch die Finger rieseln. »Ich sitze gern hier, um nachzudenken. Es ist friedlich hier.«

»Ja, vor allem, wenn das Wetter nicht so gut ist und der Strand nicht von Touristen überlaufen ist.«

»Genau. Die Mädchen, die schon immer hier wohnen, wissen das Meer gar nicht richtig zu schätzen. Paige sagt, dass es langweilig ist und dass sie nur an den Strand geht, wenn es heiß und sonnig ist. Aber mir gefällt es am besten, wenn sonst niemand hier ist und das Meer wild ist. Dann fühle ich mich der Natur näher und ... und den Menschen.«

Sie presste die Lippen aufeinander, als hätte sie nicht so viel sagen wollen, und starrte wieder aufs Meer.

»Fühlst du dich dann deiner Mum näher?«, fragte Freya sanft.

Chloe nickte, und ihre Unterlippe zitterte. Freya rutschte näher an sie heran, bis ihr Arm Chloes berührte.

»Es ist schwer ohne deine Mum, nicht? Ich kenne das Gefühl.«

Das erregte Chloes Aufmerksamkeit. »Woher?«, fragte sie. »Ist Ihre Mum auch tot?«

»Nein, sie lebt noch. Aber sie ist nach Griechenland gezogen, als ich zehn war.«

»Hat sie sie zurückgelassen?«

»Ja.«

»Hm.« Chloe dachte kurz nach. »Griechenland ist ewig weit weg.«

»Es ist etwa tausendfünfhundert Meilen entfernt. Ich habe mir oft den großen Atlas von meinem Dad genommen und die Entfernung bis zu meiner Mum berechnet. Es ist sehr weit.«

»Das muss schrecklich gewesen sein«, murmelte Chloe und zuckte zusammen, als eine kreischende Möwe auf sie herabstieß. Die Sonne wurde von dicken grauen Wolken verdeckt, und der Vogel war ein dunkler Schatten in der hereinbrechenden Finsternis.

Freya schluckte und nickte, und die alte Wunde riss wieder auf. Sie dachte nur noch selten daran, dass ihre Mutter sie aus freien Stücken zurückgelassen hatte, doch plötzlich war die Erinnerung wieder da, als wäre es erst gestern geschehen.

In Wirklichkeit war es ebenso ihre Entscheidung wie die ihrer Mutter gewesen. Ihre Mum, bis über beide Ohren verliebt in einen griechischen Arbeitskollegen, hatte ihren Dad verlassen und wollte Freya mitnehmen.

Als Freya jedoch die Verzweiflung im Gesicht ihres Vaters gesehen hatte, konnte sie ihn einfach nicht allein lassen. Sie hatte darauf bestanden, bei ihm zu bleiben, und gehofft, ihre Mutter dadurch umstimmen zu können, damit sie bei ihnen in England blieb.

Doch ihr Plan war spektakulär nach hinten losgegangen.

»Warum ist sie nach Griechenland gezogen?«, fragte Chloe so leise, dass sie beinahe vom Krachen der Wellen übertönt wurde.

»Sie wollte einen Mann heiraten, der von dort kam, und lieber mit ihm zusammenleben.«

Ihre Mutter war fortgegangen, um ein neues Leben zu beginnen, und ihre Mutter-Tochter-Beziehung hatte sich nie ganz davon erholt. Nach der Scheidung von Freyas Vater hatte ihre Mum den Griechen geheiratet, und Freya war zur Hochzeit gereist. Doch das Vertrauen zwischen ihnen war zerstört, und mit ihm Freyas Vertrauen in die Welt. Wenn die Menschen, die man am meisten liebte, einfach so aus dem eigenen Leben verschwinden konnten, musste die Welt beängstigend sein. Chloe musste Angst haben.

Als Freya dem jungen Mädchen den Arm um die Schultern legte, lehnte Chloe sich an sie.

»Worum ging es bei dem Streit mit deinem Dad?« Freya legte Chloe die Wange an das weiche Haar.

»Er ist total ausgeflippt, weil ich geschminkt zur Disco gehen wollte, und dann hat er gesagt ... Er hat gesagt, ich würde ganz anders aussehen als meine Mum.«

»Ah. Ich verstehe.« Freya schwieg für einen Augenblick, bevor sie fragte: »Wer hat dich geschminkt?«

»Isobel«, antwortete Chloe und schniefte, während eine große Träne in den Sand tropfte. »Sie hat gesagt, sie wolle, dass ich mehr wie meine Mum aussehe.«

Freya zog ein sauberes Taschentuch hervor und reichte es Chloe, während sie ihren Zorn nur mit Mühe unterdrücken konnte. Was hatte Isobel sich nur dabei gedacht?

»Gefällt Ihnen mein Make-up?«, fragte Chloe und hob den Kopf. Ihre Augen waren rot gerändert vom Weinen, und der Eyeliner lief ihr zusammen mit dem Mascara in dunklen Streifen übers Gesicht.

»Um ehrlich zu sein, es hat wahrscheinlich besser ausgesehen, bevor du so aufgelöst warst.«

»Wahrscheinlich.« Chloe rieb sich heftig das Gesicht und verschmierte die schwarzen Spuren auf den Wangen.

»Ich glaube, dein Dad wollte sagen, dass du nicht so viel Make-up zu tragen brauchst.«

»Doch, tue ich. Ich muss aussehen wie meine Mum.«

»Warum?« Freya fasste Chloe an den Schultern. »Du siehst

aus wie du, und das wäre bestimmt auch der Wunsch deiner Mum.«

»Ich will nicht aussehen wie ich.«

»Wirklich? Als ich in deinem Alter war, hätte ich für so schönes dichtes kastanienbraunes Haar einen Mord begangen. Es fällt sofort auf, vor allem, wenn es in der Sonne rot leuchtet. Es sieht viel besser aus als meine hellbraune Mähne.« Freya zog an ihren Haaren, die der Wind ihr ums Gesicht peitschte.

»Ich mag es nicht, anders zu sein. Ich wäre viel lieber wie Paige, aber sie hält mich für eine Idiotin.«

»Willst du wie alle anderen sein? Das klingt für mich ziemlich langweilig. Du bist nicht wie Paige, und das ist gut so. Du brauchst ihre Anerkennung nicht, um zu sein, wer du bist. Sei einfach du selbst und stolz darauf!«

War das zu viel? Freya verzog innerlich das Gesicht über ihre aufmunternden Worte, aber Chloe grinste schwach.

»Ich finde immer noch, dass ich geschminkt besser aussehe.«

War das eine Frage oder eine Feststellung? Die leichte Hebung des Tons am Satzende ließ Freya vermuten, dass es Ersteres war.

»Ein bisschen Make-up für einen besonderen Anlass ist in Ordnung. Aber du brauchst nicht viel. Im Gegenteil, zu viel Make-up lenkt von deinen hübschen Gesichtszügen ab.«

Chloe stieß ein ungläubiges Lachen aus. »Schön wär's.«

»Nein, ehrlich. Du hast ganz tolle Wangenknochen.« Freya strich dem Mädchen leicht über die Wange. »Und deine Augen haben eine wunderschöne Farbe.«

»Sie sind braun«, antwortete Chloe tonlos.

»Sie sind eher bernsteinfarben, mit dunkelgrünen Einsprengseln. Und deine Haut strahlt förmlich – das ist mir früher schon aufgefallen.«

»Das sagen Sie doch nur so.«

»Nein, tue ich nicht. Ich würde dich nicht anlügen, Chloe.«

Chloes Augen verdunkelten sich. »Sie haben versprochen, Dad nicht zu sagen, dass ich von Clair Point gesprungen bin, aber dann haben Sie es doch getan.«

»Nein, das habe ich nicht. Ich habe mit deinem Dad nicht darüber gesprochen. Gut, erst, als er mich im Pub deswegen angegangen hat, aber da hat er es schon gewusst. Hast du gedacht, ich hätte mein Wort gebrochen und es deinem Vater erzählt?« Chloe nickte. »Warst du deshalb so komisch zu mir in letzter Zeit?«

Wieder nickte Chloe. »Ich dachte, Sie hätten gelogen und mich verpetzt.«

»Also, ich schwöre dir, dass ich es nicht getan habe, obwohl ich inzwischen wünschte, ich hätte dir dieses Versprechen nie gegeben. Dein Dad war ziemlich sauer auf mich, als er von jemand anderem erfuhr, was auf Clair Point passiert ist, und feststellte, dass ich es die ganze Zeit über gewusst habe.«

Er war aufgebracht gewesen, erinnerte Freya sich. Wie verärgert würde er sein, wenn er von dem noch größeren Geheimnis erfuhr, dass sie vor ihm verbarg? Eine unüberlegte Mutprobe, bei der nichts passiert ist, für sich zu behalten, war nichts im Vergleich zum Schweigen über eine lange verloren geglaubte Halbschwester, von der er nichts wusste.

»Tut mir leid«, sagte Chloe, und ihre Entschuldigung verlor sich fast im Rauschen der einlaufenden Flut.

»Ist schon gut. Wie wäre es, wenn wir den Strand jetzt verlassen und du zu der Disco gehst?«

»Das kann ich nicht mehr. Es ist zu spät.«

»Nein, ist es nicht. Die Disco hat gerade erst angefangen. Du trägst ein hübsches Kleid, das zwar jetzt voller Sand ist, aber das kriegen wir wieder hin. Komm mit zu deiner Gran, dann bringe ich dein Gesicht in Ordnung. Es wird nicht lange dauern.«

Chloe wandte sich zu Freya und sah sie an. »Warum sollten Sie das tun? Ich war schrecklich zu Ihnen.«

»Weil ich denke, dass du Spaß haben wirst, wenn du dich entspannst. Außerdem habe ich dich gern, Chloe.«

Diesmal schenkte Chloe ihr ein richtiges Lächeln, und ihr nächster Satz wärmte Freya das Herz. »Ich habe Sie auch gern.«

»Dann komm.« Freya stand auf und zog Chloe hoch. »Vergiss die Schuhe nicht.« Sie machten sich auf den Weg über den Strand. »Unterwegs solltest du besser deinen Dad anrufen und ihm sagen, dass alles in Ordnung ist. Er hat sich wirklich Sorgen um dich gemacht.«

Chloe blieb unvermittelt stehen. »Ich kann nicht mit Dad reden. Ich habe etwas Furchtbares zu ihm gesagt – etwas, was ich nicht so gemeint habe. Etwas über ihn und Mum, und das kann ich nie wieder zurücknehmen.«

»Egal, was du gesagt hast, er liebt dich immer noch, Chloe. Also, ruf ihn an, und dann gehen wir zu deiner Gran. Wir können einen Umweg nehmen, damit deine Freundinnen dich nicht sehen.«

»Danke. Ich bin froh, dass Sie mich gefunden haben.«

Als sie sich auf den Weg machten, schob Chloe ihre Hand in die von Freya.

DREISSIG

RYAN

Ryan entspannte sich erst richtig, als er Chloe und Freya auf den Gemeindesaal zugehen sah. Als Chloe davongelaufen war, hatte er befürchtet, dass die Geschichte sich wiederholen würde – er würde sie verlieren, und es wäre seine Schuld. Nicht einmal Chloes Anruf auf dem Rückweg zu seiner Mum hatte die Angst vertreiben können. Doch nun war sie da und ging Seite an Seite mit Freya.

Die beiden schienen sich wohl miteinander zu fühlen, aber Chloes Gesicht umwölkte sich, als sie ihn sah. Sie blieb kurz stehen und Freya beugte sich vor, um ihr etwas ins Ohr zu flüstern. Dann kam Chloe zu ihm.

Sie trat vor ihn, stemmte die Hände in die Hüften und senkte den Kopf. »Es tut mir leid, Dad«, sagte sie mit zitternder Unterlippe.

»Ist schon gut, Chloe. Mir tut es auch leid.«

Als sie einen Schritt auf seine ausgestreckten Arme zu machte, zog er Chloe an sich und schloss die Augen. Was würde er nur ohne sie tun? Sie hatte ihn gerettet, als seine Verzweiflung nach Natalies Tod ihn überwältigt hatte. Sie hatten sich gegenseitig gerettet.

»Ich habe es nicht so gemeint«, murmelte sie in seine Schulter.

Er drückte sie noch fester an sich. »Es ist alles gut. Vergessen wir das Ganze. Wir haben beide Dinge gesagt, die wir nicht so gemeint haben.«

Als er sie losließ, wandte sie sich wieder Freya zu, die sie beobachtete.

Zu Ryans Erleichterung sah Chloe jetzt ganz anders aus. Sie trug noch immer das hübsche Kleid, das sie zusammen in Exeter gekauft hatten. Doch das dicke Make-up war verschwunden und durch einen Hauch Lipgloss und ein bisschen Wimperntusche ersetzt worden. Ihr Haar war aus dem strammen Knoten befreit worden und fiel ihr in roten Wellen um die Schultern. Sie sah wieder aus wie seine Tochter. Sie war wunderschön.

»Du siehst toll aus«, sagte er und schenkte ihr ein breites Lächeln.

Chloe strahlte. »Freya hat mir dabei geholfen, und wir haben viel geredet. Sie ist echt okay.« Ein Schatten glitt über ihr Gesicht, und sie wandte sich noch einmal an Freya. »Ich fühle mich besser so. Mehr wie ich selbst. Aber ich habe trotzdem Angst, dass Paige und Isobel sauer sind, nachdem sie eine Ewigkeit damit verbracht haben, mich zu schminken und zu frisieren.«

»Es ist deine Entscheidung, wie du aussehen willst«, entgegnete Freya. »Sag Paige einfach, du und deine Stylistin hätten es sich anders überlegt und seien zu dem Schluss gekommen, dass der natürliche Look heutzutage viel mehr in Mode ist.«

Chloe kicherte. »Paige hat noch mehr Make-up drauf als ich.«

»Nun, das ist ihre Sache. Sei einfach stolz darauf, wer du bist, und hab Spaß. Und Kristen, das neue Mädchen, von dem du mir erzählt hast – vielleicht könntest du dafür sorgen, dass sie sich ebenfalls gut amüsiert und sich nicht ausgeschlossen fühlt?«

»Das mache ich. Hab dich lieb, Dad, und danke, Freya. Sie sind die Beste.«

Chloe winkte den beiden zu und hüpfte in den Gemeindesaal, aus dem Musik und das aufgeregte Geplapper junger Leute drangen.

Ryan schaute ihr nach, dann drehte er sich zu Freya um.

»Können Sie Wunder wirken?«

»Was meinen Sie damit?«

»Meine einsilbige Tochter hat sich nicht nur bei mir entschuldigt, sie hat auch gelächelt und gesagt, dass sie mich liebhat.«

»Das tut sie, was auch immer sie vorhin zu Ihnen gesagt hat«, antwortete Freya, das Gesicht erhellt vom Licht aus dem Saal. »Sie ist zwölf und hat mit Hormonen und Gefühlschaos zu kämpfen. Ich war in ihrem Alter launisch und verwirrt und habe meinen Dad zur Verzweiflung getrieben. Ich war unsicher und unbeholfen. Es war die Hölle, glauben Sie mir, aber mein Dad hat es überlebt, und ich habe es auch gut überstanden.«

»Mehr als gut«, entgegnete Ryan und bemerkte erst jetzt, dass Freyas golden im Licht schimmerndes Haar ihr zartes Gesicht perfekt umrahmte. Sie wirkte aufgeregt und gehetzt und unordentlich in ihren blauen Jeans und dem T-Shirt – und wunderschön. Es lag etwas Verletzliches in der Art, wie sie beim Sprechen die Hände rang, und als sie ihn anlächelte und das Kinn neigte, hatte sie etwas Frisches an sich. Außerdem war es nett von ihr gewesen, seine verschwundene Tochter zu finden und sie nicht nur aufzumuntern, sondern sie auch zu ermutigen, auf ihren Vater zuzugehen. Sie war wunderbar.

Ryan schluckte hörbar. Es hatte keinen Sinn, Gefühle für Freya zu entwickeln, denn das würde nur zu einem gebrochenen Herzen führen. Er verdiente es nicht, glücklich zu sein, nicht nach dem, was er getan hatte.

»Geht es Ihnen jetzt wieder gut?«, fragte Freya und trat einen Schritt auf ihn zu. »Chloe hat wirklich nicht gemeint, was sie gesagt hat. Sie war einfach außer sich und hat sich im Ton vergriffen.«

»Ich weiß.« Ryan schloss für einen Moment die Augen und schob Chloes Worte beiseite. Sie mochte es nicht so gemeint haben, aber er würde es nie vergessen.

Eine lärmende Gruppe von Nachtschwärmern, die das Smugglers Haunt ansteuerte, brachte ihn auf eine Idee. Er wollte nicht in ein leeres Haus zurückkehren, und die Sturmwolken hatten sich verzogen und einen tintenschwarzen Himmel voller Sterne zurückgelassen.

»Hätten Sie Lust auf einen Drink auf der Kaimauer, wo es etwas ruhiger ist? Es ist ein unzulängliches Dankeschön dafür, dass Sie Chloe gefunden und geholfen haben, sie zu retten – uns beide zu retten.«

Als Freya zögerte, hoffte Ryan plötzlich, dass sie sein Angebot ablehnen würde. Er hätte sie eigentlich gar nicht fragen sollen. Er ging zu ungestüm vor, und das war bei Freya keine gute Idee.

Doch Freya nickte, und ein Lächeln erhellte ihr Gesicht. »Warum nicht? Ihre Mum sitzt nach der ganzen Aufregung um Chloe in ihrem Sessel und döst, daher wird sie mich nicht vermissen.«

Zehn Minuten später saßen sie auf einer Bank am Kai, Ryan mit einem Plastikbecher Real Ale in der Hand und Freya mit einem Gin Tonic. Das Klatschen des Wassers war über dem dumpfen Wummern aus dem Gemeindesaal gerade noch zu hören.

»Claude wird von dem Lärm nicht gerade begeistert sein«, bemerkte Ryan mit Blick zu dem kleinen Cottage hinter sich.

»Haben Sie Claude schon kennengelernt, unseren Dorfexzentriker?«

»Ich habe ihn bei der Eröffnung des Kulturzentrums gesehen. Er scheint ein interessanter Mann zu sein.«

»Ja, und er ist ein prima Kerl. Ein großer Teil des Archivmaterials im Kulturzentrum stammte von ihm. Er und Lettie, die das Zentrum gegründet hat, sind ein gutes Team. Sie ist noch nicht lange hier, aber sie hat sich gut eingelebt.«

Warum redete er über Leute, die Freya kaum kannte?, fragte er sich. Verschiebung, wurde ihm schlagartig klar.

Er dachte an die Therapie, der er kurz nach Natalies Tod gemacht hatte. Sie hatte ihm nicht richtig geholfen, weil er nicht gesagt hatte, was er wirklich empfand. Stattdessen hatte er endlos über die praktischen Einzelheiten seines Lebens als alleinerziehender berufstätiger Vater gesprochen. Sein Therapeut hatte das als »Verschiebung« bezeichnet. Danach hatte Ryan die Therapie aufgegeben, denn wozu das Ganze? Er wusste, wo das Problem lag, und es ließ sich nicht ändern.

Er richtete seine Aufmerksamkeit wieder auf die Gegenwart und hob den Becher. »Auf Sie, Freya. Danke, dass Sie Chloe gefunden haben und dass Sie sie aufgemuntert haben. Danke, dass Sie sie überredet haben, sich diese grässliche Schminke abzuwischen. Und danke, dass Sie meiner Mum helfen. So glücklich habe sie schon lange nicht mehr gesehen.« Er zuckte die Achseln. »Ich habe Sie falsch eingeschätzt, als Sie nach Heaven's Cove gekommen sind. Ich war unfreundlich und misstrauisch und wahrscheinlich auch ein bisschen aufgeblasen, und das tut mir leid.«

»Sie brauchen sich nicht zu entschuldigen.« Freya stellte ihren halb ausgetrunkenen Gin Tonic auf den Boden zu ihren Füßen. »Um ehrlich zu sein, ich habe Sie auch ziemlich falsch eingeschätzt.«

»Lassen Sie mich raten. Sie dachten, ich sei ein mürrischer alter Mann.«

»Ähm.« Freya verzog den Mund. »Nein, nicht ganz.«

»Das ist Chloes Meinung von mir, zumindest sagt sie das. Und dass sie wünscht, ich wäre tot statt ihre Mutter.« Sein Lächeln sollte spöttisch wirken, um Chloes Worten den Stachel zu nehmen.

»Sie hat es wirklich nicht so gemeint. Sie war einfach nur ...«

Als Freya zögerte, berührte Ryan sie am Arm. »Sie war einfach nur was?«

»Sie war verstört, weil Sie gesagt haben, sie sei ganz anders als Natalie.«

Er verzog das Gesicht. »Das habe ich gesagt? Um ehrlich zu sein, ich weiß gar nicht mehr, was ich gesagt habe. Natürlich ist sie wie ihre Mum. Ich sehe Natalie jeden Tag in ihr, in ihrer Art zu sprechen und zu gehen, und ich bin sehr froh darüber. Ich war einfach nur entsetzt, was Isobel mit dem Gesicht meiner Tochter angestellt hatte.«

»Dann sollten Sie sich besser daran gewöhnen. Chloe wird sicher eines Tages viel Make-up tragen.«

»Das ist auch völlig in Ordnung, wenn sie dreißig ist. Ach was, sagen wir vierzig.« Ryan lächelte. Er fühlte sich wohl mit Freya. Viel wohler, als er sich je mit Isobel gefühlt hatte, die immer irgendwelche Hintergedanken zu haben schien. Er sollte ständig etwas für sie reparieren, oder sie wollte eine Einladung zum Lunch aus ihm herauskitzeln oder brauchte einen Rat. Isobel hatte eine Hochglanzfassade, und er war sich nicht sicher, wer sie wirklich war. Doch bei Freya hatte er das Gefühl, dass sie nichts versteckte. Jeder Schmerz, den sie je erlitten hatte, war in ihren großen grauen Augen zu sehen.

Plötzlich hasste er alle, die sie im Lauf der Jahre verletzt hatten, und in einer weiteren spontanen Geste beugte er sich zu ihr und berührte mit den Lippen ihre Wange. Ihre Hand legte sich unwillkürlich auf die Stelle, wo er sie geküsst hatte.

»Warum haben Sie das getan?«, fragte sie und sah ihm in die Augen.

»Keine Ahnung. Um mich bei Ihnen zu bedanken?«

Als Freya sich nicht bewegte, während ihr Haar im Licht der Hafenlampen schimmerte, hob er die Hand und strich ihr den Pony aus den Augen. Er konnte sein Herz schlagen hören, als Gefühle und Sehnsüchte, die er für immer verdrängt geglaubt hatte, ihn übermannten. Nur ein Kuss. Wäre das so schlimm?

Er hatte Natalie in der Vergangenheit etwas Schreckliches angetan. Aber er hatte es doch bestimmt nicht verdient, für immer unglücklich zu sein.

»Hallo. Was sitzt ihr denn hier im Dunkeln?« Isobels laute Stimme ließ ihn zusammenfahren. »Ist da noch Platz für eine schmale Person?«

Ohne auf eine Antwort zu warten, ließ Isobel sich am Ende der Bank neben Ryan plumpsen und presste ihren in eine enge schwarze Hose gehüllten Oberschenkel fest gegen seinen.

»Wir haben gerade über Kathleens Pflege gesprochen«, antwortete Freya gelassen und rutschte von Ryan weg.

»Ach ja?« Isobels Tonfall war so sarkastisch, dass Ryan sich fragte, was sie gesehen hatte.

Vielleicht war es ganz gut, dass sie genau in dem Augenblick gekommen war. Was hatte er sich nur gedacht? Freya zu küssen, und sei es nur auf die Wange, war keine gute Idee. Sie war nicht zurückgezuckt, als er ihr Haar berührt hatte. Doch selbst wenn er die Situation nicht vollkommen falsch eingeschätzt hatte und sie gewollt hatte, dass er sie küsste, war es ihr gegenüber nicht fair, denn sie hatte keine Ahnung, was für eine Art Mann er war. Er durfte nicht zulassen, dass mehr daraus wurde, und sie hatte nach ihrer gescheiterten Ehe etwas Besseres verdient.

»Hast du Chloe gefunden?«, fragte Isobel. »Ist sie jetzt bei der Disco?«

»Ja, sie ist da«, antwortete Ryan.

»Du hast ziemlich aufgeregt geklungen, als du angerufen und gefragt hast, ob sie noch bei mir und Paige ist.«

»Wir hatten uns gestritten, weil sie viel zu stark geschminkt war, und sie ist davongestürmt.«

»Wirklich?« Isobel lehnte sich zurück und verschränkte die Arme. »Meine Güte, Ryan. Du bist doch kein alter Spießer, der etwas gegen Make-up hat, oder?«

»Ich habe überhaupt nichts gegen Make-up, und es war nett von dir, Chloe beim Schminken zu helfen, aber für eine Zwölfjährige war es zu viel, meinst du nicht?«

Er bemühte sich um einen ruhigen Tonfall. Isobel hatte helfen wollen, und die Tatsache, dass alles so katastrophal schiefgelaufen war, war ganz allein sein Fehler, weil er mit der Situation so schlecht umgegangen war.

»Was denken Sie, Freya?«, fragte Isobel. »Wie stehen Sie zu Make-up? Mir ist aufgefallen, dass Sie kaum welches tragen, daher vermute ich, dass Sie kein Fan davon sind.«

War das ein subtiler Seitenhieb gegen Freya? Sie zuckte mit den Schultern. »Ich kann verstehen, dass Chloe Make-up tragen möchte. Ich war mit zwölf genauso. Aber ich finde, sie braucht gar nicht viel. Sie ist von Natur aus schön.«

»Hmm.« Isobel rümpfte die Nase. »Dann haben Sie sie also gefunden, nachdem sie weggelaufen ist.«

»Freya hat sie in der Bucht entdeckt und sie überredet, doch noch zur Disco zu gehen«, sagte Ryan.

Als er Freya anlächelte, beugte Isobel sich zu ihr, sodass ihre Brüste Ryans Oberkörper streiften. »Das war nett von Ihnen, Freya, sich nicht nur um Kathleen zu kümmern, sondern auch um Chloe. Sie sind wirklich ein Schatz und auf jeden Fall Ihr Geld wert. Inzwischen sind Sie viel mehr als eine bezahlte Hilfskraft.«

Entrüstung stieg in Ryan auf, aber bevor er etwas sagen konnte, erhob Freya sich.

»Und als bezahlte Hilfskraft sollte ich jetzt besser zu Kathleen zurück«, erklärte sie gelassen. »Um diese Zeit trinkt sie gern eine heiße Schokolade, und ich schließe mich ihr oft an. Auf Wiedersehen, Isobel.« Sie nickte Ryan zu. »Bis dann, Ryan. Ich hoffe, Chloe amüsiert sich gut bei der Disco.«

»Ich bringe Sie zurück zu Mum«, bot er an und machte Anstalten aufzustehen, doch sie schüttelte den Kopf.

»Nein, danke. Es ist nicht weit. Bleiben Sie ruhig bei Isobel.«

»Vielen Dank für alles«, rief er ihr nach, aber sie war bereits in der Dunkelheit verschwunden, ohne sich noch einmal umzudrehen.

Er konnte seinen Ärger nicht bezähmen. »Du warst ziemlich unhöflich zu Freya.«

»Wirklich?« Isobel zog einen schuldbewussten Schmollmund und sah ihn mit ihren großen blauen Augen an. »Dabei habe ich ihr ein Kompliment gemacht. Ich habe sie einen Schatz genannt, denn das ist sie wirklich. Ich glaube, du bist immer noch überreizt nach der Sache mit Chloe. Es ist schwer, ich weiß, aber du musst mit der Zeit gehen und akzeptieren, dass Chloe und Paige langsam erwachsen werden.«

Ryan rutschte von Isobel weg. Ihm war nicht nach einem Gespräch mit ihr zumute, nachdem sie so mit Freya geredet hatte. Doch in einem Punkt hatte sie recht: Chloe wurde tatsächlich erwachsen – und der Gedanke machte ihm Angst. Wie sollte er sie beschützen, wenn sie allein in der Welt war? Wie konnte er verhindern, dass ihr etwas zustieß wie Natalie?

Er fasste sich und fragte dann: »Ich weiß, dass die Mädchen älter werden, aber man sollte sie doch so lange wie möglich Kind sein lassen, findest du nicht?«

»Ja. Ehrlich, Ryan, weiß der Himmel, wie du reagieren wirst, wenn Chloe ihren ersten Freund mit nach Hause bringt. Er ist nicht zu beneiden.« Isobel lachte, dann deutete sie mit dem Kinn auf den Nachthimmel. »Sieh dir nur die schönen funkelnden Sterne da oben an. Es ist wirklich unglaublich romantisch hier.«

Und mit diesen Worten schlang sie ihm die Arme um den Hals und drückte ihm die Lippen fest auf den Mund.

Ryan zog sich schwer atmend zurück. »Lass das, Isobel. Man kann uns hier sehen, und das kommt alles etwas plötzlich.«

Er konnte nicht leugnen, dass er sich geschmeichelt gefühlt hatte, als Isobel anfing, Interesse an ihm zeigen. Außerdem war es wirklich romantisch hier, mit dem sternenübersäten tintenblauen Himmel und den sanft gegen die Kaimauer plätschernden Wellen. Doch er wollte es nicht.

»Plötzlich? Findest du wirklich?« Isobel zog einen Mundwinkel hoch. »Du fühlst dich schon seit einiger Zeit zu mir hingezogen, Ryan. Das kannst du nicht leugnen.«

»Du bist sehr attraktiv, aber ...«

»Aber du hast Schuldgefühle wegen deiner Frau«, unterbrach Isobel und verdrehte die Augen. »Hör zu, es ist schön, dass du Natalie so treu und ergeben warst.« Sie strich über die empfindsame Haut seines Innenarms. »Wirklich schön, und es macht dich ehrlich gesagt noch attraktiver. Fürsorglich und mitfühlend und verletzlich und überhaupt. Aber das ist jetzt ein paar Jahre her, Ryan, und es ist Zeit für etwas Neues. Du hast diese Schuldgefühle nicht verdient.«

In dem Punkt irrte sich Isobel, aber nicht aus den Gründen, die sie vermutete.

Ryan erhob sich schnell und schüttelte die Beine aus.

»Es tut mir leid, Isobel. Ich bin einfach noch nicht bereit. Es hat nichts mit dir zu tun. Du bist eine wunderbare Frau, aber ...«

»Oh, bitte kein ›Aber‹.« Isobel klang verärgert, doch dann lächelte sie, ihr Lippenstift verschmiert von dem Kuss. »Natürlich. Ich verstehe. Du brauchst noch etwas Zeit, aber du solltest wissen, dass ich nicht der Typ bin, der so leicht aufgibt.«

Sie ließ es klingen, als sei er eine Herausforderung. Ein Mann, der ihren Reizen nicht erlag. Ein Rätsel, das es zu lösen galt.

»Bringst du mich wenigstens nach Hause, nachdem du mich so grausam zurückgewiesen hast?«, fragte sie mit hübsch gespitztem Mund.

»Natürlich«, erwiderte Ryan, denn es blieb ihm gar nichts anderes übrig. Es herrschte jetzt verlegene Stimmung zwischen ihnen, und er war immer noch empört über Isobels Unhöflichkeit gegenüber Freya. Doch er konnte eine Frau nicht im Dunkeln allein lassen, wenn sie ihn um seine Begleitung gebeten hatte. Er war zwar ein Wrack, aber er war kein Schwein.

Isobel hakte sich bei ihm unter, als sie am Gemeindesaal vorbeikamen, aus dem immer noch die Musik dröhnte, und durch die gepflasterten Straßen gingen. Er brachte sie bis zur Haustür und ging zurück zu seinem Cottage, den Kopf voller Gedanken an Natalie, Isobel und Freya.

EINUNDDREISSIG

FREYA

Freya wachte früh auf, geweckt vom Kreischen der Möwen auf dem Reetdach. Helles Morgenlicht drang unter den Vorhängen herein, und ein Blick auf die Uhr auf dem Nachttisch zeigte, dass es erst sechs war. Kathleen würde noch mindestens eine Stunde schlafen.

Freya zog die Vorhänge auf. Die Sonne, die gerade hinter dem Horizont hervorspitzte, verjagte die Schatten an der Kirche. Heaven's Cove war frisch und wie neugeboren, wie jeden Tag.

Sie schlüpfte in Jeans und Sweatshirt, stahl sich die Treppe hinunter, zog die Turnschuhe an und verließ das Haus.

Früh am Morgen zeigte sich Heaven's Cove von seiner besten Seite, bevor die Touristen eintrafen und die Gassen verstopften und Eiscreme auf die Pflastersteine fallen ließen. Freya war auch eine Zugezogene. Sie hatte das Dorf lieben gelernt, das sich seit Jahrhunderten in die Bucht schmiegte und in dessen alten Straßen Vergangenheit und Gegenwart sich vereinten.

Der Fischgeruch wurde stärker, als sie sich dem Kai näherte. Ein Fischerboot hatte angelegt, und Männer in dicken

Wollpullovern luden den Fang aus und pfiffen vor sich hin, während die bleiche Sonne am heller werdenden Himmel langsam emporstieg.

Freya ging bis zum Dorfrand, wo das Land steil anstieg. Es war der Weg zu dem Küstenfelsen, den die Einheimischen Cora Head nannten. Freya hatte überlegt, einen Spaziergang zu Driftwood House zu unternehmen, aber seit ihrem Besuch mit Kathleen vermied sie es, dort hinaufzugehen. Sie fühlte sich heute Morgen auch ohne Traurigkeit schon gestresst genug.

Der Pfad wand sich zwischen Bäumen hindurch, bis sie oben auf der offenen Landzunge herauskam. Eine Bank stand an der besten Stelle, und Freya setzte sich darauf, nachdem sie das kleine Schild daran gelesen hatte:

In liebendem Gedenken an Iris Starcross.

Wer war Iris Starcross?, fragte sie sich und schaute übers Meer. Der Nachname war so ungewöhnlich, dass sie mit Lettie Starcross verwandt sein musste, die das Kulturzentrum eröffnet hatte. Hatte Iris einst hier gesessen und diese herrliche Aussicht bewundert?

Der Himmel war von breiten rosa-goldenen Streifen durchzogen, während die Sonne höher stieg, und das rastlose Wasser unten war von einem so hellen Blau, dass es fast wie Quecksilber aussah. Freya atmete tief die frische Luft ein und spürte, wie sie sich entspannte. Es war so viel geschehen, hatte so viele Veränderungen gegeben, dass es schwer war, alles zu verarbeiten. Und dann war da der gestrige Abend gewesen ...

Freya dachte an Chloes tränenüberströmtes Gesicht und wurde erneut von Mitgefühl erfasst. Es war so schon schwer genug, zwölf Jahre alt zu sein, auch ohne noch mit dem Verlust der Mutter und Gruppenzwang fertigwerden zu müssen. Wenigstens hatte Chloe einen Vater als liebevolles Vorbild.

Freya hatte ganz bewusst nicht an Ryan gedacht. Jetzt rief

sie sich kurz sein Gesicht in Erinnerung, als er sich zu ihr gebeugt und sie auf die Wange geküsst hatte. Für einen verrückten Augenblick hatte sie gedacht, er würde sie auf den Mund küssen. Hatte es gehofft.

Doch dann war Isobel gekommen, und der Moment war verstrichen. Der Moment! Freya lachte in die frühe Morgenluft. Wovon träumte sie? Sie bildete sich das nur ein. Ryans Kuss auf die Wange war nicht mehr gewesen als ein Dankeschön-Kuss: Der Dank eines erleichterten Vaters, dessen Tochter sie geholfen hatte.

Freya war, wie Isobel ihr so klar ins Gedächtnis gerufen hatte, die bezahlte Hilfskraft, und Ryan wollte sie gar nicht richtig küssen. Er wollte niemanden außer Natalie richtig küssen, oder vielleicht Frauen wie Isobel, die ihn an seine elegante Ehefrau erinnerten.

Sie schaute auf ihre abgetragenen Jeans und dachte an Isobels schwarze Hose vom vergangenen Abend. Sie war hauteng und brandneu gewesen, genau wie der figurbetonte Pullover, so rot wie ihre sorgfältig nachgezogenen Lippen.

Freya war sich nicht sicher, ob sie jemals Lipliner benutzt hatte. Sie trug selten mehr als einen Hauch von Mascara, Rouge und Lipgloss. Isobel dagegen war immer betörend schön, genau wie Natalie, den Fotos nach zu urteilen, die sie von Ryans Frau gesehen hatte. Das war der Typ, den er bevorzugte, obwohl er ausgeflippt war, als er Chloe in voller Kriegsbemalung gesehen hatte. Kein Wunder. Wieder stieg Ärger in Freya auf, weil Isobel die Situation so vollkommen falsch eingeschätzt hatte. Oder ärgerte sie sich deshalb über Isobel, weil sie mehr Ryans Typ entsprach?

Freya richtete den Blick auf Heaven's Cove tief unten in der Bucht. In der Ferne konnte sie so gerade Driftwood House erkennen, hoch oben auf den Felsen, die das andere Ende des Dorfs umgaben.

Das geht mich alles nichts an, ermahnte sie sich streng, während über ihr eine Möwe herabstieß. Ryan und Isobel konnten tun und lassen, was sie wollten, es hatte nichts mit ihr zu tun. Sie war nur eine bezahlte Pflegerin, die zufällig ein großes Geheimnis vor dem Sohn ihrer Arbeitgeberin verbarg.

Was für ein Schlamassel! Es gab noch nichts Neues über Maeve, und das war auch nicht überraschend, da sie die Agentur erst vor ein paar Tagen mit der Suche beauftragt hatten. Das hinderte Kathleen jedoch nicht daran, regelmäßig nach dem neuesten Stand zu fragen. Sie bestand auch weiterhin darauf, dass Ryan nichts davon erfahren dürfe. Es war absolut ätzend, Geheimnisse zu hüten, dachte Freya.

Ein Farbklecks war gerade auf der Landzunge aufgetaucht, und Freyas Herz begann schneller zu schlagen, als sie erkannte, dass es sich um Ryan handelte. Er trug Jeans und sah nicht so aus, als hätte er sich nach dem Aufstehen die Haare gekämmt. Freya gab sich größte Mühe, ihn sich nicht im Bett vorzustellen, einen nackten muskulösen Arm über der Decke.

»Hallo«, sagte sie lahm, als er näherkam. »Konnten Sie auch nicht schlafen? Was für ein Zufall, dass wir uns hier oben begegnen, morgens um« – sie sah auf die Armbanduhr – »halb sieben.«

»Es ist kein Zufall«, sagte Ryan, verschränkte die Arme und blickte aufs Meer. »Ich bin Ihnen gefolgt.« Er grinste verlegen. »Tut mir leid. Das klingt, als wäre ich ein Stalker. Ich habe Sie vorbeigehen sehen, als ich die Vorhänge aufgezogen habe, und ich wollte hören, ob es Ihnen nach der Aufregung um Chloe gestern Abend gut geht.«

»Alles bestens. Danke«, antwortete Freya, immer noch durcheinander. Der Wind wehte ihr das helle Haar ums Gesicht, und für einen Moment hoffte sie, dass Ryan sich wie am vergangenen Abend vorbeugen und es ihr aus den Augen streichen würde. Sie atmete tief ein und schimpfte in

Gedanken mit sich selbst. *Er interessiert sich nicht für Frauen wie dich.*

»Haben Sie Chloe zu Hause allein gelassen?«, fragte sie.

»Nein, sie übernachtet bei einem Mädchen namens Kristen.«

Freya lächelte, denn das waren großartige Neuigkeiten.

»Könnte das etwas mit Ihnen zu tun haben?«

»Eigentlich nicht. Chloe hat erwähnt, dass Kristen neu an der Schule ist und noch keinen Anschluss gefunden hat, daher habe ich ihr vorgeschlagen, sich ein bisschen um sie zu kümmern.«

»Wie mir scheint, ist da eine neue Freundschaft entstanden.«

»Ich hoffe es. Chloe weiß, wie es ist, die Neue zu sein, und nach dem, was sie mir erzählt hat, scheint Kristen vielleicht etwas unkomplizierter zu sein als Paige. Wie hat sie Paige erklärt, dass sie ungeschminkt war?«

Ryan grinste. »Oh, sie hat mir die volle Schuld daran gegeben. Sie hat gesagt, ich hätte darauf bestanden, dass sie sich sofort das Gesicht wäscht, und deshalb sei sie davongelaufen. Vielleicht hat sie auch gesagt, ich hätte sie mit einem nassen Waschlappen angegriffen.« Er zuckte die Achseln. »Paige hat mir mörderische Blicke zugeworfen, als ich Chloe abgeholt habe, und sie schien nicht begeistert gewesen zu sein, als Chloe mit Kristen und ihrer Mum weggegangen ist. Sie denkt wahrscheinlich, dass Chloe es bei so einem grauenvollen Dad nicht ertragen kann, zu Hause zu sein.«

Er lächelte wieder, aber der Schmerz in seinen Augen traf Freya unerwartet.

»Sie sind ein guter Dad«, versicherte sie ihm.

»Nicht immer.«

»Sie tun Ihr Bestes.«

»Aber das ist nicht immer gut genug, stimmt's?« Er stieß ein freudloses Lachen aus. »Hören Sie nicht auf mich. Manchmal überkommt mich schreckliches Selbstmitleid.«

»Das ist auch kein Wunder. Sie haben viel durchgemacht.«

»Genau wie Sie.«

Freya lächelte. »Ich denke nicht, dass eine kaputte Ehe so schlimm ist wie der tragische Tod Ihrer Frau.«

»Es ist kein Wettbewerb«, sagte Ryan sanft. »Es tut alles weh.«

Freya kannte diese Seite von Ryan noch nicht. Er wirkte mutlos, als hätte er jedes Selbstbewusstsein verloren. Er zog die Schultern zurück und hielt das Gesicht in die Sonne, die über dem Meer aufging. »Sie haben das gestern Abend mit Chloe wirklich großartig gemacht.«

»Danke. Unser Verhältnis hat sich verbessert, seit sie weiß, dass ich Ihnen nicht verraten habe, dass sie von Clair Point gesprungen ist.«

»Das hatte ich ihr gesagt.«

»Sie dachte, Sie seien sparsam mit der Wahrheit umgegangen, damit sie keinen Hass auf die Pflegerin ihrer Großmutter entwickelt. Aber ich denke, jetzt fängt sie tatsächlich an, mich zu mögen.«

»Wir alle fangen an, Sie zu mögen«, entgegnete Ryan schroff.

Er wandte sich vom Meer ab und streckte die Hand aus. *Tritt zurück! Beende es, bevor es beginnt!*, erklang eine leise Stimme in ihrem Kopf. Doch sie bewegte sich nicht, als er ihr die warme Hand auf die Wange legte.

»Freya?« Seine Stimme war heiser, sein Gesichtsausdruck gequält.

Das Krachen der Wellen gegen die Landzunge und die Rufe der kreisenden Möwen traten in den Hintergrund, als Ryan den Kopf senkte und sie auf den Mund küsste.

Sie hatte sich gefragt, wie es sein würde, einen anderen Mann als Greg zu küssen. Sie hatte gedacht, dass es sich genauso anfühlen würde, aber das tat es nicht. Ryan war größer und drahtiger, als sie den Kuss erwiderte und ihm die Arme um den Hals legte. Sein Kuss war drängender als die flüchtigen Schmatzer, die Greg und sie gegen Ende ihrer Ehe monatelang ausgetauscht hatten. Er wollte sie. Doch er wusste nicht, dass sie etwas vor ihm verbarg.

In dem Augenblick, da ihr dieses Geheimnis in den Sinn kam, zog Ryan sich zurück, als könne er ihre Gedanken lesen.

»Entschuldigung«, stieß er hervor. »Das hätte ich nicht tun dürfen.«

»Ist schon gut.«

Freya berührte ihn am Arm, aber er trat zurück und wirkte jetzt verärgert. Was um alles in der Welt war hier los? Ryan war ein Meister widersprüchlicher Botschaften. Wollte er sie nun küssen oder nicht?

»Ist es nicht. Ich hätte dich nicht küssen und dir nichts vormachen dürfen.«

»Warum nicht?«

»Wir können keine Beziehung haben, Freya.« Er schloss für einen Moment die Augen und schüttelte den Kopf.

»Warum nicht? Weil ich für deine Mutter arbeite?«

»Nein, es hat nichts damit zu tun.«

Freya war enttäuscht. Sie hatte die Situation vollkommen falsch eingeschätzt. Er war genau wie Greg. Warum um alles in der Welt sollte ein attraktiver Witwer wie Ryan sich für jemanden wie sie interessieren? Sie hatte Fotos von Natalie gesehen und gehört, wie wunderbar sie gewesen war. Sie konnte dieser Frau niemals das Wasser reichen.

»Ich verstehe.« Sie schluckte hörbar. »Du hast Schuldgefühle wegen Natalie und willst nicht mit einer anderen Frau zusammen sein, die so ganz anders ist als sie. Das verstehe ich. Es ist okay.«

Sie wandte sich zum Gehen, aber Ryan hielt sie am Arm fest.

»Bitte, geh nicht, Freya. Ich fühle mich wirklich schuldig wegen Natalie, aber es ist nicht so, wie du denkst. Du bist die erste Frau seit Natalies Tod, für die ich echte Gefühle habe, aber ich bin nicht der Mann, für den du mich hältst.«

Freya schüttelte den Kopf. »Ich habe keine Ahnung, wovon du redest.«

Ryan blickte aufs Meer, und seine Kiefermuskeln arbeiteten, als sei er innerlich zerrissen.

»Kann ich dir vertrauen?«, fragte er.

Freya dachte an seine Mutter, die ihr genau die gleiche Frage gestellt hatte, und schauderte. Sie hütete bereits mehr Geheimnisse, als sie verkraften konnte, aber Ryan sah so unglücklich aus.

»Ich kann ein Geheimnis für mich behalten«, antwortete sie, genau wie sie es bereits Kathleen versprochen hatte.

»Was ist mit deiner Schwester?«

Was war mit Ryans Schwester, die irgendwo da draußen war? Freya schüttelte den Kopf, um den Gedanken zu verscheuchen.

»Belinda ist meine Halbschwester, und ich erzähle ihr gar nichts, das kannst du mir glauben. Wir haben denselben Vater, aber das ist auch alles. Ich vertraue ihr keine Geheimnisse an. Ehrenwort.«

Ryan ging bis an den Rand des Felsens und blickte auf die Wellen, die unten dagegendonnerten. Freya trat neben ihm.

»Der Grund, warum ich mich die ganze Zeit über so verdammt schuldig fühle, liegt darin, dass ...« Er schloss kurz die Augen, und als er sie wieder öffnete, glänzten darin Tränen. »Natalie ist wegen mir gestorben.«

Freya stockte der Atem. Das war das Letzte, was sie von Ryan zu hören erwartet hatte.

»Wie kann das sein?«, fragte sie behutsam. »Deine Mum hat erwähnt ... Sie hat gesagt, es sei ein Unfall gewesen.«

Er seufzte. »Ja, das sagen alle. Es war ein Unfall, schlicht und ergreifend. Ein tragischer Unfall. Sie ist zur Arbeit gefahren, und der Lastwagenfahrer wurde von der Sonne geblendet, als er auf die Gegenfahrbahn geraten und mit ihr zusammengestoßen ist.«

»Wenn es ein Unfall war, wie kannst du dann die Schuld daran tragen?«

Ryan klopfte mit dem Fuß aufs Gras. Klopf, klopf, klopf, als sei seine Erregung zu groß und brauche ein Ventil.

»Natalie und ich haben uns gestritten, bevor sie an dem Nachmittag das Haus verlassen hat. Sie war vollkommen außer sich und nicht in der Lage, sich zu konzentrieren. Vielleicht hätte sie die Gefahr erkannt und den Lastwagen früher gesehen, wenn ihre Aufmerksamkeit auf die Straße gerichtet gewesen wäre.«

»Es ist schwer vorherzusehen, dass plötzlich ein Lastwagen vor einem auftaucht. Man kann nicht wissen, ob es irgendetwas geändert hätte.«

»Das ist es ja gerade. Ich weiß es nicht, und diese Unwissenheit bringt mich um.«

»Worüber hattet ihr euch gestritten?«

Ryan hielt inne, das Gesicht eine Maske des Schmerzes. »Ich hatte ihr gerade gesagt, dass ich die Scheidung wollte.«

Freya konnte kaum glauben, was sie da hörte. »Ryan ... Ich weiß nicht, was ich sagen soll. Nach dem, was deine Mum mir erzählt hat, dachte ich, ihr wäret sehr glücklich miteinander gewesen.«

Ryan lächelte traurig. »Natalie hatte viele wunderbare Eigenschaften, aber Chloe und Mum haben sie über die Jahre idealisiert. Sie halten Natalie und unsere Beziehung – unseren Umgang miteinander – im Rückblick für perfekt, und ich habe mitgespielt. Das ist das Letzte, was ich für Natalie tun kann. Wir haben damals nicht in der Nähe meiner Mutter gewohnt, daher wusste sie nicht, dass unsere Beziehung implodierte. Und Chloe war zu klein, um zu verstehen, was los war. Sie wusste, dass wir uns viel gestritten haben, das ist aber auch alles. Niemand ahnte, dass wir uns auseinandergelebt hatten und dass unsere Ehe kurz vor dem Ende stand. Und was würde es jetzt nach ihrem Tod noch bringen, wenn ich den beiden die Wahrheit sagen würde? Chloe hat ihre Mutter verloren.«

»Das verstehe ich. Aber Chloe versucht, einer idealisierten Version von Natalie gerecht zu werden, und sie hat das Gefühl, dass sie niemals gut genug sein wird und die Lücke nicht ausfüllen kann, die Natalie in deinem Leben hinterlassen hat.«

»Das denkt sie?« Ryan stand gefährlich nah am Abgrund, und als er taumelte, fasste Freya ihn am Arm und zog ihn zurück.

»Bitte sei vorsichtig. Chloe und deine Mutter brauchen dich.«

Nicht nur sie. Je mehr Zeit Freya in seiner Gesellschaft verbrachte, desto mehr reifte in ihr die Erkenntnis, dass auch sie ihn brauchte.

»Sie wissen nichts von meinen Schuldgefühlen wegen Natalies Tod. Sie wissen nicht, dass ich die Verantwortung dafür trage.«

Freya sah ihm in die Augen. Sie mochte sich nicht vorstellen, welche Qualen er im Laufe der vergangenen vier Jahre durchlitten hatte. Es brach ihr das Herz.

»Ryan, es war nicht deine Schuld«, sagte sie langsam und deutlich. »Das redest du dir nur ein, weil du Natalie auf schreckliche Art verloren hast und trauerst, und weil es wehtut, Chloe ohne ihre Mum zu sehen. Aber Menschen streiten sich ständig, und es gehen andauernd Ehen in die Brüche. Das weiß ich besser als irgendjemand sonst, und manchmal liegt es daran, dass man unterschiedliche Ziele hat und sich auseinanderlebt. Dich trifft keine Schuld an Natalies Tod. Es war ein Unfall – ein grauenvoller Unfall, der bei allen, die sie geliebt haben, tiefe Wunden hinterlassen hat. Aber du brauchst dich nicht schuldig zu fühlen. Ehrenwort.« Diesmal war es Freya, die ihm auf

Zehenspitzen die Hände an die Wangen legte. »Du bist es dir und Chloe schuldig, wieder glücklich zu sein.«

Freya spürte Ryans inneren Konflikt. Er wollte ihr so gern glauben und sich von den Schuldgefühlen befreien, die ihn niederdrückten. Doch Schuldgefühle waren hartnäckig.

Die Zeit schien stillzustehen, als sie beide auf der Landzunge verharrten und Freya die Wärme von Ryans Wangen unter ihren Fingern spürte. Dann ließ er die Schultern sinken und stieß einen Seufzer aus, der in Freyas Ohren wie Erleichterung klang.

»Ich bin so glücklich, dass du in unser Leben getreten bist«, flüsterte er, umfing sie um die Taille und zog sie an sich. Diesmal war sein Kuss sanft und weich, und sie schmolz in seinen Armen dahin und spürte ein Kribbeln bis in die Zehen.

Schließlich löste er sich von ihr. »Ich hatte nicht vor, dir die Wahrheit über meine Beziehung mit Natalie zu sagen, aber du hast so eine Gabe, anderen ihre Geheimnisse zu entlocken.«

Eine Gabe oder ein Fluch. Ryan lächelte, doch das Lächeln, mit dem Freya antwortete, war gezwungen. In den vergangenen Minuten, als sie von Gefühlen überwältigt war, hatte sie das große Familiengeheimnis ausgeblendet, das sie hütete. Er hatte ihr von Natalie erzählt, und sie wünschte sich zutiefst, ihm ihrerseits von Maeve berichten zu können, aber es war Kathleens Geheimnis, und nur sie durfte es ihm offenbaren. Freya hatte ihr ihr Wort gegeben, es keiner Menschenseele zu verraten, und sie konnte ihr Versprechen nicht brechen.

Doch dies bedeutete, dass eine unsichtbare Mauer der Täuschung zwischen ihr und Ryan stand. Freya brauchte Zeit zum Nachdenken.

Sie schaute auf ihre Armbanduhr. Die Sonne stand inzwischen höher am Himmel, und das Dorf erwachte. Autos, die wie Matchbox-Spielzeug aussahen, fuhren durch die schmalen Gassen, und kleine Figuren drängten sich wie Strichmännchen auf dem Kai.

»Es tut mir leid, aber ich muss zurück nach Hause, bevor deine Mum aufsteht. Sie wird sich fragen, wo ich bin.«

Ryan ließ den Kopf hängen. »Denkst du jetzt schlecht von mir?«

Er sah aus wie ein kleines Kind, das etwas falsch gemacht hatte, und Freyas Herz und ihre Entschlossenheit schmolzen dahin.

»Nein, natürlich nicht. Es tut mir leid, dass du so lange mit Schuldgefühlen gelebt hast, die völlig unbegründet sind. Du bist kein schlechter Mensch, Ryan, im Gegenteil. Du bist ein großartiger Dad und ein wunderbarer Sohn.«

Und Bruder. Es lag ihr auf der Zunge, aber sie konnte Kathleens Vertrauen nicht enttäuschen. Sie steckte zu tief drin und kam nicht mehr heraus.

»Also, was ist mit uns?« Ryan hob den Kopf und sah sie an. »Ich will nicht alles noch komplizierter machen.« Er verzog das Gesicht. »Um ehrlich zu ein – ich bin kompliziert, und du hast gerade eine Ehe hinter dir und bist verletzlich, und du verdienst etwas Besseres. Ich hätte dich nicht küssen dürfen, aber das wollte ich schon seit einer ganzen Weile tun.«

Freya schwirrte der Kopf vor Gedanken und Gefühlen – dieser komplizierte, einsame Mann wollte sie.

»Ich dachte, du und Isobel ... Sie ist scharf auf dich und ...« Freyas Stimme verlor sich, als Ryan den Kopf schüttelte.

»Isobel denkt, sie sei scharf auf mich, aber ... sie ist nicht du, Freya.«

»Ich dachte, das wäre vielleicht ganz gut«, erwiderte Freya und zog eine Braue hoch. Doch Ryan schüttelte wieder den Kopf, nachdrücklicher diesmal.

»Ich empfinde für Isobel nicht das Gleiche wie für dich. Ich habe seit einer gefühlten Ewigkeit nicht mehr so empfunden. Du hast mich verzaubert, Freya, und das macht mir Angst.«

»Mir auch«, flüsterte Freya. Seine Worte raubten ihr den Atem.

Er beugte sich vor und lehnte die Stirn an ihre. »Also, was machen wir jetzt?«, murmelte er an ihrer Wange.

»Das weiß ich nicht«, flüsterte Freya und suchte fieberhaft nach einem Ausweg, ohne Kathleens Vertrauen zu missbrauchen.

»Wenn du nicht willst, kann ich ...«

»Nein«, unterbrach Freya ihn. Ihr wirbelten immer noch die Gedanken durch den Kopf, aber einer Sache war sie sich sicher. »Ich bin nicht so verletzlich, dass ich meine Gefühle nicht kenne, und ich weiß, dass ich mit dir zusammen sein möchte.«

Hatte sie zu viel gesagt? Langsam breitete sich ein Lächeln auf Ryans Zügen aus.

»Du willst mit mir zusammen sein?« Er richtete sich auf und strich ihr sanft durchs Haar. »In dem Fall könnten wir es langsam angehen lassen und schauen, was passiert.«

Freya schluckte. Sie wollte die Situation auf keinen Fall noch komplizierter machen, indem sie sich ihm wieder in die Arme warf. »Was ist mit deiner Mutter? Ich arbeite für sie. Wäre da eine Beziehung zwischen uns nicht unpassend?«

»Das denke ich nicht. Meine Mum hat dich wirklich gern, Freya, und ich bin mir sicher, dass sie sich für uns freuen würde. Aber sie braucht es jetzt noch nicht zu erfahren, solange wir erst einmal schauen, wie es sich entwickelt. Was denkst du?«

»Ich denke ... Ich denke, wir sollten es vielleicht sehr langsam angehen lassen«, antwortete Freya und stand vollkommen reglos da, während ihre Gedanken rasten. Es war perfekt, es langsam angehen zu lassen. Das würde ihr Zeit geben, über ihr Dilemma nachzudenken und einen Weg zu finden, es zu lösen. Sie sah den attraktiven, verletzlichen Mann an, der ihr gerade sein Herz ausgeschüttet hatte. Sie wünschte sich nichts mehr, als dieses Dilemma zu lösen.

Ryan nickte, während weiße Wolkenfetzen über den Himmel huschten. »Dann schauen wir, wie es weitergeht.«

Ryan saß auf Iris' Bank und sah Freya nach, wie sie die Bäume erreichte, die den Weg ins Dorf säumten. Sie sah so zart aus, eine kleine Gestalt auf der großen Landzunge. Sie drehte sich kurz um, winkte ihm zu und war verschwunden.

Er richtete den Blick aufs Meer und streckte die Beine aus. Er konnte Freya immer noch auf den Lippen schmecken und in seinen Armen spüren. Tränen brannten ihm in den Augenwinkeln. Es war sehr lange her, dass er so empfunden hatte.

Ein Hochgefühl erfüllte ihn, eine Wärme und Leichtigkeit. Die Schuld, die er so lange mit sich herumgetragen hatte, war zwar noch da, aber sie war erträglicher geworden. Jemand anderem davon zu erzählen – Freya genug zu vertrauen, um es ihr zu erzählen –, hatte ihr die Macht genommen.

Freya war nicht vor ihm zurückgewichen oder hatte ihn verurteilt. Stattdessen hatte sie ihm erlaubt, sie zu küssen, und seine Küsse erwidert. Sie hatte ihm gesagt, dass er kein schlechter Mensch sei. Ihr Verständnis und ihre Akzeptanz hatten ihn erlöst. Sie hatte Frieden in sein Leben gebracht.

Ein rotes Fischerboot kam angetuckert, gefolgt von kreischenden Möwen, und Ryan beobachtete, wie es auf den Hafen zufuhr. Wellen breiteten sich auf dem Wasser aus, bis das Meer wie silberne Seide aussah, die sich in einer sanften Brise kräuselte. Die Sonne spiegelte sich in den Cottagefenstern von Heaven's Cove und brachte sie zum Funkeln, und der Himmel verwandelte sich von Milchweiß zu zartem Blau.

Alles sah heller aus. Selbst das Gras, das zu seinen Füßen wuchs, war grüner, als er es je bemerkt hatte. Ryan sah sich um und hatte das Gefühl, aus einem langen Schlaf zu erwachen.

Er hatte immer noch Angst. Angst, dass dieses Gefühl

wieder verging und dass das, was er und Freya haben mochten – was auch immer das war –, schwinden würde anstatt zu wachsen. Doch sie würden es sehr langsam angehen. Damit schien Freya einverstanden zu sein. Was auch geschah, sie hatte ihm dieses kostbare Geschenk gemacht, und sei es auch nur für kurze Zeit – die Welt ringsum leuchtete vor Farben und war nicht länger grau wie die Schuld.

ZWEIUNDDREISSIG

FREYA

Freya schaute aus ihrem Fenster auf den Dorfanger, der von Schlüsselblumen und roten Lichtnelken gesäumt war. Hinter dem Fleckchen Grün ragte die Kirche auf, deren Turmuhr Tag und Nacht die Stunde schlug.

Anfangs hatte das Läuten Freya aus dem Schlaf gerissen und ihr Herz klopfen lassen, während die Schläge über den Dächern des Dorfes widerhallten. Doch jetzt war es ein tröstender Laut in der Nacht – alles war gut in Heaven's Cove, wie es seit dem Bau der Kirche vor siebenhundert Jahren gewesen war.

Freya lebte zwar erst seit zwei Monaten im Dorf, aber sie war sich bereits ganz sicher, dass sie nie wieder fort wollte. Vor allem nach den beiden letzten Wochen, die in einem Rausch heimlicher Treffen und gestohlener Küsse mit Ryan vergangen waren. Sie stellte sich ihn in seinem mottenzerfressenen senfgelben Pullover vor und lächelte in sich hinein.

Wie sie es sich vorgenommen hatten, gingen sie es langsam an und hielten ihre aufkeimende Beziehung erst einmal vor Kathleen und Chloe geheim. Es hatte einen Strandspaziergang Hand in Hand im Regen gegeben, zwei Ausflüge zu einem abgelegenen Pub einige Meilen von Heaven's Cove entfernt und einen Kuschelabend vor dem Fernseher, als Kathleen früh zu Bett gegangen war.

Alles wäre wunderbar, überlegte Freya und wandte sich wieder dem Laptop zu, wenn sie bei Ryan ganz sie selbst sein könnte. Solang jedoch die Suche nach Maeve andauerte und er nichts davon wusste, hielt sie einen Teil von sich zurück.

»Hier hast du dich also versteckt!«

Freya sprang vom Schreibtisch auf, erschreckt von ihrer Schwester, die plötzlich im Flur aufgetaucht war.

»Ich habe dich gar nicht kommen hören«, sagte sie und klappte den Laptop zu. Zwischen den Tagträumen von Ryan hatte sie nach Informationen über Entbindungsheime gesucht und war erschüttert von dem Leid, das sie entdeckt hatte.

»Kathleen hat mich auf dem Gartenpfad gesehen und mich hereingelassen«, berichtete Belinda, während sie in den Raum marschiert kam. »Ich dachte, ich sage mal Hallo, da du unseren Besuch im Pub gestern Abend abgeblasen hast.«

»Es tut mir leid, dass ich die Verabredung verschoben habe, aber ich hatte Kopfschmerzen und wollte früh zu Bett.«

Nicht rot werden, sonst weiß sie, dass du lügst!, ermahnte Freya sich, obwohl sie befürchtete, dass es zu spät war. Sie hatte Belinda tatsächlich sitzen lassen und schwindelte nur ungern, aber ihr gemeinsamer Besuch im Pub vergangene Woche war nicht allzu gut gelaufen – die bissigen Bemerkungen ihrer Schwester über Freyas Mutter und ihren gemeinsamen Vater waren nach einer Weile ermüdend geworden.

Daher war die Aussicht darauf, stattdessen zwei Stunden in Ryans Gesellschaft zu verbringen, zu verlockend gewesen, um abzulehnen.

Sie hatte trotzdem ein schlechtes Gewissen, und Belinda wirkte alles andere als überzeugt.

»Hmm«, murmelte sie und schürzte die Lippen. Dann

landete ihr Blick auf einem Stück Papier, das aus einer Mappe neben dem Laptop ragte. »Was haben wir denn da?«

Freya murmelte zwischen den Zähnen einen Fluch. Sie hatte in Zusammenhang mit der Suche nach Maeve Informationen über Adoptionen und Entbindungsheime ausgedruckt. Jetzt schob sie das Blatt zurück in den Ordner, aber nicht schnell genug, dass es Belindas Adlerauge entgangen wäre.

»Du denkst doch nicht etwa daran, ein Kind zu adoptieren, oder?«, fragte sie naserümpfend. »Ich will ja nicht unhöflich sein, aber du bist langsam zu alt. Polly aus der Sheep Street hat ungefähr in deinem Alter ein Kind adoptiert. Ihr kleiner Sohn ist jetzt vier, und Polly sieht grauenhaft aus. Vollkommen ausgelaugt, die arme Frau.«

»Ich habe mir nur einen interessanten Artikel angesehen, das ist alles«, antwortete Freya voller Mitleid für die arme, erschöpfte Polly.

»Einen Artikel über Adoption?«

»Ja, genau.«

»Und was ist das?«

Entsetzt stellte Freya fest, dass sie einen Ausdruck über Entbindungsheime und das alte Foto von Kathleen oben auf dem Kliff auf dem Bett liegen gelassen hatte.

Freya griff nach dem Foto, doch Belinda kam ihr zuvor. Die Frau hatte blitzschnelle Reflexe, wenn sie aufkeimenden Tratsch witterte. Sie hielt sich das Foto vors Gesicht, während Freya versuchte, es ihr abzunehmen.

»Gütiger Himmel, ist das ...? Es ist Kathleen als junge Frau. Das Muttermal ist unverkennbar. Und ist das Driftwood House?«

Freya entriss ihr das Foto und schob es zusammen mit dem Ausdruck in die Mappe.

Belinda drehte sich mit seltsamer Miene zu Freya um. »Du benimmst dich heute Morgen sehr eigenartig. Ach du meine Güte. Unser Vater hat doch nicht etwa noch mehr Kinder gehabt, oder? Werden wir von adoptierten Brüdern und Schwestern überschwemmt?«

Freya zögerte und fühlte sich versucht, noch einmal zu lügen. Belinda hatte jedoch ohnehin schon eine miserable Meinung von ihrem gemeinsamen Vater, und es kam ihr ungerecht vor, ihm die Zeugung Unmengen unbekannter Geschwister nachzusagen.

»Soweit ich weiß, sind wir Dads einzige Kinder.«

»Bist du dir sicher?«

»Nein, bin ich nicht.«

Freya hatte angenommen, ihr Vater sei ihrer Mum treu gewesen, solang sie verheiratet waren, aber davor hatte er Belindas Mutter betrogen, es war also nicht auszuschließen.

»Aber du suchst nicht nach Geschwistern?«

»Nein, tue ich nicht, und ich habe auch keinen Grund zu der Annahme, dass es außer uns beiden noch andere gibt.«

»Gott sei Dank.« Belinda stieß einen Seufzer der Erleichterung aus, runzelte dann aber die Stirn. »Also, wenn das so ist, wieso interessierst du dich dann für Entbindungsheime, die in der Versenkung verschwunden sind? Und wie kommt es, dass Kathleen auf dem Foto war? War sie früher schon mal in Heaven's Cove? Davon hat sie nie etwas gesagt.« Sie riss die Augen auf. »Oh! Oh, ich verstehe!«

»Was verstehst du?«, fragte Freya mit wachsender Panik.

Belinda steckte den Kopf aus dem Zimmer, spähte den Flur hinauf und hinunter und schloss leise die Tür.

»Tust du das für Kathleen?«, flüsterte sie.

»Ich habe keine Ahnung, wovon du redest«, antwortete Freya, öffnete die Schreibtischschublade und legte die Mappe hinein. Kaltes Grauen machte sich in ihr breit.

»Ich fand schon immer, dass Kathleen etwas Seltsames an sich hat«, fuhr Belinda fort und ließ sich schwer auf das Bett fallen. »Irgendetwas stimmt da nicht. Sie war natürlich traurig über den Tod ihres Mannes, aber ich hatte immer das Gefühl, dass mehr dahintersteckt.«

»Vielleicht, dass ihre Schwiegertochter bei einem Autounfall ums Leben gekommen ist?«, plapperte Freya drauflos. Ihr wurde abwechselnd heiß und kalt, weil Belinda Bescheid wusste. Die größte Klatschtante von Heaven's Cove kannte Kathleens intimstes Geheimnis.

Wenn Kathleen doch nur hochgerufen hätte, dass Belinda da war. Dann hätte sie Zeit gehabt, alles wegzuräumen. Doch Kathleen war freundlich gewesen und hatte ihre Schwester direkt nach oben geschickt.

»Der Unfall war natürlich sehr traurig«, murmelte Belinda. »Aber da war immer noch etwas anderes. Ich habe eine Nase für so was.«

»Eine Nase für das Unglück anderer Menschen?«

Belinda zog scharf die Luft ein. »Es ist nicht nötig, unfreundlich zu sein, Freya.«

»Nein. Tut mir leid.« Freya fuhr sich durchs Haar und fragte sich, wie sie am besten mit der Situation umgehen sollte, damit Kathleens Geheimnis nicht in ganz Heaven's Cove ausposaunt wurde. Belinda ahnte nur, was gewesen war, und sie würde die Geschichte ausschmücken, bis sie keine Ähnlichkeit mehr mit der Wahrheit hatte. Doch dann würde es passiert sein. »Ich meinte nur, dass die Privatangelegenheiten anderer privat bleiben sollten«, sagte sie energisch.

Eine tiefe Falte erschien zwischen Belindas Brauen. »Natürlich. Ich bin der Inbegriff der Diskretion.« Die Scheinheiligkeit der Frau raubte Freya den Atem. »Aber sag, stellst du für Kathleen irgendwelche Nachforschungen an?«

»Nein, das tue ich nicht«, log Freya so gelassen sie konnte und hoffte, dass ihre Wangen nicht wieder brannten und sie verrieten. »Du hast das vollkommen falsch verstanden, Belinda. Es ist nichts, und du darfst nicht im Dorf wilde Behauptungen aufstellen.«

»Das würde mir im Traum nicht einfallen.«

»Haltloser Klatsch würde Kathleen nur schaden, und ich glaube nicht, dass du das willst.«

Belinda sah Freya für einen Augenblick an und schüttelte dann den Kopf. »Ich mag Kathleen sehr, und ich möchte sie nicht verärgern. Wenn du sagst, dass meine Vermutungen unbegründet sind, werde ich dir glauben und nichts davon sagen.« Als Freya sie weiterhin anstarrte, zuckte sie die Achseln. »Zu niemandem.«

»Versprichst du mir das?«

»Wenn es sein muss«, schnaubte sie.

»Aber richtig«, forderte Freya. Sie wollte nicht zu sehr darauf bestehen, aber sie musste sicher sein, dass ihre schwatzhafte Schwester nicht anfangen würde, Kathleens Unglück in ganz Heaven's Cove herumzuerzählen. Wenn Ryan es im Pub hörte ... Kalte Angst legte sich um Freyas Herz.

»Natürlich gebe ich dir ein richtiges Versprechen.« Belinda wirkte ernsthaft verärgert. »Wie alt sind wir, zehn? Ich gebe dir mein Schwesternehrenwort. Obwohl ...« Sie zog die Nase kraus. »Wenn an der Sache nichts dran ist, wäre es doch eigentlich egal, was ich sage, oder?« Als Freya den Mund öffnete, um zu sprechen, hob sie die Hand. »Okay. Ich werde es für mich behalten.« Sie zog eine Braue hoch. »Auch wenn ›es‹ in Wirklichkeit nichts ist.«

Freya versuchte zu lächeln, aber sie hatte immer noch Panik. Ein geheimes Kind, das zur Adoption freigegeben worden war, war für Belinda ein gefundenes Fressen. Wenn sie mit ihrer Geschichte fertig war, würde die arme Kathleen wahrscheinlich Drillinge zur Welt gebracht haben.

»Also, wann hast du Zeit, dich mit mir zu treffen?«, fragte Belinda und riss die Tür weit auf, da sie begriffen hatte, dass bei Freya nichts mehr zu holen war.

»Ich werde mit Kathleen sprechen und schauen, wann sie mich nicht braucht. Du vergisst nicht, dass du feierlich versprochen hast, mit niemandem über Kathleen zu reden, ja? Es ist absolut nichts.«

Freya wusste, dass sie übertrieb. Doch bei dem Gedanken, Kathleens Vertrauen zu missbrauchen, und dass Ryan von dem Geheimnis auf diese Art erfahren könnte, packte sie die Angst.

»Du deutest an, dass ich die Gedächtnisspanne eines Goldfischs habe, Freya. Ich werde kein Wort verlieren über« – sie malte Anführungszeichen in die Luft – »›gar nichts‹. Aber ich muss sagen, dass dir die Wahrheit ins Gesicht geschrieben steht. Du hast absolut kein Talent dafür, Geheimnisse für dich zu behalten.«

Belinda hatte ja keine Ahnung, dachte Freya trocken.

Ihre Schwester blieb in der Tür stehen. »Du hast die alte Dame ziemlich gern, nicht wahr?«

»Ja, und deshalb möchte ich auch nicht, dass man sie verletzt.«

»Oh, hör endlich auf, darauf herumzureiten. Ich verliere zu keiner Menschenseele ein Wort. Und warte nicht zu lange mit einem Termin für eine Verabredung mit mir. Ich bin nämlich sehr gefragt – ich sammele nach wie vor Spenden für den Gemeindesaal, rühre die Werbetrommel für das neue Kulturzentrum und führe den Vorsitz über den Gemeinderat.«

Freya witterte eine Möglichkeit, bei Belinda Boden gutzumachen. Mit Schmeichelei erreichte man alles, richtig? »Du bist wie eine kleine Prominente in Heaven's Cove«, sagte sie und versuchte, munter zu klingen.

»Ja, könnte man sagen«, schnurrte Belinda erwartungsgemäß. Es war Freya gelungen, ihre Schwester abzulenken.

»Nun, dann lass ich dich besser mal deine streng geheimen Dinge erledigen, mit denen du beschäftigt warst. Ich finde allein hinaus.«

DREIUNDDREISSIG
FREYA

Sobald Belinda aus dem Raum gerauscht war, sackte Freya auf den Schreibtischstuhl und stützte den Kopf in die Hände. Sie hatte gedacht, das Leben könne nicht noch komplizierter werden – es war schon schwer genug, Maeve vor dem Mann, in den sie sich verliebte, geheim zu halten. Doch Belinda und ihr loses Mundwerk mit ins Spiel zu bringen, war eine potentielle Katastrophe. Kathleen, ohnehin nervös, weil sie auf Nachrichten über ihre Tochter wartete, würde außer sich sein. Oder todunglücklich, was noch viel schlimmer wäre. Freya stöhnte leise.

Das fröhliche Kreischen von Kindern, die in der kleinen Grundschule um die Ecke spielten, drang durch das offene Fenster herein. Freya hörte, wie die Haustür sich öffnete und wieder schloss, als Kathleen ausging, um mit einer Freundin in einem Café im Dorf zu Mittag zu essen. Freya hob den Kopf jedoch erst, als ihr Handy klingelte und sie mit einem Ruck ins Leben zurückrief.

Sie nahm den Anruf entgegen, ohne auf den Namen auf dem Display zu schauen. Es handelte sich wahrscheinlich um telefonische Kundenwerbung.

Doch der Anrufer wollte ihr nichts verkaufen.

»Hallo, Freya«, erklang eine muntere Stimme am anderen Ende der Leitung. »Hier ist Derek. Derek, der die Suche nach Maeve leitet.«

Freya fiel fast vom Stuhl.

»Hi ... Hi! Hallo. Ja, wir haben schon einmal miteinander gesprochen.«

»Wie geht es Ihnen?«, fragte er wohlgelaunt. »An einem Tag wie heute ist es sicher schön am Meer. Ich habe immer davon geträumt, am Strand zu leben. Als würde man sein Leben lang Ferien haben.«

»Ja, es ist toll«, bestätigte Freya etwas kurz angebunden, denn sie wollte den Small Talk hinter sich bringen. Derek musste einen Grund für seinen Anruf haben.

»Ist Kathleen da?«, fragte er.

»Leider nicht, nein. Sie ist zum Mittagessen ausgegangen. Können Sie stattdessen mit mir sprechen?«

Im Hintergrund hörte Freya das Rascheln von Papier. »Kathleen hat uns die Erlaubnis erteilt, Sie bei jedem Schritt mit einzubinden, und sie hat Ihre Nummer als Kontaktnummer angegeben, daher ...«

Komm schon, Derek. Freya wurde bewusst, dass sie den Atem anhielt, während er seufzte. Warum seufzte er? Seufzen konnte nichts Gutes bedeuten, oder?

»Ich habe gute und schlechte Nachrichten«, sagte er und erlöste sie. »Mit Hilfe unserer Kontaktleute ist es mir gelungen, Unterlagen der Organisation aufzuspüren, die in den Fünfzigern das Entbindungsheim in Heaven's Cove geführt hat. Und davon ausgehend konnte ich mithilfe verschiedener Dokumente den Aufenthaltsort von Kathleens Tochter ermitteln.«

Freya sprang auf und setzte sich wieder. »Sie haben Maeve gefunden?«, flüsterte sie.

»Allerdings, und wir haben Kathleens Brief weitergeleitet, den sie für den Fall geschrieben hat, dass wir sie finden.«

»Dann hat sie also Kathleens Brief gelesen?«

»Ja.«

»Aber das ist ja wunderbar!« Tränen schossen Freya in die Augen. Kathleen hatte stundenlang über dem Brief gebrütet und ihrer Tochter alles liebevoll erklärt, ohne zu wissen, ob sie ihn jemals lesen würde. »Und wie geht es jetzt weiter?« Freya schluckte. »Wird Maeve sich mit ihrer Mutter in Verbindung setzen?«

Derek zögerte. »Ich sagte ja, dass die Nachrichten leider nicht nur gut sind. Maeve hat den Brief erhalten und mit unserem Mittelsmann gesprochen, und sie sagt, sie hege keinen Groll gegenüber ihrer leiblichen Mutter, wünsche aber zurzeit keinen Kontakt mit ihr.«

»Gar keinen?«

»Leider nein. Sie hat sich in dieser Hinsicht ziemlich klar ausgedrückt.«

Enttäuschung erfasste Freya. Kathleens Tochter war gefunden worden, aber sie und ihre Mutter würden sich niemals kennenlernen.

»Zumindest kann ich Kathleen sagen, dass sie lebt.«

»Das tut sie.«

»Lebt sie in diesem Land?«

»Ich bedauere, aber mir ist nicht wohl dabei, Informationen ohne Maeves Erlaubnis weiterzugeben.«

»Geht es ihr gut?«

Derek zögerte wieder, bevor er antwortete. »Soweit ich weiß, ja. Hören Sie, ich werde alle Informationen in eine E-Mail schreiben, die Sie dann Kathleen zeigen können, und wenn sie möchte, kann sie uns anrufen. Ich darf wirklich keine Fragen beantworten, weil mir die Hände gebunden sind. Es tut mir leid.«

»Ich verstehe, und vielen Dank, dass Sie sie gefunden haben. Zu wissen, dass ihre Tochter lebt und gesund ist, wird ihr unendlich viel bedeuten.«

Nachdem Derek aufgelegt hatte, saß Freya lange mit dem Handy in der Hand da. Das war eine große Neuigkeit, und sie hätte es am liebsten von den Dächern gerufen: Maeve ist gefunden worden! Kathleen würde sich bestimmt riesig freuen – aber die Sache hatte einen Haken, der sie zutiefst verletzen würde.

Zwei Stunden später saß Freya auf der untersten Treppenstufe, als Kathleen den Schlüssel im Schloss drehte und in den Flur trat.

»Du meine Güte«, sagte sie und lehnte den Gehstock an die Wand. »Haben Sie etwa dagesessen und auf mich gewartet?« Als Freya nickte, runzelte sie die Stirn. »Es ist doch nichts mit Ryan oder Chloe passiert, oder?«

»Nein, den beiden geht es gut.« Freya stand auf und streckte die Beine aus. In den vergangenen zwanzig Minuten auf der Treppe war sie ziemlich steif geworden.

»Belinda ist doch nicht mehr hier, oder?« Kathleen spähte ins Wohnzimmer. »Ich dachte, ich hätte sie zum Abschied rufen hören, bevor ich zum Treffen mit Maureen gegangen bin, aber meine Ohren sind nicht mehr das, was sie mal waren. Solange sie sich nur nicht aus einer Ecke auf uns stürzt. Bei Belinda weiß man nie, ob sie nicht irgendwo lauscht. Tut mir leid, ich weiß, dass sie Ihre Schwester ist.«

»Halbschwester«, murmelte Freya, in Gedanken schon bei der bedeutsamen Nachricht, die sie Kathleen gleich übermitteln würde. Einer Nachricht, die Kathleens Leben verändern würde. »Ziehen Sie die Jacke aus, dann setzen wir uns für einen Augenblick aufs Sofa.«

»Warum?« Kathleen behielt die Jacke an, ging langsam zum Sofa und setzte sich. Plötzlich ging ihr Atem in kurzen Stößen. »Haben Sie etwas über Maeve gehört? Gibt es Neuigkeiten?«

»Ja.« Freya schloss die Tür. Belinda hatte das Haus

eindeutig verlassen, aber Kathleens Bemerkung über Lauscher in den Ecken hatte sie nervös gemacht. »Während Sie fort waren, hat Derek mich angerufen, der nach Maeve gesucht hat. Er hat mir etwas Wunderbares erzählt. Maeve ist gefunden worden.«

»Oh.« Kathleen schlug sich eine Hand vor den Mund. Als sie nichts weiter sagte, setzte Freya sich neben sie.

»Geht es Ihnen gut?«

»Ja, danke.«

Kathleen sah nicht gut aus. Ihr Gesicht war kreidebleich, und ihre Hände zitterten auf ihrem Schoß. Freya nahm Kathleens Hände in ihre.

»Ist sie gesund?«, fragte Kathleen leise. »Ist sie glücklich?«

»Ich weiß leider nicht viel, aber Derek hat gesagt, dass es ihr gut geht und sie Ihren Brief gelesen hat.«

Kathleens grüne Augen füllten sich mit Tränen. »Sie hat ihn gelesen? Dann weiß sie jetzt, was passiert ist. Sie weiß, dass ich sie nicht weggegeben habe, weil sie mir gleichgültig war.«

»Das weiß sie, Kathleen. Sie weiß genau, was passiert ist, und wie sehr Sie damals darunter gelitten haben und heute noch leiden. Sie weiß, dass Sie sie immer geliebt haben.«

Kathleen senkte den Kopf und atmete tief durch. Nach einer Weile fragte sie leise: »Heißt sie noch Maeve, oder haben ihre Adoptiveltern ihren Namen geändert?«

»Ich weiß es nicht mit Bestimmtheit, aber Derek hat sie Maeve genannt, daher nehme ich an, dass ihr Name noch derselbe ist.«

»Ich hoffe es«, murmelte Kathleen. »Ihr Name war das Einzige, was ich ihr geben konnte.«

Dann schaute sie Freya an, und ihr Gesicht war wie verwandelt, jünger und voller Hoffnung. »Aber ist das nicht wunderbar? Meine Tochter ist gefunden worden.«

Freya holte tief Luft. Ihr graute davor, Kathleen den Rest der Nachricht überbringen zu müssen, da sie diese Hoffnung zerstören würde. »Es waren leider nicht nur gute Neuigkeiten«, begann sie behutsam. »Maeve hat Ihren Brief gelesen und gesagt, sie sei Ihnen nicht böse. Aber sie fühlt sich nicht in der Lage, Sie zu treffen.«

Kathleen machte ein enttäuschtes Gesicht. »Niemals?«, flüsterte sie.

»Jedenfalls nicht im Moment. Das alles muss ein ziemlicher Schock für sie gewesen sein. Vielleicht ändert sie ja noch ihre Meinung.«

»Vielleicht auch nicht. Oder sie ändert ihre Meinung, wenn es zu spät ist. Ich bin dreiundachtzig, Freya. Die Zeit ist nicht auf meiner Seite.«

»Ich weiß.« Freya streichelte hilflos die Hände der alten Dame. »Wir wissen nichts über ihr Leben und was für ein Mensch sie geworden ist, aber wenn sie auch nur die geringste Ähnlichkeit mit Ihnen hat, wird sie das Richtige tun wollen.«

»Das Richtige für mich oder für sie?«

»Vielleicht ist es dasselbe.«

Kathleen blickte in den kalten Kamin. »Nein, für Maeve ist es das Richtige, ihr Leben weiterzuleben, denken Sie nicht auch? Das Leben, das sie kennt, ohne dass ich ihr in die Parade fahre. Ich wollte immer nur das Beste für meine Tochter, und wenn Maeve es so wünscht, dann ist es das Beste.«

Sie wandte sich wieder zu Freya, einen entschlossenen Ausdruck im Gesicht. »Ich weiß, dass Maeve lebt und wohlauf ist, und ich weiß, dass sie meinen Brief gelesen hat. Das genügt, Freya. Das muss genügen.«

»Sie sind unglaublich, Kathleen. Wissen Sie das?«, antwortete Freya, selbst den Tränen nahe.

»Kommen Sie, mein Mädchen.« Jetzt war es Kathleen, die Freya beruhigend die Hand klopfte. »Nicht weinen. Das sind gute Neuigkeiten. Ich brauche mir keine Sorgen mehr zu machen, weil ich weiß, dass es meinen beiden Kindern gut geht.

Und ich weiß jetzt, dass es richtig war, Ryan nichts von ihr zu erzählen.«

»Auch jetzt noch?«

»Unbedingt. Wie kann ich ihm nach all den Jahren eröffnen, dass er eine Schwester hat, sie aber niemals kennenlernen wird und auch keine Beziehung zu ihr haben wird? Davor möchte ich ihn bewahren. Es würde ihn doch nur unglücklich machen.«

So unglücklich wie Kathleen, trotz ihrer schönen Worte darüber, sie habe Maeves Entscheidung akzeptiert.

Freya biss sich auf die Lippe. Vielleicht sollte sie Kathleens Urteil vertrauen. Was Ryan nicht wusste, konnte ihn nicht verletzen. Und es konnte Freyas Liebesbeziehung mit ihm nicht schaden.

Eine Welle der Erleichterung schlug über ihr zusammen. Es hatte sie wirklich heftig erwischt, und Ryan schien ihre Gefühle zu erwidern. Sie würde immer von seiner Schwester wissen, aber sie konnte Kathleens heimliche Suche und die Rolle, die sie dabei gespielt hatte, vor ihm verborgen halten. Sie würde sich für immer schuldig fühlen, doch es war das Beste so. Kathleen hatte recht, alles würde gut werden.

Dann kam Freya ein schrecklicher Gedanke. Es würde so lange alles gut sein, wie Belinda ihr Versprechen hielt und schwieg.

VIERUNDDREISSIG

RYAN

Ryan schaute von der Sammelbox auf und fuhr sich durch die Stirnfransen.

»Bist du dir sicher, dass du die Gebäudeversicherung bezahlt hast, Mum? Und auch die Hausratversicherung?«

Kathleen hob den Blick von ihrem Strickzeug. »Nein, bin ich nicht. Ich kann mir ja nicht alles merken.«

Sie klang schroff, was ihr gar nicht ähnlich sah. Ryan runzelte die Stirn. Sie war schon seit Tagen verstimmt, müde und geistesabwesend. Er hatte sie am vergangenen Abend im Dunkeln sitzend angetroffen, den Blick ins Leere gerichtet.

»Ist alles in Ordnung, Mum?«, fragte er.

Sie strickte weiter. »Alles bestens«, antwortete sie wie immer. Sie würde nicht einmal klagen, wenn sie sich den Arm ausgekugelt hätte. Seine Mutter war aus hartem Holz geschnitzt. Aus härterem Holz als er, dachte er oft. Dann hörten ihre Nadeln auf zu klappern. »Ist denn da nichts über die Versicherung in den Unterlagen?«

»Nein, leider nicht.« Ryan blies die Wangen auf, als er einen zerfledderten Umschlag mit einem Wust an Papieren darin aus der Box nahm. »Dein Ablagesystem könnte eine Modernisierung vertragen.«

Vielleicht wurden die Beiträge per Bankeinzug bezahlt, dachte er, als er den Laptop öffnete, den er mitgebracht hatte, und sich in das Bankkonto seiner Mutter einloggte. Sie zog den Besuch in der nächsten Bankfiliale dem Onlinebanking vor, aber er besaß ihre Zugangsdaten, und wenn sie in finanzielle Schwierigkeiten geriet, verließ sie sich auf ihn.

Sie verließ sich auch auf ihn, was Reparaturen im Haus betraf, das jüngste Problem allerdings überstieg seine Kenntnisse. Hier musste ein Klempner her, vielleicht sogar ein neuer Boiler, und es hatte keinen Sinn, dass Kathleen bezahlte, wenn ihre Versicherung es übernahm.

»Hey, Ryan. Ich habe dich gar nicht kommen hören.«

Freya trat mit dem Wäschekorb auf der Hüfte in die Küche und griff nach dem Beutel mit Wäscheklammern.

Ryan sah zu der Frau, an die er ständig denken musste. Das Blut dröhnte ihm in den Ohren.

»Hallo, Freya. Ich bin vorbeigekommen, um Mum bei dem Problem mit dem Boiler zu helfen«, sagte er ruhig, damit seine Mutter nichts merkte, und widerstand dem Drang, vom Stuhl aufzuspringen und Freya in seine Arme zu ziehen.

Sie hatten noch niemandem von ihrer jungen Beziehung erzählt, nicht einmal seiner Mum. Sie gingen es immer noch langsam an, obwohl es ihn langsam umbrachte.

»Das wäre großartig.« Freya legte den Beutel mit den Wäscheklammern auf die nassen Sachen. »Die Wassertemperatur lässt sich nicht zuverlässig einstellen. Als ich heute Morgen unter der Dusche stand, ist es plötzlich eiskalt geworden.«

»Das muss ein übler Schock gewesen sein.«

»Kann man wohl sagen.« Freya zog eine Braue hoch und lächelte. »Es überrascht mich, dass Sie meine Schreie nicht gehört haben.«

Ihre Blicke trafen sich, während Ryan das Bild von Freya in der Dusche aus dem Kopf verbannte. Er schluckte und richtete seine Aufmerksamkeit wieder auf den Laptop. Wessen Idee war es eigentlich gewesen, die Sache langsam angehen zu lassen?

Er klickte auf das aktuelle Konto seiner Mum und ging die jüngsten Zahlungsausgänge durch. Ab und zu schaute er durch die offene Tür in den Garten, wo Freya gerade die Wäsche seiner Mutter aufhängte. Freya war ihr ans Herz gewachsen. Was würde sie ohne sie tun? Was würde er tun?

Ryan hatte noch eine Menge Arbeit zu erledigen und Chloe versprochen, die Zutaten für ein Curry mit Huhn zu kaufen, aber er war glücklich hier, wo Freya immer wieder in die Küche kam.

Sie war immer in seinen Gedanken, und er wusste noch, wie ihre Lippen sich angefühlt hatten, als sie sich am vergangenen Abend geküsst hatten. So hatte er sich seit lange vor Natalies Tod nicht mehr gefühlt.

Ryan fuhr sich mit dem Finger über den Mund. Er verwandelte sich in einen liebeskranken Idioten. Eins der »Opfer«, von denen Chloe so geringschätzig sprach. Doch es war gut, erkannte er, etwas anderes zu fühlen als Trauer und Schuld. Es war gut, Verlangen zu empfinden.

Es war nur nicht immer ganz einfach. Man konnte sich zwar gut mit Freya unterhalten und ihr problemlos vertrauen, aber es gab auf beiden Seiten Komplikationen. Er hatte eine oft patzige Tochter und die Schuldgefühle, mit denen er immer noch kämpfte, und Freya hatte gerade eine Ehe hinter sich und arbeitete für seine Mum.

Weder die noch Chloe wussten, was los war – zumindest glaubte er, dass seine Mum nichts wusste. Sie konnte manchmal ziemlich scharfsinnig sein. Er warf ihr einen Blick zu, aber sie hielt den Kopf über ihre Stricknadeln gebeugt. Für den Moment war es das Beste, wenn sie nichts von der Sache erfuhren – er und Freya waren übereingekommen, ihre Beziehung noch etwas länger für sich zu behalten und einander erst noch besser kennenzulernen.

Außerdem war er sich nicht hundertprozentig sicher, was sie für ihn empfand. Sie schien immer glücklich zu sein, wenn sie mit ihm zusammen war, aber manchmal wirkte sie reserviert, als halte sie etwas zurück.

Er beobachtete Freya, während sie ein Laken aufhängte und dann zurücktrat, um das saubere Wäschestück zu bewundern, das an der Leine flatterte.

Sie hatte etwas an sich, das ihm den Atem raubte. Manchmal, wenn sich ihre Blicke begegneten und sie ihn anlächelte, hatte er das Gefühl, keine Luft mehr zu bekommen. Und wenn sie traurig aussah, wollte er sie in den Arm nehmen und alles Böse auf der Welt von ihr fernhalten.

Diese erstaunliche Frau war völlig unerwartet aufgetaucht. Vor ein paar Monaten hatte er noch nichts von ihrer Existenz gewusst und war ohne sie zurechtgekommen. Doch jetzt änderte sich sein Leben zum Besseren.

Du weißt nichts über sie. Das hatte Isobel über Freya gesagt, als sie am Tag zuvor Chloe nach Hause gebracht hatte. Er hatte Freya nicht erwähnt, aber Isobel hatte ihm trotzdem ihre Meinung gesagt. *Ich finde, dass ich etwas sagen muss, weil ich mir Sorgen um dich und deine Mutter mache. Sie hat sich in eure Familie hineingedrängt. Findest du das nicht etwas verdächtig?*

Er hatte Freya verteidigt und unmissverständlich klargemacht, dass er nicht wollte, dass Isobel im Dorf Gerüchte über die Pflegerin seiner Mum verbreitete. Doch Isobel war unberechenbar, und man konnte nicht wissen, was sie sagen würde. Er wollte wirklich nicht, dass Freya mit müßigem Klatsch geschadet wurde.

Ryan wandte sich wieder dem Laptop zu und fand unter

den abgebuchten Beträgen auf dem Konto seiner Mutter, was er gesucht hatte.

»Da ist es. Du hast den Versicherungsbeitrag vor sechs Wochen bezahlt, also werde ich da mal anrufen.«

»Was immer du für das Beste hältst.«

Da war es wieder. Seine Mutter klang teilnahmslos und irgendwie verkehrt. Die niedergedrückte Stimmung, unter der sie um diese Jahreszeit oft litt, hätte sich langsam legen sollen. Vor einigen Wochen hatte er den Eindruck gehabt, dass es ihr viel besser ging.

Er wollte sich gerade aus dem Konto ausloggen, als ihm eine Zahlung seiner Mutter von vor gut zwei Wochen ins Auge sprang. Es war eine beträchtliche Summe. Und sie war direkt an Freya gegangen.

Ryan runzelte die Stirn. Freya erhielt in ihrer Rolle als Pflegerin seiner Mum freie Kost und Logis und darüber hinaus einen monatlichen Lohn. Das Geld wurde regelmäßig auf ihr Konto eingezahlt, aber dieser Betrag war außer der Reihe überwiesen worden. Er schaute sich noch einmal das Konto seiner Mum an, und seine Atmung beschleunigte sich, als er eine weitere Zahlung an Freya entdeckte.

»Ist alles in Ordnung?« Seine Mum legte ihr Strickzeug beiseite und sah ihn an. »Du hast eine ganz komische Farbe im Gesicht.«

Er klopfte mit den Fingern auf den Tisch. »Was sind das für Zahlungen an Freya?«

»Sie muss bezahlt werden, Ryan. Sie kümmert sich nicht umsonst um mich.«

»Das Geld meine ich nicht. Ich meine die zusätzlichen Zahlungen, die du geleistet hast.«

»Was für zusätzliche Zahlungen?« Kathleen griff wieder nach ihrem Strickzeug, und Röte breitete sich auf ihren Wangen aus.

»Du hast einen hohen Betrag – einen Sonderbetrag – auf Freyas Bankkonto eingezahlt.«

»M-hm.«

Ryan runzelte die Stirn. Seine Mutter wich ihm aus.

»Kannst du mir sagen, wofür dieses Geld bestimmt war?«, beharrte er.

»Für dies und das.« Seine Mutter zuckte die Achseln. »Ich kann mich nicht mehr genau erinnern.«

»Du musst dich doch daran erinnern.«

Kathleen betrachtete für einen Moment ihr Strickzeug, bevor sie antwortete: »Das Geld sollte die Kosten für meine Malutensilien decken. Ja, das war es. Als Freya nach Exeter gefahren ist, hat sie mir ein paar Sachen mitgebracht, die ich gebraucht habe.«

»Malutensilien?« Er schaute noch einmal auf den Bankauszug für den Fall, dass er etwas falsch verstanden hatte. »Das ist viel mehr Geld, als man für ein paar Leinwände und Farben braucht. Und du hast seit Ewigkeiten nicht mehr gemalt.«

»Ich habe wieder angefangen, also musste ich mich neu eindecken, und diese Sachen kosten viel mehr, als man denkt.«

»Kann ich deine neuen Bilder sehen?«

»Noch nicht«, antwortete sie ihm und heftete den Blick auf das Knäuel rosafarbener Wolle auf ihrem Schoß. »Ich möchte sie noch niemandem zeigen.«

Sie log. Davon war er fest überzeugt.

Freya kam in die Küche zurück, den leeren Wäschekorb in den Armen. Sie lächelte ihn und seine Mum an.

»Ist alles in Ordnung?«

»Ich bin mir nicht sicher. Ich habe etwas auf Mums Bankkonto überprüft und dabei Sonderzahlungen an Sie bemerkt.«

Freyas Lächeln verrutschte, und sie sah Kathleen an, die erklärte: »Ich habe Ryan gesagt, dass Sie mir Malutensilien besorgt haben, als Sie nach Exeter gefahren sind.«

»Stimmt das?«, fragte Ryan. Es war ihm peinlich zu fragen, aber irgendetwas stimmte hier ganz und gar nicht.

»Mhm. Genau.« Freya drehte sich um und legte den leeren Wäscheklammerbeutel aufs Fensterbrett. Als sie sich wieder zu ihnen wandte, mied sie Ryans Blick. »Was hätten Sie gern zum Abendessen, Kathleen?«

»Was steht denn zur Auswahl?«

»Es ist noch Fisch da, oder ich könnte Nudeln kochen. Möchten Sie und Chloe mitessen?«

Ryan sah auf sein Handy, das gerade eine Textnachricht von Chloe angekündigt hatte.

Wo bist du? Ich will Hühnchencurry.

»Ich habe Chloe versprochen, heute Abend für sie zu kochen, aber vielleicht ein andermal. Danke.«

Er stand auf und sammelte seine Sachen ein. Die Atmosphäre im Raum hatte sich verändert, und ihm schwirrte der Kopf.

Auf dem Heimweg durch die schmalen Gassen überschlugen sich seine Gedanken. Warum war seine Mutter so heimlichtuerisch und überwies Geld an Freya? Als er danach gefragt hatte, hatten die beiden einen Blick gewechselt. Ging da etwas zwischen ihnen vor, wovon er nichts wusste? Und die schlimmste Frage von allen: Hatte Freya seine Mutter irgendwie in der Hand?

Du weißt nichts über sie. Isobels Worte hallten in seinem Kopf wider. *Ich mache mir Sorgen um dich und deine Mutter. Sie hat sich in eure Familie hineingedrängt.*

Natürlich hatte er Isobels Argwohn mit einem Schulterzucken abgetan, denn er vertraute Freya. Er fuhr sich mit der Hand übers Gesicht, das sich trotz des kalten Windes heiß anfühlte. Er wusste so wenig über ihre Vergangenheit. Ihre Bodenständigkeit und offenkundige Verletzlichkeit hatten ihn verzaubert. Doch was wusste er wirklich über die Frau, die erst vor zweieinhalb Monaten in ihr Leben spaziert war?

Tief in Gedanken versunken kaufte er im Lebensmittelladen Huhn und Gewürze ein und packte sie zu Hause in der Küche aus.

»Wann gibt's Abendessen?«, rief Chloe die Treppe herunter. »Ich bin am Verhungern.«

»Dauert nicht mehr lange«, rief er zurück, aber er setzte sich an den Tisch, statt anzufangen zu kochen. Er hatte Freya die Wahrheit über seine Beziehung mit Natalie gesagt. Er hatte seinen Schutzpanzer abgelegt und ihr Dinge anvertraut, die er noch nie jemandem erzählt hatte. Hatte er etwa alles vollkommen falsch verstanden?

FÜNFUNDDREISSIG

FREYA

Freya polierte die Anrichte im Wohnzimmer. Das dunkle Mahagoniholz war blitzsauber und roch nach Bienenwachs, aber sie wollte es polieren, bis es richtig glänzte. Genau wie der Küchenboden, den sie geputzt hatte, bis er so keimfrei war, dass man davon hätte essen können. Die Dusche hatte auch noch nie so geblitzt und geblinkt.

Sie musste sich beschäftigen, weil Ryan Bescheid wusste. Er wusste, dass etwas Seltsames im Gange war. Als er gestern Kathleens Überweisung auf ihr Konto entdeckt hatte, hatte er Verdacht geschöpft.

Malutensilien, also wirklich! Kathleens erfundener Grund war lachhaft unzulänglich gewesen, obwohl Freya ganz und gar nicht zum Lachen war. Bei dem Gedanken, Ryan könne sie verdächtigen, seine Mutter auszunehmen, wurde ihr abwechselnd heiß und kalt.

Beschäftigung war das Einzige, was sie davon abhielt, zu ihm zu marschieren und ihm alles über Maeve zu erzählen, was sie wusste. Das und Kathleens blasses Gesicht, als Freya am Morgen erneut gesagt hatte, dass Ryan eingeweiht werden sollte. Kathleen bestand immer noch darauf, dass ihr Sohn besser dran war, wenn er nicht wusste, dass er eine Schwester hatte.

Am Ende hatten sie sich gestritten, weil sie beide kaum geschlafen hatten und müde waren. Jedes Mal, wenn Freya die Augen schloss, sah sie Ryans verwirrtes Gesicht vor sich, als er Kathleens Bankkonto überprüfte, und Kathleen war niedergeschmettert wegen Maeves Zurückweisung, obwohl sie es nie zugeben würde.

Freya tat langsam der Arm weh, aber sie putzte weiter und gab sich alle Mühe, nicht zu weinen. Ihr fiel keine Lösung mit einem guten Ende ein.

Wenn sie nichts sagte, würde Ryan sie in Verdacht haben, seine Mutter zu bestehlen. Er würde sie rausschmeißen und hassen. Doch wenn sie ihm gegen Kathleens Willen die Wahrheit sagte, würde sie das Vertrauen der alten Frau brechen, und er würde sie trotzdem hassen, weil sie ihm die ganze Zeit die Wahrheit vorenthalten hatte.

Die Geheimnisse hatten jedenfalls alles gründlich vermurkst.

Freya unterbrach die Putzorgie, als ein Klopfen an der Tür durchs Cottage hallte.

»Das ist die Post«, rief Kathleen und kam die Treppe herunter. »Ich habe Alan die Straße heraufkommen sehen.«

Freya war vor Kathleen an der Tür, und als sie sie öffnete, stand Alan vor ihr. Seine knochigen Knie ragten unter den Shorts hervor.

»Tag, die Damen«, begrüßte er sie fröhlich. »Ich habe hier ein Einschreiben für Sie. Würden Sie bitte unterschreiben, Kathleen?«

Kathleen schrieb mit krakeliger Schrift ihren Namen und bedankte sich bei Alan, der schief pfeifend davonging.

Sie drehte sich zu Freya um, den großen cremefarbenen Umschlag in der Hand. »Wer sollte mir ein Einschreiben schicken? Der Poststempel ist ...« Sie kniff die Augen zusammen, um ihn zu entziffern. »Ich kann ihn nicht lesen.« Plötzlich drückte sie Freya den Brief in die Hand, und ihre grünen Augen wirkten riesig in ihrem bleichen Gesicht. »Öffnen Sie ihn bitte für mich.«

Freya schob den Zeigefinger unter die Lasche des Umschlags und zog ein dickes cremefarbenes Blatt daraus hervor, das mit einer großen schwungvollen Handschrift bedeckt war. Sie drehte den Bogen mit klopfendem Herzen um.

»Oh.« Sie schlug die Hand vor ihren Mund.

»Von wem ist er?«, drängte Kathleen.

Freya sah die alte Frau an, die von der durch die Haustür einfallenden Sonne beschienen wurde.

»Es ist ein Brief von Ihrer Tochter.«

Sie beide starrten auf den Brief, der die Macht hatte, Kathleens Leben für immer zu verändern – ein Brief von der Tochter, um die sie jahrelang getrauert und die sie für immer verloren geglaubt hatte.

»Kommen Sie, Kathleen. Sie sollten ihn lesen.«

Freya reichte Kathleen das kostbare Blatt Papier. Sie hielt es fest, als könne es jeden Moment in Flammen aufgehen, und ging damit ins Wohnzimmer.

Freya setzte sich auf die unterste Treppenstufe, damit Kathleen ungestört war. Sie dachte wie so oft an Ryan, der nichts von dem womöglich schicksalhaften Brief wusste, den seine Mutter gerade las.

»Freya, kommen Sie bitte herein«, rief Kathleen mit gereiztem Ton.

Als Freya ins Wohnzimmer trat, stand Kathleen am Fenster, das Blatt Papier noch in der Hand.

»Ich kann den Brief nicht lesen«, sagte sie und hielt ihn Freya hin. »Ich habe zu große Angst vor dem, was drinstehen könnte. Wären Sie so lieb, ihn mir vorzulesen? Bitte.«

Freya nahm den Brief und las ihn laut vor. Kathleen verzog schmerzlich das Gesicht, als würde ihr jedes Wort wehtun.

Liebe Kathleen,

es fällt mir schwer, diesen Brief zu schreiben. Als man mich davon in Kenntnis gesetzt hat, dass Du nach mir suchst, war ich erst einmal überwältigt, und, um ganz ehrlich zu sein, nicht sicher, ob ich einen Kontakt wollte. Meine Eltern haben mir von klein auf gesagt, dass ich adoptiert worden bin, und ich habe oft über Dich nachgedacht. Doch als ich älter wurde, habe ich angenommen, dass Du eine andere Familie hast und Dein Leben ganz normal weitergelebt hast und dass ich das Gleiche tun sollte. Ich dachte, Du hättest mich vergessen.

Jetzt, da ich Näheres über die Umstände meiner Adoption erfahren habe und Zeit hatte, es zu verarbeiten, weiß ich, dass meine Geschichte ganz anders ist, als ich sie mir vorgestellt habe. Es tut mir sehr leid, dass Du als junge Frau einen solchen Kummer ertragen musstest, und ich möchte Dir versichern, dass ich mit meiner Adoption großes Glück hatte und bei einer liebevollen Familie aufgewachsen bin. Ich hoffe, das tröstet Dich etwas. Meine Mum ist leider vor fünf Jahren gestorben, aber mein Dad lebt noch und ist wohlauf, und ich habe eine ältere Schwester, die wie ich von unseren Eltern adoptiert wurde. Ich bin mit einem wunderbaren Mann namens Robert verheiratet, und wir haben zwei erwachsene Töchter, Tara und Holly.

Man hat mir mitgeteilt, dass Du mich gern kennenlernen würdest. Ich bin mir nicht sicher, ob das eine gute Idee wäre, aber meine Töchter haben den Vorschlag gemacht, dass Du mir vielleicht gern schreiben würdest. Wenn Du möchtest, findest Du meine Adresse oben am Rand dieses Briefs. Wie ich sehe, lebst Du in Heaven's Cove in Devon. Ich bin vor etwa sieben Jahren einmal dort gewesen, als Robert und ich eine Reise durch Devon unternommen haben. Wir haben auf dem Dorfanger ein Picknick gemacht. Es ist ein wunderschönes Dorf.

Ich wünsche Dir alles Gute, Kathleen, und versichere Dir, dass ich Dir nichts übelnehme.

Deine Maeve

Freya faltete das Blatt sorgfältig zusammen. »Das ist ein schöner Brief, Kathleen. Was halten Sie davon?«

Kathleen schüttelte den Kopf. »Maeve war vor sieben Jahren in Heaven's Cove. Ich muss hier in diesem Cottage gewesen sein, während sie da draußen vor der Kirche gesessen hat.« Sie blickte aus dem Fenster. »Und ich habe es nicht gewusst.«

»Aber jetzt wissen Sie, dass sie lebt und dass es ihr gutgeht, und sie klingt glücklich. Sie hat eine reizende Familie, und Sie haben zwei weitere Enkelkinder.«

»Und sie ist nicht böse auf mich.« Kathleens Augen glänzten von Tränen. »Das hat Derek zwar auch gesagt, aber ich habe ihm nicht ganz geglaubt. Doch das ist der Beweis, nicht wahr? Meine Tochter hasst mich nicht für das, was ich getan habe, Freya.«

»Sie versteht, dass Sie keine andere Wahl hatten.«

»Aber sie will sich nicht mit mir treffen.«

»Noch nicht. Allerdings sagt sie, dass Sie ihr schreiben können. Das ist doch ein Anfang, nicht? Eine Möglichkeit, mehr übereinander zu erfahren und Brücken zu bauen.«

»Wo wohnt sie? Das habe ich nicht gesehen.«

Freya schaute noch einmal auf den Brief und lächelte über die Parallelen, die diese beiden Frauen miteinander verbanden. »Maeve lebt in Irland, Kathleen, in der Nähe von Dublin.«

Kathleen schnappte nach Luft. »Dann ist sie also nach Hause gegangen.« Sie nahm den Brief entgegen, den Freya ihr hinhielt, und drückte ihn sich ans Herz. »Ach herrje«, rief sie plötzlich und trat vom Fenster weg. »Ryan und Chloe kommen die Straße herauf. Sie sind schon von ihrer Fahrt nach Exeter zurück und kommen hierher.«

Freyas Herz begann zu flattern. »Das ist doch gut. Sie können Ryan von Maeve erzählen, jetzt, wo sie sich bei Ihnen gemeldet hat.«

»Ich möchte es ihm noch nicht sagen«, sagte Kathleen und schüttelte den Kopf.

Freya stöhnte innerlich. »Aber Sie müssen es tun.«

Für sie würde es jedoch wahrscheinlich unangenehme Folgen haben, wenn Kathleen Ryan die Wahrheit sagte. Ihr Geständnis würde zwar die rätselhaften Überweisungen auf Freyas Bankkonto erklären, es würde aber auch deren Rolle bei der Verheimlichung von Maeves Existenz ans Licht bringen. Aber wie die Konsequenzen auch aussehen mochten, er verdiente es, endlich die Wahrheit zu erfahren.

Freya versuchte es noch einmal. »Ich weiß, dass es schwer ist, aber Ryan ist Maeves Bruder, und er sollte wissen, was los ist. Er sollte wissen, dass es sie gibt.«

Doch Kathleens Mund war stur zu dem vertrauten Strich zusammengepresst. »Nein. Ich werde abwarten, ob Maeve bereit ist, sich mit mir zu treffen, bevor ich etwas sage. Und ich kann Ryan in dieser Verfassung nicht gegenübertreten. Könnten Sie ihm sagen, ich hätte mich hingelegt?«

»Ich denke nicht ...«

»Bitte«, unterbrach Kathleen sie, als sie hörten, wie die Haustür geöffnet wurde, und Chloes Stimme in den Raum drang.

»Gran? Wo bist du?«

»Sie können es nicht ewig vor ihm geheim halten«, bedrängte Freya Kathleen in einem verzweifelten Flüstern. »Ich weiß, dass Sie Angst davor haben, es ihm zu sagen. Es ist so lange ein Geheimnis gewesen, dass es schwerfällt, es auszusprechen, aber es muss gesagt werden.«

»Er braucht es noch nicht zu erfahren«, versetzte Kathleen.

»Wenn Maeve sich bereit erklärt, sich mit mir zu treffen, dann kann man es ihm vielleicht sagen.«

Eine sture alte Schachtel. Hatte Belinda Kathleen vor ihrer ersten Begegnung nicht so beschrieben? Sie hatte den Nagel auf den Kopf getroffen, fand Freya, als sie in den Flur trat und die Wohnzimmertür hinter sich schloss. Ryan und eine mürrisch dreinblickende Chloe standen am Fuß der Treppe.

»Ist alles in Ordnung?«, fragte sie. »Wie war's in Exeter? Hattet ihr Spaß?« Sie klang übertrieben munter, und Ryan warf ihr einen fragenden Blick zu.

»Wir waren zwei Stunden da, dann ist Chloe langweilig geworden.«

»Weil es total langweilig war, Dad.«

»Langweilig scheint in letzter Zeit dein Lieblingswort zu sein.« Er wandte sich wieder an Freya. »Wo ist Mum? Ich wollte sie zu einer kleinen Ausfahrt einladen, weil Chloe heute wegen einer Lehrerfortbildung schulfrei hat und ich deshalb nicht arbeite. Chloe kann dann endlich zu Kristen gehen.«

Gott, war das peinlich. Freya hasste es, zu lügen.

»Ich glaube, Ihre Mum hat sich gerade hingelegt. Soll ich sie zu Ihnen bringen, sobald sie wieder aufgestanden ist? Es sollte nicht allzu lange dauern.«

»Fühlt sie sich nicht wohl?«

»Nein, nichts in der Art. Es geht ihr gut. Wirklich gut.« *Hör auf zu sprechen!*, drängte die Stimme in ihrem Kopf. »Sie ist nur müde«, beendete sie den Satz und wünschte, der Boden würde sich auftun und sie verschlucken.

»O-kay«, sagte Ryan gedehnt. »Wir können nach Hause fahren und das Picknick auspacken, das wir nicht gemacht haben. Anscheinend isst Chloe kein Fleisch mehr.«

»Fleisch ist Mord«, verkündete Chloe und sprang die Treppe hinauf zum Badezimmer. »Bin gleich wieder da.«

Die Badezimmertür knallte hinter ihr zu, und Stille senkte sich über das Cottage. Ryan betrachtete seine Füße. Er hatte dunkle Ringe unter den Augen, die in dem düsteren Flur stumpf wirkten. Er war müde. Keiner von ihnen sprach, während das Schweigen sich in die Länge zog.

»Hör zu«, sagte er mit Blick zu der geschlossenen Badezimmertür. »Bevor Chloe zurückkommt, muss ich wissen, was zwischen dir und meiner Mutter läuft. Gestern war da diese Sache mit dem Geld, und gerade dachte ich, ich hätte Mum aus dem Fenster schauen sehen, als wir die Straße heraufgekommen sind, und ... ich weiß nicht, was ich von dir halten soll, Freya. Ich dachte, zwischen uns wäre etwas. Es hat sich in den letzten Wochen so richtig angefühlt, aber jetzt bin ich mir nicht mehr sicher, ob ich dich überhaupt kenne.«

Er verschränkte die Arme vor der Brust, und Chloe, die gerade auf dem Treppenabsatz aufgetaucht war, riss die Augen auf.

Die Hüterin von Geheimnissen zu sein, war eindeutig ein Fluch, dachte Freya. Es hatte ihr zwar jahrelang ein Gefühl von Nützlichkeit vermittelt, dass andere ihr ihre intimsten Geheimnisse anvertraut hatten, doch manchmal drängten sie sie ihr auf, ob sie ihr nun willkommen waren oder nicht, und dann erwarteten sie von ihr, dass sie die Konsequenzen trug. Es musste endlich Schluss damit sein.

»Komm mit«, sagte sie zu Ryan und ging zu der geschlossenen Wohnzimmertür. »Deine Mutter hat dir etwas zu sagen.«

SECHSUNDDREISSIG
RYAN

Das Erste, was Ryan auffiel, war, dass seine Mutter sich überhaupt nicht hingelegt hatte. Sie stand am Fenster und blickte in die Ferne. Enttäuschung machte sich in ihm breit, als ihm klar wurde, dass er tatsächlich seine Mutter am Fenster gesehen hatte und dass Freya gelogen hatte.

Das Zweite, was ihm auffiel, war der überraschte Ausdruck im Gesicht seiner Mutter, als sie sich umdrehte und ihn sah. Dabei musste sie Chloe und ihn im Flur doch gehört haben.

Im Raum herrschte eine seltsam aufgeladene Atmosphäre, und niemand sagte ein Wort. Es war, als sei die Zeit im Wohnzimmer stehen geblieben. Ryan spürte, dass er auf etwas Bedeutendes gestoßen war, aber er hatte keine Ahnung, worauf. Er hoffte, dass seine Mutter nicht wieder einen ihrer spontanen Einfälle gehabt hatte.

Der Bann wurde gebrochen, als Chloe hinter ihm hereingestürmt kam.

»Hi, Gran. Was ist los? Freya meinte, du würdest schlafen. Geht es dir gut? Du siehst aus, als hättest du geweint. Und im Bad ist kein Klopapier.«

Ryan schaute genauer hin. Die Augen seiner Mum waren rot gerändert.

»Was geht hier vor, Mum?«, fragte er. »Und was ist das?« Er deutete mit dem Kopf auf den Brief, den seine Mum an die Brust gedrückt hielt.

Plötzlich schob Freya sich an ihm vorbei und stellte sich in die Mitte des Raums.

»Sie haben es ihm nicht gesagt«, begann sie, »aber das müssen Sie tun.«

Ryan fühlte sich an den Tag zurückversetzt, als Freya ihre Stelle als Pflegerin seiner Mum angetreten hatte. Seine Mutter hatte ihn vor vollendete Tatsachen gestellt. Wollte sie noch jemanden bei sich einziehen lassen? Und welche Rolle spielte Freya bei der ganzen Sache? Warum zahlte seine Mutter Geld auf ihr Konto ein?

Freya fasste seine Mum am Arm. »Kathleen, setzen Sie sich an den Kamin, und Ryan aufs Sofa, bitte. Sie müssen reden.« Sie hob die Hand, um seine aufbegehrende Mum zum Schweigen zu bringen. »Es gibt in diesem Haus schon viel zu lange zu viele Geheimnisse, und ich bin nicht länger bereit, zu schweigen. Also bitte, reden Sie. Wir werden die Konsequenzen tragen.«

Seine Mum setzte sich wie befohlen hin. »Nimm Platz, Ryan, mein Lieber«, sagte sie ausdruckslos.

Ryan klopfte das Herz bis zum Hals. Warum sollte er sich hinsetzen? Der Letzte, der ihm geraten hatte, sich zu setzen, war der Polizeibeamte gewesen, der vor seiner Tür erschienen war, um ihm die Nachricht von Natalies Unfall zu überbringen. Ryan sagte jetzt das Gleiche zu seiner Mutter, was er damals zu dem aschfahlen Polizisten gesagt hatte.

»Ich brauche mich nicht zu setzen. Sag es mir einfach, egal, was es ist.« Seine Mutter seufzte und warf einen Blick zu ihrer Enkelin. »Muss Chloe den Raum verlassen?«, fragte er. Was mochte seine Mutter nur Weltbewegendes zu sagen haben?

»Nein, es betrifft auch Chloe, daher sollte sie bleiben. Vielleicht hätte ich es dir schon vor langer Zeit sagen sollen, aber ich konnte es nicht. Ich wollte nicht, dass du mich auch hasst.«

»Dich hassen? Warum sollte ich dich denn hassen?« Jetzt bekam Ryan es mit der Angst zu tun. »Sag es mir.«

Seine Mum schloss kurz die Augen. »Ich habe dich belogen, Ryan. Es tut mir leid, aber ich habe dich angelogen. Ich bin als junge Frau nach Heaven's Cove gekommen.«

Das hatte er nicht gewusst, aber was spielte es für eine Rolle, wenn sie vor vielen Jahren das Dorf besucht hatte?

Ryan zuckte die Achseln. »Okay.«

»Ich habe als junge Frau einige Monate in Driftwood House verbracht.«

»Ich verstehe«, entgegnete Ryan, obwohl er überhaupt nichts verstand. Sie hatte also früher mal Urlaub im Dorf gemacht. Na und?

»Driftwood House war damals noch keine Pension.«

»Hast du die Besitzer gekannt? Ist das der Grund, warum du dort gewohnt hast?«

»Nein.« Seine Mutter holte tief Luft. »Driftwood House war damals ein Entbindungsheim.«

»Ein Entbindungsheim? Warum hast du in einem ...« Ryan unterbrach sich, und seine Gedanken überschlugen sich. »Was genau willst du sagen?«

»Ich will sagen, dass ich dort war, um ein Kind zur Welt zu bringen.«

Ryan schüttelte den Kopf. Er konnte kaum glauben, was er da hörte.

»Wie alt warst du?«, brachte er heraus. Er sah Chloe an, die mit offenem Mund in einer Ecke stand, und dann Freya, die neben sie getreten war.

»Ich war neunzehn Jahre alt, nicht viel älter als Chloe, und ich hatte schreckliche Angst. Ich bin in Irland aufgewachsen, wie du weißt, in einem kleinen Dorf auf dem Land. Das Stigma, eine unverheiratete Mutter zu sein, war damals sehr groß, aber nicht so groß wie die Scham, die ich verspürt habe und noch immer verspüre.« Sie sprach stockend. »Meine Eltern haben mich weggeschickt, damit ich mein Baby woanders zur Welt bringe.«

»Warum ausgerechnet nach Heaven's Cove?«

»Sie hatten Verbindungen zu der religiösen Organisation, die das Entbindungsheim hier betrieben hat. Und vor allem war Devon weit weg von den allzu neugierigen Nachbarn.«

»Wie lange warst du hier?« Die Frage kam von Chloe.

Kathleen lächelte ihre Enkeltochter traurig an. »Einige Wochen, und dann habe ich am 6. April um drei Uhr morgens ein kleines Mädchen zur Welt gebracht. Es hat ganz ähnlich ausgesehen wie du, als du geboren wurdest. Ich habe sie Maeve genannt, nach meiner Großmutter.«

»Was ist aus Maeve geworden?«, fragte Chloe leise.

»Sie war ein wunderschönes Kind, und ich habe sie geliebt, aber nach zwei Wochen musste ich mich von ihr verabschieden.«

»Hast du sie weggegeben?«, fragte Chloe, während Ryan versuchte, zu verarbeiten, was er hörte.

»Ja, obwohl ich es nicht wollte. Ich hatte keine Möglichkeit, für sie zu sorgen.«

»Du hättest dir Hilfe holen können«, wandte Chloe ein. »Die große Schwester von Olivia aus meiner Schule hat keinen Ehemann, aber sie hat ein Baby bekommen, und jetzt wohnen sie alle zusammen.«

Kathleen lächelte ihre Enkelin an. »Es waren andere Zeiten, Chloe. Meine Familie wollte nicht, dass ich Maeve mit nach Hause bringe, und es gab keine richtige Hilfe für Frauen wie mich.«

»Das ist traurig«, sagte Chloe.

»Wie kommt es, dass du mir noch nie davon erzählt hast?«, platzte Ryan heraus.

Er hatte eine große Schwester. Eine Halbschwester, von der er nichts gewusst hatte. Er sah Chloe an, die nachdenklich an den Fingernägeln kaute. Sollte sie das alles mitanhören? Um ehrlich zu sein, sie schien besser damit umzugehen als er.

»Ich wusste nicht, wie ich es dir sagen sollte«, antwortete Kathleen. »Es war damals ein großes, dunkles Geheimnis, und dann ist es so lange ein Geheimnis geblieben, dass es mir unmöglich erschien, etwas zu sagen.«

»Hat Dad es gewusst?«

»Ja. Ich habe es ihm erzählt, als wir uns verlobt haben, aber nach unserer Hochzeit haben wir nie mehr darüber gesprochen. Ich habe überhaupt mit niemandem mehr darüber gesprochen, was damals passiert ist, bis ich Freya mein Herz ausgeschüttet habe. Da hatte sie schon das Foto gefunden und wusste, dass etwas nicht stimmte.«

Ryan hatte vergessen, dass Freya da war. Sie stand so dicht an der Wand, als wolle sie mit ihr verschmelzen. Ihr Blick ging zwischen Kathleen und ihm hin und her. Sie konnte ihm nicht in die Augen sehen.

»Was war das für ein Foto?«, fragte er kalt.

»Freya hat ein Foto von mir vor Driftwood House gefunden, das aufgenommen wurde, kurz nachdem ich Maeve zur Welt gebracht und weggegeben hatte. Freya wollte, dass ich dir von Maeve erzähle, Ryan, aber ich habe sie schwören lassen, nichts zu sagen.«

»Wann haben Sie das Foto gefunden?«

Obwohl Ryan die Frage an Freya gerichtet hatte, sah sie ihn immer noch nicht an, als sie antwortete.

»An dem Tag, an dem Ihre Mum im Garten gestürzt ist und sich die Knie aufgeschlagen hat. Aber zu der Zeit wusste ich noch nicht, was es zu bedeuten hatte. Ihre Mum hat mir erst in der Nacht des Unwetters von Maeve erzählt.«

Das Unwetter? Das war vor einem Monat gewesen –

nachdem sie ihm versprochen hatte, ihm nie wieder etwas zu verschweigen, was seine Familie betraf.

»Aber jetzt wurde sie gefunden«, sagte seine Mum und wedelte mit dem Brief. »Freya hat mir geholfen, Maeve zu finden, und jetzt hat sie mir geschrieben. Hier, lies.«

Als Ryan sich nicht von der Stelle rührte, nahm Chloe ihrer Großmutter den Brief aus der Hand und gab ihn ihm. Er las langsam und betrachtete die geschwungene Handschrift der Frau. Es war ein emotionaler Brief – sorgfältig formuliert und mitfühlend. Doch er konnte kaum glauben, dass die Frau, die ihn geschrieben hatte – ein wildfremder Mensch –, seine Schwester war.

»Wie hast du sie gefunden?«, fragte er und gab Chloe den Brief zurück. Sie konnte ihn genauso gut auch lesen.

»Wir haben einen Suchdienst beauftragt, weil ich keine Unterlagen über Maeves Adoption finden konnte«, berichtete Freya. »Dafür waren auch die Zahlungen bestimmt, nach denen Sie gefragt haben. Ihre Mum hat mir das Geld überwiesen, damit ich die Agentur bezahle.«

Ein Anflug von Erleichterung, dass Freya rechtmäßig an das Geld seiner Mum gekommen war, wurde sofort dadurch erstickt, dass sie ihm ein weiteres Geheimnis vorenthalten hatte. Das noch größer gewesen war als der Sprung seiner Tochter von Clair Point.

Freya war vor nicht einmal drei Monaten in Heaven's Cove angekommen, doch sie hatte sein Leben schon jetzt in vielerlei Hinsicht auf den Kopf gestellt.

»Hasst du mich, Ryan?«, fragte seine Mum.

Ihre Worte trafen ihn wie ein Schlag. Wie konnte sie so etwas fragen?

»Natürlich nicht, Mum«, versicherte er ihr und kniete sich vor sie hin. »Warum sollte ich dich hassen? Ich kann nicht einmal ansatzweise ermessen, wie schrecklich das all die Jahre für dich gewesen sein muss.« Er strich Kathleen eine Träne von der papiernen Wange.

»Ich dachte, du würdest mich dafür hassen, dass ich dir nicht schon früher von deiner Schwester erzählt habe.«

Ryan stieß schwer den Atem aus. »Ich wünschte, du hättest das Gefühl gehabt, mit mir darüber reden zu können, Mum. Ich wünschte, du hättest es mir erzählt, bevor ...« Er hielt inne. *Bevor du es Freya erzählt hast.* Das war es, was er sagen wollte. *Bevor du es der Frau erzählt hast, in die ich mich gerade verliebe.* Stattdessen nahm er die Hand seiner Mutter und sagte schlicht: »Ich bin einfach nur froh, dass du es mir jetzt erzählt hast.«

»Es wird alles gut, Gran.« Chloe kam herbeigeeilt und ergriff Kathleens andere Hand. »Ich hasse dich auch nicht«, platzte sie heraus. »Ich hasse niemanden. Das heißt, in der Schule gibt es einen Jungen, der Leuten Bleistifte an den Hinterkopf wirft. Er ist ziemlich ekelhaft, aber nicht einmal ihn hasse ich.«

»Das ist gut zu wissen«, lachte Kathleen unter Tränen. »Du darfst niemandem hiervon erzählen, Chloe. Ist das in Ordnung?«

Chloe nickte. »Klar.«

Ryan legte seiner Tochter den freien Arm um die Schulter. Sie nahm die ganze unwirkliche Situation wie eine Erwachsene auf. Er hatte eine Schwester, eine ältere Schwester, der er noch nie begegnet war. Diese Information brachte ihn vollkommen aus dem Gleichgewicht, und dann setzte Freya noch einen unverhofften Schlag obendrauf – sie hatte von Maeve gewusst.

Diesmal begegnete Freya seinem Blick, als er sie ansah. Sie stand immer noch an der Wand, die Hände vor sich verschränkt, die Augen riesig in ihrem blassen Gesicht. Er verspürte den Drang, sie an sich zu ziehen und ihr den Kopf an die Schulter zu legen, um Trost bei der Frau zu suchen, der er vertraut hatte. Doch jetzt war alles anders.

»Würden Sie uns wohl allein lassen?«, fragte er, und seine

Stimme klang tonlos und kalt. »Wir haben Familienangelegenheiten zu besprechen.«

»Natürlich.« Sie schluckte und blinzelte heftig, als stünde sie kurz davor, in Tränen auszubrechen. »Ich werde nach oben gehen.«

Als sie in den Flur hinaustrat, folgte Ryan ihr und schloss die Wohnzimmertür hinter sich.

»Es wäre vielleicht sogar besser, wenn du für eine Weile das Haus verlassen würdest.«

»Wenn dir das lieber ist.« Sie drehte sich mit angsterfülltem Blick zu ihm um. »Ryan«, sagte sie leise, »können wir reden? Bitte.«

»Ich denke nicht, dass es noch etwas zu sagen gibt.«

»Bitte. Lass es mich erklären.«

Die Sehnsucht in ihren Augen hätte ihm das Herz gebrochen, wenn es nicht bereits gebrochen gewesen wäre.

Er bedeutete ihr, ihm in die Küche zu folgen. »Was willst du erklären?«, fragte er kalt. »Warum du mich angelogen hast?«

»Ich habe nicht gelogen.«

»Das ist doch Haarspalterei, Freya.« Er senkte die Stimme, weil ihm eingefallen war, wie hellhörig das kleine Cottage war. »Du hast mir nicht ins Gesicht gelogen, aber du hast mir etwas verschwiegen. Du hast mir ein großes Familiengeheimnis vorenthalten, nachdem du mir versprochen hattest, mir alles zu erzählen. Und ich habe *dir* alles erzählt.«

Als seine Stimme brach, trat Freya einen Schritt auf ihn zu.

»Deine Mum hat mich angefleht, es dir nicht zu sagen.«

Freya weinte jetzt, aber er musste sein Herz vor ihr verschließen. Er durfte nicht zulassen, dass sie noch einmal seine Abwehr überwand.

»Das interessiert mich nicht. Du und ich, wir ...« Aber es gab kein »Wir« mehr. Er schüttelte den Kopf. »Ich kann das nicht. Ich muss jetzt zurück und mit meiner Mutter reden.« Er drehte sich auf dem Absatz um und eilte wieder ins Wohnzimmer.

Kurz darauf hörte er, wie die Haustür geöffnet und geschlossen wurde, als Freya das Cottage und, so begriff er, sein Leben verließ.

SIEBENUNDDREISSIG

RYAN

»Du armer Mann.« Isobel trat in den Flur, kaum dass er die Haustür geöffnet hatte, und warf sich ihm in die Arme. »Als ob du nicht schon genug Sorgen hättest«, murmelte sie an seinem Hals.

Ryan trat zurück und löste sich sanft aus Isobels Umarmung. Chloe stand an der Küchentür und beobachtete sie mit offenem Mund. »Geht es Ihnen gut?«

»Mir schon, aber dir?« Isobel schüttelte den Kopf. »Was für ein Schock.«

Ein kalter Schauer überlief Ryan. Was wusste sie? Er nahm Isobel am Arm, führte sie ins Wohnzimmer und schloss die Tür. Draußen im Garten bewegte eine leichte Brise die Blätter des Baums, doch hier drinnen war die Luft reglos und still.

»Was meinst du mit Schock?«

»Es muss doch ein schrecklicher Schock für dich gewesen sein, als du es erfahren hast.«

»Als ich was erfahren habe?«, fragte Ryan langsam, obwohl er wusste, was Isobel sagen würde.

»Als du erfahren hast, dass du eine verloren geglaubte Schwester hast, natürlich. Es muss furchtbar sein, zu entdecken, dass alles, was man über seine Familie für wahr gehalten hat, eine Lüge war, und ich kann nicht glauben, dass deine Mutter es dir verheimlicht hat. Du hast verdient, die Wahrheit zu erfahren.«

Ryan ließ sich schwer aufs Sofa fallen. »Woher weißt du davon?«

Isobel zuckte die Achseln. »Es war das Gesprächsthema unter den Kunden in Stans Laden, als ich heute Morgen kurz reingesprungen bin, um einzukaufen.«

»Dann wissen es also alle?«

»Alle nicht, aber viele. Du weißt ja, wie es in Heaven's Cove mit Dorfklatsch ist.«

Und ob er das wusste. Als Chloe und er hergezogen waren, hieß er lange Zeit »der traurige Witwer«, und Belinda hatte ihm ständig die Schulter getätschelt und ihn über Natalie ausgefragt, weil sie jedes saftige Detail hören wollte.

Belinda! Der Gedanke, dass Belinda die Quelle des Tratsches sein musste, war wie ein Schlag in die Magengrube. Denn wenn Belinda es wusste, konnte sie es nur von einer einzigen Person erfahren haben – Freya.

Es gab Dinge über Freya, die er nicht wusste, aber er hatte ihr ohne Vorbehalt geglaubt, als sie ihm gesagt hatte, dass sie Geheimnisse für sich behalten könne. Sie hatte das Geheimnis seiner Mutter sogar vor ihm bewahrt. Das konnte er ihr beinahe verzeihen, weil sie seiner Mutter gegenüber loyal gewesen war. Doch dieser letzte Verrat war einer zu viel. Nachdem er von Maeve erfahren hatte, musste sie es ihrer Schwester gegenüber versehentlich preisgegeben haben.

Isobel sah ihn seltsam an. »So schlimm ist es eigentlich gar nicht, ein uneheliches Kind zu haben. Das tun doch heute alle. Sex außerhalb der Ehe ist total in Ordnung.« Sie strich ihm über den Arm. »Es ist der Betrug, nicht wahr? Dass Freya dir nichts verraten hat, obwohl sie es die ganze Zeit gewusst hat. Das sagen jedenfalls die Leute«, fügte sie hinzu, als er den Kopf hob und sie anstarrte. »Freya hat es gewusst und dir nichts gesagt. Aber jetzt tratscht sie mit ihrer Schwester, und die Geschichte verbreitet sich im ganzen Dorf.«

»Ich glaube nicht, dass sie das tun würde«, sagte er und wünschte sich verzweifelt, dass er recht hatte.

»Ryan.« Isobel setzte sich neben ihn und nahm seine Hand. »Du bist ein sehr vertrauensvoller Mann. Vertrauensvoller, als gut für dich ist. Freya taucht vollkommen unerwartet hier auf und zieht bei deiner Mutter ein. Und dann entlockt sie deiner Mutter ihre Geheimnisse und stellt dein Leben auf den Kopf. Wer hat denn sonst noch von dem geheimen unehelichen Kind deiner Mum gewusst? Es ist wirklich Zeit, dass sie geht, dann können wir zwei wieder zur Normalität zurückkehren. Ich weiß doch, dass du das willst.«

Ryan stand auf und schüttelte Isobels Hand ab. Dass sie die Gelegenheit nutzte, um mit ihm zu flirten, während sie den Klatsch über seine Familie weitergab, hinterließ bei ihm einen bitteren Nachgeschmack. Doch Freyas Verrat übertraf alles.

»Ich muss mit ihr sprechen«, erklärte er und hoffte, dass Isobel das Zittern in seiner Stimme nicht bemerken würde.

»Nein, musst du nicht. Schick ihr eine E-Mail, dass sie gefeuert ist und dass du sie nie wiedersehen willst. Sie packt eh bestimmt schon ihre Sachen.«

»Das muss ich ihr persönlich sagen.«

Ryan ging zur Tür und riss sie auf. Chloe stand im Flur.

»Hast du das alles gehört?«, fragte er erschöpft.

»Nein, natürlich nicht«, schnaubte Chloe. »Ich habe nicht gelauscht. Ich wollte gerade in mein Zimmer.«

Isobel ging an ihr vorbei, ohne sie zu grüßen, und blieb an der Haustür stehen.

»Ich bin für dich da, Ryan, wenn du alles geregelt hast«, verkündete sie. »Ich bin immer für dich da.«

Mit diesen Worten rauschte sie hinaus und hinterließ eine Duftwolke von exotischen Gewürzen.

»Warum war Isobel hier?«, fragte Chloe, als der Knall der Tür im Haus widerhallte.

Sollte er es ihr erzählen? Sie hatte gestern von ihrer Großmutter schon genug beunruhigende Dinge gehört. Es war jedoch sicher besser, dass sie es von ihm erfuhr, als die Gerüchte zu Ohren zu bekommen, die im Dorf im Umlauf waren.

Er holte tief Luft. »Anscheinend klatschen die Leute im Dorf über deine Gran und über Maeve.«

Chloe schlug die Hand vor den Mund. »Woher wissen sie das?«

»Das möchte ich herausfinden. Ich werde mit Freya sprechen.« An der Haustür blieb er stehen und drehte sich noch einmal um. »Du hast es doch niemandem erzählt, oder, Chloe?«

»Nein, natürlich nicht. Das musste ich dir versprechen.«

»Es ist nur ...«

»Ich habe es niemandem gesagt, klar?« Chloe schrie jetzt fast.

»Es ist nur, dass ich dir vertraut habe, und ...«

»Ich habe nichts gesagt, okay? Ich schwöre es bei Mums Leben.«

Als ihre Unterlippe zu zittern begann, bekam Ryan ein schlechtes Gewissen, weil er ihr für einen kurzen Moment misstraut hatte. Er kannte seine Tochter viel besser als Freya, die, wie Isobel so richtig bemerkt hatte, völlig unerwartet aufgetaucht war und sein Leben auf den Kopf gestellt hatte.

Er zog seine Tochter an sich und drückte sie. »Es tut mir leid, Liebes. Kommst du für eine halbe Stunde allein zurecht, während ich zu Gran gehe?«

»Ja, kein Problem.« Chloe ließ die Umarmung für einen Augenblick zu und löste sich dann von ihm. »Aber ich finde nicht, dass du hingehen solltest. Es wird dir nicht guttun, mit Freya zu sprechen. Ich will nicht, dass du hingehst, Dad.«

Ryan zögerte. Vielleicht hatten Chloe und Isobel recht.

Zum Glück war er Freya nicht begegnet, als er am Morgen bei seiner Mutter vorbeigeschaut hatte, und im Grunde brauchte er sie auch jetzt nicht zu sehen.

Er konnte ihr eine E-Mail schicken und ihr kündigen, und sie würde fortgehen, ohne dass er ihr je wieder begegnete. Seine Mutter würde darüber zwar nicht erfreut sein, aber stattdessen würden er und Chloe bei ihr einziehen. Und bald würde es so sein, als hätte Freya nie einen Fuß nach Heaven's Cove gesetzt.

»Komm schon, Dad. Bleib einfach hier«, drängte Chloe.

Ryan schüttelte den Kopf. »Ich muss mit Freya persönlich sprechen. Es wird nicht lange dauern.«

ACHTUNDDREISSIG

FREYA

Freya stand am Fenster ihres Zimmers, als sie Ryan auf das Cottage zukommen sah. Sie war froh, dass er herkam, um noch einmal mit seiner Mum zu sprechen. Kathleen war erleichtert darüber, dass ihr Geheimnis heraus war, und hatte Freya verziehen, dass sie sie dazu gezwungen hatte. Doch es belastete sie immer noch, dass Maeve sie nicht sehen wollte.

Ryan musste auch vollkommen durcheinander sein. Es musste ein großer Schock gewesen sein, von seiner verloren geglaubten Schwester zu erfahren. Und dann war da noch ihr eigener Verrat. Deshalb ging sie ihm aus dem Weg. Er hatte am vergangenen Tag sehr deutlich gemacht, dass ihre Beziehung vorüber war.

Freya blinzelte ihre Tränen weg und schaute zu dem halb gepackten Koffer auf dem Bett. Sie würde sehr traurig sein, wenn sie Heaven's Cove verließ, aber sie hatte alles total vermasselt.

Kathleen wollte nicht, dass sie ging. Sie sagte, sie fühle sich erleichtert, jetzt, da Ryan von Maeve wusste.

Freya war jedoch klar, dass sie nicht bleiben konnte. Ryan würde sich an den Gedanken gewöhnen, eine Schwester zu haben, und er würde seiner Mutter verzeihen, dass sie es ihm nicht gesagt hatte, denn er war ein guter Mann. Doch wie konnte er ihr verzeihen, dass sie ihr Versprechen gebrochen und ihm etwas so Bedeutsames verschwiegen hatte? Geheimnisse und Versprechen. Sie waren Freyas Untergang gewesen.

Ryan hatte das Haus erreicht, und sie hörte Stimmengemurmel unten im Flur. Es war gut, dass die beiden miteinander sprachen. Vielleicht konnte Ryan Kathleen helfen, seiner Schwester Brücken zu bauen. Vielleicht würde es eines Tages eine glückliche Familienzusammenführung geben. Nicht, dass sie davon erfahren würde.

Freya wandte sich wieder dem Packen zu und legte ungetragene Kleider zusammen und verstaute sie im Koffer. Sie malte sich ihre Heimkehr in die leere Wohnung aus, die immer noch zum Verkauf stand. Greg würde denken, dass ihr Versuch gescheitert war, ein neues Leben ohne ihn anzufangen, und damit hatte er recht.

Sie stand über den Koffer gebeugt, als sie Schritte die Treppe heraufkommen hörte, und erstarrte. Kathleens langsame, leichte Schritte waren vertraut, doch daneben hörte sie auch schwere Schritte. Ryan kam mit seiner Mutter die Treppe hoch. Wollte er zu ihr? Wozu? Es würde nur schmerzhaft für sie beide sein.

Freya schloss den Koffer, setzte sich aufs Bett und versuchte, sich zu beruhigen, während die Schritte näherkamen. Dann klopfte es leise an ihrer Tür.

»Herein«, sagte sie kaum hörbar.

Als Kathleen und Ryan eintraten, ging Ryans Blick zu dem Koffer und dann zu ihr.

»Da sind Sie ja«, sagte Kathleen. Ihr Gesicht war qualverzerrt.

Freya stand auf. Sie hatte Angst, dass eine so emotionale Zeit für eine über Achtzigjährige zu viel sein konnte. »Geht es

Ihnen gut, Kathleen? Müssen Sie sich setzen? Sie sehen aus, als hätten Sie ein Gespenst gesehen.«

»Jeder weiß es«, sagte sie mit zittriger Stimme.

»Jeder weiß es? Was soll das heißen?«

»Maeve, meine Tochter, ist das Gesprächsthema Nummer eins in Heaven's Cove«, berichtete Kathleen und ließ sich langsam aufs Bett sinken. »Isobel hat es gerade Ryan erzählt. Alle wissen von mir und meinem Aufenthalt in Driftwood House. Es ist das einzige Gesprächsthema in Stans Laden. Das ganze Dorf weiß über mich Bescheid.«

Freya schlug die Hand vor den Mund. »O nein. Das tut mir leid.«

»Warum tut es Ihnen leid?«, fragte Ryan scharf.

Sie runzelte verwirrt die Stirn. »Das sagt man so, wenn jemand eine schlechte Nachricht erhalten hat. Woher ...« Sie unterbrach sich und verstand plötzlich, was der Gesichtsausdruck der beiden ihr sagte. »Denken Sie etwa, ich hätte es Belinda gesagt? Das würde ich nie tun. Obwohl ...«

Sie dachte an den Tag, als Belinda in ihr Zimmer gestürmt war und den Ausdruck über das Entbindungsheim und Kathleens Foto auf dem Bett gesehen hatte.

»Obwohl was?«, fragte Ryan und klang kälter und abweisender denn je.

Als Freya ihre Sachen gepackt hatte, hätte sie nicht gedacht, dass ihr schlechtes Gewissen wegen der ganzen Sache noch größer werden könnte. Aber jetzt krampfte sich ihr der Magen vor neuer Angst und Schuldgefühlen zusammen.

»Belinda ist vor einigen Tagen in mein Zimmer gekommen und hat einen Artikel über Adoption gesehen. Sie hat erraten, was los war, aber ich habe sie schwören lassen, kein Wort zu sagen.«

»Sie haben *Belinda* schwören lassen?«

Als Ryan die Brauen hochzog, sein Gesicht der Inbegriff

sarkastischer Ungläubigkeit, war Freya den Tränen nahe. Kathleen war sehr still geworden.

»Sie hat es mir versprochen«, sagte Freya leise, ebenso zu sich selbst wie zu Ryan und Kathleen. »Sie hat mir ihr Schwesternehrenwort gegeben.«

Kathleen hatte mit bebenden Schultern zu schluchzen begonnen.

»Mum, ist schon gut.« Ryan setzte sich neben sie. »In ein paar Tagen wird Gras über die Sache gewachsen sein. Du weißt doch, wie es hier ist.«

»Es tut mir leid«, murmelte Freya noch einmal und schlüpfte in ihre Schuhe. Dann verließ sie den Raum, ohne sich noch einmal umzudrehen. Es gab da jemanden, den sie sprechen musste.

NEUNUNDDREISSIG

FREYA

»Freya, wie schön, dich zu sehen.« Belindas Lächeln verschwand und wurde durch ein Stirnrunzeln ersetzt, als Freya wortlos an ihr vorbei in den Flur trat. »Komm doch herein! Wenn du zu Jim möchtest, damit er etwas für Kathleen repariert, hast du Pech gehabt. Er ist gerade eine Säge kaufen, um den Dachboden auf Vordermann zu bringen. Ehrlich, diese alten Cottages sehen zwar ganz malerisch aus, aber sie verschlingen Unmengen von Geld, wenn es um die Instandhaltung geht.« Sie hielt inne, als Freya nur dastand und sie ansah. »Stimmt etwas nicht?«

Oh, etwas stimmte ganz und gar nicht. Doch jetzt, da Freya hier war, wusste sie nicht, wo sie anfangen sollte. Sie hatte sich auf dem Herweg überlegt, was sie sagen wollte, doch es wurde der Schwere der Tat ihrer Schwester nicht gerecht.

»Du benimmst dich ziemlich merkwürdig«, meinte Belinda mit einem missbilligenden Zungenschnalzen. »Geht es dir gut?«

»Nein«, brachte Freya heraus.

»Oje. Und Kathleen?«

»Sie weint.«

»Wirklich?« Freya war der Eifer in Belindas Stimme

zuwider, als sie sie drängte: »Du kommst besser mit ins Wohnzimmer und setzt dich, dann kannst du mir alles erzählen.«

»Warum um alles in der Welt sollte ich dir irgendetwas erzählen?«

Die Falte zwischen Belindas Brauen vertiefte sich. »Du redest wirr, Freya. Bist du krank?«

»Nein, ich bin nicht krank. Ich habe es einfach nur satt, dass du dich in mein Leben und in das Leben anderer Leute einmischst. Das solltest du nicht tun, Belinda. Es schadet anderen Menschen.«

Das war nicht so wortgewandt wie die Rede, die Freya sich zurechtgelegt hatte, und sie war einfach damit herausgeplatzt, aber es brachte ihren Zorn auf den Punkt.

»Ich verletze niemanden«, entgegnete Belinda empört und trat einen Schritt zurück. »Wovon genau sprichst du?«

Freya versuchte, sich zu beruhigen, denn Ausrasten brachte nichts.

»Ich frage dich, ob du herumerzählt hast, dass Kathleen nach ihrem Kind sucht, das sie zur Adoption geben musste. Ich weiß, dass du zwei und zwei zusammengezählt hast und Bescheid weißt.«

»Ich habe tatsächlich zwei und zwei zusammengezählt, denn es lag auf der Hand. Kathleen wirkte erregt, du wurdest total geheimniskrämerisch, als ich den Artikel gesehen habe, den du gelesen hast, und dann war da noch das Foto. Aber ich habe dir versprochen, dass ich es keiner Menschenseele erzählen werde.«

Freya schüttelte den Kopf. »Ja, das stimmt, aber ich kenne dich, Belinda, und man hat mir gesagt, dass du nichts für dich behalten kannst.«

»Dann bist du falsch informiert worden, denn ich habe Kathleens Geheimnis für mich behalten, wie ich es gesagt habe«, konterte Belinda eisig.

»Wenn das wahr ist, wie kommt es dann, dass die Hälfte der Kunden in Stans Laden heute Morgen Bescheid wusste?«

»Irgendwer muss es ihnen erzählt haben.«

»Genau.«

»Und dieser Jemand war nicht ich. Es muss jemand anderer gewesen sein.«

»Aber sonst wusste niemand davon. Niemand hätte durch die Verbreitung der Geschichte Kathleens Glück aufs Spiel gesetzt.«

»Willst du etwa damit sagen, dass ich lüge?«

Freya zuckte die Achseln. »Ich will damit sagen, dass du einfach nicht anders kannst, Belinda, weil du eine schreckliche Klatschbase bist. Du musst immer im Mittelpunkt stehen, hast immer die saftigsten Informationen parat, spielst die große Vorsitzende, die überall mitmischt. Du bist selbstsüchtig und voller Vorurteile, und du redest nur schlecht über andere.«

Freya hielt schwer atmend inne. Sie hatte nicht vorgehabt, das zu sagen, aber sie konnte Belindas ständiges Getratsche und ihre unterschwellige Feindseligkeit nicht länger ertragen. Diesmal war ihre Schwester zu weit gegangen. Diesmal hatte sie Menschen verletzt, die Freya am Herzen lagen, und sie hatte dazu beigetragen, dass Ryan noch mehr gegen sie eingenommen war. Freya biss sich kräftig auf die Unterlippe, um nicht in Tränen auszubrechen.

»Und du bist die Perfektion in Person, was?« Belinda machte sich groß, und ihre Nasenflügel bebten. »Hören wir doch auf mit dem glückliche-Schwestern-Getue, ja?«

»Wenn du möchtest«, konterte Freya mit größerem Selbstbewusstsein, als sie verspürte.

»Die Wahrheit ist, dass du mein Leben zerstört hast. Als Dad Mum und mich sitzen ließ, war das der schlimmste Tag aller Zeiten. Wir dachten, er würde uns vermissen und zurückkehren, aber dann bist du gekommen, und damit war der Fall erledigt. Wenigstens ist deine Mutter aus unserem Leben verschwunden, als sie Dad den Laufpass gab und ins Ausland ging. Aber du nicht. Ich konnte es nicht fassen, dass du bei ihm geblieben bist.«

Freya hob die Brauen. Belinda schweifte vom Thema ab, aber das war keine Überraschung. Ihre Beziehung war schon immer ein Pulverfass gewesen, das nur darauf gewartet hatte, hochzugehen.

»Wow. Ich hatte schon länger das Gefühl, dass du mich nicht besonders magst, aber mir war nicht klar, wie sehr du mich verabscheut hast.«

»Du hast mir den Vater gestohlen«, sagte Belinda voller Bitterkeit. »Was erwartest du denn?«

»Ich habe niemanden ›gestohlen‹, und das ist alles sehr lange her«, gab Freya zurück. Belinda hatte eine finstere Miene aufgesetzt.

»Es spielt keine Rolle, wie lange es her ist. Du fühlst dich schuldig deswegen. Ich sehe es manchmal in deinen Augen, wenn wir uns unterhalten.«

»Das liegt daran, dass du mir Schuldgefühle einredest, indem du mir erzählst, dass deine Mum sich nie davon erholt hat. Du scheinst zu vergessen, dass ich damals nur ein Kind war.«

»Das war ich auch!« Belinda schrie inzwischen fast, und plötzlich erschien Jim oben an der Treppe, einen Hammer in der Hand.

»Ist alles in Ordnung?«, fragte er und schaute verwirrt zwischen ihnen hin und her. »Was ist los?«

Belinda sprach weiter, als ob er gar nicht da wäre. »Ich war noch jung, als Dad uns verlassen hat, nicht viel älter als Chloe heute. Er hat mich mit einer Mutter alleingelassen, die so depressiv war, dass sie morgens kaum aus dem Bett kam.«

»Ich wusste nicht, dass es so schlimm war.«

»Niemand hat es gewusst. Es hat auch niemanden interessiert. Mum war nie wieder dieselbe, und ich bin immer noch dabei, die Scherben zu kitten.«

»Das tut mir leid. Wirklich. Aber das ändert nichts an der Tatsache, dass dein Getratsche Menschenleben zerstört«, antwortete Freya, hin- und hergerissen zwischen Mitgefühl mit ihrer Schwester und Zorn wegen der Sache mit Kathleen.

»Belinda, was hast du jetzt schon wieder ausgeplaudert?«, fragte Jim. Er seufzte laut, als er die Treppe herunterkam und eine Staubfahne vom Dachboden hinter sich herzog.

»Überhaupt nichts. Freya hatte mich gebeten, Kathleens Geheimnis für mich zu behalten, und das habe ich getan. Obwohl ich es genauso gut von den Dächern hätte rufen können, wenn man mir trotzdem vorwirft, es herumerzählt zu haben. Ihr glaubt mir doch, oder?«

Jim sah Freya an. Als sie beide schwiegen, schüttelte Belinda den Kopf. »Ich verstehe. Mein Mann und meine Schwester halten mich für eine schreckliche Klatschbase und obendrein für eine Lügnerin. Zumindest weiß ich jetzt, woran ich bin.«

Mit diesen Worten drehte sie sich um, marschierte ins Wohnzimmer und knallte die Tür hinter sich zu.

»Was hat sie diesmal angestellt?«, fragte Jim leise und legte den Hammer auf den Flurtisch.

Freya zuckte die Achseln. Das Dorf wusste ohnehin Bescheid. »Sie hat erzählt, dass Kathleen nach der Tochter sucht, die sie als junge Frau bekommen hat und zur Adoption freigeben musste.«

»Ach Gottchen.« Jim schloss kurz die Augen. »Wie hat sie davon erfahren?«

»Ich habe Kathleen bei der Suche geholfen, und Belinda hat Unterlagen darüber gesehen, als sie in meinem Zimmer war. Ich habe sie gebeten, es für sich zu behalten, aber ...«

»Aber es fällt meiner Frau sehr schwer, den Mund zu

halten.« Jim blies die Wangen auf. »Bist du dir ganz sicher, dass es Belinda war, die getratscht hat?«

»Es kann niemand anderer gewesen sein, Jim. Es tut mir leid.«

Jim nickte. »Ist Kathleen sehr böse?«

»Kathleen und Ryan sind beide außer sich, und ich auch. Ich fühle mich verantwortlich dafür, dass Kathleens Angelegenheiten jetzt Dorfgespräch sind.«

»Das bist du nicht, Freya.« Jim senkte für einen Moment den Kopf. »Das Leben mit Belinda ist nicht einfach. Manchmal versteht sie etwas falsch und verursacht Reibereien. So ist es während unserer ganzen Ehe gewesen. Aber ich liebe sie, und auf ihre eigene Weise liebt sie dich auch.«

Er errötete, als sei es zu viel für ihn, über Gefühle zu sprechen.

»Ich denke nicht, dass Belinda mich liebt, und sie mag mich auch nicht besonders. Das hat sie ziemlich klar zum Ausdruck gebracht.«

»Ich denke, da irrst du dich.« Jim warf einen Blick zu der geschlossenen Wohnzimmertür. »Ich sollte besser reingehen und mit ihr reden, um die Sache zu klären.« Er öffnete die Haustür, um Freya hinauszulassen, hielt aber mit der Hand am Türriegel noch einmal inne. »Hat Kathleen ihre Tochter gefunden?«

»Ja, Maeve ist gefunden worden.«

»Und ist sie gesund und munter?«

»Es sieht so aus.«

»Es freut mich, das zu hören, und ich hoffe, Kathleen und du werdet in der Lage sein, meiner Frau zu verzeihen.«

Er wartete auf Freyas Versicherung, dass sie seiner Frau ihren schädlichen Klatsch verzieh, doch das konnte sie nicht, nicht einmal, damit der reizende, unschuldige Jim sich besser fühlte. Diesmal war Belinda zu weit gegangen und hatte mehr Unheil angerichtet, als sie ahnte.

»Leb wohl, Jim«, sagte Freya und blinzelte gegen Tränen an, als ihr klar wurde, dass dies wahrscheinlich das letzte Mal war, dass sie ihn sehen würde.

Sie würde Heaven's Cove verlassen und nie mehr zurückkehren. Sie würde Belinda nie wiedersehen – dafür würde ihre Schwester schon sorgen. Genauso wenig wie Chloe und Kathleen. Oder Ryan, der so enttäuscht von ihr war.

Freya rannte regelrecht durch Belindas gepflegten Garten und über die gepflasterte Straße. Sie musste zurück zu Kathleen, damit sie fertig packen und alles und jeden hinter sich lassen konnte, den sie in diesem schönen Dorf lieb gewonnen hatte.

VIERZIG

CHLOE

Freya, die von Belindas Cottage kommend die Straße entlangeilte, bemerkte Chloe nicht. Chloe hingegen, die auf der Ufermauer saß, sah sie – die Frau, die das Leben ihrer Familie auf den Kopf gestellt hatte.

Es war schwer zu glauben, dass eine kleine Frau so viel Chaos anrichten konnte. Doch seit Freyas Ankunft hatte ihre Gran zu spinnen angefangen und sich von einer traurigen alten Dame in selbstgemachten Strickjäckchen in eine Geheimniskrämerin verwandelt, die Chloe nicht wiedererkannte. Und ihr Dad, der so kurz davor gewesen war, mit Isobel zusammenzukommen und damit Chloe und Paige beinahe zu Schwestern zu machen, hatte plötzlich angefangen, für die bezahlte Hilfskraft zu schwärmen. Zumindest hatte Isobel sie so genannt.

Es war seltsam. Eigentlich sollte Chloe sich wünschen, dass Freya fortging und nie mehr zurückkam. Doch das tat sie nicht, erkannte sie, als sie sah, wie Freya sich wütend Tränen von den Wangen wischte. Sie wollte überhaupt nicht, dass sie Heaven's Cove verließ.

Aber sie geht weg, und es ist alles deine Schuld. Chloe achtete nicht auf die leise Stimme in ihrem Kopf, genau wie sie sich weigerte, darüber nachzudenken, dass sie beim Leben ihrer Mutter geschworen hatte, niemandem von Maeve zu erzählen. Es war doch okay, beim Leben einer Toten zu schwören, oder? Und es hatte keinen Sinn, wegen der momentanen Situation ein schlechtes Gewissen zu haben. Es war zu spät, um etwas zu ändern.

Chloe schaute zu Driftwood House hinauf, hoch oben auf dem Kliff, und dachte darüber nach, wie sich das Leben ihrer Familie seit Freyas Ankunft verändert hatte.

Freya war bei dem Make-up-Debakel sehr freundlich gewesen. Ihr Dad hatte in Freyas Gegenwart zum ersten Mal überhaupt fast glücklich gewirkt. Und seit Maeve gefunden war, schien ihre Gran von neuer Lebensenergie erfüllt.

Es war auch ziemlich cool gewesen, herauszufinden, dass die langweilige alte Gran ein heimliches Leben hatte, von dem niemand etwas wusste. Es hatte sie umgehauen, sich ihre Gran als verlassene schwangere Frau vorzustellen, weil das bedeutete, dass sie Sex mit einem anderen Mann als Grandad gehabt hatte. Das war aufregend.

Doch das musste man sich mal vorstellen, über sechzig Jahre lang nicht zu wissen, wo die eigene Tochter war. Chloe trommelte mit den Fersen gegen die Mauer. Das relativierte ihren Make-up-Ausraster und die folgende Stunde, in der ihr Dad nicht gewusst hatte, wo sie war. Nicht, dass er das so sehen würde. Er wurde immer noch blass, wenn sie einen Lippenstift auch nur ansah.

Chloe dachte an den leuchtend pinkfarbenen Lipgloss in der Schublade ihres Frisiertisches. Den Lipgloss, den zu stehlen Paige sie angestiftet hatte.

Du bist nicht wie Paige, und das ist gut so. Du brauchst ihre Anerkennung nicht, um zu sein, wer du bist.

Das hatte Freya ihr gesagt, als sie sie vor der Disco am Strand gefunden hatte. Chloe erinnerte sich an Freyas Freundlichkeit an dem Abend, da schlug eine Welle gegen die Mauer und spritzte ihre nackten Füße nass.

Freya war nicht so glamourös wie Isobel, aber sie war freundlicher und sanfter ... und besser für sie alle. Plötzlich wusste Chloe mit verblüffender Klarheit, dass ihre Mutter das auch so gesehen hätte. Eine Erinnerung überkam sie, wie sie auf dem Schoß ihrer Mum saß, während die ihr das Haar bürstete, und die Erinnerung war so lebendig, dass es ihr den Atem verschlug.

Doch jetzt war ihre Mum tot, und Freya würde auch bald fort sein. Das Leben würde wieder so sein wie früher, wie Chloe es sich gewünscht hatte. Isobel und ihr Dad würden zusammenkommen und vielleicht heiraten, und sie und Paige würden Schwestern werden. Genau wie Chloe es sich gewünscht hatte. Früher einmal.

Plötzlich wusste sie, was sie tun musste, ob es zu spät war oder nicht. Sie stand von der Mauer auf, rieb die nassen Füße auf dem Pflaster trocken und schlüpfte in die Sandalen. Dann eilte sie halb gehend, halb rennend an den Strand, bevor sie es sich anders überlegen konnte.

Das unberechenbare Wetter hatte die meisten Besucher abgeschreckt, und der Strand war fast menschenleer. Nur eine kleine Gruppe von Mädchen und Jungen saß bei den Wassertümpeln zwischen den Felsen. Paige hatte normalerweise kein Interesse am Strand, aber Chloe wusste, dass sie für diesen Tag eine Einladung von Chantelle aus der Schule zu einem Mittagspicknick angenommen hatte.

Chantelle war eine Klasse über ihnen, und Paige verbrachte viel Zeit mit dem erfolglosen Versuch, sie zu beeindrucken. Paige hatte eine ähnliche Beziehung zu Chantelle wie sie selbst zu Paige, erkannte Chloe in einem weiteren Anflug von Klarheit. Von Anfang an zum Scheitern verurteilt.

»Hey, Chloe! Du hast es ja doch noch geschafft«, rief Paige, als Chloe näherkam. Ihre Entschlossenheit geriet ins Wanken, als alle sie ansahen, aber sie zwang sich, weiterzugehen.

»Kann ich kurz mit dir reden?«, fragte sie Paige, als sie die Gruppe erreichte. Das sagten Erwachsene doch, wenn sie ein schwieriges Thema ansprechen mussten. Ihr Dad sagte es immer, wenn er ihr etwas mitzuteilen hatte, von dem er dachte, es würde ihr nicht gefallen.

»Klar. Gibt es etwas Interessantes?«

Paige grinste ihre Freunde an, bevor sie Chloe über den Strand zu einer Öffnung zwischen den Felsen folgte, die eine flache Höhle bildeten. Die Höhle füllte sich bei Flut mit Wasser, aber es herrschte gerade Ebbe.

»Worum geht's?«, fragte Paige und winkte ihren Freunden fröhlich zu.

Chloe schlüpfte in die Höhle, und Paige folgte ihr. Im Inneren war es finster und kalt, aber die anderen konnten sie dort weder hören noch sehen.

Chloe holte tief Luft und wusste mit einem flauen Gefühl im Magen, dass es zu spät war, um jetzt noch einen Rückzieher zu machen.

»Ich will wissen, ob du es allen erzählt hast«, sagte sie so mutig, wie sie konnte.

»Was soll ich allen erzählt haben?«, fragte Paige in dem schmollenden Tonfall, den sie oft ihrer Mum gegenüber anschlug.

»Hast du allen von Maeve erzählt, von der verloren geglaubten Tochter meiner Gran? Hast du mit irgendjemandem über sie gesprochen?«

Paige zuckte die Achseln. Die wenigen Lichtstrahlen, die so weit in die Höhle reichten, warfen Schatten auf ihr Gesicht. »Kann sein, dass ich es gestern Abend Chantelle und meiner Mum gegenüber erwähnt habe. Warum?«

Chloe wurde schwer ums Herz. Sie hatte gegen jede

Vernunft gehofft, sich zu irren, und dass Paige sie nicht enttäuscht hatte.

»Warum?«, wiederholte Paige und scharrte mit dem Fuß in dem nassen Sand. »Beeil dich. Ich will zurück zum Picknick.«

»Ich habe es dir im Vertrauen erzählt. Ich habe dir gesagt, dass es ein Geheimnis ist, aber jetzt höre ich, dass es sich im ganzen Dorf herumgesprochen hat.«

»Ups.« Paiges Lachen hallte von den feuchten Felsen ringsum wider. »Was soll ich dazu sagen? Chantelle ist eben ein Plappermaul.«

»Genau wie du.«

Chloe war überrascht. Hatte sie das wirklich gesagt? Ausgerechnet zu Paige? Paige wirkte ebenfalls verblüfft. Sie lachte wieder, doch diesmal unbehaglich.

»Ich denke nicht, dass du so etwas zu mir sagen willst.«

Chloe war sich da auch nicht sicher, aber es musste gesagt werden. Das wusste sie jetzt.

»Du hast mir versprochen, es keinem zu sagen.«

»Reg dich ab. Ich habe es nur Chantelle erzählt.«

»Und sie hat es weitergesagt, und jetzt wissen es alle. Du weißt doch, wie die Leute hier sind.«

Paiges Augen glitzerten in dem schummrigen Licht. »Schämst du dich für deine Gran oder was?«

»Nein, ich schäme mich überhaupt nicht für meine Gran. Aber ich schäme mich für mich selbst, weil ich dir vertraut habe. Das wird nicht noch einmal vorkommen.«

Chloe hielt inne. Sie hatte das eigenartige Gefühl, außerhalb ihrer selbst zu stehen und zu beobachten, wie sie alles bis auf die Grundfesten niederbrannte.

Paige kam einen Schritt näher. »Willst du nicht mehr meine Freundin sein?« Ihre Stimme hatte einen höhnischen Klang.

»Ich glaube nicht.«

»Aber wenn ich nicht mehr deine Freundin bin, wer wird es dann? Niemand mag dich.«

Chloe war etwas baff, sprach aber weiter. »Kristen mag mich.«

»Och. Die arme kleine Kristen, die geweint hat, als sie ihren Füller verloren hat? Buhu.«

Paige rieb sich mit den Fäusten die Augen, das Gesicht hässlich verzerrt.

Chloe holte tief Luft. »Kristen ist neu an der Schule und hat noch Schwierigkeiten, aber sie ist sehr nett, und ich mag sie.«

»Ich bin auch nett.«

»Nein, bist du nicht. Du bist nicht nett zu Kristen oder zu mir oder zu irgendjemandem sonst.«

»Doch, ich bin nett.«

»Nein, das bist du wirklich nicht.«

Chloe schob sich an Paige vorbei, trat aus der Höhle und blinzelte im Sonnenlicht.

»Hey, warte auf mich«, rief Paige ihr nach.

Chloe lief weiter über den Sand, und ihr Atem ging stoßweise. Hinter sich konnte sie Paige rufen hören: »He! Komm wieder her, Chloe! Ich habe gesagt, du sollst zurückkommen! Wir können trotzdem Freundinnen sein.«

An den Pfützen zwischen den Felsen hielten Chantelle und ihre Gang inne und schauten auf, aber Chloe ging einfach weiter, während Paige ihr noch einmal über den Strand nachrief.

Dafür würde sie wahrscheinlich büßen müssen, aber es war ein gutes Gefühl, zur Abwechslung einmal sie selbst zu sein. Allerdings – und die Erkenntnis drehte ihr den Magen um –, wenn es schon schwer gewesen war, Paige die Stirn zu bieten, so würde der nächste Teil noch schwerer werden.

EINUNDVIERZIG

FREYA

»Ich möchte nicht, dass Sie gehen«, erklärte Kathleen und schob die Unterlippe vor. »Es ist mir egal, was Ryan sagt und dass die Leute im Dorf jetzt von Maeve wissen. Sie war lange genug ein Geheimnis. Und Sie haben es ja nicht ausgeplaudert.«

Freya seufzte. Es war auch ohne Kathleens Bitte, zu bleiben, schon schwer genug. Sie hatte die alte Dame während der letzten Monate ins Herz geschlossen, aber Kathleen würde ohne sie besser dran sein.

Sie unterbrach das Kofferpacken und drehte sich zu Kathleen um. »Ich habe zwar niemandem von Maeve erzählt, aber Belinda, und sie hat nur durch mich von ihr und der Suche erfahren. Wenn ich nicht hier gewesen wäre, wäre sie nicht ins Haus gekommen und hätte den Artikel nicht gesehen, aus dem sie sich alles zusammengereimt hat.«

»Und wenn Sie nicht hier gewesen wären, hätte ich Maeve überhaupt nicht gefunden«, gab Kathleen zurück und verschränkte die Arme vor der Brust. »Ich will, dass Sie bleiben, Freya.«

»Ich weiß, und dafür danke ich Ihnen. Ich würde ja gern

bleiben, aber es ist zu schwierig. Ich kann nicht im selben Dorf leben wie Belinda. Das wäre uns beiden gegenüber nicht fair. Und ich kann auch nicht ...« Sie bekam einen Kloß im Hals und schwieg.

»Sie können nicht im selben Dorf leben wie mein Sohn?« Kathleen schüttelte den Kopf. »Sie tun ihm gut, Freya. Oh, ich bin nicht dumm«, fuhr sie fort, als sie Freyas überraschtes Gesicht sah. »Jeder halbwegs intelligente Mensch bemerkt, dass Sie beide ... ein Techtelmechtel miteinander haben, so sagte man früher.«

Freya versuchte zu lachen, aber es klang mehr wie ein Schluchzen. »Ihnen entgeht aber auch gar nichts, Kathleen. Doch nach all dem Ärger, den ich verursacht habe, glaube ich nicht, dass Ryan mir verzeihen kann.«

»Oh, Freya. Es tut mir so leid, dass meine Sturheit, ihm Maeve zu verheimlichen, das alles erst ausgelöst hat. Ich hätte es ihm schon längst sagen sollen, da hatten Sie vollkommen recht. Sie haben mir beigestanden, und jetzt gibt Ryan Ihnen die Schuld.«

Als Freya aufschluchzte und ihr Tränen übers Gesicht strömten, trat Kathleen vor und nahm sie in den Arm. »Oh, mein liebes Mädchen. Was ist das nur für ein furchtbarer Schlamassel.«

Freya legte der alten Dame den Kopf an die Schulter und weinte. Genauso hatte es sich angefühlt, wenn ihre Mutter sie als Kind umarmt hatte.

»Gran!« Chloes Stimme kam aus dem Flur, gefolgt vom Schlagen der Haustür. »Wo bist du?«

»Gütiger Himmel«, murmelte Kathleen und ließ Freya los. »Dieses Kind schließt keine Tür leise, wenn es sie zuknallen kann.« Sie rief zur Tür hinaus: »Wir sind hier oben, Liebes, in Freyas Zimmer.«

Sie hörten Treppengepolter, und dann kam Chloe auch schon ins Zimmer gestürmt. Sie warf einen Blick zu dem

Koffer auf dem Bett und verschränkte die Arme vor der Brust.

»Sie können nicht gehen«, verkündete sie. »Sie müssen hier bei meiner Gran und bei mir und Dad bleiben.«

Freya schüttelte den Kopf. Das machte alles nur noch schlimmer.

»Es tut mir leid, Chloe, aber ich muss gehen. Ich werde deiner Gran helfen, jemand anderen zu finden, der ihr die Unterstützung gibt, die sie braucht.«

»Aber jemand anders ist nicht Sie.«

Als Chloes Unterlippe zu zittern begann, nahm Freya sie in den Arm. Dieses unbeholfene, wunderbare junge Mädchen würde ihr sehr fehlen.

»Chloe«, murmelte sie und legte ihr die Wange an das schöne rote Haar. »Es ist hier für mich und für deine Familie nicht gut gelaufen. Ich habe euch alle sehr gern, aber wie kann ich bleiben, wenn im Dorf eine Verwandte von mir lebt, die vor aller Welt eure Familienangelegenheiten ausposaunt? Wie könntet ihr mir jemals vertrauen? Dein Dad weiß, dass ich gehen muss.«

Chloe löste sich von ihr und wischte sich grob die Tränen von der Wange. »Aber es sind gar nicht Sie, der man nicht vertrauen kann«, platzte sie heraus. »Ich bin es. Deshalb bin ich hier, um es Ihnen zu sagen. Es tut mir leid, aber ich war es.«

»Was sagst du da, Kind?«, fragte Kathleen.

Chloe sprach sehr schnell, als koste es all ihren Mut. »Ich sage, dass es nicht Belinda war, die dein Geheimnis ausgeplaudert hat, Gran. Ich war es, und es tut mir wirklich, *wirklich* leid.« Sie brach lautstark in Tränen aus.

»Du hast es allen erzählt?« Kathleen setzte sich aufs Bett auf die Kleider, die darauf warteten, eingepackt zu werden.

»Nicht allen«, schluchzte Chloe, deren Schultern unter dem dünnen T-Shirt bebten. »Ich habe es nur Paige erzählt, aber sie hat es Chantelle aus der Schule erzählt und Isobel.

Und ich habe Dad bei Mums Leben geschworen, dass ich es nicht war, aber ich habe gelogen. Ich wollte nicht, dass er enttäuscht von mir ist, nachdem Isobel da war und gesagt hat, dass jeder im Dorf über Maeve Bescheid weiß.«

»Aber warum hast du es Paige erzählt?«, fragte Kathleen, ihr Gesicht ein einziges Bild der Verwirrung.

Chloe weinte zu heftig, um zu antworten, daher griff Freya ein. »Ich vermute, dass du es Paige deshalb erzählt hast, weil du dachtest, dass sie dich dann lieber mag. War es so?«

»Ja«, stieß Chloe mit erstickter Stimme hervor und schluchzte stoßweise. »Paige ist beliebt und schick und hübsch, aber sie hat keine geheime Tante, die plötzlich aufgetaucht ist. Ich habe ihr gesagt, dass sie es nicht weitererzählen soll, und sie hat es versprochen, aber dann hat sie es doch erzählt, und jetzt hasst Freya ihre Schwester, und Dad hasst Freya und wird wahrscheinlich Isobel heiraten, und dann muss ich mit Paige leben, die nie wieder meine Freundin sein wird. Und jetzt hasst ihr und Dad mich auch.«

Als Chloes Schluchzen einen neuen Höhepunkt erreichte, stand Kathleen auf und nahm ihre Enkelin in den Arm.

»Ich könnte dich niemals hassen, mein liebstes Mädchen«, murmelte sie mit so viel Zärtlichkeit, dass Freyas Augen sich wieder mit Tränen füllten.

»Ich auch nicht«, sagte Freya und streichelte Chloe die Schulter. »Ist schon gut. Du hast einen Fehler gemacht und der Falschen vertraut.«

»Ich weiß, und das habe ich ihr auch gesagt. Ich habe ihr gesagt, dass ich nicht mehr ihre Freundin sein will. Sie hätte wissen müssen, dass Chantelle es nicht für sich behält.«

Chantelle oder Isobel?, fragte Freya sich und dachte an Isobels Sticheleien. Vielleicht hatte sie begriffen, dass Freya zwischen ihr und Ryan stand. Wenn es Isobel gewesen war, hatte sie Freyas und Ryans Beziehung endgültig den Todesstoß versetzt.

»Es tut mir so leid, Gran«, schluchzte Chloe.

Kathleen klopfte ihrer Enkelin beruhigend den Rücken. »Ach, nicht weinen, Kind. Es gibt nichts, was dir leidtun müsste. Maeve war viel zu lange ein Geheimnis. Vielleicht ist es an der Zeit, dass alle von ihr erfahren, denn ich liebe sie auch, so wie ich dich und deinen Dad und deinen Grandad liebe.«

»Und du hasst Freya nicht mehr?«

»Ich habe Freya nie gehasst.«

»Dad hasst sie jetzt.«

Chloes Worte durchbohrten Freya das Herz wie ein Speer. Kathleen warf ihr ein mitfühlendes Lächeln zu. »Dein Dad hasst Freya nicht. Aber dank meiner Sturheit ist alles schrecklich schiefgegangen. Siehst du? Erwachsene machen auch Fehler und müssen mit den Folgen leben.«

»Es war doch kein Fehler, ein Baby zu bekommen, oder?«

»Was, Maeve?« Kathleen gab ihrer Enkelin einen Kuss auf den Kopf. »Nein. Sie war kein Fehler, obwohl ich mich jahrelang so verhalten habe, als sei sie ein Geheimnis, für das man sich schämen müsse. Jetzt, da ich den Menschen, die ich liebe, von ihr erzählt habe, bin ich mit mir im Reinen.« Wieder küsste sie Chloe auf den Kopf. »Wirst du deinem Dad sagen, dass du Paige von Maeve erzählt hast, damit er Freya nicht länger die Schuld gibt?«

»Er wird stinksauer und enttäuscht sein, dass ich ihn belogen habe.«

»Dann erzähl es ihm nicht«, sagte Freya, während sie durchs Fenster die Kirche und die Wiese betrachtete, die ihr in den letzten Monaten so vertraut geworden waren.

»Ich muss es ihm erzählen«, protestierte Chloe mit gedämpfter Stimme an Kathleens Schulter.

»Nein. Es würde ihn nur aufregen.«

»Aber dann wird er weiterhin denken, Sie seien der Grund, warum alle Grans Geheimnis kennen.«

»Ich verlasse das Dorf ohnehin heute, daher ist es egal, was dein Dad von mir denkt. Also geh einfach nach Hause, umarme ihn und sag ihm, dass du ihn lieb hast.«

Freya hatte gedacht, sie hätte genug von Geheimnissen. Doch dieses Geheimnis war heilsam, nicht schädlich. Und es war ein letzter Gefallen, den sie Ryan und Chloe tun konnte – eine kleine Entschuldigung dafür, dass sie alles derart vermasselt hatte.

»Was denkst du, Gran?«, fragte Chloe mit einem Anflug von Hoffnung in der Stimme.

»Ich glaube nicht, dass Ryan weitere Aufregungen oder Enttäuschungen gebrauchen kann«, bemerkte Freya. »Oder?«

Kathleen schaute Freya über den Kopf ihrer Enkelin hinweg an. »Davon hatte er wirklich mehr als genug. Aber Sie könnten doch in Heaven's Cove bleiben, wenn er die Wahrheit kennen würde?«

Freya zögerte. Sie wünschte sich nichts sehnlicher, als zu bleiben. Doch die Entdeckung, dass sie von Maeve gewusst hatte, hatte Ryans Vertrauen in sie zerstört, und sie wollte nicht, dass ihre Beziehung wieder so kalt und distanziert wurde wie nach ihrer Ankunft im Dorf. Er würde jetzt ohnehin nicht mehr wollen, dass sie sich um seine Mutter kümmerte.

Freya schüttelte den Kopf. »Das denke ich nicht, Kathleen. Das Leben hier ist viel zu kompliziert geworden. Das verstehen Sie doch, oder?«

»Ja, aber es macht mich traurig, dass Ihre Hilfe bei der Suche nach Maeve nun diese Folgen hat.«

»Das ist wirklich traurig«, stimmte Freya ihr zu und blinzelte gegen Tränen an. »Ich bedaure trotzdem nicht, Ihnen geholfen zu haben, Ihre Tochter zu finden. Sie mussten wissen, dass Maeve lebt und wohlauf ist.«

Als Kathleen ihr die Hand entgegenstreckte, umfasste Freya sie. Diese wunderbare, temperamentvolle Frau würde ihr fehlen.

»Also, muss ich Dad jetzt erzählen, was wirklich passiert ist oder nicht?«, fragte Chloe und löste sich von ihrer Großmutter.

Kathleen schüttelte den Kopf. »Freya hat recht. Wenn sie ohnehin fortgeht, ist es wahrscheinlich besser, alles so zu belassen, wie es ist. Du wolltest nicht, dass Paige es weitererzählt. Ich habe dich lieb, Chloe.«

»Ich dich auch, Gran.«

Chloe vergrub sich wieder in den Armen ihrer Großmutter, und der Anblick dieser Familienszene war so rührend, dass Freyas Augen überflossen und ihr die Tränen die Wangen hinunterliefen. Sie wünschte sich, sie hätte auch so eine eng zusammenhaltende Familie gehabt. Sie hatte nur eine Mutter, die über zweitausend Meilen entfernt lebte und sich nicht für sie interessierte, und eine Halbschwester, mit der sie sich gerade gestritten hatte.

Oje! Freya war so gefangen gewesen von dem Drama, das sich vor ihr abgespielt hatte, dass ihr jetzt erst klar wurde, was es bedeutete, wenn Chloe Kathleens Geheimnis ausgeplaudert hatte ...

»Ich muss gehen«, erklärte Freya, griff nach ihrer Handtasche und eilte zur Tür.

ZWEIUNDVIERZIG

FREYA

»Bitte, mach, dass Belinda zu Hause ist«, murmelte Freya bei sich, während sie den Touristen in den engen Straßen auswich.

Es war schlimm, zu erfahren, dass es Chloe gewesen war, die Kathleens Geheimnis weitergesagt hatte. Doch als Freya begriffen hatte, dass Belinda nicht die Schuldige war, war eine Welle der Erleichterung über ihr zusammengeschlagen, gefolgt von heftigen Gewissensbissen. Die Schuldgefühle, die sie oft in Bezug auf Belinda empfand, waren unklar und unbegründet – das wusste sie. Es war ihr und Belindas Vater gewesen, der damals die folgenschweren Entscheidungen getroffen hatte. Doch das Schuldgefühl, das Freya nun verspürte, war tief und echt.

Freya hatte schon Angst, dass Belinda nicht da war, als niemand öffnete, doch plötzlich wurde die Tür von Jim aufgerissen. Er warf einen Blick über die Schulter, trat in den Garten und zog die Tür hinter sich zu.

»Hallo, Freya. Belinda fühlt sich leider nicht wohl.«

»Ist sie zu Hause, Jim? Ich muss sie nur kurz sprechen. Das ist alles.«

Er runzelte die Stirn. »Ich weiß nicht, wie ich es sagen soll,

Freya, ohne dir zu nahe zu treten, aber ich fürchte, sie will dich nicht sehen.«

Das war verständlich, schließlich hatte Freya sie beschuldigt, gelogen und das Leben anderer Menschen zerstört zu haben.

»Bitte, Jim«, flehte Freya. »Ich muss mich bei Belinda entschuldigen. Ich habe erfahren, dass sie nicht diejenige war, die den Leuten von Kathleens unehelicher Tochter erzählt hat.«

»Sie war es nicht?« Jim riss überrascht die Augen auf, dann lächelte er. »Nun, das ist sehr gut zu wissen. Dann kommst du besser herein.«

Freya folgte ihm in den Flur, und er bedeutete ihr, mit ihm ins Wohnzimmer zu gehen.

Belinda stand mit dem Rücken zu ihnen am Fenster und betrachtete das Meer.

»Was hat sie gewollt?«, fragte sie und drehte sich um. »Oh.« Sie schlug sich die Hand vor den Mund. »Du hast sie hereingelassen.«

»Ja, und ich möchte, dass du der Frau eine Chance gibst. Du solltest dir anhören, was sie zu sagen hat.« Jim zuckte die Achseln. »Ich werde euch beide allein lassen und schnell die Milch kaufen gehen, die ich heute Morgen vergessen habe.«

»Kannst du nicht hierbleiben?«, fragte Belinda.

Doch Jim hatte den Raum bereits verlassen und die Tür hinter sich zugezogen. Kurz darauf hörte Freya, wie die Haustür geöffnet und geschlossen wurde.

Keine der Frauen rührte sich. Im Raum war es stickig und still, abgesehen von den fernen Rufen der Kinder auf der Ufermauer.

»Geht es dir gut?«, fragte Freya, um das Schweigen zu brechen.

»Ja, danke. Dir auch?«

»Ja, es geht mir gut, danke.«

»Schön.«

Neuerliches Schweigen breitete sich aus, und Freya fragte sich, wie zwei Schwestern diesen Punkt der Entfremdung erreichen konnten, obwohl sie in Wirklichkeit so viel gemeinsam hatten. Sie holte tief Luft.

»Ich bin hier, um mich zu entschuldigen, Belinda. Ich habe erfahren, dass du Kathleens Geheimnis bewahrt hast, wie du es versprochen hast, und es nicht ausgeplau... – ich meine, dass du niemandem davon erzählt hast.«

»Nicht einmal Jim«, antwortete Belinda und verschränkte die Arme über dem Busen. »Ich habe es nicht einmal meinem eigenen Ehemann erzählt.«

»Es tut mir leid.« Freya schüttelte den Kopf. »Ich habe einen schrecklichen Fehler gemacht, als ich dich beschuldigt habe, und ich möchte mich aus tiefstem Herzen dafür entschuldigen. Ich hoffe, dass du mir verzeihst.«

Belinda funkelte Freya einen Moment lang an, doch dann verlor sie den Kampfgeist. Sie schien vor Freyas Augen regelrecht zusammenzuschrumpfen.

»Jetzt setz dich schon hin. Ich werde dir verzeihen, wenn du mir auch verzeihst.« Freya setzte sich wie befohlen aufs Sofa, aber Belinda blieb am Fenster stehen. »Es gehört Mumm dazu, noch mal herzukommen und zu sagen, dass du dich geirrt hast.«

»Um ehrlich zu sein, ich war etwas nervös, dass du mir den Kopf abreißen würdest. Du kannst einem schon Angst machen.«

»Was, ich?« Belinda runzelte die Stirn. »Das hat mir noch nie jemand gesagt.«

»Wahrscheinlich, weil die Leute zu große Angst hatten.«

Es folgte eine verblüffte Pause, dann brach Belinda in Gelächter aus. »Zumindest kann man in der Familie sagen, was man wirklich denkt.« Ihr Lachen brach so unvermittelt ab, wie es begonnen hatte. »Ich will niemandem Angst machen.«

»Nein, natürlich nicht. Es ist nur so, dass du manchmal

recht ... nachdrücklich deine Meinung vertrittst. Ich schätze, deshalb bist du im Dorf so aktiv.«

»Ohne mich würde in Heaven's Cove gar nichts mehr gehen«, erklärte Belinda und biss sich dann auf die Unterlippe. »Wenigstens denke ich das gern, obwohl man wahrscheinlich auch ohne mich hervorragend zurechtkommen würde.«

»Das bezweifle ich.«

»Hm.« Belinda wirkte nicht überzeugt. »Du hast mir nicht geglaubt, als ich gesagt habe, ich hätte kein Wort über Kathleens geheime Vergangenheit verloren. Deine Worte waren: ›Du bist eine schreckliche Klatschbase‹.«

Freya verzog das Gesicht. »Tut mir leid, das hätte ich nicht sagen sollen.«

»Vielleicht nicht. Vielleicht ist es aber auch die Wahrheit. Ich habe darüber nachgedacht, was du gesagt hast. Über alles.« Sie zögerte, dann fragte sie: »Sehen die Leute mich so, Freya – eine furchteinflößende alte Klatschtante, die sich in alles einmischt? Die Sorte Frau, die meine Mutter als alte Schreckschraube bezeichnet hätte?«

»Schreckschraube nicht, aber du redest schon viel über die Angelegenheiten anderer Leute.«

»Das ist wohl wahr, aber deren Leben ist meistens viel aufregender als meins.«

Belinda sah für einen Augenblick aus dem Fenster, zu den Ästen des Baums in ihrem Garten, die sich in der Meeresbrise wiegten. Dann drehte sie sich wieder zu Freya um. »Ich mag das Gefühl, gebraucht zu werden. Ich denke gern, dass ich im Dorf die Fäden in der Hand halte. Ich mag das Gefühl, dass man mich respektiert und dass ich etwas wert bin.«

Freya zögerte, bevor sie antwortete: »Liegt das daran, dass du das Gefühl hattest, nichts wert zu sein, als Dad mit meiner Mum auf und davon ist?«

Belinda runzelte die Stirn. »Das würde ich nun nicht sagen,

Freya. Ich halte nichts von diesem psychologischen Geschwätz. Es steckt überhaupt nichts dahinter.«

Doch ihre Augen glänzten, und als Belinda zwei große Tränen über die Wangen liefen und weiße Spuren in ihrem Make-up hinterließen, brachte das Freyas Herz zum Schmelzen. Belinda tupfte sich mit einem Papiertaschentuch ab.

»Belinda, was Dad getan hat, war dir oder deiner Mum gegenüber nicht fair, und er hat dafür bezahlt, als meine Mum ihn verlassen hat.«

»Weißt du, ich war richtig froh darüber.« Belinda biss sich auf die Unterlippe. »Als deine Mum gegangen ist, war ich längst erwachsen, aber ich habe mich trotzdem darüber gefreut, dass er genauso litt wie wir damals. Ich war so von meinen rachsüchtigen Gefühlen vereinnahmt, dass ich mir gar nicht richtig klargemacht habe, dass du ein Kind warst, das seine Mutter verloren hat, so wie ich meinen Vater verloren hatte. Ist das nicht schrecklich?«

Freya zuckte die Achseln. »Du warst ein Kind, das von einem geliebten Menschen verletzt worden ist, der es hätte besser schützen müssen. Es tut mir wirklich leid, dass Dad dich und deine Mum verlassen hat. Und es tut mir leid, dass deine Mutter bis heute damit zu kämpfen hat.«

»Mir auch, aber es war ja nicht deine Schuld, nicht?«

»Wir tragen beide keine Schuld.«

Als Belinda den Kopf senkte, sah Freya in ihr das Kind, das sie einst gewesen war und das um den Verlust eines Vaters trauerte, der ohne sie eine neue Familie gegründet hatte. Freya stand auf, ging zu Belinda und nahm sie in den Arm. Zuerst war Belinda steif wie ein Brett, aber dann gab sie nach und ließ die Umarmung zu. So standen sie da, zwei Schwestern, vereint von der Vergangenheit und von der Zukunft, die noch kommen würde.

»Ist alles in Ordnung?«, fragte Jim und steckte den Kopf durch die Tür, eine Plastikflasche Milch in der Hand. »Oh«, sagte er, als er die beiden Schwestern sah, wie sie sich umarmten. Dann lächelte er Freya über den Hinterkopf seiner Frau hinweg an. »Dann lasse ich euch mal wieder allein.«

Belinda war die Erste, die sich aus der Umarmung löste. Sie wischte sich über die Augen und bedeutete Freya, sich wieder auf das Sofa zu setzen. Diesmal gesellte sie sich zu ihr.

»Soll ich dir ein Geheimnis verraten?«, fragte sie und saß stocksteif da, die Beine an den Knöcheln überkreuzt.

Freya stöhnte. »Muss das sein? Ich habe die Nase voll von Geheimnissen. Sie verursachen nichts als Leid und Schmerz.«

»Dieses nicht. Mein Geheimnis ist nur, dass ich dich immer unbedingt beeindrucken möchte.«

»Warum?« Freya lachte. »Warum ist es dir wichtig, was ich von dir halte?«

»Es ist mir wichtig, weil du meine Schwester bist und die einzige Verwandte, die ich noch habe, abgesehen von meiner Mutter und zwei Cousinen, mit denen ich mich nicht verstehe.«

»Du brauchst mich nicht zu beeindrucken, Belinda. Das bin ich längst. Du hast ein schönes Heim, du bist eine Stütze der Dorfgemeinschaft, und du bist seit Jahren mit einem wunderbaren Mann verheiratet.«

Belindas Mundwinkel zuckte in die Höhe. »Er ist wirklich wunderbar, und er muss viel aushalten. Jim ist sehr treu. Was ist mit dir, Freya? Wirst du in Heaven's Cove bleiben? Ich würde mich wirklich darüber freuen.«

»Ich habe das Dorf ins Herz geschlossen, aber ich werde nicht bleiben. Ryan und ich ...«

»Seid ihr ein Paar?«, fragte Belinda mit leuchtenden Augen. Doch bevor Freya den Mund öffnen konnte, verfinsterte sich Belindas Gesicht. »Das wollte ich nicht fragen«, fügte sie hastig hinzu. »Es geht mich überhaupt nichts an. Ich habe sogar überlegt ... vielleicht sollte ich aus einigen Komitees zurücktreten.«

Freya, beeindruckt von der neuen Diskretion ihrer Schwester, schüttelte den Kopf. »Gott, nein, Belinda. Wenn du anfängst, zurückzutreten, wird der Gemeindesaal schließen, der Monatsmarkt wird abgeschafft, und Heaven's Cove wird höchstwahrscheinlich im Meer versinken.«

Als sie grinste, erwiderte Belinda ihr Grinsen. »Willst du mich auf den Arm nehmen, Freya?«

»Tut man das nicht als Schwester?«

»Keine Ahnung. Ich habe das Gefühl, als hätte ich bis jetzt keine Schwester gehabt.«

»Geht mir genauso. Vielleicht sollten wir versuchen, das zu ändern, ja?«

»Das würde mich freuen«, entgegnete Belinda schniefend und angelte ihr Taschentuch wieder hervor. »Das würde mich sehr freuen.«

Die Schwestern saßen schweigend Seite an Seite und genossen die Gegenwart der anderen, während draußen vor dem Fenster moosgrüne Wellen ans Ufer rollten.

»Sag es nicht weiter«, sagte Freya leise nach ein paar Minuten, »aber Ryan und ich waren tatsächlich für kurze Zeit ein Paar.«

»Ich hab's doch gewusst!« Belinda stieß die Faust in die Luft und wandte sich dann wieder zu Freya. »Ihr *wart* ein Paar? Dann seid ihr also nicht mehr zusammen?«

»Nein, es hat nicht funktioniert.«

»Hm.« Belinda legte ihrer Schwester verlegen die Hand aufs Knie. »Wie schade. Das tut mir sehr leid.«

»Mir auch. Und ich bin froh, dass du es weißt, aber du darfst es niemandem sagen!«

»Meine Lippen sind versiegelt«, beteuerte Belinda und fuhr sich mit dem Finger über den Mund. »Ich verspreche es dir. Großes Schwesternehrenwort.«

Und diesmal glaubte Freya ihr.

DREIUNDVIERZIG

RYAN

»Sei kein Idiot, Dad.«

Ryan blieb stehen und drehte sich zu seiner Tochter um. Sie hatte ihn gerade davon in Kenntnis gesetzt, dass sie diejenige gewesen war, die über seine verloren geglaubte Schwester gesprochen hatte. Eine Flut von Gefühlen stürmte auf ihn ein: Ärger, Ungläubigkeit, Traurigkeit und die schmerzhafte Enttäuschung, dass Chloe sowohl ihn als auch ihre Gran verraten hatte. Herrgott noch mal, sie hatte sogar beim Leben ihrer Mum geschworen, kein Wort über Maeve verloren zu haben.

Er stieß langsam den Atem aus und bemühte sich, ruhig zu bleiben. »Ich denke, du bist hier diejenige, die gerade mächtig in Schwierigkeiten steckt, Chloe, und Unhöflichkeit macht es nicht besser.«

Sie seufzte wie eine Frau, die doppelt so alt war wie sie. »Es ist mir egal, wie du mich bestrafst. Meinetwegen kannst du mir einen Monat lang Hausarrest geben. Ich verdiene es. Aber du steckst in viel größeren Schwierigkeiten als ich. «

»Wovon um alles in der Welt redest du?«

»Das weißt du ganz genau«, sagte sie und reckte das Kinn,

genau wie Natalie es immer getan hatte, wenn sie ihn zur Rede gestellt hatte.

Es war seltsam. Neuerdings konnte er auch ohne die erdrückenden Schuldgefühle an Natalie denken und erinnerte sich wieder an ihre glückliche gemeinsame Zeit, anstatt sich immer nur auf ihre letzten Momente zu konzentrieren.

Chloe stand von ihrem Bett auf und umarmte ihn fest. Es kam so unerwartet, dass es ihm den Atem verschlug. Er war immer noch verärgert, dass sie über Maeve geklatscht und ihn angelogen hatte, aber er legte trotzdem die Arme um sie. Er musste sich Chloes Umarmungen hart erkämpfen und nahm sie an, wann immer er konnte.

»Du bist ein Idiot«, murmelte sie an seiner Brust.

»Warum?«, fragte er und überlegte, wie ein guter Vater sich in der Situation verhalten würde.

Sie sah ihn an, die Arme noch um seine Taille geschlungen. »Freya hat dich wirklich gern. Sie hat dich so gern, dass sie gesagt hat, ich brauche dir nicht zu erzählen, dass es meine Schuld war, dass alle über Maeve Bescheid wissen.«

»Warum sollte sie das tun?«

Chloe verdrehte die Augen. »O Mann! Sie wollte nicht, dass du sauer und enttäuscht von mir bist. Es war ihr wichtiger, dass wir uns gut verstehen, als was du von ihr denkst. Sie hat gesagt, es ist sowieso egal, weil sie heute abreist.«

Das hatte Freya für ihn und Chloe getan? Nachdem er sie beschuldigt hatte, für den Dorfklatsch über Maeve verantwortlich zu sein. Er rieb sich das Kinn, und in ihm herrschte ein solches Gefühlschaos, dass er nicht einmal ansatzweise in der Lage war, einen klaren Gedanken zu fassen.

»Aber du bist trotzdem nach Hause gekommen und hast es mir erzählt.«

»Das wollte ich eigentlich gar nicht. Ich wusste, dass du mir böse sein würdest, aber ich möchte nicht, dass Freya uns verlässt. Sie wird sich bald ein Taxi zum Bahnhof rufen, und du lässt sie ziehen.«

»Du verstehst nicht, was los ist«, sagte Ryan tonlos.

Chloe zog sich von ihm zurück, und ihr Gesicht färbte sich rosa. »Das sagen alle Erwachsenen, wenn sie etwas nicht erklären wollen. Aber ich verstehe total, was hier los ist. Du bist traurig nach Mums Tod und möchtest deshalb für immer allein bleiben, aber das ist dumm. Freya wollte es allen recht machen und die Geheimnisse von allen hüten, aber am Ende waren nur alle sauer auf sie. Das ist auch dumm. Also gehört ihr zusammen. Ich sehe doch, dass ihr euch wirklich gern habt.«

Ryan klappte der Unterkiefer herunter, dann begann er zu lachen. Kindermund tut Wahrheit kund.

»Ich dachte, du wolltest, dass ich mit Isobel zusammen bin.«

»Nein. Sie kann ganz schön gemein sein, und ihre Tochter ist eine dumme Kuh.«

»Wirklich?« Ryan würde sich Chloes Ausdrucksweise vornehmen müssen, aber nicht jetzt.

»Freya ist viel netter«, fuhr Chloe fort. »Sie war freundlich zu mir und zu Gran.«

»Und zu mir auch«, erwiderte Ryan und dachte daran, wie sie ihm auf Cora Head zugehört und seine Welt heller gemacht hatte. Wie sie ihn geküsst hatte, aber jetzt würde er sie nie wieder küssen. Plötzlich fiel ihm das Atmen schwer.

»Na los, Dad«, drängte Chloe ihn und öffnete ihre Zimmertür. »Wenn du dich beeilst, erwischst du sie bestimmt noch.«

Ryan rannte. Als er das letzte Mal so gerannt war, war er sechzehn gewesen und von einem sadistischen Sportlehrer zu einem Zweihundertmeterlauf gezwungen worden. Er war sich nicht sicher, ob seine Knie es aushielten, aber er musste mit Freya sprechen.

Als er ins Cottage seiner Mum gestürmt war, hatte sie ihm

gesagt, dass Freya an den Strand gegangen sei, um einen letzten Blick aufs Meer zu werfen. Freyas Koffer wartete fertig gepackt im Flur auf das Taxi, das in einer Stunde kommen sollte.

Ryan fand es unerträglich, dass Freya ihm nichts von seiner Schwester erzählt hatte, doch den Gedanken, dass sie fortging, konnte er noch weniger ertragen. Sein Leben war schon lange vor Natalies Tod ein einziges Chaos gewesen, und es war Zeit, es in Ordnung zu bringen. Falls er nicht zu lange damit gewartet hatte.

Der Strand war verlassen bis auf zwei im Sand herumtollende Hunde und deren Besitzer, die ihnen folgten, dick eingemummt gegen den starken Wind, der die Wellen aufpeitschte. Hatte er sie verpasst?

Ryan schlug das Herz bis zum Hals, als er Freya auf den Felsen entdeckte, wo sie an ihrem ersten Besuch in der Bucht zusammen gesessen hatten. Seitdem war so viel geschehen.

Sie schaute aufs Meer und bemerkte ihn erst, als er sich neben sie setzte. Er spürte den kalten Felsen durch seine Jeans. Freya musste in ihrer Baumwollhose und dem dünnen Sweatshirt frieren.

»Was machst du hier?«, fragte sie mit leiser, tonloser Stimme.

»Mum meinte, du wolltest einen letzten Blick aufs Meer werfen.«

Freya nickte. »Es wird mir fehlen.«

»Ich habe deinen Koffer im Flur gesehen. Dann hast du also gepackt und bist reisefertig.«

»Ja.« Sie schlang die Arme um sich, um sich zu wärmen.

»Wohin fährst du? Du kehrst doch nicht etwa zu Greg zurück, oder?«

»Ich hätte nicht gedacht, dass es dich interessiert, was ich vorhabe.«

Ihre Worte waren zwar nicht unfreundlich, doch für ihn waren sie schneidender als der kalte Wind. Der Gedanke, dass sie zu ihrem Mann zurückkehren könnte, der sie für nicht gut genug hielt, brachte ihn um.

»Ich gehe nicht zu Greg zurück«, sagte sie leise, und der Wind riss die Worte beinahe davon. »Greg hat ein neues Leben angefangen und ich auch. Er ist nicht der Richtige für mich.« Sie drehte sich auf dem Felsen zu ihm um. »Warum bist du hier, Ryan?«

»Ich hatte ein offenes Gespräch mit meiner Tochter, die mir gebeichtet hat, dass sie diejenige war, die über Maeve gesprochen hat. Sie hat es Paige gesagt, und Paige hat es ihrer Mum und Chantelle erzählt. Aber ich denke, das weißt du bereits.«

Freya runzelte die Stirn. »Das hätte sie dir nicht zu sagen brauchen. Ich gehe ohnehin fort, daher ändert es nichts.«

»Für mich schon.«

Er schwieg und dachte an das aschfahle Gesicht seiner Tochter, als sie ihm die Wahrheit gesagt hatte. Und an seine wachsende Erkenntnis, dass es möglicherweise Isobel gewesen war, die den anderen von seiner verloren geglaubten Schwester erzählt und die Indiskretion dann Freya angekreidet hatte.

»Es tut mir leid, dass ich dich beschuldigt habe, mit Belinda über Maeve gesprochen zu haben.«

Sie zuckte die Achseln. »Ich habe es ihr nicht mit Absicht gesagt, aber ich habe Informationen in meinem Zimmer offen herumliegen lassen, und Belinda hat zwei und zwei zusammengezählt, als sie sie gesehen hat.«

»Ich weiß. Aber sie hat es niemandem verraten.«

»Nein. Ich habe sie gebeten, es nicht zu tun, und sie hat kein Wort gesagt. Nicht einmal zu Jim.«

»Meine Güte.« Ryan beschloss, seine Meinung über Belinda noch einmal zu überdenken.

»Ich bin irgendwie froh, dass du die Wahrheit kennst«, sagte Freya, die Augen auf einen roten Spielzeugeimer gerichtet, der auf den Wellen hüpfte. »Aber ich hoffe, du bist nicht allzu enttäuscht von Chloe. Sie wollte nur eine Freundin beeindrucken und hat es nicht böse gemeint. Sie ist ein tolles Kind, und sie hat dich und Kathleen wirklich lieb.«

»Das weiß ich.«

Freya lächelte, dann warf sie einen Blick auf die Armbanduhr. »Ich muss gehen. Das Taxi wird bald hier sein, und ich möchte genug Zeit haben, um mich richtig von Kathleen zu verabschieden.«

»Du wirst ihr fehlen«, sagte Ryan, und seine Kehle schnürte sich zusammen.

»Sie mir auch.« Freya wirkte den Tränen nahe und biss sich auf die Lippe.

»Dann bleib.« Ryan griff nach Freyas Hand. »Bitte.«

»Ich kann nicht«, sagte Freya, zog die Hand jedoch nicht weg. »Woher dieser Sinneswandel?«

»Meine Tochter hat mir eine ordentliche Standpauke gehalten, und sie hatte recht. Sie sagte, ich sei dumm und du auch, und deshalb gehörten wir zusammen.«

»Das hat sie gesagt?«

Freya begann zu lachen. Ihr Lachen verschmolz mit dem Rauschen der Wellen auf dem Sand und den Rufen der Möwen, und es war der schönste Akkord, den er je gehört hatte.

Dann hörte sie auf, und ihr Gesicht war wieder ernst. »Ich habe seit meiner Ankunft nur für Ärger gesorgt.«

»Du bist ein guter Mensch, Freya, und du hattest nur Mums Bestes im Sinn. Sie hat dich in eine unmögliche Situation gebracht. Das ist ihr jetzt klar, und es tut ihr leid. Aber es ist auch so, dass sich unser Leben seit deiner Ankunft verbessert hat. Mum und Maeve haben Kontakt aufgenommen, Chloe findet in der Schule neue Freundinnen, und Paiges Anerkennung ist ihr nicht mehr so wichtig. Sie beide brauchen dich.«

»Und was ist mit dir?«, fragte Freya und sah ihm in die Augen.

»Mit mir? Ich habe eine Schwester hinzugewonnen, ich habe mich von den Schuldgefühlen befreit, die mich jahrelang verfolgt haben, und ich ...« Er schluckte und wollte etwas sagen, von dem er gedacht hatte, dass er es nie wieder sagen würde. »... ich habe mich verliebt. Also, warum bleibst du nicht?« Er grinste. »Nur für einen Monat, und wir schauen, wie es läuft?«

Einen Augenblick lang rührte Freya sich nicht, und er dachte schon, alles sei verloren. Dann drehte sie sich um und schlang ihm die Arme um den Hals.

»Ich kann den Gedanken nicht ertragen, deine Mum und Chloe und dich zu verlassen.«

»Ist das ein Ja?«

»Ja«, bestätigte sie und küsste ihn fest auf den Mund. Er legte die Arme um sie, hob sie von den Felsen und zog sie hinunter auf den Sand. Es war eiskalt, die Flut kam herein, und einer der Hundebesitzer starrte sie an, aber das war ihm egal. Freya lag in seinen Armen, und das war alles, was zählte.

Freya war sich nicht sicher, wie lange sie sich schon küssten. Die Zeit schien stillzustehen, als Ryan sie auf den kalten Sand und an sich gezogen hatte. Sie nahm nichts anderes wahr als den Druck seiner warmen Lippen auf ihren und seine Hände in ihrem Haar – bis die heranrollende Flut den Bann brach.

»Huch!«, kreischte sie und setzte sich kerzengerade hin, als die Ausläufer einer Welle um ihre Schultern schäumten. Das Wasser war eiskalt.

»Schnell«, lachte Ryan, sprang auf und zog Freya auf die Füße. Hand in Hand liefen sie höher den Strand hinauf und verloren mit jedem Schritt Sand. »Alles okay?«

»Mir geht es gut«, sagte Freya und grinste den Mann an, der ihr das Herz gestohlen hatte, dann winkte sie dem Hundebesitzer zu, der sie immer noch anstarrte. »Dir ist ja wohl klar, dass es bis zum Ende des Tages in ganz Heaven's Cove herum sein wird, wie wir beide am Strand geknutscht haben?«

»Ist mir egal. Aber was ist mit dir? Würdest du unsere Beziehung – uns – lieber noch geheim halten?«, fragte er und biss sich auf die Lippe, die sie eben noch geküsst hatte.

»Nein.« Freya sah ihm in die schönen grünen Augen. »Ich erzähle es gern jedem, der es wissen möchte. Ich habe es satt, etwas – etwas so Schönes – geheim zu halten. Ich finde, die Zeit für Geheimnisse ist lange vorbei, meinst du nicht auch?«

Ein träges Lächeln erhellte Ryans Gesicht, als er nickte. Er strich ihr das sandverkrustete Haar aus der Stirn, und sie schmolz unter seiner Berührung dahin. Dann senkte er den Kopf und küsste sie wieder.

EPILOG

KATHLEEN

Sie waren alle da. Ryan und Freya standen Hand in Hand mit dem Rücken zur Sonne, während eine Meeresbrise ihnen das Haar zerzauste, und neben ihnen stand Chloe in ihrem blauen Kleid. Die Einzige, die fehlte, war Maeve. Sie hatte all die Jahre gefehlt, aber bald würde sie hier sein.

Chloe sah Kathleen an und reckte den Daumen hoch, und Kathleen antwortete ihr mit einem warmen Lächeln. Als sie bemerkt hatte, dass Chloe für den Anlass ihr bestes Kleid angezogen hatte, wäre es beinahe um ihre Fassung geschehen gewesen. Doch sie hatte sich wieder gefangen und würde auch weiter die Fassung wahren. Maeve würde kein flennendes Wrack kennenlernen wollen. Kathleen war überrascht gewesen, dass sie sich überhaupt zu einem Treffen bereit erklärt hatte – nach Wochen vorsichtigen Brückenbauens –, und sie war entschlossen, es nicht zu vermasseln.

Kathleen gab sich keinen Illusionen hin. Sie war nicht Maeves Mum. Das war die Frau, die sie adoptiert und geliebt und ihr ein glückliches Leben geschenkt hatte. Doch sie war Maeves leibliche Mutter, und diese besondere Verbindung mit ihrer Tochter konnte niemals zerstört werden.

Kathleen wurde bewusst, dass sie an den Nägeln kaute, und verschränkte die Finger. Sie wollte für ihre Tochter so gut wie möglich aussehen. Sie hatte sich bereits zweimal vergewissert, dass sie das Kleid nicht hinten in den Schlüpfer gesteckt hatte, und Freya hatte ihr die Nägel in einem hübschen Rosa lackiert und ihr geholfen, etwas Make-up aufzutragen. Der erste Eindruck war wichtig, und Kathleen wollte einen guten Eindruck machen.

Es war eigenartig, hier vor Driftwood House zu stehen, an derselben Stelle, wo sie als junge Frau gestanden hatte, in der Blüte ihrer Jahre, aber mit gebrochenem Herzen. Und jetzt, mehr als ein halbes Jahrhundert später, stand sie wieder hier – diesmal am Ende ihrer Tage –, und der Kreis des Lebens hatte sich geschlossen. Das Baby, das man ihr genommen hatte, kehrte zurück, doch Maeve war kein Baby mehr.

Plötzlich wurde Kathleen von Trauer um die verpassten Jahre überwältigt. Die Geburtstage und Ferien, die aufgeschürften Knie und Umarmungen, die Gutenachtgeschichten und die Vertraulichkeiten.

»So darfst du nicht denken«, ermahnte sie sich leise. »Dies ist deine zweite Chance, also sei dankbar dafür.«

»Führst du Selbstgespräche, Gran?«, fragte Chloe und nahm ihre Hand. »Du brauchst keine Angst zu haben. Wir sind bei dir.«

»Danke, Liebes, aber ich habe keine Angst.«

Doch als Chloe die Hand wegzog und in die Ferne zeigte, begann ihr Herz schneller zu schlagen. »Da kommt ein Auto. Sie ist hier.«

Während das Taxi sich die Kliffstiege mit ihren Schlaglöchern hinaufquälte, wanderten Kathleens Gedanken zu den Ereignissen seit Maeves erstem Brief vor einigen Wochen zurück.

Chloe wirkte glücklicher, jetzt, da sie nicht länger um Paiges Anerkennung heischte, und sie und Kristen waren inzwischen enge Freundinnen geworden. Isobel flirtete immer noch schamlos mit Ryan, wenn sie ihn sah, aber sie hatte ihre Gunst inzwischen einem Fischer aus dem Nachbardorf zugewandt.

Ryan machte es nichts aus, denn er war verliebt. Kathleen schaute zu ihrem Sohn und lächelte. Er war jetzt viel glücklicher und wieder mehr so wie früher, als Chloe noch klein gewesen war. Das hatte sie Freya zu verdanken. Freya, die völlig unerwartet in ihr Leben getreten war und es zum Besseren verändert hatte. Freya, die ihren Sohn und ihre Enkeltochter liebte und die für Kathleen selbst immer mehr wie eine Tochter wurde. Sogar Belinda war ruhiger geworden, seit ihre Schwester im Dorf lebte, und schien neuerdings viel weniger zu klatschen.

»Sie ist es, Gran. Sie sitzt im Taxi.«

Kathleen trat vor, als das Taxi in einer Staubwolke hielt, und ließ ihre Familie hinter sich. Sie musste sie sehen. Nach all der Zeit musste sie ihre Tochter sehen.

Die Tür des Taxis wurde geöffnet, und eine Frau stieg langsam aus dem Wagen. Sie beugte sich vor, um den Fahrer zu bezahlen, und drehte sich in den Wind. Das war der Moment, in dem Kathleen Maeve zum ersten Mal seit über sechzig Jahren sah.

Die Frau vor ihr war größer als sie und hatte rotes, im Nacken kurz geschnittenes Haar. Kathleen erlebte zwei Schocks – Maeve war kein Kind mehr. Natürlich nicht. Und sie hatte so große Ähnlichkeit mit ihrer Tante Clodagh, Kathleens Schwester, dass es Kathleen den Atem verschlug.

Das Taxi wendete und fuhr das Kliff hinunter, während die beiden Frauen einander ansahen.

»Hallo, Maeve«, sagte Kathleen. »Danke, dass du gekommen bist.«

»Hallo.« Maeve lächelte. »Wie hätte ich nicht kommen können?«

Kathleen ging auf ihre Tochter zu und wäre in ihrer Eile beinahe gestolpert. Maeve streckte die Hände aus, um sie aufzufangen, und die beiden umarmten sich, während über ihnen die Möwen kreisten und tief unten Wellen gegen die Felswand donnerten.

Das war ihr Baby, ihr kleines Mädchen. Kathleen spürte, wie Maeve die Arme fest um sie schloss, und fand endlich ihren Frieden.

MEHR VON BOOKOUTURE DEUTSCHLAND

Für mehr Infos rund um Bookouture Deutschland und unsere Bücher melde dich für unseren Newsletter an:

deutschland.bookouture.com/subscribe/

Oder folge uns auf Social Media:

 facebook.com/bookouturedeutschland
 twitter.com/bookouturede
 instagram.com/bookouturedeutschland

EIN BRIEF VON LIZ

Liebe Leserinnen,

das war's! Ihr habt das Ende von *Ein Wiedersehen im Cottage am Meer* erreicht, und ich hoffe sehr, dass euch die jüngsten Ereignisse in Heaven's Cove gefallen haben.

Falls ja und wenn ihr euch über meine Neuerscheinungen auf dem Laufenden halten möchtet, dann meldet euch einfach über folgenden Link an. Eure E-Mail-Adresse wird vertraulich behandelt und ihr könnt euch jederzeit wieder abmelden.

deutschland.bookouture.com/subscribe/

Es hat mir großen Spaß gemacht, dieses Buch zu schreiben und Freya und Ryan ein Happy End zu schenken – und Chloe, die ihren Dad und ihre Stiefmutter (es wird sicher nicht lange dauern, bis die beiden heiraten) zweifellos auf Trab halten wird. Besonders schön war es, über Kathleen zu schreiben, eine Figur, die ich geschaffen habe, nachdem ich auf die herzzerreißenden wahren Geschichten von Frauen gestoßen bin, die vor Jahrzehnten ihre Babys hergeben mussten. In meiner Geschichte konnte ich Kathleen mit ihrem Kind wieder vereinen, und der Epilog ist mein Lieblingsteil des Buches.

Wenn ihr von Kathleens Geschichte gerührt wart oder es genossen habt, für ein paar Stunden nach Heaven's Cove zu entfliehen, würde ich mich sehr über eine Rezension freuen.

Ich bin gespannt, wie es euch gefallen hat, und eure Meinung hilft vielleicht anderen, meine Bücher zu entdecken.

Falls dies euer erster Besuch in Heaven's Cove war und ihr gern wiederkommen möchtet, so gibt es zwei weitere Romane der Heaven's Cove Serie, die euch gefallen könnten – *Das Geheimnis vom Cottage am Meer* und *Sehnsucht nach dem Cottage am Meer*. Und es kommt noch mehr!

Wenn ich mir nicht gerade Geschichten ausdenke, bin ich oft in den sozialen Medien unterwegs und freue mich, von meinen Leser:innen zu hören. Schreibt mir einfach auf Facebook, Twitter oder Instagram, oder auf meiner Website. Unten stehen die Links.

Noch einmal vielen Dank, dass ihr mein Buch gelesen habt.

Liz

www.lizeeles.com

 facebook.com/lizeelesauthor

 twitter.com/lizeelesauthor

 instagram.com/lizeelesauthor

DANKSAGUNG

Wenn man ein ganzes Buch geschrieben hat, sollte man meinen, dass die Danksagung ein Kinderspiel ist. Ironischerweise fällt es mir jedoch schwer, in Worte zu fassen, wie dankbar ich den vielen Menschen bin, die mir die Möglichkeit gegeben haben, dieses Buch zu schreiben und zu veröffentlichen.

Ich habe vielen Menschen zu danken: den fleißigen Mitarbeitenden von Bookouture, meinem Verlag; Ellen Gleeson, meiner Lektorin, deren Urteil ich schätze und vertraue; meiner Familie und meinen Freund:innen, die sich immer für das interessieren, was ich schreibe, und mich dabei unterstützen; und allen, die sich die Zeit nehmen, meine Bücher zu lesen, darunter auch dieses.

Ein RIESENDANKESCHÖN von mir an euch alle.

www.ingramcontent.com/pod-product-compliance
Lightning Source LLC
LaVergne TN
LVHW041618060526
838200LV00040B/1329